Bücher in der „Shifters Unbound"-Serie
von Jennifer Ashley

LIAMS ZÄHMUNG
(OT: PRIDE MATES)
PRIMAL BONDS
BODYGUARD:
UNTER DEM SCHUTZ DES BÄREN
(OT: BODYGUARD)
WILD CAT
DIE GEFÄHRTIN DES JAGUARS
(OT: HARD MATED)
MATE CLAIMED
„PERFECT MATE"
LONE WOLF
TIGER MAGIC
FERAL HEAT
WILD WOLF
BEAR ATTRACTION
MATE BOND
LION EYES
BAD WOLF
WHITE TIGER

„SHIFTER MADE" (SHORT STORY PREQUEL)

Liams Zähmung

SHIFTERS UNBOUND

Teil 1

Jennifer Ashley

Übersetzt
von Ivonne Blaney
für Agentur Libelli

Originaltitel: *Pride Mates* © 2010 Jennifer Ashley
Copyright für die deutsche Übersetzung: *Shifters Unbound – Liams Zähmung* © 2015 Ivonne Blaney
Lektorat: Birte Lilienthal und Ute-Christine Geiler, Agentur Libelli
Deutsche Erstausgabe

Dieses E-Buch ist nur für Ihren persönlichen Gebrauch lizensiert. Es darf nicht weiterverkauft oder -verschenkt werden. Wenn Sie dieses Buch mit einer anderen Person teilen wollen, erwerben Sie bitte eine weitere Kopie für jede Person, die es lesen soll. Wenn Sie dieses Buch lesen, es aber nicht für Ihren alleinigen Gebrauch gekauft worden ist, kaufen Sie bitte eine eigene Version. Vielen Dank, dass Sie die Arbeit des Autors respektieren.

Alle Rechte vorbehalten. Kein Teil dieses Buches darf ohne Zustimmung der Autorin nachgedruckt oder anderweitig verwendet werden.

Die Ereignisse in diesem Buch sind frei erfunden. Die Namen, Charaktere, Orte und Ereignisse entspringen der Fantasie der Autorin oder wurden in einen fiktiven Kontext gesetzt und bilden nicht die Wirklichkeit ab. Jede Ähnlichkeit mit lebenden oder toten Personen, tatsächlichen Ereignissen, Orten oder Organisationen ist rein zufällig

Cover: Kim Killion

Kapitel Eins

Eine Frau kommt in eine Bar ...
Nein. Eine menschliche Frau kommt in eine Shifterbar ...
Die Bar war leer, noch nicht für Kundschaft geöffnet. Es sah ganz normal darin aus: fensterlose, schwarz gestrichene Wände, Reihen von Glasflaschen, der Geruch nach Bier und abgestandener Luft. Aber da sie am Rand von Shiftertown gelegen war, handelte es sich nicht um eine normale Bar.

„Sind Sie die Anwältin?", fragte ein Mann, der Gläser spülte. Er war ein Mensch, kein Shifter. Keine merkwürdigen, schmalen Pupillen, kein Halsband, um seine Aggressionen zu kontrollieren, keine bedrohliche Ausstrahlung. Na ja, fast nichts Bedrohliches. Dies war ein übles Viertel. Bedrohlichkeit war hier gang und gäbe.

Kim sagte sich, dass es nichts gab, wovor sie sich fürchten musste. *Sie sind gezähmt. Sie tragen Halsbänder. Sie können dir nichts tun.*

Auf ihr Nicken hin deutete der Mann mit seinem Lappen auf die Tür am Ende der Bar. „Gib's ihm, Schätzchen."

„Ich werde versuchen, ihn am Leben zu lassen." Kim drehte sich um und schritt auf ihren Zehn-Zentimeter-Absätzen davon. Den ganzen Weg über fühlte sie noch seinen Blick im Rücken.

Sie klopfte an eine mit „Privat" gekennzeichnete Tür, und auf der anderen Seite knurrte eine Männerstimme: „Herein."

Ich muss nur mit ihm reden. Dann bin ich fertig und wieder auf dem Weg nach Hause. Als sie sich zwang, die Tür zu öffnen und einzutreten, rann ein Tropfen Feuchtigkeit zwischen ihren Schulterblättern hinab.

Ein Mann saß zurückgelehnt in einem Stuhl hinter einem unaufgeräumten Schreibtisch. Er hielt ein Blatt Papier in den Händen. Seine Füße, die in Motorradstiefeln steckten, hatte er auf den Schreibtisch gelegt, die langen Beine, Muskeln unter Jeans, ein beeindruckender Anblick. Er war ganz klar ein Shifter: dünnes, schwarz-silbernes Band am Halsansatz, durchtrainierter Körper, rabenschwarzes Haar, deutliche Ausstrahlung von Gefahr. Als Kim eintrat, stand er auf und räumte die Papiere beiseite.

Verdammt. Er erhob sich zu einer Größe von fast zwei Metern und blickte sie aus Augen an, so blau wie der Morgenhimmel. Sein Körper war nicht nur durchtrainiert, er war sexy: kräftige Brust, breite Schultern, straffe Bauchmuskeln, fester Bizeps in einem figurnahen, schwarzen T-Shirt.

„Kim Fraser?"

„Ja, genau."

Mit altmodischer Höflichkeit platzierte er einen Stuhl vor dem Schreibtisch und bot ihn ihr an. Während sie sich setzte, fühlte sie die Hitze seiner Hand in ihrem unteren Rückenbereich und nahm den Geruch von Seife und männlichem Moschus wahr.

„Sie sind Mr Morrissey?"

Der Shifter setzte sich wieder und schwang die in Motorradstiefeln steckenden Füße erneut auf den

Schreibtisch. Er verschränkte die Hände hinter seinem Kopf. „Nennen Sie mich Liam."

Seine singende Sprechweise war unüberhörbar. Zusammen mit seinem schwarzen Haar, seinen unwahrscheinlich blauen Augen und dem exotischen Namen gab es keinen Zweifel für Kim. „Sie sind Ire."

Er lächelte auf eine Art, bei der eine Frau aus zehn Schritt Entfernung dahinschmelzen konnte. „Wer sonst würde eine Kneipe managen?"

„Aber sie gehört Ihnen nicht."

Sobald sie das gesagt hatte, hätte sie sich auf die Zunge beißen mögen. Natürlich gehörte sie ihm nicht. Er war ein Shifter.

Seine Stimme nahm einen kalten Klang an, die Fältchen in seinen Augenwinkeln verschwanden. „Ich fürchte, ich kann Ihnen im Fall von Brian Smith nicht viel weiterhelfen. Ich kenne Brian nicht sehr gut und weiß nicht, was in der Nacht passiert ist, als seine Freundin ermordet wurde. Das ist jetzt auch schon lange her."

Enttäuschung machte sich in ihr breit, aber Kim hatte gelernt, sich nicht so einfach entmutigen zu lassen, wenn sie einen Job zu erledigen hatte. „Brian hat Sie als Ansprechpartner angegeben. In dem Sinne von: Wenn ein Shifter in Schwierigkeiten ist, Liam Morrissey hilft ihm weiter."

Liam zuckte die Achseln, wodurch sich das Logo der Bar auf seinem T-Shirt bewegte. „Das stimmt. Aber Brian ist nie zu mir gekommen. Er hat sich ganz allein in Schwierigkeiten gebracht."

„Das weiß ich. Ich versuche, ihm aus seinen Schwierigkeiten *herauszuhelfen*."

Liams Augen wurden schmäler, seine Pupillen verengten sich zu Schlitzen, als er sich in das Raubtier in seinem Inneren zurückzog. Shifter taten das gerne, wenn sie eine Situation einschätzten, hatte Brian ihr erzählt. Sie konnte leicht erraten, wer hier die Beute war.

Brian hatte bei Kim anfangs auch das Raubtier-Beute-Ding durchgezogen. Er hatte damit aufgehört, als er begann, ihr zu vertrauen, aber Kim dachte nicht, dass sie sich je daran gewöhnen würde. Brian war der erste Wandler, den sie als Mandanten hatte, sogar der erste Wandler, den sie je außerhalb der Fernsehnachrichten gesehen hatte. Seit zwanzig Jahren wusste man von der Existenz der Shifter, aber sie hatte noch nie zuvor einen getroffen.

Es war bekannt, dass die Shifter in ihrem Bezirk im Osten von Austin wohnten, in der Nähe des alten Flughafens, aber sie war nie hingegangen, um sie sich anzusehen. Manche menschliche Frauen machten so etwas. Sie wanderten durch die Straßen direkt außerhalb Shiftertowns und hofften, einen Blick auf einen Shiftermann zu erhaschen – und mehr, denn es hieß, sie seien stark, gut aussehend und üppig bestückt. Kim hatte in einem Restaurant einmal zwei Frauen über ihre Nacht mit einem Wandlermann am Abend zuvor flüstern hören. Der Ausdruck „O mein Gott" war öfter gefallen. Sie war genauso neugierig wie alle anderen auch, aber sie hatte nie den Mut aufgebracht, sich selbst näher an Shiftertown heranzuwagen.

Dann plötzlich war ihr der Fall eines Wandlers zugeteilt worden, der angeklagt war, vor zehn Monaten seine menschliche Freundin umgebracht zu haben. Das war das erste Mal in zwanzig Jahren, dass es Ärger mit den Shiftern gab. Das erste Mal, dass einer von ihnen vor Gericht stand. Die über den Mord empörte Öffentlichkeit wollte, dass die Shifter bestraft wurden, und zeigte mit den Fingern auf diejenigen, die behaupteten, die Wandler seien gezähmt.

Nachdem Kim Brian getroffen hatte, hatte sie den Entschluss gefasst, ihn nicht nur symbolisch zu verteidigen. Sie glaubte an seine Unschuld, und sie wollte, dass er seinen Fall gewann. Es gab nicht viel rechtliches Referenzmaterial für Shifter, weil es keine Gerichtsverhandlungen gegeben hatte, zumindest gab es keine Aufzeichnungen. Noch nie hatte einer von ihnen vor Gericht gestanden. Dieser Fall würde in der Öffentlichkeit extrem präsent sein. Es war Kims Chance, ein Zeichen zu setzen und einen Präzedenzfall zu schaffen.

Liams Blick war weiter auf sie gerichtet, seine Pupillen noch immer zu Schlitzen verengt. „Sie müssen ja ziemlich mutig sein, einen Shifter zu verteidigen."

„Ja, sehr mutig." Kim schlug die Beine übereinander und gab vor, sich zu entspannen. Man sagte, dass die Shifter Nervosität erkennen konnten. *Sie wissen es, wenn du Angst hast, und sie nutzen deine Angst aus.* „Ich kann Ihnen sagen, dieser Fall war vom ersten Moment an extrem nervig."

„Die Menschen finden alles extrem nervig, was mit Shiftern zu tun hat."

Kim schüttelte den Kopf. „Ich meine, es war extrem nervig durch die Art, wie der Fall behandelt wurde. Die Ermittler hatten Brian fast dazu gebracht, ein Geständnis zu unterschreiben, bevor ich zu der Befragung kam. Dem zumindest habe ich einen Riegel vorgeschoben, aber ich konnte keine Freilassung auf Kaution für ihn durchsetzen. Und jedes Mal, wenn ich das Beweismaterial einsehen wollte, bin ich von der Staatsanwaltschaft davon abgehalten worden. Mit Ihnen zu sprechen ist ein Umweg, aber mir gehen allmählich die Ideen aus. Wenn Sie also nicht wollen, dass ein Shifter für dieses Verbrechen verurteilt wird, Mr Morrissey, dann wäre ein wenig Kooperation hilfreich."

Die Art, wie er sie mit seinem Blick festnagelte, ohne zu zwinkern, bewirkte, dass sie sich gerne verkrochen hätte. Oder weggelaufen wäre. Das war es doch, was Beute tat – weglaufen. Und dann jagten die Raubtiere sie und trieben sie in die Enge.

Was tat dieser Mann, wenn er seine Beute in die Enge getrieben hatte? Er trug ein Halsband, also konnte er gar nichts tun. Oder?

Kim stellte sich vor, wie sie gegen eine Wand gepresst wurde, seine Hände links und rechts an ihren Seiten, wie sie eingepfercht war von seinem harten Körper ... Hitze floss ihr die Wirbelsäule hinab.

Liam nahm seine Füße vom Tisch und lehnte sich vor, die Arme auf den Schreibtisch gelegt. „Ich habe nicht gesagt, dass ich Ihnen nicht helfen werde." Sein Blick wanderte zu ihrer Bluse, deren oberste Knöpfe während der Fahrt durch den Austiner Verkehr und die Julihitze aus den Knopflöchern geschlüpft waren. „Ist Brian froh, dass Sie ihn verteidigen? Mögen Sie Shifter so sehr?"

Kim widerstand der Versuchung, nach den Knöpfen zu greifen. Fast konnte sie seine Finger auf ihnen spüren, wie er jeden einzelnen öffnete, und ihr Herz schlug schneller.

„Es hat nichts damit zu tun, wen ich mag. Ich bin Brian zugeteilt worden, aber zufällig glaube ich, dass er unschuldig ist. Er sollte nicht für etwas verurteilt werden, das er nicht getan hat." Kim mochte ihre eigene Wut, denn sie überdeckte, wie sehr dieser Mann sie aus dem Gleichgewicht brachte. „Außerdem ist Brian der einzige Shifter, den ich je getroffen habe. Wie kann ich daher wissen, ob ich sie mag?"

Liam lächelte. Seine Augen nahmen wieder ihr normales Aussehen an. Jetzt wirkte er wie jeder andere gut aussehende, blauäugige Ire mit einem gestählten Körper. „Sie, Süße, sind ..."

„Kratzbürstig. Ja, das habe ich schon vorher gehört. Und auch Hitzkopf, kleine Draufgängerin und jede Menge andere herablassende Ausdrücke. Aber lassen sie mich Ihnen sagen, Mr Morrissey, ich bin eine verdammt gute Anwältin. Brian ist unschuldig, und ich werde ihm seinen Hintern retten."

„Ich wollte eigentlich *ungewöhnlich* sagen. Für einen Menschen."

„Weil ich gewillt bin, an seine Unschuld zu glauben?"

„Weil Sie hierhergekommen sind, an den Rand Shiftertowns, um mich zu treffen. Allein."

Das Raubtier war zurück.

Warum machte es ihr keine Sorgen, wenn Brian sie so ansah? Brian war im Gefängnis, wütend und eines schrecklichen Verbrechens angeklagt. Ein Killer – wenn man der Polizei glaubte. Aber Brians Blick sandte nicht diese Schauer über ihre Wirbelsäule, wie das bei Liam Morrissey der Fall war.

„Gibt es einen Grund, warum ich nicht allein hätte kommen sollen?", fragte sie und bemühte sich um einen unbekümmerten Tonfall. „Ich versuche zu beweisen, dass Shifter im Allgemeinen und mein Mandant im Besonderen Menschen nichts antun können. Ich würde das nicht richtig angehen, wenn ich Angst hätte, herzukommen und mit seinen Freunden zu sprechen."

Liam wollte über den kleinen ... Hitzkopf ... lachen, aber er behielt seinen kühlen Blick bei. Sie hatte keine Ahnung, auf was sie sich hier einließ. Fergus, der Clan-Anführer, erwartete von Liam, dafür zu sorgen, dass das so blieb.

Verdammt noch mal, Liam sollte sie nicht mögen. Er hatte die übliche menschliche Frau erwartet, mit einem Stock im Hintern, wie sie ihn alle hatten, aber etwas an Kim Fraser war anders. Es war nicht nur, dass sie klein und kompakt war, wohingegen Shifterfrauen groß und gertenschlank waren. Er mochte die Art, wie sie ihn aus ihren dunkelblauen Augen furchtlos anblickte. Er mochte ihre unbändigen schwarzen Locken, die seine Finger unwiderstehlich anzogen. Sie war vernünftig genug gewesen, ihr Haar in Ruhe zu lassen und es nicht in eine unnatürliche Form zu zwingen.

Andererseits versuchte sie, ihre ansprechend kurvige Figur unter einem steifen, grauen Kostüm zu verbergen, auch wenn ihr Körper da andere Vorstellungen hatte. Ihre Brüste wollten schier aus der zugeknöpften Bluse bersten, und die Stiletto-Absätze betonten nur noch, wie verdammt sexy ihre Beine waren.

Keine Shifterfrau würde sich so anziehen, wie sie das tat. Shifterfrauen trugen lose Kleidung, die sie schnell ausziehen konnten, wenn sie ihre Form wandeln mussten. Shorts und T-Shirts waren beliebt. Und im Sommer auch Zigeunerröcke und Sarongs.

Liam stellte sich diese Frau in einem Sarong vor. Ihre festen Brüste würden das Oberteil ausfüllen, und der Rock würde ihre glatten Schenkel entblößen.

Sie wäre sogar noch hübscher in einem Bikini, während sie sich am Pool eines reichen Mannes rekelte und einen komplizierten Drink schlürfte. Sie war Anwältin – vermutlich gab es einen Boss in ihrer Firma, der sie schon für sich reserviert hatte. Oder vielleicht benutzte sie auch diesen Boss dazu, die Karriereleiter zu erklimmen. Menschen taten so etwas dauernd. Entweder würde der Scheißkerl ihr das Herz brechen, oder sie würde aus der Beziehung herauskommen, glücklich mit dem, was sie erreicht hatte.

Genau deshalb bleiben wir schön weit weg von Menschen. Brian Smith hatte sich mit einer menschlichen Frau eingelassen, und jetzt hatte er die Bescherung. Warum also weckte diese Frau seinen Beschützerinstinkt? Warum wollte er sich näher zu ihr setzen, in die Reichweite ihrer Körperwärme? Sie würde das nicht mögen. Menschen versuchten, immer ein paar Handbreit Abstand zueinander zu halten, wenn es irgendwie möglich war. Selbst Liebespaare gingen in der Öffentlichkeit oft nicht weiter, als Händchen zu halten.

Liam täte besser daran, nicht im gleichen Atemzug an Leidenschaft und diese Frau zu denken. Fergus' Anweisungen hatten gelautet, Kim anzuhören, sie auf ihre Seite zu bringen und sie dann nach Hause zu schicken. Nicht dass Liam Fergus normalerweise blind gehorchte.

„Warum wollen Sie ihm helfen, Süße?", fragte er. „Sie verteidigen ihn doch nur, weil Sie den Kürzeren gezogen haben, hab ich recht?"

„Ich bin die Nachwuchsanwältin in der Firma, ja, deshalb wurde mir der Fall zugewiesen. Aber die Staatsanwaltschaft und die Polizei haben in diesem Fall beschissene Arbeit geleistet. Immer wieder wurden Brians Rechte verletzt, aber das Gericht will die Klage nicht abweisen, ganz gleich wie viel ich argumentiere. Alle wollen, dass der Shifter schuldig gesprochen wird, ob er das nun ist oder nicht."

„Und warum glauben Sie, dass Brian es nicht getan hat?"

„Was denken Sie?" Kim tippte sich gegen die Kehle. „Deswegen."

Liam widerstand der Versuchung, den Strang schwarzsilbernen Metalls, der um seinen Hals gewunden war, zu berühren. Ein kleiner keltischer Knoten saß daran. Um die Shifter unter Kontrolle zu halten, enthielten die Halsbänder winzige programmierte und von Feenmagie verstärkte Chips – auch wenn die Menschen über den Teil mit der Magie nicht gerne nachdachten. Wenn die gewalttätigen Neigungen eines Shifters erwachten, versetzte ihm das Halsband einen Stromstoß. Wenn der Wandler nicht aufhörte, war die nächste Ladung lähmender Schmerz. Ein Shifter konnte niemanden angreifen, wenn er sich auf dem Boden krümmte.

Liam war sich nicht sicher, wie die Halsbänder funktionierten. Er wusste nur, dass jedes mit der Haut seines Trägers verschmolz und sich seiner Tierform anpasste, wenn er sich wandelte. Alle Shifter, die in oder in der Nähe von menschlichen Siedlungen wohnten, mussten Halsbänder tragen. Einmal angelegt, konnte man sie nicht mehr abnehmen. Das Halsband zu verweigern bedeutete Hinrichtung. Wenn der Shifter zu entkommen versuchte, wurde er – oder sie – gejagt und getötet.

„Sie wissen, dass Brian kein Gewaltverbrechen begangen haben kann", sagte Kim. „Sein Halsband hätte ihn aufgehalten."

„Lassen Sie mich raten. Ihre Polizei behauptet, das Halsband hätte nicht richtig funktioniert?"

„Genau. Als ich vorschlug, es zu testen, wurden mir unzählige Gründe genannt, warum das nicht geht. Das

Halsband kann nicht abgenommen werden, und selbst wenn es ginge, sei es sowieso zu gefährlich, Brian ohne Halsband zu belassen. Und es sei auch zu gefährlich, ihn zu Gewalttätigkeiten zu provozieren, um zu sehen, ob das Halsband ihn aufhält. Brian hat sich, seit er verhaftet wurde, ruhig verhalten. Als ob er aufgegeben hätte." Sie wirkte niedergeschlagen. „Ich hasse es, zu sehen, dass jemand einfach so aufgibt."

„Haben Sie eine Schwäche für Underdogs?"

Sie grinste ihn mit ihren roten Lippen an. „Das könnte man so sagen, Mr Morrissey. Ich habe eine lange Vergangenheit mit Underdogs."

Liam mochte ihren Mund. Er mochte die Vorstellung dieses Mundes auf seinem Körper, besonders auf bestimmten Teilen seines Körpers. Solche Gedanken waren völlig fehl am Platz, aber sie lösten dennoch eine körperliche Reaktion unterhalb seiner Gürtellinie aus.

Merkwürdig. Er hatte nie auch nur darüber nachgedacht, mit einer menschlichen Frau zu schlafen. Er fand menschliche Frauen nicht attraktiv und zog es außerdem vor, beim Sex seine Raubkatzenform einzunehmen. Auf diese Art fand er Sex wesentlich befriedigender. Bei Kim würde er menschlich bleiben müssen.

Sein Blick wanderte zu ihrem aufgeknöpften Kragen. Es wäre vielleicht gar nicht so schlimm, bei ihr menschlich zu sein ...

Was verdammt noch mal denke ich da? Fergus' Anweisungen waren klar gewesen, und nur, weil Liam ihnen zugestimmt hatte, war Kim überhaupt erlaubt worden, nach Shiftertown zu kommen. Fergus war nicht gerade begeistert, dass Brians Fall einer menschlichen Frau anvertraut worden war, nicht dass sie diesbezüglich eine Wahl gehabt hätten. Fergus war von Anfang an wegen Brians Festnahme mächtig angepisst gewesen und dachte, die Shifter sollten sich zurückhalten und nicht einmischen. Es war fast, als hielte er Brian für schuldig.

Aber Fergus lebte auf der anderen Seite von San Antonio. Was er nicht wusste, würde ihn auch nicht heißmachen. Liam würde das hier auf seine eigene Art erledigen.

„Was wollen Sie also von mir, Süße?", fragte er Kim.

„Wollen Sie *mein* Halsband testen?"

„Nein, ich möchte mehr über Brian wissen, über Shifter und die Shiftergemeinde. Wer Brians Familie ist, wie er aufgewachsen ist, wie es ist, in einem geschlossenen Shifterbezirk zu wohnen." Sie lächelte erneut. „Sechs unabhängige Zeugen zu finden, die schwören können, dass er zur Tatzeit nicht in der Nähe des Opfers war, würde auch nicht schaden."

„Ach, das ist alles? Sie wollen ein verdammtes Wunder von mir, Schätzchen."

Sie wickelte sich eine dunkle Locke um den Finger. „Brian hat gesagt, Sie seien der Shifter, mit dem die meisten Leute redeten. Sowohl Shifter als auch Menschen."

Es war richtig, dass Shifter mit ihren Problemen zu Liam kamen. Sein Vater Dylan Morrissey war der Anführer dieser Shiftertown und hatte den zweithöchsten Rang im ganzen Clan.

Die Menschen wussten wenig über die sorgfältige Hierarchie der Shifterclans und Rudel und noch weniger darüber, wie formlos, aber effizient die Dinge hier erledigt wurden. Dylan war der Anführer des Morrissey-Rudels und der Anführer dieser Shiftertown, und Fergus war der Clan-Anführer der Feliden von Süd-Texas, aber Shifter mit Problemen wandten sich an Liam oder seinen Bruder Sean. Sie trafen sich in der Bar oder im Café um die Ecke. *Also, Liam, kannst du deinen Vater bitten, sich für mich darum zu kümmern?*

Niemand bat Dylan oder Fergus direkt. So wurde das einfach nicht gehandhabt. Aber mit Liam bei einem Kaffee über ein Problem zu sprechen, das war okay und lenkte keine Aufmerksamkeit auf die Tatsache, dass die betreffende Person Schwierigkeiten hatte.

Was sowieso jeder wusste. Das Leben in einer Shiftertown erinnerte Liam sehr an das Leben in dem irischen Dorf, in dem er gewohnt hatte, bevor er vor zwanzig Jahren nach Texas gekommen war. Jeder wusste alles über jeden, und Neuigkeiten verbreiteten sich mit Lichtgeschwindigkeit von einer Seite des Dorfes auf die andere.

„Brian hat sich nie an mich gewendet", sagte er. „Ich habe von diesem menschlichen Mädchen gar nichts gewusst, bis plötzlich die Polizei hier hereingeschneit kam und ihn verhaftet hat. Seine Mutter kämpfte sich aus dem Bett, um mit anzusehen, wie ihr Sohn weggeschleppt wurde. Tagelang hat sie nicht einmal gewusst, wieso."

Kim sah, wie in Liams blaue Augen ein harter Ausdruck trat. Die Shifter waren über Brians Festnahme verärgert, so viel war sicher. Die Bürger von Austin hatten angespannt darauf gewartet, dass die Shifter nach der Festnahme Probleme machen würden, dass sie ausbrachen oder mit Gewalt reagierten, aber Shiftertown blieb ruhig. Kim hatte sich gewundert, warum das so war, aber sie wollte nicht genau jetzt fragen und damit vielleicht die einzige Person verärgern, die ihr helfen konnte.

„Das ist ja meine Rede", sagte sie. „Dieser Fall ist von Anfang bis Ende falsch behandelt worden. Wenn Sie mir helfen, kann ich Brian freibekommen und gleichzeitig ein Zeichen setzen. Die Rechte der Bürger darf man nicht mit Füßen treten, nicht einmal die Rechte der Shifter."

Liams Augen wurden noch härter, wenn das überhaupt möglich war. Es war, als sehe sie einen lebenden Saphir. „Mir ist es nicht wichtig, ein Zeichen zu setzen. Mir ist Brians Familie wichtig."

Also gut, dann hatte sie sich wohl geirrt bei der Einschätzung, was ihn motivierte. „Brians Familie wird bestimmt glücklicher sein, wenn er frei ist, statt zu einer Haftstrafe verurteilt zu werden."

„Er wird nicht zu einer Haftstrafe verurteilt werden. Er wird hingerichtet, und das wissen Sie. Und er wird auch nicht zwanzig Jahre auf seine Hinrichtung warten. Sie werden ihn hinrichten, und sie werden es schnell tun."

Das stimmte. Der Staatsanwalt, der Sheriff des Verwaltungsbezirks, der Generalstaatsanwalt und sogar der Gouverneur wollten an Brian ein Exempel statuieren. Es hatte seit zwanzig Jahren keinen gewaltsamen Übergriff von Shiftern gegeben, und die Regierung von Texas wollte der Welt versichern, dass sie auch jetzt keine zulassen würde.

„Helfen Sie mir also, ihn zu retten?", fragte Kim. Wenn er direkt und auf den Punkt sein konnte, dann konnte sie das auch. „Oder lassen Sie ihn sterben?"

Wut flackerte erneut in Liams Blick auf, dann Trauer und Frustration. Shifter waren emotionale Leute, soweit sie das bei Brian festgestellt hatte, und sie machten sich nicht die Mühe, ihre Gefühle zu verbergen. Brian hatte sich einige Male verbal an Kim abreagiert, bevor er widerwillig eingesehen hatte, dass sie auf seiner Seite war.

Brian hatte gesagt, wenn Liam sich entschied, sie abzublocken, hatte Kim keine Hoffnung auf Kooperation von den anderen Shiftern. Selbst Brians eigene Mutter würde seinem Beispiel folgen.

Liam sah aus wie ein Mann, der sich nichts gefallen ließ. Wie ein Mann, der Befehle gab, aber bisher hatte er nicht brutal gewirkt. Er konnte seine Stimme weich, melodisch, beruhigend und freundlich klingen lassen. Er war jemand, der seine Leute beschützte, vermutete sie.

Würde er sich dafür entscheiden, Brian zu beschützen, oder würde er ihm den Rücken kehren?

Liams Blick zuckte an ihr vorbei zur Tür, jede Linie seines Körpers plötzlich gespannt. Kim schrak nervös auf. „Was ist?"

Liam erhob sich aus dem Stuhl und ging um den Schreibtisch herum, als die Tür sich mit einem schleifenden

Geräusch öffnete und ein anderer Mann – ein anderer Shifter – hereinkam.

Liams Gesichtsausdruck veränderte sich. „Sean." Er nahm die Hände des anderen Shifters und zog ihn an sich.

In mehr als eine Umarmung. Kim sah mit offenem Mund zu, wie Liam die Arme um den anderen Mann schlang, ihn an sich presste und ihn auf die Wange küsste.

Kapitel Zwei

Kim zwang sich, ihren Mund wieder zu schließen und sich abzuwenden. Es ging sie nichts an, ob Liam Morrissey schwul war. Es war enttäuschend, aber es ging sie nichts an.

Der zweite Mann hielt Liam eng umschlungen, dann ließen sie begleitet von einem Klopfen der Fäuste auf den Rücken des anderen voneinander ab. Liam lächelte. Meine Güte, er war wirklich attraktiv, wenn er lächelte. Sein Arm ruhte auf den Schultern des anderen Mannes.

„Sean, das ist Kim", sagte Liam. „Sie möchte, dass ich ihr mit Brian helfe."

Sean hatte dunkles Haar und blaue Augen wie Liam und einen ebenso gestählten Körper, aber sein Blick war härter, sein Aussehen ernster. Er trug eine Ruhe in sich, die Liam vermissen ließ, als sei ihm etwas zugestoßen, worüber er nie ganz hinweggekommen war.

„Tut sie das?", fragte Sean. „Und was hast du ihr geantwortet?"

„Das wollte ich gerade erklären, als du ohne Vorwarnung hereingeplatzt bist. Was, wenn ich dich für einen Wolf gehalten hätte? Dann wärst du jetzt einen Kopf kürzer."

„Ist dein Geruchssinn so schlecht, Liam, dass du deinen eigenen Bruder für einen Wolfsmann halten würdest?"

„Er ist Ihr Bruder?", fragte Kim mit unsicherer Stimme.

„Mein Bruder, Sean Morrissey."

Sie wurde rot. „Oh."

Liam hatte den Arm noch immer fest um den anderen Mann geschlungen. „Wieso? Was haben Sie denn geglaubt, wer er ist?"

Kim versuchte, ihr Schamgefühl unter Kontrolle zu bekommen. „Ich dachte, Sie beide seien ein Paar."

Liam lachte laut los. Es war ein warmes Lachen. Sean lächelte leicht. „Sind alle Menschen so verrückt?", fragte er Liam.

„Sie sind alle derart ignorant", sagte Liam. „Ich habe mich entschieden, sie mit Brians Mutter sprechen zu lassen."

Seans Lächeln verblasste. Er und Liam tauschten einen Blick aus, der Vorsicht und eine Warnung beinhaltete. Weil sie Menschen nicht trauten? Oder war da mehr?

Beide richteten ihre Aufmerksamkeit erneut auf Kim. Niemand konnte einen ansehen wie ein Shifter. Sie bemerkten alles, nichts entging ihnen. Sie stellte fest, dass es nicht übel war, von zwei gleichermaßen gut aussehenden Männern gemustert zu werden, selbst wenn diese Shifter waren und möglicherweise gefährlich oder tödlich.

„Klingt gut", zwang sie sich zu antworten. „Hier ist meine Karte. Rufen Sie mich an, wenn Sie etwas mit ihr arrangiert haben."

„Ich dachte, ich bringe Sie gleich jetzt hin", sagte Liam.

„Was du heute kannst besorgen ..."

„Gleich jetzt? Ohne Vorwarnung? Das ist nicht immer eine gute Idee."

„Sie wird wissen, dass wir kommen."

Kim zuckte mit den Schultern und gab vor, die Nonchalance der beiden zu teilen. Ihre Jahre als Anwältin hatten sie übergenau werden lassen. Sie machte Verabredungen, bewahrte genaue Aufzeichnungen auf, ging immer auf Nummer sicher. Die lässige Art der beiden verunsicherte sie.

Und doch spürte sie, dass die beiden Männer gar nicht wirklich entspannt waren. Liam und Sean warfen sich noch einen Blick zu, eine unausgesprochene Warnung. Es war, als ob sie miteinander kommunizierten, ohne dass sie es hören konnte.

Nun, wie auch immer. Sie hatte einen Job zu erledigen, und Brian hatte gesagt, Liams Hilfe zu bekommen sei der Schlüssel dazu.

Sie trat erhobenen Hauptes aus der Tür, die Liam ihr aufhielt, und versuchte, nicht zu schmelzen, als sie zwischen den beiden außergewöhnlich heißen Männern vorbeiging.

***

Sie gingen zu Fuß zu Brians Haus. Kim hatte sich innerlich darauf vorbereitet, den engen Raum ihres Wagens mit zwei Shiftern zu teilen, doch stattdessen lief sie ein paar Schritte hinter Liam, während Sean ihr folgte.

Es war nicht weit zu dem Haus. Ein paar Blocks nur, versicherte ihr Liam. Er war ja auch nicht derjenige, der Zehn-Zentimeter-Absätze trug, hätte sie gerne gemurrt. Kims glänzende, schwarze Pumps waren großartig für Treffen im Büro, aber ungeeignet für Fußmärsche.

Dennoch war es kein hartes Schicksal, hinter Liam herzulaufen. Er hatte einen sehr netten Hintern, in einer eng sitzenden Jeans, und er lief trotz der Hitze vollkommen leichtfüßig. Kein Wunder, dass die Leute mit ihren Problemen zu ihm kamen – er sah aus wie ein Mann, der einen dazu einladen würde, den Kopf an seine Schulter zu legen, während er sich darum kümmerte, dass alles wieder gut wurde. Sein Bruder hatte die gleiche Körpergröße und Statur, die gleiche Stärke, die gleichen blauen Augen, aber wenn Kim wählen müsste, würde sie zu Liam neigen. Sean strahlte eine gewisse Zurückhaltung aus, eine Distanz, die sie in Liam nicht spürte.

Der erste Block beherbergte ein kleines Geschäft mit einem zugemüllten Parkplatz an einer Ecke, eine weitere Bar – geschlossen – am anderen Ende und dazwischengezwängt einen mit Brettern verbarrikadierten Laden und zwei Bungalows, die aus besseren Zeiten übrig geblieben waren. Außer ihnen drei war niemand auf der Straße. Jeglicher Verkehr sauste vorbei zu den neueren und wohlhabenderen Vierteln der Stadt.

Liam führte Kim um die Ecke hinter die zerfallenen Gebäude. Sie passierten ein weit offen stehendes Tor in einem Maschendrahtzaun und überquerten ein Feld. Sie verzog das Gesicht und gab acht, wo sie hintrat, wohl wissend, dass ihre Beine und Füße für die texanischen Sandflöhe ein Festmahl sein würden.

Als sie das andere Ende des Feldes erreichten, blieb Kim so plötzlich stehen, dass Sean fast mit ihr zusammengestoßen wäre.

„*Das* ist Shiftertown?"

Liam grinste. „Ist das nicht, was Sie erwartet haben, Süße?"

Kim hatte gedacht, Shiftertown sei ein Getto für Leute, die in anderen Teilen der Stadt nicht erwünscht waren. Die Häuser waren auch in der Tat klein und alt, ja. Die Straße selbst hatte Risse und Schlaglöcher, denn Reparaturen hier hatten für die Stadtverwaltung keine hohe Priorität. Aber Kim sah die Straße hinab auf etwas, das wie ein hübsches und gemütliches Stadtrandviertel wirkte. Jedes Haus war begrünt, mit einem Garten oder Blumenkästen randvoll mit Sommerblumen. Die Gebäude waren gestrichen und in gutem Zustand, und die meisten hatten große Veranden, auf denen Pflanzen und Möbel standen.

Es gab keine Zäune. Kinder spielten in den Vorgärten und rannten sorglos zwischen den Häusern umher. In einem

Vorgarten stand ein Plastikplanschbecken, in dem sich etliche Kinder und ein paar Hunde tummelten. Zwei Mütter sahen von den Verandastufen aus zu. Es waren junge Frauen, leger in Shorts und weiten T-Shirts, die Beine in die Sonne gestreckt, während die Kinder spielten. Alle im Hof und auf der Veranda, sogar die Hunde, trugen Halsbänder.

Eine der Frauen sah auf und winkte. „Grüß dich, Liam", rief sie. „Hallo, Sean." Die andere hob ihre Hand zum Gruß, schwieg aber. Kim fühlte die Blicke der beiden Wandlerfrauen auf ihrem dunkelgrauen Kostüm und ihren idiotisch hohen Absätzen.

Liam und Sean winkten lässig zurück. Die Kinder sprangen auf und ab, und eines sandte einen großen Wasserschwall über den Poolrand.

„Sieh mal, Liam, ich habe einen eigenen Pool."

„Das ist ja toll, Michael. Pass gut auf deinen Bruder auf."

Michael drehte sich zu dem kleinsten Kind im Pool um, das vergnügt vor sich hin planschte. „Mach ich", sagte der ältere Junge ernst.

Sie gingen weiter. Die Shifter versteckten sich nicht in ihren Häusern, wie die Bewohner in Kims Nachbarschaft. Sie liefen draußen durch die Hitze, arbeiteten im Vorgarten, passten auf die Kinder auf, redeten mit ihren Nachbarn. Jeder, an dem sie vorbeikamen, winkte oder lächelte Liam und Sean zu, manche grüßten sie. „Na, Liam. Wie geht es deinem Vater?"

Bis sie das Ende des Häuserblocks erreicht hatten, hatte Kim verstanden, wieso Brians Mutter wissen würde, dass sie auf dem Weg waren, auch ohne dass Liam vorher anrief. Jeder Shifter, an dem sie vorbeikamen, bemerkte Liam und Sean, und jeder Shifter erkannte Kim als Mensch und Fremde. Jemand würde anrufen oder hinten durch die Gärten laufen, um Brians Mutter vorzuwarnen.

Brian hatte mit seiner Mutter Sandra Smith in der Nummer 445B in der Marble Lane gewohnt, wie Kim aus den Akten wusste. Sie hatte angenommen, dass die Adresse ein Apartment oder eine Doppelhaushälfte bedeutete, aber es stellte sich heraus, dass es ein Haus war, das hinter ein anderes gebaut war. Eine Auffahrt führte an 445A vorbei und endete an der Garage von 445B.

Beide Häuser sahen nach den 1920er- oder 1930er-Jahren aus: zweigeschossige kleine Bungalows mit niedrigen Dächern und Veranden mit gemauerten Säulen, Dachgauben und separaten Garagen. Die vordere Fliegenschutztür öffnete sich, als sie näher kamen. Eine schlanke Frau hatte sich gegen den Türrahmen gelehnt.

„Dann hast du sie also hergebracht", sagte sie.

Kim hatte Sandra Smith nie getroffen. Als sie anfing, die Fakten des Falls zusammenzutragen, hatte sie Sandra gebeten, in ihr Büro zu kommen, um mit ihr zu sprechen. Sandra hatte sich geweigert und nach einer Weile Kims Anrufe nicht mehr entgegengenommen. Das war einer der Gründe gewesen, warum Kim mit Liam hatte sprechen wollen, um wenigstens *einen* zu finden, der ihr helfen konnte, eine solide Verteidigung für Brian auf die Beine zu stellen.

„Ich hoffe, Sie sehen uns die Störung nach, Mrs Smith", begann Kim, als sie sich der Veranda näherten.

Sandra wandte sich abrupt ab und ging hinein, die Fliegenschutztür knallte hinter ihr zu. Kim schnitt eine Grimasse. Dieses Gespräch würde nicht glatt verlaufen.

Liam und Sean schoben sich an Kim vorbei, um das Haus zu betreten. Auf den bei Menschen üblichen Brauch, zurückzubleiben und eine Frau vorgehen zu lassen, nahmen sie keine Rücksicht. Brian hatte ihr diese scheinbare Unhöflichkeit erklärt. Für Shifter war es irrsinnig, eine Frau einen Raum oder ein Gebäude zuerst betreten zu lassen. Man konnte nie sicher sein, welche Gefahren auf der anderen Seite lauerten. Der Mann überprüfte das Innere und gab dann der Frau ein Zeichen, dass es sicher war, einzutreten. Wie konnte man seine Gefährtin sonst beschützen?

Kim folgte ihnen ins Haus und blieb überrascht stehen. Sean hatte Sandra in die Arme genommen und ließ sie sich gegen ihn lehnen, während er seine Wange an ihrem Haar rieb. Liam stellte sich hinter Sandra. *Sehr* dicht hinter Sandra. Er berührte ihren Rücken mit seiner Brust, und sowohl er als auch Sean murmelten ihr etwas zu.

Es war verrückt. So wie Liam seinen Bruder begrüßt hatte, hatte Kim gedacht, die beiden hätten etwas miteinander. Jetzt hätte sie schwören können, dass die Brüder mit Sandra in einer Dreierbeziehung waren.

Liam und Sean traten von ihr weg, und Sandra wischte sich die Augen. Kim war betroffen, wie jung die Frau aussah, zu jung, um einen 25-jährigen Sohn zu haben. Sie könnte vielleicht dreißig sein, auch wenn ihre Augen deutlich machten, dass dies eine Frau war, die viel mehr von der Welt gesehen hatte als Kim.

„Kann ich Ihnen einen Kaffee anbieten, Ms Fraser?", fragte Sandra mit zitternder Stimme.

„Nein, nein", antwortete Kim. „Machen Sie sich bitte keine Umstände."

Sean lächelte Sandra zu. „Ich glaube, eine große Kanne wäre wunderbar, Sandra. Ich helfe dir damit, ja?"

Sandra wurde unter seinem Blick weicher, nachgiebiger, und sie und Sean gingen in die Küche im hinteren Teil des Hauses. Sean trat zuerst über die Schwelle und schob dann Sandra hinein – eine Hand tief auf ihrem Rücken.

„Was war das jetzt?", fragte Kim an Liam gerichtet.

„Setzen Sie sich, Kim. Sie sehen ganz erschöpft aus."

Sie hatte nicht wirklich mit einer Antwort gerechnet. Mit einer Grimasse ließ sie sich auf das Sofa plumpsen und legte ihre Aktentasche auf den Couchtisch. Ihre Füße brachten sie fast um. Sie fuhr mit dem Finger einmal innen um den Rand der Schuhe, aber es half nicht besonders.

„Haben Sie Schmerzen?" Liam setzte sich neben sie – *direkt* neben sie, so, dass er keinen Sicherheitsabstand mehr ließ. „Lassen Sie mich Ihre Füße sehen."

Kim sah ihn ungläubig an. „Wie bitte?"

„Ich habe gesehen, wie Sie gehumpelt sind. Ziehen Sie diese lächerlichen Schuhe aus, und schwingen Sie Ihre Füße hier hoch."

Seine Augen waren so verdammt blau. Warum sehnte sie sich plötzlich danach, seine warmen Hände auf ihren Füßen zu spüren, auf ihren Knöcheln, ihre Beine hinauf bis unter ihren Rock, wo ihre Strümpfe auf den bloßen Schenkeln endeten ...

Er war ein *Shifter*. Es war nicht richtig.

„Das kann ich nicht."

„Sie meinen, Sie werden es nicht tun."

„Was glauben Sie denn, wie das aussehen würde? Wenn die Mutter des Mannes, den ich verteidige, ins Zimmer kommt und sieht, wie Sie mir eine Fußmassage verpassen?"

„Sie würde denken, dass es Ihre erste vernünftige Tat ist. Sie verstecken sich hinter dieser Kleidung, als sei sie eine Rüstung. Sie wird sich Ihnen gegenüber nicht öffnen, solange Sie das tun."

„Aber sie würde sich öffnen, wenn ich mit Ihnen Füßeln spiele?"

Liam lächelte auf eine Art, die ihr Herz schneller schlagen ließ. „Ziehen Sie Ihre verdammten Schuhe aus, Frau."

Ach, zur Hölle damit. Andere Städte, andere Sitten ... Das gilt anscheinend auch für Shiftertown.

Kim konnte ein erleichtertes Stöhnen nicht unterdrücken, als sie die Pumps von den Füßen streifte. Liam klopfte sich auf den Schoß. Kim lehnte sich in die Ecke der Couch und legte ihre Füße auf Liams Schenkel.

„Ist in Shiftertown alles andersrum?", fragte sie.

„Andersrum?"

„Männer betreten einen Raum zuerst, es ist besser, die Schuhe auf der Couch von Fremden auszuziehen, als sich geschäftsmäßig zu geben, und man begrüßt sich, indem man sich aneinander reibt." Kim entspannte sich unter den köstlichen Gefühlen, als er mit starken Händen über ihre Füße strich. „Oh, das ist gut."

Liams Daumen glitt über ihren Spann zu ihrer Ferse, seine Berührung ganz warm. Er wusste wirklich, wie man Verspannungen löste.

Ein weiteres Stöhnen entfuhr ihr. „Das ist besser als jedes Wellness-Center, in dem ich je war. Damit könnten Sie Geld verdienen."

„Shifter dürfen keine Berufe ausüben, in denen sie Menschen berühren." Seine Stimme wurde weich. „Wir könnten ja beißen."

Kim glaubte nicht, dass es ihr etwas ausmachen würde, von ihm angeknabbert zu werden. Ihre Nervosität in Bezug auf Wandler war noch nicht ganz verflogen, aber Liam ließ ihre Ängste zunehmend verschwinden, zumindest was ihn selbst betraf. „Ich glaube, für Sie würde ich eine Ausnahme machen."

„Das sind Pheromone."

Sie bekam große Augen. „Wie bitte?"

„Sean und ich haben Sandras Verzweiflung gespürt und sie beruhigt. Sie hat unsere Berührung gebraucht. So wie Sie es brauchen, dass ich Ihnen die Füße massiere."

Kim dachte an das zärtliche Gruppenkuscheln. „Sie muss sehr verzweifelt gewesen sein."

„Das war sie. Warum sollte sie das nicht sein?"

„War Sean auch verzweifelt, als er in ihr Büro gekommen ist? Ihn haben Sie ja auch umarmt."

„Natürlich habe ich ihn umarmt, er ist mein Bruder. Umarmen Sie Ihre Geschwister nicht?"

„Ich habe keine Familie", antwortete Kim. Sie konnte die Trauer nicht aus ihrer Stimme heraushalten. „Nicht mehr."

Liam warf ihr einen Blick unverhohlenen Mitleids zu. „Kein Wunder, dass sie so angespannt sind. Was ist mit ihnen passiert?"

„Ich spreche nicht gerne darüber."

„Tun Sie es trotzdem."

Kim hatte immer geglaubt, dass es besser sei, sich nicht zu öffnen, aber Liams blaue Augen und seine sanfte Stimme lösten etwas in ihr. „Es ist kein großes Geheimnis. Mein Bruder Mark ist gestorben, als ich zehn war. Er war zwölf. Er wurde von einem Auto erfasst, als er zum Laden an der Ecke ging, um sich mit Freunden zu treffen. Der Fahrer beging Fahrerflucht. Meine Eltern sind vor ein paar Jahren gestorben, mit nur wenigen Monaten Abstand. Einfach weil sie alt waren. Sie hatten ihre Kinder spät bekommen. Daher bin jetzt nur noch ich übrig."

Es war keine komplizierte Geschichte und leicht erzählt. Ihr Kummer war schon lange zu einer Leere verglüht. Sie lebte in dem großen Haus, das sie von ihren Eltern geerbt hatte, und es war ... so still. Sie versuchte, sich mit geselligen Abenden mit Kollegen und an den Wochenenden mit Partys aufzuheitern, aber die Wärme hielt nicht lange vor. Die Nachbarschaft ihrer Eltern war eher chic und zurückhaltend. Dort planschten keine Kinder in Plastikpools in den Vorgärten.

Liam drückte sanft ihre Füße. „Das tut mir leid für Sie, Kim Fraser. Es ist eine furchtbare Sache, einen Bruder zu verlieren. Als ob man einen Teil von sich selbst verliert."

Er hatte so recht. Kims nächste Worte kamen zögerlich. „Als Mark getötet wurde, habe ich mir die Schuld gegeben. Ich weiß, das ist dumm. Ich war meilenweit entfernt im Haus einer Freundin, und ich war zehn Jahre alt – was hätte ich schon tun können? Aber ich habe immer gedacht, wenn ich da gewesen wäre, hätte ich ihn warnen können, ihn aus dem Weg ziehen können, dafür sorgen können, dass er zu Hause blieb. Ich hätte *irgendetwas* tun können."

Liams warme, entspannende Finger glitten der Reihe nach unter jede ihrer Zehen. „Sean und ich, wir hatten einen Bruder – Kenny. Wir haben ihn vor zehn Jahren verloren. Man fragt sich immer wieder, ob er noch am Leben wäre, wenn man ihn an diesem Tag überredet hätte, etwas anderes zu tun."

„Ganz genau." Siebzehn Jahre lang hatte Kim niemanden gefunden, der sie wirklich verstand, keinen Freund, keinen Kollegen, auch nicht die Jugendtherapeuten, zu denen sie geschickt worden war. Und jetzt sah ihr ein Shifter, den sie erst vor einer Stunde kennengelernt hatte, mitten ins Herz.
„Das tut mir leid, Liam. Mit Ihrem Bruder."
Mit einem Nicken erkannte er ihr Mitgefühl an. „Ist der Mistkerl, der Mark getötet hat, je gefasst worden?"
Kim schüttelte den Kopf. „Die Polizei hat einen Kerl festgenommen, aber es hat sich herausgestellt, dass er es nicht gewesen ist. Jeder wollte, dass er schuldig war, wollte jemandem die Schuld geben, aber als ich ihn sah, wusste ich, dass er es nicht getan hatte. Er hatte solche Angst, und seine Frau weinte und sagte, er sei es nicht gewesen, aber natürlich, wie hätte ich es wissen können? Ich war ein Kind, und ich war noch nicht einmal dabei gewesen. Letzten Endes tauchte Beweismaterial auf, das ihn entlastete. Aber alle waren sauer, dass er unschuldig war. Sie konnten den wahren Täter nicht ausfindig machen, also wollten sie ihn als Ersatz."
Seine Hände wurden langsamer. „Haben Sie sich deshalb entschieden, Anwältin zu werden?"
„Nein, ich wollte Ärztin werden." Sie grinste. „Oder Tänzerin. Ich konnte mich nicht recht entscheiden. Ich war zehn. Aber ich wollte, dass der Richtige dafür bezahlte. Ich wusste, wenn die falsche Person verurteilt wurde, dann hätte der Täter noch mehr Leute auf dem Gewissen, wissen Sie?"
„Gute Argumentation für eine Zehnjährige."
„Ich hatte darüber nachgedacht. Viel. Lange Zeit. Ich konnte an nichts anderes denken." Daher auch die Jugendtherapeuten.
„Ich weiß." Er blickte wieder grimmig.
Kim wollte fragen, wie sein Bruder gestorben war, aber in dem Moment kamen Sandra und Sean mit dem Kaffee. Kim versuchte, ihre Füße rasch aus Liams Schoß zu nehmen, aber

er schloss die Hände um ihre Fußgelenke und hielt sie fest. Sie blickte ihn böse an, und er lächelte zurück, wobei er ihr perfekte weiße Zähne zeigte.

Sean stellte ein Tablett auf den Tisch. Darauf fand sich alles, was sie brauchten: Tassen, eine Kanne, Sahne und Zucker. Süßstoff gab es nicht. Kim fragte sich, ob das so war, weil Sandra keinen Süßstoff mochte, oder ob Shifter sich niemals um ihre Figur sorgen mussten.

Sandra sah weder überrascht noch schockiert aus, dass Kims bestrumpfte Füße in Liams Schoß lagen. Kommentarlos schenkte sie eine Tasse Kaffee ein und reichte sie ihr.

„Also, Kim", sagte Sean, während er sich hinsetzte und seine Tasse nahm, „hat Brian überhaupt eine Chance?"

Kim konnte sie nicht anlügen. „Brians DNA war auf dem Opfer Michelle zu finden und auch in ihrem Schlafzimmer. Jetzt, da jeder *CSI* sieht, glauben die Leute, DNA sei der Stein der Weisen. Aber Brian sagt, dass er mit Michelle zusammen war und natürlich in ihrem Haus gewesen ist, daher würde auch seine DNA dort zu finden sein. Und auch auf ihr."

„Was können wir denn dann tun?", fragte Sandra wütend. „Wenn diese DNA ihn schon überführt hat?"

„Wir könnten beweisen, dass er in jener Nacht nicht in der Nähe des Tatorts war", erklärte Kim. „Deshalb bin ich hier. Weder der Privatdetektiv, den ich angeheuert habe, noch ein Freund, der Journalist ist und den Fall verfolgt hat, können irgendwelche Informationen zu seinem Aufenthaltsort in jener Nacht herausfinden. Ich meine, überhaupt keine Informationen. Es ist, als sei er für 24 Stunden verschwunden gewesen. Aber ich kann nicht glauben, dass *niemand* Brian gesehen hat oder wusste, wo er hinwollte."

Verdammt noch mal, jeder in dieser Straße hatte innerhalb von Minuten gewusst, dass Liam und Sean die menschliche Anwältin zu Brians Haus brachten. Sie kannten mittlerweile vermutlich Kims vollen Namen und ihre Lieblingsfarbe. „Ich lasse den Privatdetektiv Michelles Umfeld untersuchen, um zu sehen, ob sie zum Beispiel einen eifersüchtigen Exfreund hatte oder einen gewalttätigen Vater oder sogar einen normalerweise netten Freund, der sich darüber aufgeregt hat, dass sie mit einem Shifter ausging. Ich versuche, irgendeinen Beweis zu finden, den die Polizei in ihrem Eifer, einen Shifter zu verhaften, übersehen hat."

„Ihr Detektiv ist vorbeigekommen und hat mir Fragen gestellt." Sandra klang verärgert darüber. „Aber Brian hat mir nie gesagt, dass er mit diesem Mädchen ausging. Woher sollte ich das also wissen?"

„Aber vielleicht wissen Sie etwas, das helfen kann", entgegnete Kim. „Entschuldigen Sie bitte, ich weiß, dies ist schmerzhaft für Sie, aber Brian ist wenig auskunftsfreudig, wenn es um Michelle geht, daher muss ich nachhaken und herumstochern. Ich halte es für wichtiger, ihn freizubekommen, als seine persönlichen Geheimnisse zu wahren. Sie nicht?"

„Ist es das?" Sandra hatte einen Anflug der gleichen irischen Sprachmelodie wie Sean und Liam. Bei Brian fehlte sie. Er hatte Kim erzählt, dass sein Vater aus einem anderen Clan stammte, und sie vermutete, dass es sich nicht um einen irischen handelte. Entweder das, oder sein Clan hatte den Akzent verloren, seit sie in Texas lebten.

Kim verstand nicht wirklich, wie Shifterclans funktionierten, obwohl Brian sich bemüht hatte, es ihr ein wenig zu erklären. Sie wusste, dass jede Kleinfamilie zu einer größeren Familiengruppe gehörte, die man das Rudel nannte, und *diese* gehörten zu einer sogar noch größeren Gruppe, die man einen Clan nannte. Shifter heirateten niemals innerhalb ihres Rudels. Sie versuchten sogar, außerhalb des Clans zu heiraten. Wenn eine Frau heiratete, schloss sie sich dem Clan und Rudel ihres Ehemanns an und verließ die eigenen. Kim hatte gedacht, die Clans basierten darauf, in was für ein Tier die Shifter sich verwandelten, aber Brian hatte gesagt, es sei komplizierter. Diese Shiftertown war die Heimat für verschiedene Clans, und auch für verschiedene Shifterspezies. Es gab eine andere Shiftertown mit mehr Clans am nordöstlichen Rand von Austin.

Liams Vater Dylan Morrissey war mehr oder weniger der offizielle Anführer des Austiner Zweigs seines gesamten Clans, aber auch der inoffizielle Anführer dieser Shiftertown, sogar von anderen Clans. Aber nein, Kim konnte nicht direkt mit Dylan sprechen, hatte Brian ihr mitgeteilt. Er war unerreichbar für Nicht-Shifter. Sie konnte über Liam und nur über Liam eine Petition an ihn richten.

Warum nicht über Sean?, fragte Kim sich und blickte zu Liams Bruder. Was für eine Position hatte er in der Clan-Hierarchie inne? Offiziell und inoffiziell?

Sean nahm sich einen Kaffee und tauschte einen Blick mit Liam. „Sie müssen also jemanden finden, der zu der fraglichen Zeit mit Brian zusammen war?", erkundigte er sich.

Kim hätte schwören können, dass Liam fast unmerklich genickt hatte, als ob er Sean wissen lassen wollte, dass es in Ordnung sei, das zu fragen. Es gab hier jede Menge nicht ausgesprochener Hinweise.

„Ein unabhängiger Zeuge wäre großartig", sagte Kim. „Jemand, der nichts gegen Shifter hat. Und vorzugsweise nicht selbst Shifter ist."

„Ganz schön viel verlangt", sagte Sean.

„Das Mädchen war ein Mensch", fauchte Sandra. „Welcher Mensch meldet sich schon und sagt, dass mein Sohn das nicht getan hat?"

Da hatte sie recht. Kim wusste, dass es unwahrscheinlich war, einen Zeugen aufzutun, aber es wäre eine nette Abwechslung, etwas Konkretes zu finden. *Unschuldig, bis die Schuld bewiesen ist* funktionierte in Brians Fall nicht. Allein schon weil er Shifter war, war er in den Augen der meisten

Leute schuldig. Kim musste ihn dringend entlasten, sonst hatte er keine Chance.

Liam massierte die Oberseite von Kims Füßen, was dazu führte, dass alle Anspannung aus ihrem Körper wich.

„Ich kann vielleicht herausfinden, wo Brian wirklich war", sagte Liam. „Sie hätten damit gleich zu mir kommen sollen."

„Das konnte ich ja nicht wissen, oder? Wie gesagt, Brian ist der erste Shifter, den ich je getroffen habe, und ihn auch nur dazu zu bringen, mir zu erzählen, dass Sie, Liam, existieren, war ein echter Erfolg." Brian hatte Sean mit keinem Wort erwähnt.

„Wir sprechen nicht gerne über uns", sagte Sean.

„Ich verstehe nicht, wieso. Die Shifter haben sich vor Jahren geoutet. Jeder weiß alles über sie. Da gibt es nichts mehr zu verstecken."

Sie fühlte eine weitere wortlose Kommunikation zwischen den andern, die sie irritierte. Es erinnerte sie an die Zeit, als sie acht gewesen war und ihre beiden besten Freundinnen getuschelt, ihr gehässige Blicke zugeworfen und ihr Geheimnis nicht mit ihr geteilt hatten.

An Liams Gürtel vibrierte ein Handy. Er sah auf das Display und stellte wortlos Kims Füße auf den Boden zurück, stand auf, ging in die Küche und schloss die Tür hinter sich.

Ohne seine Wärme neben ihr war ihr trotz der Julihitze ein wenig kalt. „Alles, was Sie mir sagen, könnte hilfreich sein", erklärte sie Sean und Sandra. „Momentan kann ich diesen Fall nur gewinnen, indem ich Löcher in die Anklage bohre, und da sind nicht viele Löcher. Ich brauche etwas, das den Fall zerlegt."

Sandra trank ihren Kaffee, ihr Blick wanderte von Kim zu den Fenstern. Als sie wegsah, erkannte Kim kurz ihre Traurigkeit, fast schon Verzweiflung.

Sie findet sich damit ab, ihren Sohn zu verlieren, wurde ihr klar. Sandra glaubte, dass es keine Hoffnung gab. Sie hatte schon begonnen, um ihn zu trauern.

Sean beobachtete Kim mit einem abschätzenden Blick. Sie wusste nicht, was sie von ihm halten sollte oder wieso sie das Gefühl hatte, dass er irgendeine Last mit sich herumtrug.

„Ich verliere nicht gern, Sandra", sagte Kim brüsk. „Ich will, dass Brian freikommt und der wirkliche Schuldige für sein Verbrechen bezahlt. Ich werde Sie nicht enttäuschen."

Sandra antwortete nicht. Sean nickte Kim zu. „Ich bin sicher, das werden Sie nicht."

Liam kam zurück in den Raum. Kim bemerkte, dass die beiden anderen nicht viel gesagt hatten, während Liam weg war. Hatte er ihnen ein Zeichen gegeben zu schweigen? Und warum?

Ohne sich hinzusetzen, nahm Liam seine Kaffeetasse und trank einen langen Schluck. Er sah Sean über den Tassenrand hinweg an, und dieser wurde wachsam.

„Alles in Ordnung?", fragte Kim. „Haben Sie schlechte Neuigkeiten erhalten?"

Mit einem Klicken stellte Liam seine Tasse auf das Tablett. „Nein, nur eine Sache, die Sean und ich erledigen müssen. Ich weiß es zu schätzen, dass Sie den ganzen Weg hier heraus nach Shiftertown gekommen sind, Kim Fraser, aber jetzt müssen Sie gehen."

Kapitel Drei

„Was ist los?", wollte Kim wissen, während sie mit Liam die Auffahrt hinunterging. „Ich habe Sie gerade erst dazu gebracht, mit mir zu sprechen, und plötzlich werfen Sie mich raus."
Liam sah auf die wütende Frau neben sich hinab. Das Sonnenlicht schimmerte auf ihrem schwarzen Haar, und in der Nachmittagswärme roch sie einfach wunderbar.
Er fand sie verlockend, selbst wenn sie so verdammt sauer war. Als er angekündigt hatte, dass das Gespräch vorbei sei, hatte sie sich energisch die Schuhe übergestreift, sich freundlich von Sandra verabschiedet und war hinausmarschiert. Jetzt, während sie die Auffahrt hinuntergingen, bedachte sie ihn mit bösen Blicken.
„Sandra fühlte sich nicht wohl", sagte er. „Sie kann nicht gut mit Menschen umgehen."
„Und Sie? Sie können mit uns umgehen?"
„Nicht wirklich, aber besser als sie und Sean."
„Arbeiten Sie deshalb in einer Bar?"

Liam zuckte mit den Schultern. „Die Menschen sehen gern Shifter in Bars. Das bringt Kundschaft." Den wirklichen Grund, warum er dort arbeitete, musste sie nicht erfahren.

Sie hatten den Bürgersteig vor dem Haus 445A erreicht. Kim schwang herum und stand ihm gegenüber, die Hände in die Hüften gestemmt. „Ich versuche zu *helfen*. Warum glaubt Sandra, dass Brian keine Chance hat? *Ich* arbeite an dem Fall."

Liam unterdrückte ein Lächeln. Sie war wie ein Foxterrier, der entschlossen war, einen Löwen zu besiegen. Er bewunderte ihren Mut, zuerst einmal, weil sie an Brians Unschuld glaubte, und auch weil sie hierhergekommen war, um große, gefährliche Shifter wie ihn und Sean zu treffen. Sie verstand nicht, *wie* gefährlich ihr Ausflug hierher gewesen war, und er würde es ihr nicht erklären.

„Und dass Sie den Fall bearbeiten, sollte reichen?"

„Ich bin gut, Mr Morrissey. Für Michelle und ihre Familie wird diese Sache nur dann abgeschlossen sein, wenn der Richtige dafür bestraft wird."

Liam hob die Hände. „Ich stimme Ihnen zu. Nicht ich bin es, den Sie überzeugen müssen."

„Warum erzählen Sie mir dann nichts?" Sie betrachtete ihn misstrauisch. „Irgendetwas geht hier vor. Sie und Sean wissen es. Sandra weiß es. Verdammt, sogar Brian weiß es. Ich bin die Einzige, die im Dunkeln steht. Helfen Sie mir."

Liam legte ihr die Hände auf die Schultern, und in ihren blauen Augen flackerte Unbehagen. Warum machten sich die Menschen so viele Sorgen über Berührungen? „Wir sind Ihnen dankbar. Sie sind der erste Mensch, der sich etwas aus Shiftern macht. Aber Sie müssen das von hier an mir überlassen."

Wenn sie das nicht tat, könnte sie sterben. Liam hatte bereits Fergus' Regeln gebrochen, indem er sie nicht einfach beschwichtigt und weggeschickt hatte, aber Fergus konnte ihn mal.

Er konnte Kim nicht sagen, dass er auch nicht alles wusste, was vor sich ging. Sandra verbarg etwas, selbst vor Liam, und es ärgerte ihn, dass er nicht wusste, was es war.

„Sie verstehen es nicht, oder?", fragte Kim ihn. „Ich hätte nicht herkommen sollen, um mit Ihnen zu sprechen, aber ich bin verzweifelt. Ich muss mir bei jedem Punkt ganz sicher sein, daher wird alles, was Sie herausfinden, überprüft und nochmals überprüft werden. Es ist nicht so, dass ich Ihnen nicht vertraue, sondern dass ich Ihnen nicht vertrauen kann."

Liam ließ seine Daumen auf ihren Schultern kreisen. „Nun, Schätzchen, Sie werden mir vertrauen müssen."

Ein Schauer lief durch ihren Körper. Sie wollte berührt werden, er konnte es spüren. Sie brauchte das. Aber sie kämpfte dagegen an. *Menschen.*

Sie sah auf seine Hände hinab. „Hat Ihnen schon mal jemand gesagt, dass Sie sich nicht politisch korrekt verhalten?"

„Wieso? Weil ich gerne Ihre weiche Haut berühre und Sie Schätzchen nenne? Oder weil ich Sie das nicht auf Ihre Art erledigen lasse?"

„Worum ging es in dem Gespräch, das Sie entgegengenommen haben?"

„Ah, jetzt mischen Sie sich also in *meine* Angelegenheiten ein, was? Es war etwas Persönliches. Haben Sie einen Freund?"

Sie blinzelte. „Wo wir schon bei persönlich sind?"

„Haben Sie?", wiederholte Liam die Frage. „Jemand Besonderen in Ihrem Leben?"

Kim schürzte die Lippen, als müsste sie darüber nachdenken. „Ja, eine Art Freund."

„Sind Sie sich nicht ganz sicher?"

„Wir unternehmen nicht viel. Wir haben beide viel zu tun."

„Wie tragisch."

„Warum?", fragte sie entrüstet.

Liam lehnte sich zu ihr. Sie roch gut, diese Menschenfrau. Er mochte ihr Haar, so seidig und lockig. Er wollte seine Nase darin vergraben.

„Wenn ich jemanden wie Sie hätte, Süße, dann wäre ich immer bei ihr. Ich würde sie nicht aus meinem Blickfeld lassen. Und ich würde sie ganz bestimmt nicht alleine in Shiftertown herumlaufen lassen. Was denkt sich dieser Kerl nur?"

Kim sah verärgert aus. „Er weiß nicht, dass ich hier bin."

„Er sollte sich besser um Sie kümmern."

„Er muss sich überhaupt nicht um mich kümmern. Das tue ich schon selbst."

„Vielleicht." Liam lehnte sich noch näher an sie. Er fühlte, wie seine Augen sich veränderten, als er ihren Geruch einatmete. „Aber wenn Sie in Shiftertown sind, werde *ich* mich um Sie kümmern. Niemand wird Sie hier belästigen, das verspreche ich Ihnen. Dafür würden sie mir Rede und Antwort stehen."

„Ich bezweifle, dass ich noch einmal nach Shiftertown kommen werde."

„Trotzdem."

Liam legte die Arme um sie und zog sie an sich. Sie widersetzte sich. Er zeichnete mit seinen Fingerspitzen Muster auf ihren unteren Rücken und legte seine Wange an ihr Haar, bis sie ein wenig nachgab. Er hatte recht gehabt, ihr Haar war seidig und warm.

Kim fing an, sich in der Umarmung zu entspannen, ihr Körper reagierte auf seinen. Er hatte das Bedürfnis, sie zu beschützen. Das hatte er schon in dem Moment bemerkt, als sie sein Büro betreten hatte. Sie vor allen anderen Shiftern zu beschützen, vor allem vor dem Anführer seines eigenen Clans. „Alles wird gut."

„Warum sollte ich Ihnen glauben?" Sie klang skeptisch.

Sie hatte eine angenehme Stimme, einen tiefen Alt. Er stellte sich vor, wie sie ihm etwas zuflüsterte, während sie im Bett neben ihm lag. Ihr Haar wäre wild über sein Kissen ausgebreitet, und sie wäre wunderschön. Wenn die Frau Kim Fraser wäre, könnte er sich vorstellen, für den Liebesakt in seiner menschlichen Form zu bleiben.

Er richtete sich auf und strich ihr eine Locke aus dem Gesicht. „Geben Sie mir Ihr Handy."

„Warum?"

„Damit ich die großartige Technologie bewundern kann, die eine menschliche Frau sich leisten kann." Er streckte die Hand aus. „Ich will Ihnen meine Telefonnummer geben. Was haben Sie denn gedacht?"

Kim zog ihr Handy aus dem Fach ihrer Aktentasche und reichte es ihm. Wie er geahnt hatte, war es ein neues Modell mit jeder Menge Knöpfe und Extras. Shiftern wurden nur alte, gebrauchte Modelle zugestanden, und die meisten Optionen waren deaktiviert. Nicht dass es nicht Shifter gab, die heimlich daran herumbastelten.

Liam tippte auf die Knöpfe. „Ich speichere meine Privatnummer ein. Nur für Sie. Wenn Sie irgendeine Art von Hilfe brauchen, rufen Sie mich an. Jederzeit – Tag oder Nacht."

Kim beobachtete, wie er das Handy zurück in ihre Aktentasche steckte. „Jederzeit?"

„Jederzeit."

„Was, wenn ich stündlich anrufe, um zu hören, wie Sie vorankommen?"

„Dann tun Sie das."

Sie hob die Augenbrauen. „Sie vertrauen mir aber."

„Weil ich *Sie* darum bitte, *mir* zu vertrauen."

Kim biss sich auf die Lippe, was wirklich niedlich aussah. „Ich schätze, das verstehe ich." Sie streckte die Hand aus. „Vielen Dank für Ihre Hilfe, Mr Morrissey. Ich werde mich melden."

Liam legte den Arm um ihre Taille und drehte sie um. „Ich gehe nicht weg, Süße. Ich begleite Sie zurück zu Ihrem Wagen."

„Wieso denn? Er steht nur ein paar Blocks entfernt."

„Ich habe es Ihnen gesagt: Wenn Sie hier sind, stehen Sie unter meinem Schutz. Glauben Sie etwa, das bedeutet, dass ich Sie hier auf dem Bürgersteig stehen lasse?"

„Ich habe keine Ahnung, was Sie meinen."

„Ich meine, dass ich Sie zu Ihrem Wagen bringe."

Sie gab einen genervten Laut von sich. „Wenn es sein muss."

Liam hätte gerne gelacht. Sie war anbetungswürdig, sein kleiner Foxterrier. Und so entschlossen.

Und verdammt unbequem. Der Anruf war von seinem Vater gewesen, der Liam Neuigkeiten mitgeteilt hatte, auf die er bereits gewartet hatte. Frau Anwältin musste raus aus Shiftertown. Liam und Sean hatten dringend andere Sachen zu tun, um die sie sich kümmern mussten.

Liam mochte das Gefühl von Kims Kurven an seinem Körper, während sie nebeneinanderher gingen, und ihre schmale Taille unter seiner Hand. Sie versuchte nicht, sich ihm zu entziehen. Anscheinend hatte sie sich damit abgefunden, dass er den Arm um sie gelegt hatte. Als seien sie nach menschlichen Maßstäben ein Paar.

Etwas erwärmte sich in ihm, eine Leere füllte sich. Liam schob das Gefühl beiseite. Er konnte es sich nicht leisten, sich mit ihr einzulassen. Sie zu beschützen, ja, aber mehr nicht. Ganz gleich, wie verführerisch sie war.

Kim kam bei ihrer Geschwindigkeit außer Atem. Ihre lächerlich hohen Absätze waren nicht fürs Spazierengehen gemacht. Er wünschte sich, sie würde sich die High Heels von den Füßen streifen, ihre Strümpfe ausziehen und barfuß neben ihm im Gras laufen, die Schuhe in der Hand, ein Lächeln auf dem Gesicht.

Viel zu früh erreichten sie ihr Auto, einen schwarzen zweitürigen Mustang. Der Wagen zirpte, als sie den Knopf drückte, um ihn zu entriegeln.

Liam schloss sie in eine weitere Umarmung. Kim widersetzte sich ihm erneut, aber er zog sie an sich und drückte seinen Mund auf die Kurve ihres Halses. Sie fühlte sich warm an, ihre Haut schmeckte salzig, und ihr Puls klopfte unter seinen Lippen.

„Auf Wiedersehen also, Kim. Passen Sie auf sich auf." Das meinte er ernst. Es war gefährlich da draußen, und Brians Schwierigkeiten waren nur ein Teil davon.

Kim nahm die Karte aus ihrer Tasche, die sie ihm vorhin zu geben versucht hatte. „Rufen Sie mein Büro an, sobald Sie etwas für mich haben, ja? Egal was."

Liam drehte die Karte in seinen Fingern und genoss das Gefühl der geprägten Buchstaben ihres Namens. „Natürlich, Süße."

„Selbst wenn Sie denken, dass es nicht relevant ist?"

Er machte sich nicht die Mühe, das zu beantworten. Liam öffnete ihr die Tür. Kim warf ihm einen verwirrten Blick zu und stellte ihre Aktentasche hinein.

Liam strich ihr das Haar aus dem Gesicht. Er könnte den ganzen Tag hier stehen und sie ansehen, ihren Duft einatmen, ihr glänzendes Haar berühren.

Er ließ sie los. Es war ihm nicht erlaubt, sie zu haben, wie sehr er sie auch begehrte. Sie war wunderschön, aber sie war nicht für ihn bestimmt.

Kim lächelte ihm zu, ein Lächeln, das sein Blut erhitzte, und glitt auf den Fahrersitz. Sie drehte den Zündschlüssel, ließ den Motor ein Mal aufheulen und griff nach vorn, um die Klimaanlage hochzuschalten.

Sie ließ das Fenster herunterfahren und sandte eine Brise kühler Luft über seine Haut. „Danke, Liam", sagte sie. „Ich möchte nicht undankbar erscheinen. Ich mache mir nur Sorgen."

„Das tun wir alle, Süße." Er richtete sich auf und klopfte leicht auf das Dach des Wagens. „Dann mal los jetzt."

Das Fenster fuhr geräuschlos hoch. Kim warf ihm ein letztes nervöses Lächeln zu, dann lenkte sie den Wagen auf die Straße. Die Rücklichter leuchteten rot auf, bevor sie um die Ecke bog, und dann war sie verschwunden.

Liam würde sie vielleicht nie wiedersehen. Die Leere, die das mit sich brachte, traf ihn unvorbereitet.

Nein, das würde nicht passieren. Sie stand jetzt unter seinem Schutz. Er hatte ihre Telefonnummer und ihre Adresse. Er würde dafür sorgen, dass sie wieder mit ihm sprechen musste, und er würde dafür sorgen, dass sie ihn dafür persönlich treffen würde.

***

Als Liam, nachdem er Sean bei Sandra abgeholt hatte, nach Hause kam, war ihr Vater Dylan da. Drei Generationen Männer lebten gemeinsam in dem zweistöckigen Einfamilienhaus der Morrisseys: Vater, zwei Söhne und Liams Neffe Connor.

Connor war zwanzig, groß und schlaksig, in den Augen der Shifter galt er noch als Junges. Nach menschlichem Standard war er alt genug, aufs College zu gehen, und Connor hatte dieses Jahr ein Community College besucht. Shiftern war es nicht gestattet, sich für die renommiertere Universität von Texas in Austin zu bewerben, aber es war bestimmt worden, dass ihnen erlaubt werden sollte, eine Ausbildung auf Collegelevel zu absolvieren. Ohne Abschluss. Man wollte ja nicht, dass Shifter tatsächlich Jobs übernahmen oder genug lernten, um eine Bedrohung darzustellen.

Connor hatte gerade Sommerferien, und er verbrachte die Freizeit damit, sich DVDs anzusehen. Das Gesetz verbot Shiftern aus irgendeinem Grund digitale Fernsehaufnahmen und Premium-Kabelanschluss, daher machten die Videotheken in der Nähe von Shiftertown gute Geschäfte. Connor guckte gerade einen Werwolf-Film mit dem Titel *Das Tier* und lachte sich schlapp.

„Du wirst mit ihm gehen müssen, Liam", sagte Dylan, als Liam eintrat, und setzte damit das Gespräch fort, das er mit ihm am Telefon geführt hatte.

Liam nickte mit grimmigem Gesichtsausdruck und holte sich ein Guinness aus dem Kühlschrank. Dylan hatte ihm erzählt, dass Fergus' Tracker einen Paria im Osten der Stadt ausgemacht hatten. Einen, der eine Shifterfrau und ihre Jungen vor ein paar Nächten brutal ermordet hatte.

Der Teufel soll alle Parias holen, dachte Liam. Er und Sean hatten die Leichen gefunden, ein entsetzlicher Anblick, bei dem ihm das Herz geschmerzt hatte. Wegen seiner Rolle als Wächter war es Seans Pflicht, den Paria zur Strecke zu bringen, doch Liam hoffte, dass auch er Gerechtigkeit an ihm üben konnte. Außerdem würde er seinen Bruder nicht alleine dem Angreifer gegenübertreten lassen. Nicht nach dem, was mit Kenny passiert war.

„Ich komme auch mit", sagte Connor. Er war leise aus dem Wohnzimmer getreten und lehnte sich gegen die Frühstückstheke in der Küche. „Wenn es eine einfache Jagd ist."

Dylan warf Connor einen mitfühlenden Blick zu. Dylans dunkles Haar war in den letzten Jahren an den Schläfen grau geworden, wodurch er nun endlich älter aussah als seine Söhne. Aber die Augen eines Shifters, nicht seine menschliche Hülle, verrieten sein Alter. Dylans Augen hatten schon viel gesehen.

„Nein, Connor."

„Ich bin kein Junges mehr, und ich muss lernen, wie man gegen diese Scheißkerle vorgeht."

Connors Vater Kenny war von einem ungezähmten Shifter in Stücke gerissen worden. Ihre Familie hatte den Tod schon längst gerächt, aber Connor war zu jung gewesen, um daran teilzunehmen. Das Bedürfnis nach persönlicher Rache brannte in ihm. Aber Connor sah nicht nur wie zwanzig aus, er *war* in menschlichen Jahren wirklich zwanzig. Seine Kampftechnik brauchte noch gut zehn Jahre, um sich weiter zu entwickeln.

Liam zog seinen schlaksigen Neffen in eine Umarmung. „Wie du bereits gesagt hast, Junge, es ist eine einfache Jagd. Wir schnappen ihn uns, und dann gehen wir Pizza essen."

Liam ließ seine Stimme lässig klingen, doch er vibrierte praktisch vor Adrenalin. Er war mehr als bereit, loszulegen.

Connor verdrehte die Augen, als Liam ihn losließ. „Du und Sean, ihr seid so herablassend, dass mir gleich übel wird. Du riechst nach Mensch, Liam. Was hast du getrieben?"

Sean holte sich grinsend ein Bier aus dem Kühlschrank. „Das hättest du sehen sollen. Er trifft diese menschliche Lady, und zehn Minuten später massiert er ihr die Füße. Er hat sie nicht in Ruhe lassen können."

Liam warf seinen Kronkorken nach ihm. Sean fing ihn aus der Luft und warf ihn zurück.

„Sie braucht Schutz", sagte Liam, der den Verschluss ebenfalls auffing und auf die Theke fallen ließ. „Sie reißt sich den Arsch für uns Shifter auf, die kleine Idiotin."

„Mutig für einen Menschen", sagte Dylan. Er war der Einzige im Raum, der nicht amüsiert wirkte.

„Sie ist mutig, aber sie ist unschuldig. Ich habe sie mit meinem Geruch markiert, damit andere Shifter sie in Ruhe lassen. Sie werden wissen, dass sie es mit mir zu tun kriegen, wenn sie sie belästigen. Das gilt auch für Fergus' Tracker."

Dylan musterte ihn eingehend, und Liam tat so, als hielte er nicht den Atem an, und nahm einen Schluck von seinem Bier. Auf welche Seite würde Dylan sich stellen? Auf die des Clan-Anführers? Oder auf Liams? Da konnte man sich nie sicher sein.

Dylan nickte Liam langsam zu. „Wenn Fergus sich danach erkundigt, werde ich sagen, dass ich mein Okay gegeben habe."

Liam entspannte sich. Er trat zu seinem Vater und ergriff dankbar dessen Schultern. Dann drehte er sich zum Kühlschrank um. „Wir können auch genauso gut essen, während wir warten. Wie wäre es mit einer Runde Burger vom Grill?"

„Prima Idee." Sean schlenderte ins Wohnzimmer und ließ sich auf die Couch fallen. Er legte die Füße übereinander und lehnte seinen Kopf zurück in die gefalteten Hände. „Ich will meinen halb durch, und leg eine Scheibe Käse drauf, ja?"

Connor hatte sich auf dem Boden ausgestreckt und drückte die Pausetaste, um seine DVD weiter abzuspielen. „Für mich blutig, Liam."

„Ihr Dumpfbacken", knurrte Liam, holte aber dennoch das Fleisch aus dem Tiefkühlschrank und tat es zum Auftauen in die Mikrowelle.

Während er draußen den Grill vorbereitete und die Burger formte, wobei er Zwiebeln, Salz und den ganzen Mist, mit dem die Menschen ihr Fleisch zumüllten, wegließ, dachte er an Kim. Daran, wie sie gerochen hatte. Wie sie sich angefühlt hatte. Wie ihre blauen Augen sich so weit öffnen konnten, dass die Spitzen ihrer Wimpern gegen ihre Haut stießen. Wie ihr dunkles Haar im Sonnenlicht geglänzt und goldene Lichter reflektiert hatte.

Er fragte sich, was sie jetzt wohl gerade tat. War sie zurück in ihrem Büro – über einen Tisch gebeugt? Redete sie gerade mit Brian im Gefängnis? Las sie dicke Gesetzbücher, um zu sehen, was sie für einen Shifter tun konnte?

Sie würde bald nach Hause gehen. Es war nicht schwer gewesen, herauszufinden, wo sie wohnte, als ihre Sekretärin ihn Anfang der Woche angerufen hatte. Eine einfache Computersuche war ausreichend gewesen, selbst mit Einwahlinternet – es gab keine Kabelmodems für Shifter. Er hatte keine Ahnung, warum die menschliche Regierung dachte, dass es die Kommunikation der Shifter behindern würde, wenn man ihnen Kabel, WLAN oder moderne Handys verbot. Die Menschen hatten merkwürdige Vorstellungen.

Was würde Kim tun, wenn sie nach Hause kam? Vermutlich würde sie sich aus diesem nüchternen grauen Kostüm schälen. Ob sie wohl sexy Unterwäsche darunter trug? Kaufte sich die ach so ernsthafte Kim Fraser sexy Dessous? Liam stellte sie sich in einem Seidenhemdchen vor, das kaum ihre üppigen Brüste im Zaum hielt, vielleicht mit einem Bikinihöschen, das den Großteil ihres Hinterns entblößte. Oder nicht ein Hemdchen, sondern ein winziger Spitzen-BH, der ihre Brüste hochpresste und kaum ihre Brustwarzen bedeckte. Strümpfe statt Strumpfhose. Mit Strapsen. Darin würde sie zu Hause rumlaufen und sich nach der Arbeit entspannen, sich ein Glas Wein einschenken. Oder vielleicht war sie ein echtes texanisches Mädchen, das eher ein kaltes Bier trank.

Liam stellte sich die Tropfen auf der Bierflasche an einem schwülen Sommerabend vor. Kims Lippen würden am Rand der Flasche nippen, bevor sie sie anhob und einen kalten Schluck Bier die Kehle hinunterkippte.

Er stellte sich das so lebhaft vor, dass Seans und Connors Burger schon ziemlich gut durch waren, bevor Liam sie retten konnte.

***

Kim kam aus ihrem gemütlichen Bad und ging mit einem Handtuch um den Körper und einem weiteren als Turban um den Kopf in ihr Schlafzimmer zurück.

Sie hatte sich daran gewöhnt, allein zu leben – bis auf die Male, wenn Abel vorbeikam. Sie hatte weder Eltern, Familienangehörige noch sonst jemanden. Ein Hund oder eine Katze kamen auch nicht infrage, da sie fast immer den ganzen Tag weg war und sie kein Haustier solcher Vernachlässigung aussetzen wollte. Oder vielleicht wollte sie nicht trauern, wenn es alt wurde, starb und ein weiteres Loch in ihrem Herzen hinterließ.

Heute Abend fühlte sie die Einsamkeit. Sie hatte versucht, sie damit zu füllen, dass sie ihrem Freund Silas, einem Journalisten, der den Pulitzerpreis gewonnen hatte und der für eine Dokumentation über Shifter recherchierte, eine E-Mail geschrieben hatte. Dann hatte sie ein luxuriöses

Bad genommen. Sie hatte versucht, sich in der Wanne in einen tollen Roman zu vertiefen, aber ihre Gedanken wanderten immer wieder ab, und schließlich gab sie es auf.

Sie begann sich die Nägel zu feilen. Vielleicht fühlte sie die Leere, weil sie in Shiftertown das Gegenteil gesehen hatte. Die Kinder, die in den Vorgärten spielten, die Nachbarn, die Sean und Liam zuwinkten, die unbeschwerte Kameradschaft zwischen den Brüdern.

Sie dachte daran, wie sie Liam alles erzählt und dabei zugelassen hatte, dass er ihr die Füße massierte. Seine Hände hatten sich so *gut* angefühlt. Sie konnte noch immer seine Berührung spüren, die Wärme, die sinnliche Festigkeit seiner starken Finger.

Seine Lippen auf ihrem Hals waren sogar noch besser gewesen. Der Mann war einfach *heiß*. Sie hatte keine Ahnung, ob Shifter es genauso machten wie Menschen, aber sie wusste, wenn sie eine Shifterfrau wäre, würde sie versuchen, ihn ins Bett zu kriegen.

Am merkwürdigsten war, dass Liam ihr zugehört hatte. Kim hatte ihm in zehn Minuten mehr erzählt als Abel in dem ganzen Jahr, seit sie mit ihm ausging.

Sagte das jetzt etwas über Liam oder über Abel aus?

Kim legte die Nagelfeile zur Seite und nahm ihr Handy hoch. Sie gab Abels Nummer ein und hörte, wie sein Telefon klingelte.

„Ja", antwortete er. Er klang gehetzt.

„Hey, ich bin's."

„Kim?" Er klang überrascht. „Was ist los? War ich heute Abend mit dir verabredet?"

„Nein. Ich habe nur gedacht, wir könnten uns ein bisschen unterhalten."

„Oh." Es entstand eine Pause, während er am anderen Ende des Telefons mit etwas raschelte. „Kann ich dich zurückrufen? Ich habe hier gerade zehn Dinge gleichzeitig zu tun."

Kim wartete darauf, dass sie wütend wurde. Aber sie fühlte ... gar nichts. „Sicher."

„Dann bis morgen. Schlaf gut, Kleines." *Klick.*

„Ja. Süße Träume, Schatz." Kim legte auf und ließ das Telefon auf den Tisch fallen. Abel war ein Workaholic, der versuchte, sich in der Firma einen Namen zu machen. Natürlich hatte er zehn Dinge gleichzeitig zu tun. Das hatte er immer.

Vielleicht ist es Zeit, das zu beenden, sagte eine leise Stimme tief hinten in ihrem Kopf. *Vielleicht ist das sogar schon überfällig.*

Du weißt, dass du das erst denkst, seit du Liam getroffen hast ...

Kim nahm den Telefonhörer wieder in die Hand und scrollte dahin, wo Liam seinen Namen und seine Nummer eingegeben hatte. Es sah so normal aus. Die vier Buchstaben seines Namens, dann die Vorwahl und die siebenstellige Telefonnummer, wie sie jeder andere auch hatte.

Rufen Sie mich an. Jederzeit – Tag oder Nacht.

Hatte er das ernst gemeint? Oder war das nur so ein Spruch gewesen? *Ruf mich an, Süße. Außer wenn ich zu tun habe, fernsehe, mit meinen Freunden unterwegs bin oder gerade nicht an dir interessiert bin.*

Einfach um eine Nervensäge zu sein, drückte Kim die Wahltaste. Nach nur einem Klingeln ertönte Liams warme Stimme in ihrem Ohr.

„Kim!" Er klang, als sei dies der beste Anruf, den er an diesem Tag bekommen hatte. „Geht es Ihnen gut, Süße?"

„Ja, mir geht's gut", sagte Kim, und ihr wurde am ganzen Körper warm. „Ich wollte ..."

„Mal sehen, ob ich rangehe?" Liams Belustigung war klar und deutlich herauszuhören.

„So etwas in der Art. Wie geht es Sandra?"

„Besser. Sean hat mit ihr gesprochen. Sie arbeiten doch hoffentlich nicht immer noch?"

„Ich arbeite immer, Liam. Meine Fälle kümmern sich nicht um geregelte Arbeitszeiten."

Sein Lachen sandte ihr einen Schauer die Wirbelsäule hinab. „Sie sollten hin und wieder mal eine Pause einlegen, Schätzchen. Glauben Sie es mir. Ich weiß das."
Kim verstand. „Oh, Sie sind gerade bei der Arbeit, oder? In der Bar. Tut mir leid, ich hätte Sie nicht stören sollen."
„Ich habe es Ihnen doch gesagt, Süße. Jederzeit. Schlafen Sie gut."
Nimm das, Abel. „Danke, Liam. Sie auch."
Eine Pause entstand.
„Sind Sie noch dran?", fragte sie.
„Ja", antwortete er mit plötzlich gedämpfter Stimme. „Gute Nacht, Kim. Rufen Sie mich morgen wieder an, ja?"
Das versprach sie, klickte das Handy aus und hielt es sich an die Lippen. Ihr eigener Freund erinnerte sich womöglich nicht daran, sie zurückzurufen, aber dieser Shifter hatte geklungen, als freue er sich, von ihr zu hören, selbst wenn er gerade hüfttief in Bar-Bestellungen stand. Sie war sich nicht sicher, ob sie sich dadurch besser oder einsamer als zuvor fühlte.

Kapitel Vier

Liam ließ das Handy in seine Tasche gleiten, stieg auf seine Harley und wartete darauf, dass Sean kam. Kims Stimme sprach die raue, sexuelle Seite von ihm an, die ihr gerne in seinem Büro die Blusenknöpfe geöffnet hätte. Noch wärmer wurde ihm bei dem Gedanken, dass sie sich entschlossen hatte, ihn anzurufen.

Er hatte sich zurückhalten müssen zu fragen: *Was machst du gerade? Was hast du an? Oder was hast du nicht an?*

Liam erinnerte sich an die Wegbeschreibung zu Kims Haus, die er so einfach bei einer Suche am PC gefunden hatte. Vielleicht würde er nach dieser Jagd hinfahren, um bei ihr nach dem Rechten zu sehen. Vielleicht würde sie ihn hereinbitten, und vielleicht konnte er sie zu einer weiteren Fußmassage in ihrem Schlafzimmer überreden …

„Ist alles in Ordnung?", fragte Sean, der hinter Liam auf das Motorrad stieg.

Liam rutschte hin und her und befahl seinem Ständer, sich wieder zu beruhigen. „Alles bestens. Wieso? Warum fragst du?"

„Na, weil das Ding in deiner Hose schmerzhaft aussieht."

Liam fiel es immer schwer, seinen Bruder anzulügen. „Ich hab gerade mit Kim gesprochen."

Sean lachte. Er schob das Schwert, das auf seinen Rücken geschnallt war, in eine bequeme Position und legte die Arme um Liams Taille. „Dich hat es schwer erwischt, Liam. Hör auf zu träumen, und vögel eine hübsche Shifterin. Annie vielleicht."

Liam warf das Motorrad an. „Sie arbeitet jetzt in der Bar. Ich fange nie etwas mit dem Personal an."

„Ich habe nicht gesagt, dass du etwas mit ihr anfangen sollst. Ich hab gesagt, du sollst sie vögeln. In der Vergangenheit hat sie dir den Gefallen doch auch schon getan."

„Sie hat es aber auf dich abgesehen, Sean. Ich sehe, wie ihr Blick deinem Hintern folgt."

„Können wir loslegen? Ich will diese Sache hinter mich bringen."

Liam antwortete nicht. Er wusste, dass Sean seine Nerven beruhigen musste. Gegen seinen großen Bruder zu sticheln war seine bevorzugte Methode.

Liam lenkte das Motorrad, eine Harley, die er sehr günstig gekauft und selbst restauriert hatte, geschmeidig auf die Straße, fuhr um die Ecke und aus Shiftertown hinaus. Er hielt durch die vollen Straßen auf den Highway zu, der sie östlich aus der Stadt führen würde. In seinem Rückspiegel glühte die Skyline der Innenstadt vor dem dunklen Himmel, der erleuchtete Dom des Kapitols wirkte wie ein gelbes Leuchtfeuer.

Sie bogen in eine tintenschwarze Straße hinter Bastrop und fuhren dann durchs offene Gelände. Direkt nachdem Liam und Sean mit ihren Burgern fertig geworden waren, hatten Fergus' Tracker angerufen mit der Meldung, dass sie dem Paria zu einem verlassenen Lagerhaus weit im Osten der Stadt gefolgt waren. Der Paria hatte da ein Camp errichtet, und es sah nicht so aus, als würde er seinen

Hintern demnächst dort wegbewegen, also könnten Sean und Liam bitte die Hufe schwingen und ihre Arbeit verrichten? Wenn die Tracker sich wie sonst verhielten, wusste Liam, dass sie bei einem Kampf nicht dabei wären. Sie würden verschwinden, sobald Liam und Sean da waren. Schließlich war der Job der Tracker nur, sie hinzuführen.

Liam parkte ein ganzes Stück vom Lagerhaus entfernt auf der Straße. Er und Sean legten das letzte Stück zu Fuß zurück. Ein Maschendrahtzaun umschloss das Gelände des ehemals erfolgreichen Unternehmens, aber die schwache Barriere war an vielen Stellen aufgeschnitten und ein ganzer Teil davon sogar umgeworfen worden. Grillen zirpten vor dem Zaun einen lauten Reigen, aber als Liam und Sean über den heruntergefallenen Maschendraht traten, verstummten alle Tierstimmen.

Liam roch den Gestank direkt. Selbst ein Mensch hätte ihn bemerkt, aber für einen Shifter war es wie ein Schlag in den Magen. Liam fühlte, wie sich seine Lippen zurückzogen und seine Zähne sich zu Fängen verlängerten.

Er versuchte den Instinkt, zu töten, zu unterdrücken, aber es war nicht leicht. Dylan schien zu denken, dass er und Sean hier herauskamen und das Problem kühl distanziert lösen würden. Aber Dylan hatte auch nicht die Leiche der Shifterfrau gesehen, hatte nicht ihre Kinder gefunden. Liam hatte das Bedürfnis, anzugreifen und zu zerreißen. Er würde keine Gnade kennen. Für Sean war es genauso, wahrscheinlich sogar schlimmer.

Die Brüder trennten sich wortlos. Sean löste das Schwert von seinem Rücken. Liam bewegte sich lautlos durch die Schatten des Lagerhauses und trat durch eine offen stehende Tür.

Der Geruch ließ ihn würgen. Liams Katzenaugen stellten sich auf die Dunkelheit ein, und er ging weiter, jeden der schwarzen Schatten prüfend.

Bevor Liam es durch die Hälfte des Lagerhauses geschafft hatte, trat der Paria ihm entgegen. Er sah nicht so wild aus, wie Liam ihn sich vorgestellt hatte. Er trug Jeans und ein T-Shirt, schweißgetränkt in der schwülen texanischen Nacht. Abgesehen davon, dass er schmutzverkrustet war, kein Halsband trug und einen überwältigenden Körpergeruch verströmte, wirkte er wie jeder andere Shifter aus Shiftertown. Allerdings starrte sein Hals so vor Schmutz, dass Liam gar kein Halsband hätte sehen können, selbst wenn er eines gehabt hätte.

„Mannomann, badest du denn nie?", fragte Liam.

Der Shifter fauchte. Sein Gesicht verlängerte sich zu etwas zwischen Mensch und Wolf. Ein Lupid. Wie wundervoll.

„Heutzutage gibt es richtig gute Seife", fuhr Liam fort. „Dann riechst du lieblich wie ein Blumenbeet. Du solltest es einmal ausprobieren. Jedenfalls wenn du nicht gerade damit beschäftigt bist, Kinder umzubringen, wie der Scheißkerl, der du nun mal bist."

Der Lupid knurrte: „Verräter. Haustier mit Halsband."

„Nein, Kumpel. Ich überlebe. Wir laufen nicht mehr mordend herum, hast du das noch nicht mitgekriegt? Besonders nicht Junge, und verdammt noch mal, du hast keine Ahnung, wie sehr ich dich dafür umbringen will."

„Ich wollte die Frau. Nicht ihre Brut von einem anderen Shifter."

„Diese Tage sind vorbei, Spinner." Liam nahm das Halsband aus seiner Tasche, fühlte die Stärke des Stahls, das Brennen der Magie, die sich hindurchwob. „Ich biete dir diese Chance, weil mein Vater mich zwingt, mich an die Regeln zu halten, egal, was ich will. Ich selbst bin dafür, dich umzubringen." Er trat vor. „Einheitsgröße. Komm schon, nimm's wie ein Mann."

„Ich bin kein Mann. Und du auch nicht. Bist du zu schwach, gegen mich zu kämpfen, Felid?"

„Nein", sagte Liam. „Aber du hast die Wahl. Tritt mir gegenüber oder dem Wächter."

Der andere Shifter verkrampfte sich. „Der Wächter ist nicht hier."

„Doch, ist er." Sean trat hinter dem Shifter aus den Schatten. Er zog das Breitschwert mit einem metallischen Geräusch aus der Scheide.

Der Shifter schwang zu Sean herum. Er atmete tief ein, dann wirbelte er zurück zu Liam und witterte wieder.

„Ich habe nur gerochen ..." Er brach ab, seine hellblauen Wolfsaugen starr auf Liam gerichtet.

Liam hielt das Halsband vor sich, das Angebot stand noch. „Wenn du das Halsband nimmst, widerstehe ich vielleicht der Versuchung, dich umzubringen. Vielleicht hast du nicht verstanden, was du getan hast. Ungefähr zwei meiner Gehirnzellen sind bereit, das zu glauben. Wenn du ablehnst ... Na ja, lass uns einfach mal sagen, unser Sean hier ist sogar noch wütender auf dich, als ich es bin."

Liam fühlte, wie die Luft sich zusammenzog, als der Mann sich komplett wandelte. Er machte sich nicht die Mühe, seine Kleider auszuziehen, er ließ sie zerreißen, als sein Wolfskörper den Stoff sprengte. Sean wartete, und Liam fragte sich, ob der Lupid verstand, wie sehr Sean sich zurückhielt. Die Anweisungen für die Brüder lauteten, den Paria nur zu töten, wenn ihnen wirklich keine andere Möglichkeit mehr blieb.

Der Wolf schüttelte die Reste seiner Kleidung von sich. Seine Augen füllten sich mit Wut. Liam blieb unbeweglich stehen. „Komm schon, Junge. Shiftertown will dich größtenteils tot sehen. Dylan hat mich überzeugt, dir eine Chance zu geben. Verspiel sie nicht." Der Wolf knurrte. Er erhob sich auf die Hinterläufe und nahm wieder seine menschliche Form an. Jetzt war er nackt. Nicht gerade ein schöner Anblick.

„Ich kann es an dir wahrnehmen." Seine Nasenlöcher weiteten sich verächtlich. „Ein Mensch. Du hast eine menschliche Frau mit deinem Geruch markiert." Wie der Shifter bei seinem eigenen Gestank überhaupt noch etwas riechen konnte, war Liam nicht klar, aber ihm gefror das Blut. „Widernatürlich", zischte der Shifter.

„Oh, du kennst hochgestochene Wörter, was?", fragte Liam. „Lass mich dir mal ein paar ganz einfache sagen. *Nimm das verdammte Halsband.*"

Mit dem Knacken von Knochen verwandelte der Shifter sich wieder in einen Wolf. Liam bereitete sich auf den Angriff vor, aber der Wolf wirbelte abrupt herum und rannte in die andere Richtung.

Sean war zur Stelle, sein Schwert schnitt in die Seite des Shifters. Der Wolf behielt sein Tempo bei. Er heulte, sprang aus dem Lagerhaus und rannte in die Nacht hinein.

„*Scheiße.*" Sean brachte das Schwert wieder hoch. „Idiot!"

Vielleicht meinte er Liam, vielleicht den Shifter oder vielleicht auch sich selbst. Liam ballte die Hände zu Fäusten, als die Angst ihn überrollte. „Verdammter Mist, er wird sie aufspüren."

„Wovon redest du?"

„Kim. Er hat sie an mir gerochen."

„Er ist vom Schwert des Wächters verwundet worden. Er wird nicht weit kommen. Wir fahren hinter ihm her und bringen es zu Ende."

„Er ist nicht schwer genug verwundet." Der Paria hatte ungewöhnlich stark gewirkt – das musste er auch sein, wenn er eine Shifterfrau getötet hatte, die ihre Jungen bewachte. Shifterfrauen waren nicht leicht zu überwältigen. Eine, die ihre kostbaren Jungen beschützte, würde doppelt so hart kämpfen. Liam konnte das Auflodern des Adrenalins des Parias in der Luft schmecken. Es hatte einen bösartigeren Geschmack, als es hätte haben dürfen. Etwas an ihm stimmte nicht. Etwas, das Liams Angst nur noch wachsen ließ. Er eilte aus dem Lagerhaus. Als er den von Unkraut überwucherten Parkplatz erreicht hatte, rannte er.

„Liam." Sean sprintete hinter ihm her. „Wenn er das vorhat, dann wird er den Geruch zuerst nach Shiftertown zurückverfolgen, und Dad wird kurzen Prozess mit ihm machen."

„Nicht, wenn er so gut ist, wie ich glaube. Er wird sowohl meinen als ihren Geruch verfolgen. Kim hat diesen doppelten Geruch mit sich nach Hause genommen."

Er warf das Motorrad an, und sobald Sean aufgesprungen war, röhrten sie los. Sean hatte vielleicht recht, und der ungezähmte Shifter näherte sich Kim gar nicht, aber Liam konnte dieses Risiko nicht eingehen.

Liam raste den Highway entlang zurück zur Stadt, dann nach Norden auf die Autobahn. Er nahm die Ausfahrt und bog rechts ab, durch das eigentliche Stadtgebiet, das die schönen Häuser umgab, die sich über dem Fluss an den Hügel schmiegten. Die Nacht war heiß und schwül, aber die Luft, die an dem Motorrad vorbeisauste, fühlte sich kühl an.

Er dachte an den roten Punkt auf der Computerkarte, der Kims Haus angezeigt hatte. Für ihn war der rote Punkt ein Ziel, eine Offenbarung ihrer Verletzlichkeit. Er musste sie warnen, sie beschützen, *sie halten, sie schmecken ...*

Wenn es noch nicht zu spät war.

Kapitel Fünf

Ein gedämpftes Klirren von zerbrochenem Glas klang aus der Küche nach oben. Zuerst rollte sich Kim im Bett herum, ohne dem Geräusch weitere Beachtung zu schenken. Dies war eine sichere Gegend, es gab nie irgendwelche Einbrüche.

Als die Scharniere der Küchentür quietschten, setzte sie sich kerzengerade auf.

Sie hatte nicht geschlafen. Die letzte Stunde lang hatte sie die dunkle Decke angestarrt, versunken in Gedanken an Liam. Wie seine warme, freundliche Stimme ihr Ohr gekitzelt hatte, wie sich die Fältchen um seine Augen vertieften, wenn er lächelte, wie nett sein Hintern in diesen engen Jeans aussah. Jetzt klopfte ihr Herz, Adrenalin jagte durch ihre Adern, als sie hörte, wie sich jemand durch ihre Küche bewegte.

Sollte sie sich auf ihre Kampfkunstkurse verlassen? In ihrem Babydoll-Nachthemd?

Vergiss es. Die magische Zahl hieß 911.

Kim nahm das Handy vom Nachttisch, den Daumen schon fast auf den Nummerntasten. Plötzlich war da ein säuerlicher Gestank, und dann flog das Telefon durch den Raum und zerbarst an der Wand.

Bevor sie schreien konnte, hoben starke Hände sie am Hals in die Luft. Sie starrte in weißlich hellblaue Augen in einem harten, männlichen Gesicht, das sich zur Hälfte in eine wolfsartige Form verwandelt hatte. Die Lippen waren von spitzen Fangzähnen zurückgezogen, und der Atem, der über sie blies, stank nach verdorbenem Fleisch. Sie kämpfte verzweifelt, als der halb gewandelte Mann ihr die Luft abschnitt. Klauen ritzten ihre Haut, brachten heißen Schmerz. Er würde sie töten. Trotz ihrer schwindenden Sicht erkannte sie, dass dieser Shifter kein Halsband trug.

Dann war sie plötzlich frei. Sie fiel nach Atem ringend zurück aufs Bett, als der Shifter von ihr weggerissen wurde. Sie wischte sich das Haar aus dem Gesicht und sah eine Raubkatze, die den Shifter auf den Schlafzimmerboden schleuderte. Knurren erfüllte den Raum, nicht das verärgerte Knurren eines Hundes, sondern echtes Knurren. Wilde Tiere in rasender Wut.

Sean Morrissey stand in Kims Schlafzimmer. Er hielt ein Breitschwert in der Hand, das von innen zu leuchten schien. Seans Augen waren dunkel wie die Nacht und voller Wut. Sein Blick war auf den Kampf mitten im Zimmer gerichtet, aber er mischte sich nicht ein. Er beobachtete, wartete ab.

Die Kreaturen warfen Kims Kleiderschrank und Nachttisch um und schoben ihr Bett durch den Raum, als seien die Möbel aus Pappe. Sean tat gar nichts, er stand nur da und hielt das Schwert bereit. Kim hörte sich selbst schreien, aber ihre Worte gingen in dem Tiergebrüll unter, während die beiden Geschöpfe miteinander kämpften.

Die Raubkatze schnappte mit zurückgelegten Ohren und ausgefahrenen Fangzähnen zu, schloss ihre Kiefer um die Kehle des Wolfs. Der Wolf winselte. Seine Pfoten gruben sich in den Körper der Katze, bis Blut floss, dann rollte der Kopf des Wolfs zur Seite, und er brach leblos auf dem Teppich zusammen. Die Raubkatze setzte sich mit bebenden

Flanken zurück und beobachtete die Leiche, als erwarte sie, dass sie wieder aufstand.

Kim kämpfte gegen den Drang an, hysterisch loszulachen. *Entschuldigen Sie bitte, da sind ein toter Wolf und eine Raubkatze in meinem Schlafzimmer!* Sie war sich nicht sicher, was für eine Sorte Katze das war – gelbbraun wie ein Puma, muskulös wie ein Leopard, mit einer leichten Spur Streifen wie ein Tiger. Das Geschöpf hatte das riesige Maul und die massiven Pfoten eines männlichen Löwen. Aber die Katze sah nicht merkwürdig aus, wie ein Mischmasch. Sie war geschmeidig, wunderschön, voller Kraft.

Endlich bewegte Sean sich. Die Raubkatze wich zurück, als Sean das Schwert hob und die Spitze der Waffe in die Brust des toten Wolfs bohrte. Der Wolf schimmerte, dann wurde aus ihm der halb gewandelte Mann, der Kim angegriffen hatte, und anschließend zerfiel er langsam zu Asche. Gleichzeitig erhob sich die Raubkatze auf die Hinterbeine und zerfloss zu der Form des überaus nackten Liam Morrissey.

Mmh, er sieht gut aus, sagte eine Stimme ganz hinten in Kims Kopf. Definierte Muskeln, glatte Haut, krauses, dunkles Haar, das sich über seine Brust erstreckte. Flacher Bauch, kräftige Oberschenkel, riesiger ... *O Mann.*

Sobald wieder Luft in Kims Lungen strömte, kamen Schreie aus ihrem Mund. Sie versuchte, sie aufzuhalten, aber gegen die hysterische Reaktion war sie machtlos, sie hielt sie fest in ihrem Griff.

Liams großer Körper war neben ihr auf dem Bett, seine Hand bedeckte ihren Mund. „Shhh, Süße. Es ist vorbei."

Verspäteter Schock. Verständlich. Es geht mir gleich wieder gut.

Liams Hand war warm, auf gewisse Art beruhigend, obwohl er versuchte, sie still zu halten. Nach einem Moment warf er ihr einen fragenden Blick zu, und sie nickte, um ihm zu bedeuten, dass sie fertig war mit Schreien. Liam zog die

Hand weg, und Kim holte tief Luft, atmete seinen berauschenden, männlichen Geruch ein.

„Liam, Mann, zieh dich an", sagte Sean. „Du machst der Frau noch Angst."

„Nein, ist schon gut." Kim schloss die Augen. Sie spürte Liams nackte Arme und Beine um sich. Nein, es störte sie überhaupt nicht. Sie öffnete die Augen wieder und sah Liam an. „Was zum *Teufel* ist gerade passiert?"

„Wir haben ihn getötet", sagte Liam. „Wir hatten keine Wahl. Der Scheißkerl hätte dich umgebracht."

„Ist es das, was mit Shiftern passiert? Sie zerfallen zu Staub, wie die Vampire im Fernsehen?"

Sean antwortete nicht. Er stand stoisch da, sein Schwert zeigte noch immer auf den Boden.

„Nein." Liam löste sich von Kim. Sie wollte nach ihm greifen, wollte, dass er sie wieder in diese angenehme, nackte Umarmung schloss. „Nur die, durch die Sean dieses Schwert stößt. Sean ist unser Wächter."

Seans Augen wurden schmäler. „Liam."

„Was ist ein Wächter?" Es gab mehr nonverbalen Austausch zwischen den Brüdern, nicht Telepathie, aber eine Körpersprache, die so subtil war, dass sie nicht alles mitbekam und erst recht nicht alles verstand.

„Ein Beschützer", sagte Liam. „In diesem Fall von Shiftertown."

„Ich habe kein Halsband an dem Shifter gesehen." Kim zitterte plötzlich gewaltig. „Ich wäre fast gestorben, oder?"

„Er hätte dich umgebracht. Er war nicht gezähmt. Das bedeutet, dass er gefährlich war, für dich, für mich, für unsere Familien. Er hat bereits eine Shifterfrau und ihre Kinder getötet."

Kim blieb der Mund offen stehen. „Warte mal. Ich habe von der toten Shifterfrau gehört. Ich dachte, sie und ihre Kinder wurden bei einem Autounfall auf einer Landstraße im Hill Country getötet. War das nicht so?"

„Nein." Liam sah traurig aus. Sean stand abseits, und ihr fiel auf, dass seine Jeans und sein T-Shirt nicht zu dem mittelalterlich aussehenden Schwert passten. „Sie wurde ermordet. Sean und ich, wir haben ihre Leiche in ihr Auto gesetzt, es in den Graben geschoben und angezündet."

„Warum?" Kim stand auf. Ihr wurde klar, dass sie nur ein kurzes, seidenes Babydoll trug, und sie nahm sich den Morgenmantel, den sie über einen Stuhl geworfen hatte. „Warum habt ihr das Verbrechen nicht gemeldet und den Shifter festnehmen lassen?"

„Weil das unsere Verantwortung ist." Liams Blick musterte ihren Körper, während sie hastig in den Morgenmantel schlüpfte, aber seine Stimme verriet seine Wut. Sean nickte zustimmend.

„Nein, ist es nicht", sagte Kim. „Shifter leben jetzt in der Welt der Menschen. Das bedeutet, dass das menschliche Gesetz Vorrang hat. Dieses Abkommen habt ihr unterschrieben. Der Shifter hätte verhaftet und weggesperrt werden sollen, wie jeder andere, nicht in Selbstjustiz-Art von dir und Sean getötet werden."

Ihr ging der Atem aus. Diese beiden Männer hörten ihr nicht zu, sondern sahen einander an. Sie redeten immer noch, ohne ein Wort zu sagen.

Das Gewicht des Todes des Shifters lastete schwer auf dem Raum.

Letztlich schüttelte Sean den Kopf und steckte sein Schwert in eine Lederscheide. „Du bist verdammt verrückt, Liam, weißt du das? Tu, was du tun musst, ich gehe, um Dad Bericht zu erstatten."

„Okay. Nimm mein Motorrad."

„Glaubst du, mit einem Schwert auf dem Rücken fahre ich per Anhalter? Ich seh dich dann zu Hause."

Mit einer letzten Grimasse drehte Sean sich um und ging raus, das Schwert in der Lederscheide in der Hand. Kim hörte ihn auf der Treppe. Dann knallte unten die Haustür zu, dass das Haus erbebte.

„Komm." Liam stand auf. Er war noch immer nackt, was ihm kein bisschen peinlich zu sein schien. „Zieh dich an, und komm runter. Ich mache dir was zu essen. Du siehst mitgenommen aus."

„Der Shifter ... Er ist", Kim schluckte, „über meinen ganzen Teppich verteilt." Grauer Staub bedeckte den Läufer, den sie in einem Antiquitätengeschäft in Fredericksburg gekauft hatte. „Igitt."

Liam nahm sie in die Arme und küsste sie auf den Hals. Seine Wärme war wie eine Decke auf ihrer kühlen Haut.

„Ich werde mich darum kümmern, Süße. Geh schon mal nach unten, und warte auf mich."

Kim wollte nicht gehen. Sie wollte für eine Weile hierbleiben und ihre Hände über Liams breite, starke Schultern gleiten lassen. Sein Körper war fest und vermittelte Sicherheit, genau wie sein Lächeln. Sie könnte die ganze verdammte Nacht hier in seinen Armen stehen.

Liam küsste sie nochmals auf den Hals. „Wird schon wieder. Nun geh."

Kim war sich nicht sicher, wie sie es schaffte, zurückzutreten, sich ihre Kleidung zu greifen und durch den Flur zu ihrem Gästezimmer zu sausen, um sich umzuziehen. Als sie nach unten ging, spitzte sie die Ohren, um zu hören, was Liam in ihrem Schlafzimmer tat, aber alles war still.

***

Liam fand seine Kleider, wo er sie in Kims Küche hastig ausgezogen hatte, und schlüpfte hinein. Sein Adrenalinspiegel war noch immer hoch, sein Herz schlug schnell und laut. Er wollte laufen, jagen, Kim packen und ungezügelten Sex mit ihr haben. Sich zu beherrschen war nicht einfach, aber die Hitze hielt den kommenden Schmerz zurück. Später würde er bezahlen. Verdammt noch mal, würde er bezahlen.

Kim saß vornübergebeugt auf dem Sofa auf der anderen Seite der Frühstücksbar. Sie hatte keinen Küchentisch mit

Stühlen, stattdessen standen ein paar Barstühle an der Theke. Den Rest des Raumes hatte sie mit einer Couch und zwei gemütlich aussehenden Sesseln gefüllt.

Ihr loses Haar fiel ihr über die Bluse, die sie angezogen hatte. Ihre blauen Augen waren riesig, während sie Liam beim Anziehen zusah. Er hatte sich in ihrem Badezimmer gewaschen, nachdem er die Überreste des ungezähmten Shifters aus ihrem Teppich gesaugt hatte. Aber das Arschloch ging nicht restlos raus.

„Der Teppich muss in die Reinigung", sagte er.

Kim erblasste. „O Gott."

„Ich erledige das für dich. Es ist sowieso meine Schuld, dass der Scheißkerl hierherkam."

„Warum sagst du dauernd, es sei deine Schuld? Nicht alles ist deine Schuld. Du lebst jetzt in der Welt der Menschen."

Sie versuchte, sich an das zu halten, was sie kannte. Auf diese Art beruhigten die Menschen sich gerne.

„Es ist meine Schuld, weil ich dich nach Shiftertown habe kommen lassen. Der Paria hat deinen Geruch an mir wahrgenommen und beschlossen, mir wehzutun, indem er dir wehtut. So hätte er gewusst, dass ich trauern würde, selbst wenn er sterben sollte. So denken die Parias. Räche dich an deinem Feind, noch während er dich tötet." Liam schüttelte den Kopf und ging zum Kühlschrank. „Ich habe noch nie einen Shifter gesehen, der so schnell war oder so schnell etwas aufspüren konnte. Etwas hat mit ihm nicht gestimmt."

Das beschäftigte ihn mehr, als er zugeben wollte. Parias waren ironischerweise schwächer als Shifter mit Halsbändern, weil die Shifter mit Halsbändern genug zu essen hatten, ausgeruht waren und viel Zeit zum Üben hatten. Aber dieser war schnell gewesen und hatte Seans ersten Schwerthieb abgewehrt wie einen Insektenbiss.

Kim zitterte. „Gibt es viele von ihnen?"

Liam wusste es nicht, und das machte ihm mehr Sorgen, als er zeigen wollte, aber er ließ seine Stimme dennoch ruhig klingen. „Vermutlich nicht. Wir wissen über die Parias größtenteils Bescheid." Oder jedenfalls behauptete Fergus das. Die Kühlschrankregale waren leer bis auf ein paar Joghurtbecher und einen Bund Grünzeug. „Du hast nichts zu essen, Frau."

„Es ist im Tiefkühler."

Das Tiefkühlfach offenbarte Stapel eingefrorener Mahlzeiten, die alle die Aufschrift „fettarm" oder „kalorienarm" trugen. „Das ist kein Essen", sagte Liam. „Das ist ein Hohn."

„Ich muss mein Gewicht im Auge behalten."

Liam erinnerte sich daran, wie Kim in ihrem Hauch von Nachthemd ausgesehen hatte – hübsche Brüste, süße Taille und Schenkel, die er am liebsten abgeleckt hätte. „Ich behalte es gerne für dich im Auge, Süße. Mit deinem Körper ist alles perfekt in Ordnung."

Sie lief tiefrot an, und Liam schlug die Tür des Tiefkühlfaches zu. „Mit diesem Mist kann ich dir nicht meinen berühmten, meterhohen Pfannkuchenstapel machen. Komm, ich führe dich aus und besorge dir etwas echtes Essen."

„Ich kann nicht weg. Meine Hintertür ist kaputt."

Zwei kleine Scheiben waren eingeschlagen und das Schloss aus der Halterung gerissen worden. „Ich kümmere mich darum."

Liam nahm sein Handy und machte ein paar Anrufe. Stimmen am anderen Ende versprachen, zu kommen und in einer halben Stunde das Glas zu ersetzen und das Schloss zu reparieren. „Hat die menschliche Frau Bier da?"

„Bring dir dein eigenes mit", knurrte Liam und beendete den Anruf.

Kim sah erstaunt aus. „Was machst du?"

„Ich sage dir doch schon die ganze Zeit, Schätzchen, es ist meine Schuld, dass der Scheißkerl dich angegriffen hat. Ich habe Freunde, die sich darum kümmern werden, um mir einen Gefallen zu tun."

„Shifterfreunde?"

„Was sonst? Komm, wir überlassen denen das Feld." Liam überredete sie irgendwie dazu, das Haus zu verlassen und die Garage aufzuschließen, aber er nahm Kim die Autoschlüssel aus den zitternden Händen und fuhr sie selbst zurück nach Shiftertown.

Sein Bruder hatte recht. Er war verdammt verrückt, aber er hatte das Bedürfnis, dies zu tun. Kim brauchte Schutz, aber die Shifter brauchten ihn auch. Er würde diese beiden Bedürfnisse miteinander vereinen müssen. Dylan würde stinksauer werden, aber Liam war sich sicher, dass er es dennoch verstehen würde. Fergus allerdings ... Nun, damit würde sich Liam befassen, wenn es so weit war.

„Hier arbeitest du", sagte Kim, als Liam hinter der Bar auf dem kleinen Platz parkte, der für ihn reserviert war.

„Klug erkannt, Süße. Es gibt hier leckere gebratene Hähnchenschnitzel."

Plötzlicher Hunger loderte in Kims Augen auf. Aß sie etwa nicht genug? Sie hatte einen Mann, hatte sie gesagt. Warum kümmerte sich dieser Idiot nicht um sie?

Die Bar war voll, als sie hereinkamen. Die Menge setzte sich überwiegend aus Shiftern und aus einer Handvoll Menschen zusammen, die entweder Freunde von Shiftern waren, gekommen waren, um zu glotzen, oder es waren Shiftergroupies. Die meisten Gäste lungerten an der Bar herum, aber Liam führte Kim zu einer freien Nische.

Liams Herz klopfte laut, sein Adrenalinpegel war noch immer hoch. Früher oder später würde er die Qualen durchleben müssen, aber er hoffte, dass er noch lange genug Zeit hatte, um sein Essen genießen zu können.

„Zwei gebratene Hähnchenschnitzel, Annie, und eine ordentliche Portion Fritten."

Die große, schlanke Shifterfrau, die gekommen war, um sie zu bedienen, verdrehte die Augen. „Wir nennen das hier französisch ‚Pommes frites', Liam. Das sage ich dir doch schon die ganze Zeit. Nicht Fritten."

„Ich sehe hier keine Franzosen in der Bar", erwiderte Liam und setzte damit die übliche Neckerei zwischen Annie und ihm fort.

„Der neue Koch ist Cajun. Das ist nah genug dran."

„Und wir werden etwas zu trinken benötigen", sagte Liam. „Was nimmst du, Kim?"

„Weißwein?"

Weißwein. Sie war unbezahlbar. „Du solltest hier keinen Wein trinken. Bring mir ein Stout, Annie."

„Guinness", übersetzte Annie und notierte es auf ihrem Block. „Und für Sie, Miss?"

„Ein Tecate", antwortete Kim. Sie sah Liam böse an. „Mit einer Limette bitte."

„Wird gemacht." Annie eilte davon. Ihre engen Kellnerinnenshorts schienen an ihrem wohlgeformten Hintern förmlich zu kleben. Jeder Mann in der Bar sah ihr hinterher, aber sobald sie weitergegangen war, wanderten die Blicke zurück zu Kim.

„Warum starren mich alle so an?", fragte Kim leise. „Ich bin nicht der einzige Mensch hier."

Aber sie war die einzige Person hier, die mit einem Duft markiert war. Jeder Shifter, ganz gleich ob männlich oder weiblich, hatte bemerkt, was Liam getan hatte. Nasenlöcher weiteten sich, Augen flackerten, wenn die anderen das wahrnahmen. Kim gehörte Liam. Jeder, der ihr zu nahe trat, würde Liam Rede und Antwort stehen müssen. Die Nachricht war angekommen.

„Ich beschütze dich, und das wissen sie."

„Warum wolltest du herkommen? Wir sind unterwegs an zwei Schnellrestaurants vorbeigefahren."

„Es ist sicherer."

Kim sah sich um. „Für dich oder für mich?"

„Für uns beide."

Er schwieg, als Annie eine beschlagene Flasche Guinness und ein Tecate, dessen Limone fest in die Öffnung gepresst war, auf den Tisch stellte.

„Wirst du mir erklären, warum du wegen des Wandlers nicht die Polizei gerufen hast?" Kim schob ihre Limette vollständig in die Flüssigkeit und hob die Flasche, um daraus zu trinken. Ihre Zunge kam heraus und berührte die Flaschenöffnung, bevor ihre Lippen sich darum schlossen.

Göttin, hilf, ist das heiß hier drin.

Liam hielt seine Bierflasche fest umschlossen, doch die beißende Kälte auf seiner Handfläche half nicht, ihn zu beruhigen. „Was, glaubst du, würde passieren, wenn deine menschliche Polizei herausfände, dass er frei herumläuft?", fragte er. „Shifter würden gejagt werden, und niemand würde sich sehr darüber aufregen, ob es ein gezähmter Shifter oder ein Paria war. Solange sie einen erwischten."

„Na schön. Das sehe ich ein. Da ein Shifter bereits vor Gericht steht, würden die Leute ausflippen, wenn noch einer über die Stränge schlüge." Kim lehnte sich vor und ließ Liam sehen, dass diese Bluse nicht besser zugeknöpft blieb als die letzte. „Glaubst du, er hat vielleicht das Mädchen ermordet, das Brian auf dem Gewissen haben soll?"

„Ich wollte, es wäre so einfach. Wir haben bis vor ein paar Tagen, als er die Shifterfrau ermordet hat, nichts von ihm gewusst. Er war vorher nicht in der Gegend. Brians Freundin ist schon vor Monaten gestorben."

„Woher weißt du, dass er nicht hier war?" Sie kräuselte die Nase. „Natürlich. Du hättest dich an seinen Geruch erinnert."

Liam lachte auf und nickte.

„Was hast du mit ‚gezähmter Shifter' gemeint?", fuhr Kim fort. „Vor heute Nacht habe ich gedacht, alle Shifter trügen Halsbänder. So sieht das Gesetz es vor."

Jetzt wurde es kompliziert. Liam überlegte, was er ihr erzählen konnte, ohne sie in Gefahr zu bringen. Verdammt noch mal gar nichts. „Nicht alle Shifter haben sich ein

Halsband anlegen lassen. Eure menschliche Regierung weiß das, aber sie behalten es für sich."

Kims schlanke Finger spielten mit ihrer Bierflasche, aber sie trank nicht weiter. Sie beobachtete ihn aus intelligenten Augen. Wunderschönen Augen. *Verdammt, es ist zu lange her ...*

„Du lässt das so klingen, als hätten sie die Wahl, Halsbänder zu tragen oder nicht."

„Sie haben die Wahl, Süße", sagte Liam. „Es ist eine Wahl, vor die wir vor zwanzig Jahren gestellt wurden, und wir haben sie getroffen. Die meisten von uns. Einige Shifter haben sich dazu entschlossen, wild zu leben."

„Du meinst frei."

„Gejagt. Am Sterben. Abgeschoben. Wir hätten vielleicht noch fünf Jahre überlebt, wenn wir uns nicht für die Halsbänder entschieden hätten."

„Willst du sagen, dass ihr Unterwerfung gewählt habt, um euch selbst zu retten?"

Liam zuckte mit den Schultern und gab vor, ihr zuzustimmen. „Unsere Familien standen vor dem Aussterben. Wir waren nicht fruchtbar, und die Kinder, die geboren wurden, haben häufig ihr erstes Jahr nicht überlebt. Und sieh uns jetzt an."

Kim lenkte ihren Blick von ihm auf den vollen Raum. An der Bar stand Jordie Ross mit seinen vier Söhnen, alle groß und kräftig, sie lachten laut und unterhielten sich angeregt. Ihre Mutter hatte die Geburten überlebt – sie saß mit ein paar Freunden in einer Nische auf der anderen Seite des Raums.

Eine andere, schwangere Shifterfrau hatte eine Hand auf ihrem Babybauch, während ihr Ehemann beschützend den Arm um sie gelegt hatte. Sie war so umsichtig, nur Wasser zu trinken, und lehnte sich mit dem Rücken gegen ihren Mann.

„Liam." Eine große Gestalt trat in sein Blickfeld. „Nette Menschenfrau hast du da aufgegabelt."

Liam sah auf und schnitt eine Grimasse. „Ellison. Verpiss dich, Mann. Ich versuche sie davon zu überzeugen, dass Shifter zivilisiert sind."

Der groß gewachsene Mann lachte. Wie üblich trug Ellison ein schwarzes Hemd, Jeans, Cowboystiefel und einen großen Hut. Er liebte Texas und hatte den Staat adoptiert, als sein Shifterclan aus Colorado hierhergezogen war. Einige aus seinem Clan vermissten die kühle Luft der Rockies, aber Ellison Rowe hatte das Texas Hill Country komplett angenommen, mitsamt seinem schwülen Klima, seinen Moskitos, dem zähen Verkehr und den Politikern.

„Glaub ihm kein Wort." Ellison ließ sich neben Liam in ihrer Nische nieder und lächelte Kim an. „Liam hat keinen einzigen zivilisierten Knochen in seinem Körper." Selbst Ellisons Grinsen schien wölfisch.

„Sicher findet sie es sehr beruhigend, das von einem Lupid zu hören."

„Lupid?" Kim legte die Brauen in Falten. „Das habe ich dich schon einmal sagen hören."

„Das bedeutet, ich bin ein Wolf, Schätzchen", sagte Ellison. „Und keine Schmusekatze."

Kims Augen war ein Schatten der Angst anzusehen. Liam griff hinüber und berührte ihre Hand. „Schon gut. Er ist ein netter Wolf."

„Sag ihr doch nicht so etwas. Ich bin der große *böse* Wolf."

„Wie der ungezähmte Shifter", sagte Kim leise.

Ellisons Grinsen verschwand. „Was?"

Liam warf Kim einen warnenden Blick zu. „Ein Einzelgänger. Ich habe mich darum gekümmert."

„Er war ein Wolf? Verdammt. Das tut mir leid, Liam."

„Ich habe doch gesagt, ich habe mich darum gekümmert."

Ellison runzelte die Stirn, sein großer Körper sank in sich zusammen, seine sonnige Laune plötzlich deutlich gedämpft.

„Zwei gebratene Hähnchenschnitzel mit extra Soße", verkündete Annie und stellte das Essen vor ihnen ab. „Und eine Schüssel Pommes. Braucht ihr sonst noch was?"

„Bring mir ein Bier, Liebling." Ellison blickte auf Kims und Liams Flaschen. „Ein schönes, altmodisches, amerikanisches Bier, nichts aus Irland, Mexiko oder Deutschland."

„Wir haben ein paar Flaschen Vollmondweizen hinten", sagte Annie. „Direkt hier aus Austin."

Sie eilte davon, bevor Ellison protestieren konnte. „Oje, ich *hasse* Lokalbräu. Yuppie-Bier."

„Dann lade ich dich nicht zur jährlichen Lokalbräu-Verkostungsfeier ein", sagte Kim, während Liam knusprige, heiße Fritten kaute. Es waren Fritten, verdammt noch mal. Welchem Arschloch war der Ausdruck Pommes frites eingefallen? „Brauer aus dem ganzen County stellen Stände auf und schenken den ganzen Tag gratis Kostproben aus. Man muss eingeladen werden, aber ich darf Gäste mitbringen."

Ellison machte ein langes Gesicht. „Nun, vielleicht ist es gar nicht so schlecht. Einige dieser Biere schmecken beinahe gut."

Liam lachte ihn aus, aber sein Herz wurde warm. Kim war keine Mimose. Sie war voller Angst, Wut, Unsicherheit und Trauer, aber sie würde sich nicht einigeln und weinen. Gut. Sie musste stark sein, wenn sie mit Shiftern mithalten wollte. Und sie würde sich an sie gewöhnen müssen, denn heute Abend würde sie ganz sicher nicht mehr nach Hause gehen.

Kapitel Sechs

Kim langte herzhaft zu. Überfallen zu werden und den Angreifer sterben zu sehen konnte einen ganz schön hungrig machen.

Das war alles so merkwürdig. Der Cowboy, der neben Liam saß und sein helles Bier trank, während er zusah, wie Liam sein Hähnchenschnitzel wegputzte, machte Witze, aber seine Augen waren wachsam, prüfend. Während er und Liam sich unterhielten, wechselten seine Augen zwischen Dunkelblau und Hellblau hin und her.

Ellison schien sehr betroffen, dass der Paria ein Wolfshifter gewesen war. Warum? Weil Liam und Sean, die ihn umgebracht hatten, große Katzen waren? Kim verstand nicht, warum das einen Unterschied machen sollte. Ein Shifter war ein Shifter, oder?

Kim spürte, dass sie über etwas Vielschichtiges, Komplexes gestolpert war. Sie war so zuversichtlich gewesen, Brian helfen zu können und gleichzeitig einen Durchbruch für die Rechte der Shifter zu erzielen, doch jetzt wunderte sie sich über ihr eigenes Ego. Je mehr sie über

Wandler erfuhr, umso mehr verstand sie, wie wenig sie eigentlich über sie wusste.

Ellison ging schließlich, um mit anderen zu reden, und nahm sein Lokalbräu mit sich. Kim wischte sich den Mund mit den zusätzlichen Servietten ab, die Annie gebracht hatte. „Danke. Ich glaub, ich habe das Essen wirklich gebraucht."

„Eine gute Mahlzeit mit einem guten Freund ist eine der Freuden des Lebens", sagte Liam und klang, als meine er das ernst. „Selbst wenn es in einer Shifterbar ist."

Kim verspürte plötzlich eine Leere in sich. Sie sehnte sich nach dieser Art Einfachheit, aber ihr Leben war chaotisch und stressig, und sie war immer so verdammt beschäftigt. Wie lange war es her, dass sie und ihre Freundinnen sich zum Essen getroffen hatten, um zu reden und sich auszutauschen? Um zu lachen und gemeinsam alte Erinnerungen aufleben zu lassen? Zu lange. Eine von ihnen hatte den Staat verlassen, seit die Gruppe sich das letzte Mal getroffen hatte, und die anderen hatten genug mit ihren eigenen Leben zu tun. Kim hatte mit den meisten ihrer Freunde seit Monaten kaum mehr als ein, zwei Minuten geredet. Silas war die einzige Ausnahme, aber nur weil er wegen seiner Reportage Interesse an Brians Fall hatte. Und selbst seine E-Mails waren immer kurz.

Sie legte ihre Gabel ab. „Ich sollte mich wirklich auf den Heimweg machen. Deine Freunde haben vermutlich mittlerweile meine Tür repariert, und ich muss morgen arbeiten."

„Du arbeitest auch sonntags?"

„Ich werde von zu Hause arbeiten, aber ich habe viel zu tun. Fälle vorbereiten, Berufung einlegen. Brian ist nur einer meiner Mandanten."

Liam legte sein Besteck hin, schob seinen und ihren Teller beiseite und nahm ihre Hände. Seine Bewegungen waren abrupt, und seine Haut war erhitzt. „Du musst zuerst mit mir nach Hause kommen."

„Warum?" Nicht dass sie, wie er so ihre Finger in seinen warmen Händen hielt und sie mit seinen sexy blauen Augen anblickte, viel dagegen einzuwenden hatte.

„Sean wird meinem Dad erzählt haben, was passiert ist, aber Dad wird deine Seite der Geschichte hören wollen."

„Meine Seite der Geschichte? Ich habe keine Seite. Ich habe das gesehen, was du auch gesehen hast."

„Dies ist ein Shifterproblem. Dad braucht alle Informationen, die er bekommen kann."

Kim drückte seine Hände zur Antwort. „Na schön, aber nicht lange. Ich muss wirklich was tun."

„Zuerst tanzen?"

„Was?"

Die Jukebox spielte in voller Lautstärke irgendeine Countrynummer, die Ellison ausgesucht hatte. „Ich muss etwas Energie abbauen. Bist du zu sehr Stadtmädchen für einen Texas Two-Step?"

„Du bist Ire", sagte sie, als er sie hochzog. „Solltest du nicht eher einen, du weißt schon ... Jig tanzen?"

Liam lachte, ein Geräusch, so herzlich, dass alle um sie herum, die ihn hörten, lächeln mussten. Um seine Augen bildeten sich kleine Fältchen, und sein Lachen verdrängte die verbliebenen Schatten des Horrors von dem Wolfshifterangriff.

Kim hatte das Gefühl, dass ihr etwas hätte auffallen sollen an dem, was passiert war – mehr als der tote Wolfshifter und Sean mit seinem Schwert und Liam als fauchende Raubkatze. Sie brauchte Zeit, um sich in Ruhe hinzusetzen und ihr Gehirn wieder die Kontrolle übernehmen zu lassen.

Aber Liam wollte sie nicht zur Ruhe kommen lassen. Er zog sie aus der Nische und in die Mitte der Tanzfläche. Andere Paare tanzten dort bereits – sehr eng, aber sie waren Shifter, daher konnte Kim nicht mit Sicherheit sagen, ob sie Liebespaare waren oder einfach Freunde. Shifter berührten einander gerne.

Liam zog Kim in eine Umarmung, seine Füße fanden den Rhythmus des Tanzes. Kim kannte die Schrittfolge, aber sie hatte lange nicht getanzt und bewegte sich steif.

Liam ließ seine Hand an der Kurve ihrer Taille entlanggleiten. „Entspann dich, Süße. Ich passe auf dich auf."

Kims Augen waren so blau, dachte Liam. Wenn er einen Hang zur Poesie hätte, würde er sagen, blau wie die Irische See. Aber er hatte Irland so lange nicht mehr gesehen, dass er sich nicht sicher sein konnte, ob die Gewässer dort noch immer so blau waren, dass es einem in der Seele wehtat.

Kim brachte sein bereits heftig schlagendes Herz zum Rasen. Ihre Lippen waren rot, voll und üppig. Liam küsste nicht. Wenn er mit einer Frau ins Bett ging, war er zu beschäftigt, um zu küssen, und außerdem waren er und die Frau für gewöhnlich in Tierform. Aber Kims Lippen mit den seinen zu berühren schien plötzlich eine gute Idee zu sein.

Seine Libido übernahm gerade sein Gehirn. Diese Frau war nicht für ihn bestimmt und würde es auch niemals sein. Sie war nur zeitweise hier, war in Shifterärger hineingezogen worden, den sie nicht verstand. Sie wusste nicht, wie tief sie bereits in die Sache verwickelt war. Und wenn sie es herausfand, würde sie ganz bestimmt nicht in der Stimmung zum Küssen sein.

Seine Libido befahl seinem Gehirn, die Klappe zu halten. Ihr Geruch war aufregend, süß. Sie sah zu ihm auf und lächelte, und ihre kleinen Hände bewegten sich zu seiner Taille.

Warme, weiche Frau glitt gegen seinen Körper, und Liams Blut floss in seine Lenden. Er stellte sich vor, wie sie unter ihm lag, wie sich ihre Hüften hoben, während er in sie eindrang. Ihre blauen Augen würden sich schließen, ihre runden Brüste würden sich gegen seine Brust pressen, und ihre Beine würden sich um seine Taille schlingen.

Götter, er brauchte Sex. Nach einem Kampf jagte er für gewöhnlich in seiner Katzenform, um sich abzureagieren, bevor er den Preis bezahlte. Aber dazu hatte er heute Abend nicht die Chance gehabt, daher drängte ihn sein Körper, etwas sogar noch Besseres zu tun: diese Frau mit nach Hause zu nehmen und sie zu lieben.

Wenn er getan hätte, was Sean vorgeschlagen hatte, und jede Nacht mit einer Shifterfrau gevögelt hätte, würde er jetzt nicht schwitzen, gegen seine Begierde und sein Halsband ankämpfen. Er hatte noch nie das Bedürfnis gehabt, mit einer Menschenfrau zusammen zu sein.

Allerdings hatte er auch noch nie vorher Kim getroffen.

Liam zog sie näher an sich, seine Hände wanderten zu ihren Hüften. *Ich bin der Shifter, der niemanden braucht und der das Wohl Shiftertowns über alles andere stellt.*

Genau.

Kim lachte. „Ich hatte vergessen, wie gerne ich tanze", sagte sie über die Musik hinweg.

„Geht denn dein Kerl nicht mit dir aus?"

„Abel? Wir gehen chic essen, meistens mit einer Gruppe Anwälte, die er beeindrucken möchte. Nicht tanzen."

„Er heißt Abel?"

„Ja, Abel Kane. Kannst du dir vorstellen, dass seine Eltern ihn so getauft haben?"

„Er könnte ihn ändern lassen. Ich habe gehört, dass Menschen das tun." Als sei ein Name etwas Veränderliches. Menschen waren verrückt.

„Er sagt, die Leute erinnern sich daran", sagte Kim. „Ich schätze, da hat er recht."

„Aber er tanzt nicht."

Kim lachte. Anscheinend war die Vorstellung dieses Freundes beim Tanzen komisch. „Nein, er tanzt nicht. Ich wusste auch nicht, dass Shifter tanzen."

„Wir tun alles Mögliche." Liam wirbelte sie einmal herum, zog sie wieder an sich, und dann endete das Lied.

Die Paare trennten sich. Jordie Ross küsste seine Frau auf ihre nach oben gewandten Lippen und streichelte mit seinen Fingern über ihre Kehle. Der zärtliche Blick, den sie Jordie zuwarf, als sie zurück zu ihren Freundinnen ging, sandte einen Stich durch Liams Herz. Seine eigenen Eltern hatten sich einmal so angesehen. Kenny und Sinead auch. Sie hatten gedacht, sie seien Gefährten für den Rest ihres Lebens.

Liam hielt Kims Hand fest. „Zeit, zu gehen."

Kims Vorsicht kehrte zurück, als er sie aus der Bar führte. „Wohin zu gehen?", fragte sie.

„Nach Hause."

„Du meinst, zu dir nach Hause." Und zu seinem Vater. War Liams Vater alt und gütig, mit den gleichen blauen Augen wie sein Sohn und einem warmen Lächeln, oder ein strenger Patriarch, der jeden in Schrecken versetzte, der seine Schwelle überschritt?

Liam nickte wortlos, seine Augen verrieten nichts. Sein plötzliches Schweigen machte Kim nervös, aber dann dachte sie an ihr eigenes Haus, das auf sie wartete, wie groß und leer es war.

Ganz gleich wie sehr sie und ihre Eltern sich bemüht hatten, ihrem Elternhaus hatte es nach Marks Tod an Wärme gefehlt. Bei jedem Weihnachtsfest war eine Leere spürbar gewesen, und bei jedem Osteressen, jedem Halloweengang durch die Nachbarschaft. Die Familie hatte die Rituale jedes Jahr aufrechterhalten, nur um festzustellen, dass Rituale nicht erfüllend waren, wenn jemand, den man liebte, dabei fehlte. Aber sie hatten nichts anderes tun können. Vor ein paar Jahren hatte Kim durch eine Umgestaltung, die sie mit einer Party gefeiert hatte, versucht, dem Haus wieder Leben einzuhauchen, doch obwohl das Haus jetzt moderner aussah, war es immer noch genauso leer.

Kim dachte an Shiftertown, wie lebendig es hier war, wie diese Leute gezwungen worden waren, hier zu wohnen, aber es erträglich gemacht hatten, durch die Nähe von Familie und Freunden.

„Ich würde gerne sehen, wo du wohnst", entschied sie. „Selbst wenn ich dann von deinem Vater befragt werden muss."

„Er wird dich nicht befragen." Liams Lächeln kehrte zurück. „Wie Ellison bereits gesagt hat: Wir sind Schmusekatzen."

Kim war sich nicht sicher, was sie davon halten sollte, aber sie folgte ihm durch die Menge, die sich vor den Türen und auf dem Parkplatz versammelt hatte. Es waren größtenteils Shifter, die lachten, redeten, während sie auf eine Chance warteten, sich in das volle Innere zu drängen.

Die Nacht war abgekühlt, die Schwüle hatte nachgelassen. Über ihnen blinkten Sterne durch das Licht, das die Stadt gegen die unermessliche Schwärze, die sich bis in die Unendlichkeit erstreckte, abgrenzte.

„Was für eine schöne Nacht", sagte Kim. „Wohnst du weit weg? Können wir laufen?"

Wie merkwürdig, dass sie zu Fuß gehen wollte. In dieser Stadt der Autos war Zu-Fuß-Gehen etwas, das man am Lake Austin, im Zilker Park oder Samstagnacht auf der Sixth Street machte. Man ging nicht zu Fuß, um irgendwohin zu kommen.

„Es ist nicht weit", sagte Liam, „aber wir fahren. Es ist sicherer, deinen Wagen in Shiftertown zu lassen, als hier draußen."

Da hatte er recht – dies war kein gutes Viertel. Wieder fuhr Liam, und Kim begnügte sich damit, aus dem Fenster zu sehen. So spät waren keine Kinder mehr auf den Rasenflächen, aber die Häuser waren alle hell. Leute saßen auf beleuchteten Veranden, um zu reden oder sich einfach die Nacht anzusehen.

Liam fuhr den Wagen in eine altmodische Auffahrt – zwei Streifen Beton mit Gras dazwischen – etwa zwei Häuserblocks entfernt von dort, wo Brians Mutter wohnte. Liam stieg aus dem Wagen und kam auf ihre Seite herüber, um die Tür für sie zu öffnen.

Kim sah überrascht auf, als Liam ihr aus dem Wagen half und die Tür schloss. Sie war diese Höflichkeit nicht gewohnt. In ihrer Welt musste eine Frau vorgeben, sie wolle oder brauche wenig Gefallen von Männern. Wenn sie einen typischen Männerberuf ausüben wollte, musste sie wie ein Mann handeln. Sie musste sogar stärker als ein Mann sein und rücksichtsloser. Kim beugte sich dieser Notwendigkeit und machte mit, aber sie war überrascht, wie sehr Liams Gentleman-Gesten ihr gefielen.

Liams Haus war ein Bungalow wie Sandras, zwei Etagen mit quadratischen, gemauerten Säulen auf der Veranda. In einer Ecke der Veranda standen eine Picknick-Bank und ein Tisch, auf der anderen Seite hing eine Schaukel.

„Ich wollte immer eine Verandaschaukel haben", sagte Kim. „Blöd, aber ich durfte das nie. Die Eigentümervereinigung hat es nicht genehmigt."

„Du bist herzlich eingeladen, jederzeit, wenn du es willst, auf unserer Hollywoodschaukel abzuhängen."

„Hat dir schon einmal jemand gesagt, dass du ein Schatz bist, Liam? Ist es aber nicht schon etwas spät für einen Besuch? Wird dein Vater noch wach sein?"

Liam antwortete mit einem Lächeln. „Wir sind ziemlich nachtaktiv."

„Wie Vampire? Verdammt, ich habe zu viel Bier gehabt."

„Nein. Nicht wie Vampire." Liam öffnete die Vordertür und winkte sie ins Haus. „Vampire sind anders."

Kim wusste nicht, was sie von seiner Antwort halten sollte. Neckte er sie? Aber verdammt, es gab Shifter. Warum nicht auch Vampire?

Sie hatte auf jeden Fall zu viel Bier getrunken.

Die Vordertür führte direkt ins Wohnzimmer, das von einem großen, rechteckigen Fernseher dominiert wurde. Die Couch und die Stühle waren darum gruppiert worden, zusammen mit klappbaren Tablett-Tischchen statt Beistelltischen. Die Tische waren voller Getränkedosen, Bierflaschen, Schüsseln mit Krümeln von Maischips und

Stapel von Videokassetten und DVDs. Es sah aus, als hätte gerade ein Videoabend stattgefunden. Der Boden bestand aus polierten Dielen, auf denen nicht zueinander passende Teppiche und Läufer lagen, im Gegensatz zu Kims kühlem Kachelboden mit den dicken handgewebten Teppichen.

Als Liam Kim hineinführte, kamen Sean und ein anderer Mann zu ihrer Linken die Treppe herab, und ein junger, schlaksiger Morrissey sprang aus der Küche, die sich an das Wohnzimmer anschloss.

„Ist sie das?", fragte der junge Mann.

Der älteste der Männer ging an ihm vorbei und hielt Kim seine Hand hin. „Ich bin Dylan."

Liams Vater. Er sah nicht älter als vierzig aus, aber wie bei Sandra sah man in seinen Augen die Last der Jahre. Diese Augen schätzten sie ab, ähnlich wie es Liams getan hatten, aber ohne das warme Interesse. Sein Griff war stark, wenn auch nicht bedrohlich, aber er ließ Kim wissen, dass er sie jederzeit, wenn er das wünschte, bedrohen *konnte*.

Kim erkannte, dass sie, wenn sie Dylan statt Liam getroffen hätte, ohne einen Blick zurück aus Shiftertown geflohen wäre. Kein Wunder, dass Liam, wie Brian sagte, der war, an den sich alle wandten. Man musste mutig sein, um Dylan ohne Angst in die Augen sehen zu können.

Sean nahm die letzte Treppenstufe. „Connor, warum hast du diesen Müll nicht weggeräumt? Ich hab dir doch gesagt, dass Kim kommt."

„Mach ich." Der junge Mann sammelte alles mit seinen großen Händen zusammen.

„Mein Neffe Connor", erklärte Liam. „Der Sohn unseres Bruders Kenny."

Der Bruder, der gestorben war. Kim beobachtete den schlaksigen Connor, der sich einen Weg in die Küche bahnte, während er versuchte, alles zugleich zu tragen.

Liam bedeutete Kim, sich hinzusetzen. Die Couch, die schon Jahre von hüpfenden Kindern und bestiefelten Männerfüßen gesehen hatte, sackte ein, als sie sich darauf niederließ. Connor erschien wieder und reichte Kim eine kalte Limo. Kim hatte keine Lust darauf, aber sie dankte ihm, öffnete die Dose und nahm einen Schluck. Es gab keinen Grund, nicht höflich zu sein.

Liam setzte sich neben sie, nah neben sie, so wie er es auch bei Sandra getan hatte. Shifter hatten wirklich keine Ahnung von persönlichem Abstand. Oder wenn sie etwas davon wussten, dann kümmerten sie sich nicht darum.

Sean stand unbehaglich herum, die Hände in den Taschen. Er runzelte die Stirn, als gefiele es ihm nicht, Kim hierzuhaben, aber nicht, weil er Kim nicht mochte. Dylan beobachtete sie auch, aber mit einer Stille, die den jüngeren Männern der Familie fehlte. Er hatte deutlich mehr von einem Raubtier als die anderen.

Und hier bin ich, die Gazelle.

Um ihre Nerven zu beruhigen, sah Kim sich die Inneneinrichtung an, die größtenteils aus Junggesellenunordnung bestand. „Hey, ich habe auch so eine." Sie zeigte auf eine schwarze Tasche mit Metallnieten, die neben dem Fernseher stand. „Moment mal, das *ist* meine Tasche." Sie sah Liam böse an, der nicht im Geringsten schuldig wirkte. „Na so was. Ich frage mich, wie die wohl hierhergekommen ist."

„Erinnerst du dich an meine Freunde, die deine Hintertür repariert haben? Die haben sie mitgebracht."

Kim stellte ihre Dose vorsichtig auf einem Fernsehtablett ab. „Verrätst du mir, warum? Oder ist es ein Fetisch von dir, anderer Leute Gepäck zu stehlen?"

Es war Dylan, der ihr antwortete. „Weil du heute Nacht hierbleibst, Kim. Liam wusste, dass du deine Sachen würdest haben wollen."

„Wie meinen Sie das, ‚hierbleiben'? Übernachten? Ich habe nicht *so* viel getrunken."

Liam legte den Arm um sie. Fest. Er hielt sie an ihrem Platz. „Du musst bleiben."

„Der Shifterwolf ist tot. Du und Sean habt ihn getötet. Ich bin in Sicherheit." Endlich brach das, was sie die ganze Zeit gestört hatte, durch den Nebel in ihrem Gehirn. „Liam, wie hast du ihn töten können? Dein Halsband hätte dich am Kämpfen hindern sollen, selbst gegen einen anderen Shifter. Stimmt's?"

Liam schwieg. Sie fühlte Sean hinter sich stehen, Connors Unbehaglichkeit und Dylans Stille.

„Liam?"

Liams Augen waren blau und hart und hielten ihren Blick fest. „Es tut mir leid, Süße. Deshalb können wir dich nicht gehen lassen."

Kapitel Sieben

Sie nahm es gut auf. Das musste Liam ihr lassen. Kein Geschrei, keine zornigen Flüche, kein ängstliches Gefasel. Kim sah ihn einfach nur an.

„Warum nicht?", fragte sie ruhig. „Wenn ich beweisen kann, dass Brian nichts mit dem Mord zu tun hatte, spielt es keine Rolle, dass sein Halsband nicht funktioniert haben könnte. Es gibt keinen Grund, weshalb ich das publik machen sollte."

„Du solltest Brians Verteidigung an jemand anderen abgeben", sagte Dylan.

Jetzt kam die Wut. „Oh, nein, nein, nein. Ich werde mit diesem Fall Karriere machen. Außerdem bin ich eure beste Chance darauf, ihn freizubekommen."

Dylans Augen hatten einen harten Ausdruck. „Brian versteht, dass es notwendig ist, die Shifter zu schützen."

Kim befreite sich aus Liams Umarmung und sprang auf die Füße. „Wollen Sie damit sagen, ihr opfert ihn? Lasst ihn vorgeben, dass sein Halsband nicht funktioniert hat, um zu verheimlichen, dass die Halsbänder überhaupt nicht funktionieren?"

„Es geht hier nicht um die Halsbänder", sagte Liam. „Und außerdem funktionieren sie."

„Ihr seid verrückt. Wenn Brian für schuldig befunden wird, wird er als Shifter zum Tode verurteilt. Wisst ihr, was das bedeutet?"

„Er wird nicht durch die Hände der menschlichen Regierung sterben", sagte Dylan. „Wenn er verurteilt wird, werden wir uns darum kümmern, dass er nicht einem Henker gegenübertreten muss."

„Was, schickt ihr Sean, um ihn zu Staub zerfallen zu lassen?"

Sean sah weg, nicht fähig, ihrem Blick zu begegnen.

„Nein, nicht Sean." Liam erhob sich neben ihr. „Es ist nicht sein Job."

Kim sah ihn verständnislos an, dann weiteten sich ihre Augen. „Du meinst, es ist *deiner*? Oh, Scheiße, Liam."

„Es ist ein Shifterproblem", stellte Dylan mit seiner ruhigen Stimme fest.

„Und jetzt bin *ich* ein Shifterproblem? Ihr könnt euch nicht auf mein Wort verlassen, dass ich es niemandem sagen werde? Liam, du hast heute Nacht mein Leben gerettet. Ich schulde dir etwas."

„Es liegt nicht an uns", unterbrach Sean sie. „Wir machen nicht das Gesetz."

„Das ist die älteste Ausrede, die es gibt. Sind Sie hier nicht der Anführer, Dylan? Können Sie nicht einfach eine Entscheidung fällen?"

Dylan schüttelte den Kopf. „Dies sind Clan-Angelegenheiten und Shiftergeheimnisse. Nur Fergus kann entscheiden, dass wir uns dem Gesetz widersetzen."

„Wer verdammt noch mal ist Fergus?"

„Der Anführer des South-Texas-Clans", erklärte Liam. „Dad glaubt, du solltest mit ihm reden. Ich bin dagegen."

„Warum? Vielleicht hört dieser Fergus auf die Stimme der Vernunft."

„Fergus? Vernunft?" Liam wollte loslachen. Er dachte an den großen Mann mit dem langen schwarzen Zopf und die Tracker, mit denen er sich umgab. Fergus war nicht glücklich gewesen, als es Kim gelungen war, für Brian ein Geschworenengericht zu erwirken. Er hatte gewollt, dass Brian auf schuldig plädierte und fertig, sodass die Menschen keinen Grund mehr hatten, in Shifterangelegenheiten herumzustochern. Liam verstand immer noch nicht, warum Fergus so schnell bereit war, Brian zu opfern, aber Brian wiederum war bereit gewesen zu gehorchen.

Bis Kim Brian überredet hatte zu kämpfen. Natürlich hatte sie das. Kim war eine Kämpferin. Fergus war außer sich vor Wut gewesen, als er erfahren hatte, dass Brian eine fähige Anwältin hatte.

„Er ist gefährlich, Kim", sagte Liam, seine Stimme scharf vor Sorge. „Alle Shifter sind gefährlich, aber Fergus ganz besonders. Du hättest überhaupt nicht kommen sollen, um mich zu treffen."

„Ich schulde es meinem Mandanten, zu versuchen, ihn freizubekommen."

„Und jetzt weißt du zu viel."

„Sei still, Liam", knurrte Dylan. „Ich kann das unter Verschluss halten, aber nicht, wenn die Nachbarn dich hören ..."

Kim sah erschrocken aus dem Fenster auf das Nachbarhaus. „Was? Was passiert, wenn die Nachbarn das hören?"

„Sie könnten sich an Fergus wenden", sagte Sean. „Wir sind vielleicht nicht in der Lage, sie aufzuhalten. Wir sind dein bester Schutz."

„Ihr könnt mich nicht hierbehalten." Für eine so kleine Frau hatte sie eine kräftige Lunge.

„Doch. Können wir und werden wir", sagte Dylan mit glitzernden Augen. „Wir beschützen den Clan."

Connor sah unglücklich aus. „Hör auf, Granddad. Du machst ihr Angst. Sie wird uns alle für verrückt halten."

Damit läge sie gar nicht so falsch, dachte Liam. Kim zitterte vor Wut und Angst, und Liam fühlte das überwältigende Bedürfnis, die Arme um sie zu legen und sie zu beruhigen. Sie musste genauso gehalten werden, wie er und Sean Sandra gehalten hatten, ihre Nerven beruhigt und ihre Sorgen erleichtert hatten.

Kim zu halten würde auch Liam selbst beruhigen. Sein Adrenalinspiegel sank – er konnte es an dem dumpfen Summen in seinem Kopf erkennen. Sehr bald würde er den Preis für den Tod des Parias bezahlen. Sean sah nicht so übel aus, aber Sean hatte ja auch nicht gekämpft, er hatte nur die Seele des Parias befreit.

„Dich hierzubehalten ist das Sicherste", sagte Liam zu Kim. „Wenn Fergus denkt, wir haben dich unter Kontrolle, wird er niemanden sonst schicken, der sich darum kümmern soll."

Kims Wut hätte einen schwächeren Mann aus der Bahn geworfen. Sie hatte begonnen, Liam zu vertrauen, und jetzt fühlte sie sich betrogen. „Unter Kontrolle?"

„Kim, Süße, als ich gesagt habe, dass ich dich beschützen werde, hab ich das genau so gemeint. Das bedeutet vor allen, auch meinem eigenen Vater oder meinem Clan-Anführer wenn nötig. Wenn du heute nach Hause gehst, wird Fergus Shifter auf dich ansetzen. Ich würde bei dir bleiben und dich Tag und Nacht beschützen müssen." Liam strich mit dem Finger ihr Kinn entlang. „Nicht dass ich das schlimm fände."

Kim starrte ihn unerbittlich an. Er wünschte, er könnte ihr verständlich machen, dass sie sich in dem Moment, als sie Brians Fall übernommen hatte, in Gefahr begeben hatte. Dylan und Fergus hatten lange und heftig gestritten, als Kim sich gemeldet hatte, dass sie mit Liam sprechen wollte, und jetzt war Kim in größerer Gefahr als je zuvor.

Jemand hämmerte an die Vordertür, und Liam fing einen Geruch von Lupid, überlagert von einer großzügigen Dosis Oscar de la Renta, auf.

Sean verdrehte die Augen. „Perfekt. Sie ist alles, was wir jetzt noch brauchen."

„Eure Tür ist verschlossen", rief eine Frauenstimme durch das Holz.

„Lass sie rein, Sean", sagte Dylan resigniert.

„Das wird auch Zeit." Als Sean die Tür öffnete, trat eine groß gewachsene Frau ein, die von Kopf bis Fuß in Schwarz gekleidet war. Sie trug eine enge Hose und ein ärmelloses Seidentop und hatte ihr blondes Haar zu einem komplizierten französischen Zopf geflochten. Hochhackige, silberne Sandalen mit Strasssteinen vervollständigten ihr Outfit. „Warum habt ihr die Tür abgeschlossen? Das macht ihr doch sonst nie." Sie richtete ihre weißlich blauen Augen auf Kim. „Wer ist die Menschenfrau, und warum schreit ihr alle rum?"

Der Neuankömmling war schlank und langgliedrig, mit einer athletischen Anmut. Genau die Sorte Frau, die Kim gehasst hatte, als sie als Teenager mit ihrem Selbstwertgefühl zu kämpfen gehabt hatte. Diese Shifterfrau hätte als Modell für eine Modepuppe dienen können, aber sie strahlte eine unglaubliche Präsenz aus. Selbst ihr Halsband glänzte.

Liam, Sean und Connor betrachteten sie verärgert. Dylan sah geradezu unbehaglich aus und wich ihrem Blick aus. *Interessant.*

Die Frau stemmte sich eine elegante Hand in die Hüfte. „Ich versuche gerade, ins Bett zu gehen, da höre ich meine großen Katzennachbarn, die versuchen, eine schreiende Frau zu beruhigen. Was soll ich davon halten?" Sie betrachtete Kim mit ihrem raubtierhaften Blick. „Was tust du ihnen an, Schätzchen?"

Kim musterte die Frau und gab sich, als sei sie nicht verunsichert. „*So was* haben Sie im Bett an?"

„Kommt darauf an, wer noch so dabei ist." Der Blick der Frau glitt zu Dylan, der vorgab, das nicht zu bemerken. „Wer ist sie?"

"Geht dich nichts an, Glory", versuchte sich Connor. Von ihnen allen schien Connor derjenige zu sein, der ihre offenkundige Sinnlichkeit am wenigsten wahrnahm. Aber wenn Glory etwas mit Dylan, seinem Großvater, hatte, hielt Connor sie vermutlich für viel zu alt. Selbst wenn sie höchstens wie dreißig aussah. Verdammt. Shifter hatten gute Gene.

Glory witterte, und ihre Nasenlöcher weiteten sich. „Liam hat sie mit seinem Geruch markiert. Ich wusste gar nicht, dass du auf Menschen stehst, Liam."

Liam legte den Arm um Kims Taille, und Kim wünschte sich, er würde sich da nicht so gut anfühlen. „Ich beschütze sie vor neugierigen Shiftern."

„Sicher tust du das." Glorys hellblauer Blick musterte Kim von oben bis unten mit Augen, die zu viel wahrnahmen. „Aber wer beschützt dich vor ihr?"

Liams Griff verstärkte sich. „Gute Nacht, Glory."

Glory lächelte wissend mit ihren korallenpink geschminkten Lippen. „Na schön, ich werde nicht neugierig sein." Sie warf Kim einen weiteren abschätzenden Blick zu. „Großkatzen sind sensationell, Schätzchen. Ich habe ein paar extragroße Kondome zur Hand, falls du welche brauchst." Sie wirbelte auf den Zehen ihrer glitzernden Schuhe herum und stolzierte mit schwingenden Hüften hinaus.

„Jetzt verstehe ich, warum ihr euch wegen eurer Nachbarn sorgt", sagte Kim, als Sean die Tür wieder schloss. „Die ist wirklich ein Fall für sich."

„Glory ist ein Lupid", sagte Connor. „Sie macht immer Ärger. Ich verstehe nicht, warum sie in einer Nachbarschaft voller Großkatzen wohnen möchte."

„Sie hat keine Wahl, oder?" Liam sah aus dem Fenster und stellte vermutlich sicher, dass Glory wirklich zu ihrem Haus zurückging und dort blieb. „Ich nehme Kim mit hoch in mein Zimmer – allein. Wir müssen uns unterhalten."

„In dein Zimmer?" Kim starrte ihn an. „Warum?" Sie wünschte sich, der Gedanke würde sie weniger reizen. Sie sollte Angst vor diesen Männern haben, versuchen zu fliehen, ihnen nicht erlauben, sie hier festzuhalten.

Dann dachte sie an den ungezähmten Shifter in ihrem Schlafzimmer und ihr großes, leeres Haus mit den staubigen Shifterüberresten auf dem Teppich. Im Gegensatz zu diesem hellen, warmen Heim beherbergte ihr eigenes plötzlich zu viele Geister.

„Du wirst in meinem Zimmer schlafen", sagte Liam. „Es ist das sauberste. Ich habe sogar mein Bett ordentlich gemacht." Er hob Kims Tasche an und legte wieder den Arm um ihre Taille. Er mochte es, das zu tun, als gehöre sie ganz natürlich in seine Umarmung.

„Moment mal. Ihr erwartet von mir, in einem Haus mit vier Junggesellen zu übernachten?"

Sean grinste. „Wir sind perfekte Gentlemen, Kim. Jeder weiß das. Mach dir keine Sorgen."

„Ich mache mir nicht wegen meines Rufs Sorgen. Ich sorge mich darum, wie die Badezimmer aussehen."

Liam lachte leise, sein warmer Atem kitzelte ihr Ohr. „Sie haben sauber gemacht, als ich ihnen erzählt habe, dass du kommst. Und wenn sie das nicht gemacht haben, dann tun sie das jetzt. *Stimmt's?* Hier entlang, Süße."

***

Liam nahm sie mit in ein geräumiges Obergeschoss mit drei Schlafzimmern, einem Bad und einer Treppe, die zum Dachboden führte. Kim musste zugeben, dass alles nett aussah. Poliertes Holz, frisch gestrichene Wände, saubere Teppiche. Aber dem Haus fehlte auf jeden Fall eine weibliche Hand, wodurch es ein wenig traurig und unvollständig wirkte.

Er führte sie in ein großes Schlafzimmer mit einem einzigen Bild an der Wand, einem Reiseposter mit einer grünen irischen Landschaft.

„Du hast interessante Nachbarn", sagte Kim. „Haben sie und dein Dad etwas am Laufen? Mir ist da eine gewisse Spannung zwischen den beiden aufgefallen."

Liam schloss die Tür und ließ Kims Tasche auf den Boden fallen. „Sie und Dad haben immer mal wieder was miteinander. Wenn sie sich nicht streiten, ist es eine tolle Sache."

„Und wenn sie das tun?"

„Dann machen wir uns in die Hügel davon. Im Moment sind wir im neutralen Bereich."

„*Das* war neutral? Ich glaube, ich weiß, was du damit meinst, dass ihr euch in die Hügel verkrümelt. Sie ist ein Wolfshifter, hat Connor gesagt, aber dein Dad ist eine Großkatze wie du?"

„Das ist kein Paar, das sich gefunden hätte, bevor wir die Halsbänder bekommen haben. Aber sie empfinden etwas füreinander. Tief in ihrem Inneren."

Musste ja *sehr* tief drinnen sein. „Wenn du das sagst."

Liam lachte warm und kehlig. „Ich bin da auch skeptisch, Süße, aber es funktioniert für die beiden. Komm her." Er setzte sich aufs Bett, lehnte sich mit dem Rücken gegen das Kopfteil und klopfte auf die Matratze neben sich.

„Auf dem Bett. Natürlich." Kim stemmte die Hände in die Hüften. „Wenn Kidnappen und Streiten nicht helfen, dann versuch es halt mit Verführung."

„Keine Verführung." Wie Liam das behaupten konnte, während er sie mit diesen sündigen blauen Augen ansah, wusste sie nicht.

Und warum klang „keine Verführung" so enttäuschend? Vielleicht weil Kim die prickelnde Anziehung zwischen ihnen gespürt hatte, seit dem Moment, als sie ihn getroffen hatte? Während sie den ganzen Tag über mit ihm gesprochen hatte, war sie von seiner tiefen Stimme mit dem irischen Tonfall eingelullt worden, dahingeschmolzen unter dem warmen Blau seiner Augen. Selbst dass er sich in eine Raubkatze verwandelt und in ihrem Schlafzimmer einen Wolf getötet hatte, hatte sie nicht zur Vernunft gebracht.

Kim gab auf und setzte sich neben ihn, streckte die Beine neben seinen aus. Sein fester Schenkel wärmte ihren.

„Was hat Glory gemeint, als sie gesagt hat, dass du mich mit deinem Duft markiert hast? Das klingt beunruhigend." Kim roch an sich selbst nichts anderes als sonst, aber sie war auch kein Shifter.

„Schutz, Süße. Shifter erkennen ihre Familien und Freunde schneller am Geruch als durch das Aussehen. Ich habe sichergestellt, dass sie mich an dir riechen und wissen, dass sie dich in Ruhe lassen müssen."

„Ich kann mich nicht erinnern, dass du mich eingesprüht hättest oder so." Sie rümpfte die Nase.

„Als ich dich vor Sandras Haus umarmt habe, habe ich meinen Geruch mit deinem vermischt."

„Oh." Sie hatte sich den ganzen Tag an diese Umarmung erinnert, sein Körper so fest und stark an ihrem, seine Arme so beruhigend. Sie hatte es für einen Teil des fremdartigen Bedürfnisses der Shifter gehalten, einander berühren zu müssen. „Aber ich bin nach Hause gegangen und habe geduscht."

Liam schenkte ihr ein Lächeln, bei dem seine Augen glitzerten. „Es ist mehr als nur ein Geruch – die Duftmarke ist auch ein wenig Magie. Sie verblasst mit der Zeit, wenn du den Shifter nicht wiedersiehst, aber im Moment weiß jeder in Shiftertown, dass ich auf dich aufpasse."

Kim war sich nicht sicher, was sie davon halten sollte. Sie wollte nicht „beschützt" werden, aber andererseits war es natürlich gut gewesen, dass Liam sie vor dem Paria gerettet hatte. Sie hatte auch bemerkt, wie die Shifter in der Bar sie gemustert hatten. Wäre sie ohne Liams Zeichen Freiwild gewesen? Das war ein beunruhigender Gedanke.

Liam war in ein Schweigen versunken, während sich ihre Gedanken überschlugen. Sein großer Körper nahm den größten Teil des Bettes ein und ließ Kim nur wenig Platz. Sie fragte sich, wie es wäre, in diesem schmalen Bett mit ihm zu schlafen. Eine Frau würde sich an ihn kuscheln müssen, sich vielleicht gegen seinen Rücken schmiegen. Ihr Arm würde sich um seine Taille winden, und sie würde seinen Nabel kitzeln wollen.

„Haben Shifter eigentlich einen Nabel?", fragte sie.

Liams Gedankenverlorenheit löste sich in ein Lächeln auf. „Du bist unbezahlbar, Mädchen. Ich glaube, die Götter haben dich zu uns geschickt."

„War nur so ein Gedanke."

Liam hob sein T-Shirt hoch. Seine Jeans saß tief auf der Hüfte und entblößte einen flachen Bauch und die Einkerbung seines Nabels.

„Ich bin in allen Dingen wie ein Mensch, wenn ich in dieser Form bin", erklärte er. „Es ist nicht nur unsere Erscheinung, die sich verändert. Es ist alles. Knochen, Muskeln, Organe. Wenn wir das das erste Mal tun, ist es höllisch schmerzhaft."

„Wie alt warst du, als du dich das erste Mal gewandelt hast?" Kim konnte ihren Blick nicht von seinem Bauch abwenden. Sie wollte seinen Nabel schmecken und ihre Zunge von dort aus zu seinem tief sitzenden Hosenbund gleiten lassen.

„Ich war ungefähr fünf menschliche Jahre alt, noch ein Junges. Ich erinnere mich, dass ich dachte, ich würde sterben."

„Es muss merkwürdig gewesen sein, plötzlich eine Raubkatze zu sein ... was für eine Katze auch immer du bist."

„Es nennt sich Feenkatze. Aber du verwechselst da etwas, Süße. Ich habe fünf Jahre als Raubkatze gelebt, bevor ich mich in einen Menschen gewandelt habe. Aufrecht auf zwei Füßen zu stehen und Augen zu haben, die nicht so gut in der Dunkelheit sehen konnten – das hat mir eine höllische Angst eingejagt."

„Du bist als Katze *geboren* worden?"

„Meine Eltern waren beide vollblütige Katzenshifter, daher ja. Im Fall von Mischlingen – sagen wir mal Wolf- und Katzenshifter oder Wolf und Bär – wird man als menschliches Baby geboren. Und wandelt sich dann zu der Form, die das dominante Gen hat, wenn man fünf oder sechs ist."

„Interessant. Keine ihrer Nachforschungen hatte so etwas ergeben, weshalb sie begriff, wie wenig Menschen über Shifter wussten. „Was ist eine Feenkatze genau? Ich konnte mich nicht entscheiden, ob du ein Puma bist oder ein Leopard oder was."

„Jemandem, der kein Shifter ist, ist das schwer zu erklären. Wir sind eine einzigartige Rasse, übrig geblieben aus Zeiten, bevor die Menschen die Erde bevölkert haben. Die Feen haben uns erschaffen. Sie haben die Stärken aller Großkatzen hineingezüchtet, zumindest der Großkatzen der alten Zeit, der Vorfahren der Raubkatzen von heute. Wir sind schnell wie Geparden, können im Dunkeln sehen wie Leoparden, haben die Kraft der Löwen und die Gerissenheit der Tiger. Deshalb nennen wir uns Felide, und nicht nach einer speziellen Rasse. Die Lupiden sind Wölfe, aber auch nicht genau so wie irgendwelche Wölfe, die es in der Wildnis gibt."

„Mit anderen Worten also die Besten der gesamten Spezies."

„Könnte man so sagen."

„Wenn man sich kreuzen kann, wie du sagst, dann könnten dein Dad und eure Nachbarin Kinder bekommen. Theoretisch."

„Theoretisch, obwohl die Fruchtbarkeit bei Kreuzungen nicht so hoch ist wie innerhalb einer Spezies. Dad ist erst um die zweihundert, daher kann er immer noch Jungen zeugen. Glory verrät ihr Alter nicht, aber sie ist immer noch im fruchtbaren Bereich."

„Dylan ist zweihundert Jahre alt?", fragte Kim erstaunt.

„Er sieht kaum älter aus als vierzig. Wie alt bist du?"

„Ich bin 1898 geboren, nach menschlicher Zeitrechnung. Sean kam dann 1900."

Ach du Scheiße. „Du siehst verdammt gut aus für einen über Hundertjährigen. Was ist mit Connor? Erzähl mir nicht, dass er zweiundachtzig ist."

„Er ist zwanzig. Geboren, direkt nachdem wir die Halsbänder angenommen haben. Seine Mutter ist gestorben, als sie ihn zur Welt gebracht hat, die Arme."

Kim dachte an Connor unten im Haus mit seinem gutmütigen Lächeln und seiner Sorge, dass die andern sie ängstigen könnten. „Oh, Liam, das tut mir leid."

Liam zuckte mit den Schultern, eine Geste, die bedeutete, dass er sich damit abgefunden hatte. „Es ist oft genug passiert, als wir noch fernab der Menschen gewohnt haben. Es ist einer der Gründe, warum die Clan-Anführer sich für das Halsband entschieden haben. Wir waren am Aussterben."

„Sie war mit dem Bruder verheiratet, den du verloren hast, oder? Kenny? Das ist bitter. Armer Connor."

„Ja. Ein Paria hat Kenny vor zehn Jahren erwischt. Wir kümmern uns seitdem um Connor, aber es ist nicht das Gleiche."

Plötzlich wollte Kim Liam trösten und lehnte sich gegen seinen starken Arm. „Und da habe ich gedacht, ich hätte eine schwierige Kindheit gehabt. Aber um mich hat sich immer jemand gekümmert, ich musste mir nie Sorgen machen. Selbst als meine Eltern starben, haben sie noch für mich gesorgt. Ich habe damals schon gearbeitet, aber sie haben mir das Haus und reichlich Geld hinterlassen. Mir hat es nie an etwas gefehlt."

Sein Mundwinkel hob sich. „Armes kleines, reiches Mädchen."

„Deshalb kann ich eine Arbeit tun, an die ich glaube. Ich muss mir meine Fälle nicht danach aussuchen, wie viel sie mir einbringen."

„Nein, es steht dir frei, unglückseligen Shiftern zu helfen."

Kim setzte sich auf. „Ihr klingt alle so, als ob ihr das nicht ernst nehmt. Als ob ihr nicht wollt, dass ich Brian freibekomme. Brians Mutter steht kurz vor einem Zusammenbruch. Du und Sean, ihr musstet sie beide umarmen, weißt du noch?"

„Ja." Liam schwieg. Sein T-Shirt war wieder heruntergerutscht und bedeckte seinen gestählten Körper. Verdammt.

„Glaub mir, wenn ich jemanden verteidige, stelle ich sicher, dass er einen fairen Prozess bekommt", sagte Kim. „Dieses Recht, das wir alle haben, kann schnell verschwinden, wenn wir nicht aufpassen. Und außerdem glaube ich, dass Brian unschuldig ist. Aber ich scheine die Einzige zu sein, die das denkt."

„Kim", unterbrach Liam sie, „Brian *ist* unschuldig. Er kann dieses Mädchen nicht getötet haben. Aber um das zu beweisen, könntest du Geheimnisse aufdecken, die alle Shifter vernichten könnten."

„Wie zum Beispiel die Tatsache, dass die Halsbänder nicht funktionieren? Oder dass manche Wandler sie nicht einmal tragen?"

Liam blickte in die Ferne. „So einfach ist das nicht."

„Dann erklär mir bitte, was hier vor sich geht", fuhr sie sanfter fort. „Glaub mir, ich werde alles tun, was ich kann, um Brian zu entlasten, aber dabei deine Familie zu vernichten ist nicht, was mir vorschwebt."

„Das ist gut zu hören", sagte Liam sanft.

„Wie ist es also möglich, dass du den Shifter getötet hast?", fragte Kim. „Die Halsbänder funktionieren tatsächlich nicht?"

„Oh, sie funktionieren, Süße." Sein Blick war verhangen. „Sie funktionieren."

„Darf ich mal sehen?"

Liam nickte. Kim setzte sich zurück auf ihre Fersen, um die dünne schwarz-silberne Kette um seine Kehle zu untersuchen. Sie hob sein Haar im Nacken an und wünschte sich, es wäre nicht so warm und seidig, würde sie nicht so ablenken.

Die Kette hatte keinen Verschluss und war mit seiner Haut verschmolzen, die Glieder waren eng, aber nicht zu eng. Ein keltischer Knoten saß unten an seiner Kehle. Als Liam in seiner Raubkatzenform gewesen war, hatte sie den Glanz des Halsbands in seinem Fell wahrgenommen.

„Wieso hat es dich nicht erwürgt, als du dich gewandelt hast?"

„Wenn das Halsband angelegt wird, wird es zu einem Teil des Shifters. Frag mich nicht nach der Technologie oder Magie, denn ich verstehe es selbst nicht. Das Halsband erlaubt es uns, dass wir uns in unsere Tierform verwandeln, denn wenn uns das versagt wäre, würden wir sterben. Unsere Tierform ist ein Teil von uns, jederzeit bei uns. Daher passt sich die Kette an sie an."

Kim strich mit ihren Fingern über das Halsband und fühlte den kühlen Kontrast des Silbers zu seiner heißen Haut, die Erhebung des keltischen Knotens. „Was meinst du mit ‚Magie'? Es wird von deinem Adrenalinsystem ausgelöst, oder? Um dir einen Schock zu verpassen oder dich zu betäuben, wenn sich das chemische Gleichgewicht verändert, oder?"

Liam lachte leise. „Du hast gesehen, wie ich mich von einer Katze in einen Mann gewandelt habe und wie der Wolf unter Seans Schwert zu Staub wurde, und glaubst immer noch nicht an Magie?"

„Nicht wirklich. Es gibt für die bizarrsten Dinge noch eine Erklärung."

„Erinnere mich daran, dass ich dich einmal mit nach Irland nehme. Ich werde dir die Magie zeigen. Ein Ire hat diese Halsbänder hergestellt, ein alter Mann, der selbst von Magie durchdrungen war."

„Ein Kobold?"

Liam warf den Kopf zurück und lachte. Kims Hand lag noch immer in seinem Nacken, und die Berührung fühlte sich intim und warm an.

„Nein, Süße, kein kleiner Mann in grünen Kleidern mit Kleeblättern. Der Mann, der die ersten Halsbänder hergestellt hat, war halb Fee. Deine Regierung – und andere dort auf der Welt, wo Shiftern zu leben erlaubt wurde – hat zugestimmt, dass der alte Magier die Halsbänder bereitstellte, die uns schwach halten."

„Du sprichst dauernd von *Feen*. Was ist das?"

„Manchmal nennt man sie auch das Fair Folk oder Elfen, aber sie sind keine süßen kleinen Wesen mit Flügeln. Die Feen sind uralte, arrogante Geschöpfe, die die Welt einmal als ihr Eigentum betrachtet haben. Sie sind furchterregend. Sie haben die Shifter geschaffen, als eine Art Haustiere und Jagdhunde, aber das haben wir uns nicht gefallen lassen."

Kim war sich nicht sicher, was sie ihm davon abnehmen sollte, und sie wusste nicht, ob er das selbst glaubte oder ob er sie zum Besten hielt. „Du sagst, der Mann, der die Halsbänder hergestellt hat, *war* zur Hälfte Fee. Meinst du damit, dass er jetzt tot ist?"

„Ja, aber er hat sein Wissen an seinen Sohn weitervererbt. Der Sohn lebt an einem geheimen Ort in Irland und fertigt die Halsbänder nach Bedarf."

„Wie konntest du dann den ungezähmten Shifter bekämpfen und töten? Oder funktionieren die Halsbänder nur, wenn man versucht, einen Menschen anzugreifen?"

„Nein, wie du schon gesagt hast, sind die Halsbänder auf unseren Adrenalinhaushalt abgestimmt. Es spielt keine Rolle, wem gegenüber wir uns gewalttätig verhalten. Aber einige von uns haben einen Weg gefunden, das System zu … verzögern. Es ist schmerzhaft, aber möglich."

Liam begegnete ihrem Blick ruhig, aber etwas wütete in ihm, das verrieten seine Augen. Er war anders, seit er in dieses Zimmer gekommen war, aber sie konnte nicht genau sagen, inwiefern. „Du meinst, dass du gelernt hast, dich über deines hinwegzusetzen", sagte sie.

Liam zuckte wieder die Achseln, aber seine Schultern blieben gebeugt. Da war er, der Schlüssel. Er war nicht mehr Liam der Starke, der Beschützer, er hatte sich in sich selbst zurückgezogen. Er sprach mit ihr, er lächelte sie an, aber seine Gedanken waren weit weg.

„Ja, habe ich", sagte er. „Ich mache das nur, wenn es notwendig ist."

„Wie heute Abend." Kim berührte seine Brust, fühlte sein Herz, das zu schnell unter ihren Fingern schlug. „Und das tut weh?"

„Ja, Süße. Deshalb sitze ich hier still auf diesem Bett und lasse die schöne Kim in Ruhe. Mein gesamter Körper ist ein einziger Schmerz."

Kapitel Acht

Liam log nicht, er hatte höllische Schmerzen. Kims Augen weiteten sich geschockt. „Aber vor einer halben Stunde haben wir noch getanzt."

„Ich kann es lange Zeit zurückhalten, besonders wenn die Erregung des Tötens groß ist." Er ließ seinen Blick über ihren verlockenden, zierlichen Körper wandern. „Und mit dir zu tanzen ... Sagen wir mal, nichts hätte mich davon abhalten können, das zu genießen."

Sie sah besorgt aus. „Und jetzt hast du Schmerzen?"

„Unerträgliche." Qual loderte hinter Liams Augen und in jedem Nervenende, jedem Muskel. Sein Rückgrat fühlte sich an, als habe jemand es mit einer riesigen Zange verbogen. Die Strafe verschonte nicht einmal seine kleinen Zehen.

„Liam. Das tut mir leid. Ich hatte ja keine Ahnung."

„Kein Mann gibt gerne zu, dass er Schmerzen hat. Es beschämt uns."

„Kannst du denn gar nichts dagegen tun? Hilft Ibuprofen? Ich habe etwas in meiner Tasche."

Er wollte lachen. Ibuprofen bewirkte gar nichts.

„Da kann man nichts machen, außer warten, bis es vorüber ist. Dass du hier mit mir sitzt, ist angenehm."

Kim sah ihn besorgt einen weiteren Moment lang an, dann kuschelte sie sich an ihn. Liam lächelte, als er sie an sich zog, und dachte über die Ironie des Schicksals nach. Einerseits machte ihn der Schmerz wahnsinnig, andererseits hätte sich Kim wohl nie so an ihn geschmiegt, wenn er sein Leiden nicht zugegeben hätte.

„Was ist mit Sean?", fragte sie. „Hat er jetzt auch Schmerzen?"

„Wahrscheinlich ein wenig, aber er hat ihn nicht getötet. Er hat nur hinterher aufgeräumt."

„Warum tut ihr euch das an? Ich meine alle Shifter. Mit der Möglichkeit dieses Schmerzes zu leben?"

„Das mussten wir." Liam schwieg. Das Reden wurde zu anstrengend. Der Schmerz würde vergehen, vermutlich bis morgen früh, aber er würde den Horror erst einmal durchleben müssen. Es war dieses Mal nicht so schlimm, vermutlich weil er gekämpft hatte, um Kim zu beschützen. Er hatte instinktiv reagiert, als er verstanden hatte, dass sie in Gefahr war, und sich nicht einen Moment lang über den Preis gesorgt, den er dafür würde zahlen müssen.

„Jetzt möchte ich dich eigentlich küssen", sagte Kim.

Sein Herz schlug schneller. „Was für ein Schatz du bist. Aber ich küsse nicht."

Sie hob den Kopf. „Was redest du da? Du hast mich heute schon oft geküsst."

Auf ihr Haar, ihren Hals. Liam bewegte sich etwas, als er bei der Erinnerung trotz der Schmerzen hart wurde. „Ich küsse nicht, wie Menschen es tun. Auf die Lippen. Ich verstehe nicht, warum man das tut."

„Du meinst, Shifter küssen überhaupt nicht?" Kims Augen verengten sich. „Moment mal, ich habe in der Bar gesehen, wie ein Shifter seine Frau geküsst hat. Das war doch seine Frau, oder?"

„Meinst du Jordie? Ja, das ist seine Gefährtin. Ich habe ja nicht gesagt, dass Shifter generell nicht küssen. Ich sagte, *ich* tue es nicht. Wenn ich mit einer Shifterfrau zusammen bin, haben wir anderes im Sinn."

„Du meinst, du vögelst sie ohne Zärtlichkeit. Hätte ich mir denken sollen. Wie tragisch, wenn jemand, der so gut wie du aussieht, kein Interesse hat, der Frau Genuss zu bereiten."

Der Schmerz wurde ein winziges bisschen beiseitegedrängt. „Was redest du da? Es gibt jede Menge Genuss, wenn ich mit einer Frau zusammen bin. Für beide."

„Hm. Du nimmst dir ja nicht mal die Zeit, sie zu küssen."

„Das verstehst du nicht, weil du keine Shifterfrau bist. Es ist schnell und wild, und es bleibt nicht viel Zeit für so etwas."

Kim schüttelte den Kopf, ihre Locken kitzelten ihn durch sein Hemd. „Du hast keine Ahnung, was du verpasst, Liam."

„Ich war noch nie mit einer Menschenfrau zusammen." Liam mochte ihr Gesicht so nah an seinem, ihr Geruch erfüllte seinen gesamten Körper. „Stimmt, ich weiß es nicht."

„Na schön. Dann halt still."

Kim kniete sich neben ihn. Ihre Jeans spannten sich über ihren Schenkeln, und ihre Bluse klaffte auf und gewährte ihm einen kurzen Blick auf schwellende Brüste über Spitze.

Ihr Geruch trieb ihn in den Wahnsinn. Liam hatte schon vorher Personen zum Schutz mit seinem Duft markiert, aber noch nie hatte er eine derart zu Kopf gehende Mischung gerochen wie jetzt: sein Geruch und Kims Geruch zu gleichen Teilen vermischt. Als gehörten sie zusammen.

Kims Fingerspitzen berührten zögernd seine Wange. Ihre Liebkosung war so anders als ihre sonst so direkte Art und freche Rede. „Tue ich dir weh?"

Sie machte sich Sorgen um ihn, wie süß. „Der Schmerz lässt nach."

„Das ist gut."

Sie kam nah, näher. Die Wärme ihrer Haut, der Geruch, ließ Liams Erektion pochen, seine Begierde brach allmählich durch den unerträglichen Schmerz. Kims Lider schlossen sich, als sie mit ihrem Mund seine Oberlippe berührte. Etwas rührte sich in Liams Innerstem, und der Schmerz verlor den Kampf. Liam bewegte seine Lippen zur Antwort und fing ungeschickt ihren Mund mit seinem ein. Das seidig-weiche Gleiten von Kims Lippen nahm ihm den Atem. Er *hatte* schon in menschlicher Form geküsst, aber es waren schnelle, liebevolle Küsse unter Freunden oder mit den weiblichen Mitgliedern seiner Familie gewesen. Noch nie hatte er einen langsamen, leidenschaftlichen Kuss erlebt, bei dem sich die Lippen bewegten und erforschten. Er legte Kim eine Hand an den Hals, ermutigte sie, fortzufahren, und wäre fast vom Bett gesprungen, als sie ihre Zunge in seinen Mund schob.

Kim löste sich abrupt von ihm. „Was? Hab ich dir wehgetan?"

„Nein." Liam verschränkte die Finger hinter ihrem Nacken, unter ihrem warmen Haar. „Du hast mich überrascht, das ist alles. Ist das deine Art, zu küssen? Ich mag es."

„Meine Art? Ich glaube, das ist jedermanns Art. Erzähl mir nicht, dass Shifter keine französischen Küsse kennen."

„Ich bin Ire."

Ihr Lächeln war umwerfend. „Sieh an, sieh an, es gibt etwas, das ich kann und der übermächtige Shiftermann nicht."

„Lass uns das noch mal versuchen. Ich lerne schnell."

Kim nahm sein Gesicht zwischen die Hände. „Ich sollte das nicht tun."

„Doch solltest du. Es hilft mir." *Bleib bei mir.*

„Ich kann mich nicht mit dir einlassen, und außerdem versuchst du, mich in deinem Haus gefangen zu halten. Was dir übrigens nicht gelingen wird."

„Es ist zu deinem eigenen Schutz, Süße. Ich bin verantwortlich für das, was mit dir passiert."

„Ich fühle mich hier sicherer." Liam konnte sehen, dass es ihr schwerfiel, das zuzugeben. „Wenn ich jetzt allein zu Hause wäre, hätte ich Angst. Von diesem Paria angegriffen zu werden … das ging so schnell. Ich habe immer gedacht, ich könnte mich selbst verteidigen, und plötzlich musste ich erkennen, dass ich das *nicht* kann."

Liam massierte ihr den Nacken. „Du musst dir hier keine Sorgen machen." Er zog sie enger an sich. „Lass uns noch mal die französische Art ausprobieren."

Kim wollte ihm widerstehen – Liam sah das Zögern in ihren Augen. Sie wollte Nein sagen, sich von ihm lösen, weggehen. Er spürte auch, was sie brauchte. Sie sehnte sich danach, berührt zu werden, und sie hielt ihn für harmlos, so wie er hier saß und sich vor Schmerzen fast krümmte. Auch wenn sie größtenteils recht hatte.

Kim schloss die Augen, bevor sich ihre Lippen wieder trafen. War das für einen Kuss notwendig? Liam ließ seine Augen offen. Er mochte es, zu beobachten, wie ihre Wimpern sich auf ihre Haut legten, wie ihr eine Locke ihres Haares über die Wange glitt.

Sie steckte die Zunge wieder in seinen Mund. Liam leckte über sie, umspielte sie. Er drehte seinen Kopf so, dass ihre Münder besser aufeinanderpassten.

Verdammt, das war gut. Menschen hatten wirklich den Bogen raus mit diesem Küssen, auch wenn sie ihm einen französischen Namen gaben, wie den Pommes frites, bei denen er darauf bestand, dass sie Fritten genannt wurden. Liams Erektion wurde immer größer. Er wusste nicht, ob es ihm peinlich wäre, wenn die Spitze über dem Hosenbund herausschaute, oder ob er sich freuen würde, ihr zeigen zu können, wie sehr er sie wollte.

Während er mit Kims Zunge spielte, ließ er seine Hände zu ihren Schenkeln gleiten. Er wünschte, sie würde noch immer den Rock tragen, den sie am Morgen angehabt hatte.

Dann könnte er sich unter den Saum vorarbeiten und die Finger oben in ihre Strümpfe haken, die Strapse öffnen, die Strümpfe herunterziehen ...

Kim zog sich zurück, die Augen halb geschlossen. „Liam, du küsst noch meine Lippen wund."

Liam lächelte. „Du sagst das so, als ob es etwas Schlechtes wäre."

„Ich dachte, du hast Schmerzen."

„Es geht mir schon viel besser." Er grub seine Finger in den Jeansstoff, der ihre Schenkel bedeckte. Seine Stärke kehrte zurück. Er könnte sie auf dem Bett herumrollen, in die Matratze drücken und sich von ihr noch ein bisschen das Küssen der Menschen beibringen lassen.

Er berührte wieder ihre Lippen. „Du bist süß und wunderschön, weißt du das?"

„Für einen Menschen?"

„Für egal was, Süße."

Er küsste sie nochmals, dann zwang er sich, sich von ihr zu lösen und aufzusetzen. Dies wurde langsam gefährlich. Seine Stärke wuchs und mit ihr seine tobende Begierde.

Kim sah ihn verwirrt an. Ihre Lippen waren geschwollen und rot, ihre Augen dunkel, die Pupillen geweitet. „Was ist los? Ich dachte, du willst noch mehr lernen."

„Leider nicht, Schätzchen. Ich muss hier weg, bevor du es bereust."

Sie lächelte. „Ein bisschen Küssen werde ich nicht bereuen."

Wenn er nicht ging, würde es so viel mehr als nur das sein. Göttin, sie war verführerisch. „Du wirst hier heute Nacht sicher sein, das verspreche ich dir. Niemand, nicht einmal Fergus selbst, wird an Dad, mir und Sean vorbeikommen. Sogar Connor ist ein guter Kämpfer, auch wenn er noch jung ist. Sie mögen dich, und wir haben dich aufgenommen. Wir werden dich beschützen, als ob du zu unserem Rudel gehörst."

Sie sah überrascht aus, dann nachdenklich, als habe sie es noch nicht auf diese Art gesehen. „Ich gebe zu, dass ich Angst habe, jetzt nach Hause zu gehen. Aber ich kann nur bis zum Morgen bleiben. Klar?"

Liam antwortete ihr nicht und erhob sich. Er wusste genau, dass sie seine Erektion sehen konnte. Wie könnte sie etwas in dieser Größe übersehen? Wenn sie ihn darum bitten sollte, würde er sich die Hose aufknöpfen und den Reißverschluss herunterziehen, damit sie ihn sehen, berühren oder in den Mund nehmen konnte.

Verdammt, er musste hier raus.

Kim leckte sich die Lippen. Liam stemmte die Hände in die Hüften. Sein Puls pochte so fest, dass seine Finger schmerzten. Ihr Mund war üppig und rot mit vollen Lippen, die ihn lockten, hineinzubeißen.

„Ich sollte jetzt schlafen", sagte sie und klang, als müsse sie sich zwingen, das einzugestehen. „Morgen habe ich viel zu tun."

Schlafen. In seinem Bett, mit ihrem Kopf auf seinem Kissen, ihr Körper feucht und warm. Vielleicht würde sie diesen Hauch von Seide tragen, den sie getragen hatte, als er sie heute Nacht gerettet hatte.

„Dann sehe ich dich beim Frühstück", zwang er sich zu sagen.

„Was essen Shifter zum Frühstück?"

„Cornflakes. Oder ich mach dir meine Pfannkuchen, wie ich versprochen habe."

Sah sie nicht zum Anbeißen aus, wie sie da im Schneidersitz auf dem Bett saß, die Bluse halb aufgeknöpft, die Brustspitzen so hart, dass sie sich durch den BH und den weißen Stoff abzeichneten? Er könnte sie zurück in die Kissen drücken, seinen Mund durch den Stoff hindurch über einer steifen Knospe schließen.

Kim nahm ein Kissen auf und presste es sich gegen die Brust, womit sie ihm die wunderschöne Aussicht nahm.

„Gute Nacht, Liam."

„Ich werde nicht viel schlafen, so viel ist sicher. Nicht solange ich an dich hier unten in meinem Bett denke."

„Hier unten? Wo wirst du sein?"

Er deutete auf die Decke. „Connor hat den gesamten Dachboden für sich. Da gibt es genug Platz für mich zum Übernachten. Möchtest du, dass ich auf den Boden klopfe, um dich wissen zu lassen, wann ich dort bin?"

Kim erhob sich vom Bett, das Kissen noch immer in den Armen. „Schlafen und diese furchtbare Nacht vergessen, das ist es, was ich will. Dann werde ich aufstehen und nach Hause gehen. Es macht mir nichts aus, heute Nacht hierzubleiben, weil ich Angst habe, aber morgen, wenn ich meine Furcht überwunden habe, gehe ich nach Hause."

Sie würde nicht nach Hause gehen, aber Liam wollte jetzt nicht mit ihr streiten. Es war sinnlos.

Er lächelte sie an und zwang sich, ihrem ansprechenden Körper und ihren hübschen Augen den Rücken zuzuwenden und hinauszugehen.

Nachdem er die Tür geschlossen hatte, musste er lange Zeit im Flur stehen bleiben und warten, dass seine heftige Erektion nachließ. Er musste mit Dylan reden, aber er konnte seinem Vater nicht mit einem Ständer gegenübertreten, der einen Zug hätte aufhalten können.

Zu sehen, wie das Licht unter der Tür hinter ihm erlosch, und das Quietschen der Bettfedern zu hören, als Kim in sein Bett kletterte, half ihm nicht dabei, sich abzuregen.

***

Eine Stunde später öffnete Glory ihre Hintertür, um einen übellaunigen Dylan Morrissey hereinzulassen.

Glory hatte noch nie einen Shifter getroffen, der sie schneller heißmachte, als Dylan das tat. Was störte es schon, dass er ein Felid war? Glorys Freunde waren nicht erfreut, aber ihretwegen konnten sie grün vor Neid werden. Dylan war groß, breitschultrig und temperamentvoll, mit dem besten Hintern, den sie je an einem Mann gesehen hatte, ganz gleich ob Shifter oder Mensch.

Glory ließ Dylan herumtigern, froh, dass er der verschleierten Einladung gefolgt war, die sie ausgesprochen hatte, als sie mit dem Menschenmädchen geredet hatte. Dylan reagierte nicht immer auf Andeutungen. Er machte, was ihm gefiel. *Verdammter Alpha.*

„Du machst mich ganz schwindelig", sagte sie nach einer Weile. „Was hast du wegen der kleinen Menschenfrau entschieden? Wirst du zulassen, dass Fergus sie tötet?"

„Ich weiß nicht, was ich ihretwegen tun soll." Dylan hielt endlich an und ließ seine breiten Fäuste auf ihrer Arbeitsfläche ruhen. „Liam hat eine Stunde lang auf mich eingeredet, ich soll sie nicht zu Fergus bringen, was bedeutet, dass ich Fergus' direkten Befehl ignorieren würde. Fuck!"

Wenn das nur so wäre.

Glory wusste genau, dass Liam Dylan nichts ausgeredet hatte. Wenn Dylan dachte, das Mädchen sollte zu Fergus gebracht werden, dann könnte Liam nichts tun, um seinen Vater davon abzuhalten, sie hinzubringen.

„Warum glaubst du, dass Liam recht hat?", fragte sie.

Dylans harte blaue Augen funkelten vor Zorn, doch er wendete seinen Blick schnell ab, bevor seine dominante Wut sich auf sie fixieren konnte.

„Warum glaubst du, dass ich ihm zustimme?"

„Wenn du das nicht tun würdest, hättest du ihren Hintern bereits in deinen Pick-up geladen und würdest sie nach San Antonio schleppen, statt mit mir in meiner Küche zu stehen."

Dylan schlug mit den Fäusten auf die Arbeitsfläche. „Ich weiß das. Aber Liam ..." Er richtete sich auf und schüttelte den Kopf. Glory blickte rasch auf die Arbeitsfläche, aber Dylan hatte sie nicht eingebeult. Dieses Mal.

„Aber Liam was?", fragte sie.

„Er macht sich was aus ihr." Dylan fuhr sich mit den Händen durchs Haar und brachte es auf eine sexy Art durcheinander. „Ich habe ihn noch nie so erlebt. Ich dachte, er wollte sie beschützen, weil er immer die Schwachen beschützt. Aber es ist mehr als das. Sagen wir mal, ich bin überrascht, dass er sie heute Nacht alleine hat schlafen lassen."

„Glaubst du, er wird sie zur Gefährtin nehmen?" Glory fing an, Kaffee aufzusetzen, um ihre Nervosität zu verbergen – und nicht zuletzt auch ihre Erregung. „Sie ist ein Mensch."

Dylan lehnte sich mit der Rückseite gegen die Arbeitsfläche und verschränkte die Arme. „Du weißt, wie hoch das Verhältnis von Männern zu Frauen in Shiftertown ist. Es ist zweifelhaft, dass Liam jemals eine Shifterfrau zur Gefährtin nimmt."

Glory füllte den aromatisch gemahlenen Kaffee in ihre Kaffeemaschine und schloss den Deckel. „Würdest du ihn denn eine Menschenfrau zur Gefährtin nehmen lassen?"

„In den alten Zeiten niemals, aber die sind vorbei." Er sah erschöpft aus, Dylan, der so lange gelebt hatte und so viel gesehen hatte. „Sie scheint ganz robust zu sein, und sie hat keine Angst vor uns."

Glory schnaubte. „Wenn sie keine Angst vor dir hat, dann weil sie dich nicht besser kennt. Obwohl ich dir zustimme: Sie hat Rückgrat." Auch wenn Glory das nie zugeben würde, bewunderte sie die Art, wie das menschliche Mädchen gesagt hatte, was sie wirklich dachte. Nach Glorys Erfahrung wichen die meisten Menschen, denen sie begegnete, ihrem Blick aus, täuschten Verachtung vor oder liefen einfach weg.

„Ein weiterer Grund, weshalb ich nicht glaube, dass Liam einer Shifterfrau einen Gefährtenantrag machen wird, ist, dass er zu viel über das Wohl des Clans nachdenkt", sagte Dylan. „Er leitet mögliche Gefährtinnen an den Clan weiter, statt sie selbst zu beanspruchen. Ich habe ihn einmal gefragt, warum. Er hat geantwortet, dass Shifter, die in der Hierarchie tiefer stehen, mehr Zeit haben, eine Familie zu gründen und Junge aufzuziehen, und dass es genau das ist, was die Shifter am meisten brauchen. Junge, nicht Testosteron-Wettbewerbe."

„Wie aufopferungsvoll von ihm."

„Außerdem ist er, glaube ich, noch nie einer Frau begegnet, die ihn tief innerlich berührt. Für Sex, ja. Aber als Gefährtin, nein. Aber diese hier ..."

„Diese hier wird er nicht wohltätig an den nächsten gefährtinsuchenden Shifter weiterreichen. Und Liam ist im Herzen ein Beschützer." Glory lächelte. „Wie sein Vater."

Endlich sah Dylan sie direkt an. Er war ihrem Blick ausgewichen, hatte versucht, sie nicht mit seiner wütenden Unsicherheit zu treffen, versucht, nicht Unterwerfung zu verlangen. Was für ein Schatz. Er musste wissen, dass Glory gerne auf die Knie sinken würde, wenn er das wollte.

„Das ist mein Job", antwortete Dylan gereizt.

„Nein, das bist du. Du bist ein einziger großer Beschützer. Der einzige Grund, warum Fergus deinen Clan leitet und nicht du, ist, dass er ein erbarmungsloser Mistkerl ist. Du forderst ihn nicht heraus, weil du befürchtest, dass er sich an Unschuldigen rächen könnte. Besonders an Connor."

Dylans Gesichtsausdruck wurde noch härter, und es gelang Glory nur mit Mühe, aufrecht in ihren hochhackigen Schuhen stehen zu bleiben. Seine Augen waren rot umrändert, ein Zeichen, dass er kurz davor war, auszurasten.

„Du hast Fergus nur einmal getroffen", sagte Dylan zwischen zusammengepressten Lippen hervor.

„Einmal war genug. Ich möchte ihn nie wieder sehen. Die Leute respektieren dich, Dylan. Fergus fürchten sie. Das ist ein Unterschied."

Sie begann, sich wegzudrehen, aber eine stählerne Hand griff nach ihrem Arm. „Was hast du vor, Glory? Willst du Unfrieden in meinem Clan säen?"

Glory sah überrascht hoch. „Unfrieden? Machst du Witze? Wieso?"

Dylans Griff wurde sanfter, aber Glory sah, dass er sich zwingen musste, von ihr abzulassen. „Warum bist du dann so sehr daran interessiert, dass ich Fergus herausfordere?"

„Weil du ein besserer Mann bist, als er es ist. Das habe ich immer gedacht, und ich bin da nicht die Einzige."

Dylan schloss die Augen. Er biss die Zähne zusammen, ein Muskel in seinem Kiefer zuckte. „Das Überleben des Clans ist wichtiger, als Fergus zu konfrontieren."

„Ich weiß." Glory traute sich, näher zu ihm zu treten, jetzt, da sein furchtbarer Blick unter Kontrolle war. „Wenn wir uns herausfordern und bekämpfen, wie wir es vor den Halsbändern taten, sind wir innerhalb weniger Jahre tot."

„Schön, dass du das verstanden hast."

„Siehst du, manchmal höre ich dir zu, wenn du redest."

Dylan öffnete die Augen. Das Rote darin war verschwunden, das schöne Blau so tief, dass es ihr im Herzen wehtat.

„Glory", sagte er leise.

„Ja?"

„Halt die Klappe."

Dylan grub seine Finger in ihr Haar und löste es, bis es ihm über die Hände fiel. Dann bedeckte er ihren Mund mit seinem.

Glory bog sich ihm entgegen, Erregung durchflutete sie. Niemand konnte vögeln, wie Dylan es konnte. Und Dylan übertraf sich sogar selbst, wenn er sauer war und gegen seine dominanten Instinkte ankämpfte.

Sie entschied sich, sich nicht zu sehr zu wehren, als Dylan sie hochhob und sie auf die Arbeitsfläche setzte. Sie wand ihre Beine um seine Hüften, knöpfte seine Hose auf und lehnte sich zurück, um es einfach zu genießen.

Kapitel Neun

Am nächsten Morgen wurde Liam von Kim, die heftig an die Dachgeschosstür hämmerte und seinen Namen rief, aus dem Schlaf gerissen. Seine Instinkte ließen ihn auf die Füße springen und die Tür aufreißen, bevor sein Gehirn auch nur registriert hatte, dass er wach war.

Im Flur fand er eine wütend blickende Kim in einem großen schwarzen T-Shirt mit einem Guinness-Logo darauf. Kim hatte offensichtlich in dem zerknitterten T-Shirt geschlafen, das sie in Liams Kleiderschrank gefunden haben musste. Liam wusste, dass sie darunter warm und ziemlich nackt sein musste. Und dann fiel ihm auf, dass er selbst nackt war und bereit, sich zu wandeln.

Ein gewisser Teil seines Körpers hatte bereits begonnen, sich zu verändern. „Götter, Kim, warum schreist du hier draußen herum wie eine Banshee?"

Kim hielt ein kleines Stück Satinstoff hoch, ihre Augen waren vor Wut ganz schmal. „Wer hat das eingepackt? Das war ein *Mann*, oder?"

„Vermutlich. Warum?"

Sie schüttelte den roten Satinfetzen. „Das ist ein *String*. Hast du schon einmal einen String getragen? Weißt du, wie sich das anfühlt, wenn man den ganzen Tag lang einen Faden zwischen den Pobacken hat?"

Liam fühlte, wie der Rest seiner Familie zuhörte. Connor setzte sich im Bett hinter ihm auf, Sean war im Flur unten, Dylan dahinter in den gleichen Klamotten, die er letzte Nacht schon angehabt hatte, was bedeutete, dass er nebenan geschlafen hatte.

„Was ist an einem String verkehrt?", fragte Liam. „Ich wette, der sieht sexy an dir aus." Er stellte sich das vor und unterdrückte die Vorstellung sofort wieder. *Götter.*

„Na klar", sagte Kim. „Da stehe ich im Gerichtssaal, bemüht, immer einen Schritt vor der Anklage zu sein, während die sich über mich schlapplacht, aber das ist alles nicht so schlimm, denn *zumindest trage ich sexy Unterwäsche.*"

Liam lehnte sich auf seinen Arm und bemühte sich, nicht loszulachen. Er hörte, wie Dylan sich in sein Schlafzimmer zurückzog. Sean ging ebenfalls leise lachend davon. Connor faltete die Arme um seine Knie und beobachtete diese weibliche Szene verwirrt.

„Warum hast du denn dann überhaupt Strings?", fragte Liam.

„Die haben mir Freundinnen gekauft, okay?", fuhr Kim ihn an.

„Und du hast sie behalten?"

„Ich will ihre Gefühle nicht verletzen. Sie glauben, dass sie mir einen Gefallen tun."

Liam ließ sein Grinsen durchbrechen. „Sie glauben, es sei ein Gefallen, dich ... wie hast du das formuliert ... den ganzen Tag lang einen Faden zwischen den Pobacken tragen zu lassen?"

Kim verdrehte die Augen. „Egal. Ich dusche, und dann fahre ich nach Hause. Ihr habt den ungezähmten Shifter beseitigt, daher wird er ja nicht zurückkommen. Ich werde völlig sicher sein."

Liam fühlte Connors Anspannung hinter sich, seine Sorge. Liam entspannte seine Haltung, um Connor zu signalisieren, dass er alles unter Kontrolle hatte. Genau. „Kim, Süße, ich mach dir Frühstück, und du schreibst mir eine Liste, was du brauchst. Ich schicke jemanden vorbei, um alles für dich abzuholen. Eine Frau dieses Mal. Wie klingt das?"

Kim stemmte die Fäuste in die Hüften. Das hätte sie nicht tun sollen, denn die Bewegung schob ihre Brüste vor, und die Kontur ihrer Brustspitzen zeichnete sich unter dem T-Shirt ab. „Bestehst du immer noch darauf, mich nicht gehen zu lassen?"

„Noch nicht. Es ist nicht sicher."

„Es ist völlig sicher. Der Paria ist tot, und du hast das Schloss an meiner Tür reparieren lassen. Mach deine verdammten Pfannkuchen, wenn du willst, und dann bin ich weg. Ich werde niemandem erzählen, was letzte Nacht passiert ist, oder wiederholen, was du mir über die Halsbänder erzählt hast. Ich kann Geheimnisse für mich behalten, okay? Und du kannst dich einfach mal damit abfinden."

Sie stapfte zurück die Treppe hinunter und knallte die Tür so fest zu, dass die Wände wackelten. Liam fühlte sie in den Brettern unter seinen Füßen – ihre Wut, ihre Frustration, ihren warmen, nachgiebigen Körper in seinem T-Shirt. Die geschlossene Tür wäre kein Hindernis, wenn er sich entschließen sollte, hineinzustürmen und es mit ihr aufzunehmen.

Connor sah Liam besorgt an. „Was machst du jetzt?"

Er meinte, würde Liam sie unterwerfen, und würde er ihr wehtun, wenn er das tat? Connor war jung, mit seinen eigenen Instinkten noch nicht vertraut, noch nicht sicher, wo sein Platz in der Hierarchie des Clans und des Rudels war. Für ihn war es schwieriger, als es für Liam und Sean gewesen war, weil Connor als gefangener Shifter aufgewachsen war und die Grenzen jetzt nicht mehr so klar waren wie früher in der Wildnis. Connor verstand noch nicht, wann man Dominanz zeigte und wann Toleranz, und *was* man tolerieren konnte. Außerdem war er von Junggesellen aufgezogen worden und hatte nie ein Beispiel für eine intime Beziehung erlebt.

Nicht dass irgendetwas zwischen Liam und Kim einfach wäre. Lehrreich vielleicht. Aber sicher nicht einfach.

Liam versuchte, seine eigenen Instinkte in den Griff zu bekommen und die Pheromone, die Connor derart nervös machten, zu unterdrücken. „Was ich jetzt mache?" Er zuckte mit den Schultern und ging Richtung Badezimmer. „Das, worum sie mich gebeten hat. Pfannkuchen."

***

Kim kam geduscht, aber immer noch genervt in die Küche herunter. Liams Freunde hatten nicht nur die Unterwäsche, die sie nie trug, eingepackt, sondern auch ihre kürzesten Röcke und am weitesten ausgeschnittenen Oberteile, Strapse und ein paar Strümpfe. Nichts, was auch nur im Entferntesten bequem war, nicht einmal Shorts und Sandalen, um den Sommer in Austin zu überstehen.

Sie hielt in der Küchentür an. Überraschung überlagerte ihre Gereiztheit. Liam, in einem eng sitzenden T-Shirt und Jeans, Pfannenwender in der Hand, bewachte eine gusseiserne Pfanne voller Eierkuchen. Hinter ihm schrubbte Sean in der schmalen Küche Geschirr in der Spüle.

Das war der Traum jeder Frau: zwei atemberaubende Männer in der Küche beim Kochen und Putzen.

Dylan saß am Tisch und kippelte mit seinem Stuhl auf zwei Stuhlbeinen vor und zurück, während er auf einem bestimmt zwanzig Jahre alten Fernseher eine Sportsendung verfolgte. Connor saß neben ihm und blätterte eine Autozeitschrift durch. Es hing eine angespannte Stimmung in der Luft, als ob sie zu reden aufgehört hätten, als sie sie kommen gehört hatten.

Etwas anderes als die großen, muskulösen Männer, die in der Küche arbeiteten, um ihr Frühstück zu machen, war an diesem häuslichen Bild falsch. Kim fiel auf, dass Connor seine Nase nicht im Internet, in einem Videospiel oder einem Handy vergraben hatte. Und ein iPod klebte auch nicht an seinen Ohren.

Waren das auch Technologien, die den Shiftern verboten waren? Oder konnten die Morrisseys sie sich einfach nicht leisten? Sie wusste, dass Liam einen Job hatte, den er nicht besonders ernst zu nehmen schien. Was war mit Sean und Dylan? Arbeiteten sie auch? Sie schienen nicht in Eile, ins Büro zu kommen. Abel war immer aus dem Bett, sobald der Wecker klingelte, und innerhalb einer Viertelstunde geduscht und in Anzug und Krawatte. *„Komm, Schatz, wir werden uns noch verspäten."* Keine Zeit für Pfannkuchen, Kaffee oder Geplauder. Von morgendlichem Schmusen gar nicht zu reden.

Liam nahm einen Teller von dem Stapel neben ihm und lud schwungvoll Pfannkuchen darauf. „Die hier sind fertig. Ist der Tisch gedeckt, Connor?" Liam lächelte Kim an, aber etwas an ihm wirkte irgendwie gedämpft. Das Funkeln, das sie am Morgen in seinen Augen gesehen hatte, war verschwunden. Was war los?

Connor hievte seinen groß gewachsenen Körper vom Stuhl und schlurfte in die Küche. Wenn sein Körper noch etwas breiter würde, würde er so muskulös wie seine beiden Onkel und Dylan werden. Er sah jetzt unfertig aus, wie ein junges Pferd, als bestünde er nur aus Armen und Beinen. Aber er war attraktiv, bestimmt machte er die Mädchen schon jetzt verrückt.

„Ich helfe", bot Kim an. Sie nahm die Sirupflaschen, die Connor aus dem Schrank gefischt hatte, und trug sie zum Tisch.

Dylan erhob sich. „Setz dich, Kim. Du bist unser Gast."

Kim öffnete den Mund, um zu erwidern: *Nein, Gäste dürfen gehen*, aber sie schloss ihn wieder. Es gab noch genug Zeit, sich zu streiten, und außerdem rochen die Pfannkuchen grandios.

Im Übrigen hatte sie sowieso nicht die Absicht, mit ihnen zu streiten. Sie würde einfach in ihr Auto steigen und wegfahren.

Die Pfannkuchen schmeckten genauso gut, wie sie rochen, süß und mit einem Schuss Zimt. Liam sollte der Teufel holen – er sah nicht nur toll aus, sondern konnte auch noch kochen.

„Hast du gut geschlafen, Kim?", fragte Connor zwischen zwei Bissen.

Kim war in einen schweren Schlaf gefallen und hatte von zwei Dingen geträumt: von dem Angriff des Parias und davon, wie sie Liam geküsst hatte. Beides waren überwältigende Erfahrungen gewesen.

„Ja, schon."

„Liam nicht", sagte Connor. „Er hat sich die ganze Nacht rumgewälzt. Die Federn in dem Gästebett bei mir quietschen ganz schrecklich. Hat mich wahnsinnig gemacht."

„Ich war nicht an das Bett gewöhnt", sagte Liam und setzte sich mit seinen Pfannkuchen neben Kim.

Für einen Mann, der eine unruhige Nacht hinter sich hatte, besonders nachdem er behauptet hatte, qualvolle Schmerzen zu ertragen, sah er verdammt gut aus. Sein Gesicht war frisch rasiert, seine Haare noch feucht von der Dusche. Sie roch Seife und Rasiercreme an ihm, die ihre Fantasie mit ihm in die Dusche wandern ließen, zu seinem Körper, nass und voller Seife.

Dylan andererseits sah extrem verärgert aus. Er beugte sich über seinen Teller und blickte finster drein. Sean verputzte seine Pfannkuchen wortlos und zügig und kehrte in die Küche zurück, um mehr Geschirr abzuwaschen.

„Lässt du immer Sean das Geschirr spülen?", fragte Kim. „Das erscheint mir unfair."

„Wir wechseln uns ab", antwortete Liam. „Heute ist Sean dran."

„Ich morgen", sagte Connor mürrisch. „Ich schwör's euch, ich nehme mir eine Gefährtin, sobald ich alt genug bin, damit ich das nicht mehr machen muss."

Kim aß ihren letzten Bissen Pfannkuchen und wünschte sich mehr. Zum Teufel mit kalorienarmer Ernährung, die schmeckten *gut*. „Wird das dein Angebot sein, Connor? ‚Heirate mich, damit du hinter mir, meinen beiden Onkeln und meinem Großvater herräumen kannst?' Dazu kann ganz bestimmt keine Frau Nein sagen."

Sean lachte an der Spüle. Liam lächelte, wirkte aber irgendwie abgelenkt. Connor legte die Stirn in Falten, als habe sie ihm etwas Neues gesagt, über das er nachdenken musste, aber selbst sein Enthusiasmus war gedämpft.

Die vier Morrisseys waren heute Morgen auf jeden Fall über etwas aufgebracht. Die größte Anspannung herrschte zwischen Liam und Dylan – und Kim konnte dreimal raten, über was sie sich gestritten hatten.

Sie legte ihre Gabel zur Seite. „Lasst uns kein Problem daraus machen. Ich gehe nach oben, hole mein Zeug und fahre. Ich rufe an und lasse euch wissen, wie es mit Brians Fall vorangeht. Ich halte euch auf dem Laufenden, das verspreche ich. Und ich werde nichts, was ich über Parias, Halsbänder oder eure Werwolfnachbarin in den glitzernden Schuhen gehört habe, weitererzählen."

Dylan sah von seinem Teller auf, seine Augen waren dunkel, aber rot umrändert. Trotz seines guten Aussehens war er verdammt furchteinflößend. Kim wurde erneut klar, warum die Menschen sich an Liam statt an seinen Vater wendeten.

Liam warf Dylan einen bösen Blick zu, aber als er zu Kim sprach, war seine Stimme sanft. „Du musst noch ein wenig bleiben, Süße. Zumindest noch ein paar Tage."

„Nein." Kim wischte sich den Mund und legte ihre Serviette ab. „Ich habe einen Job und ein Leben. Morgen ist Montag, und ich muss ins Büro, wo ich arbeite, um meinen Lebensunterhalt zu verdienen. Erinnerst du dich an Brian und seinen Fall? Du möchtest doch, dass er freikommt, oder?"

"Wenn du in dein Büro gehst", sagte Liam, „dann komme ich mit dir."

„Ja, klar. Ein Shifter läuft in den heiligen Hallen von Lowell, Grant und Steinhurst herum. Ich glaube nicht."

„Entweder so, oder du gehst gar nicht."

Kim schob ihren Stuhl zurück und stand auf. „Hör mal zu, Liam. Ich habe nicht darum gebeten, in deine Probleme hineingezogen zu werden. Ich habe auch dieses ... *Ding* ... nicht gebeten, mich zu überfallen. Es tut mir wirklich leid, dass ich das mit den Halsbändern herausgefunden habe, aber alles, was ich will, ist, dass Brian freigelassen wird und zurück zu seiner Mutter kann. Du scheinst dich nicht daran zu erinnern, dass ich auf deiner Seite bin."

Liam war gleichzeitig mit ihr aufgestanden. Connor sah besorgt zu, und Sean drehte sich ihnen von der Spüle aus zu. Seine Spülbürste tropfte auf den Boden.

„Ich kann das nicht entscheiden, Kim", sagte Liam.

„Da hast du ganz recht. Du kannst es nicht entscheiden. Aber *ich* kann." Was war nur mit ihnen allen los? „Ihr seid alle *Shifter*. Ihr könntet festgenommen werden, weil ihr mich entführt oder festhaltet – verdammt, sogar wenn ihr nur laut mit mir redet. Sie werden mit euch tun, was sie mit Brian tun: einen Hohn von einem Gerichtsverfahren und eine Hinrichtung."

Endlich ergriff Dylan das Wort. „Wir haben nicht vor, es jemandem zu erzählen. Oder zuzulassen, dass du es jemandem erzählst."

Kims Herz schlug schneller. Ja, Dylan war der Furchteinflößendste in diesem Raum, so viel war sicher. Ihre Argumentationskraft erstarb unter seinem rot geränderten Blick. Der Paria, der sie angegriffen hatte, erschien ihr im Vergleich zu Dylan wie ein Welpe.

Liams Stimme nahm einen harten Klang an. „Dad, du hast versprochen, dass ich das regeln darf."

„Ja, aber du regelst es nicht", antwortete Dylan. „Du weißt, was du tun musst."

„Dann lass es mich tun. Wenn ich dazu bereit bin."

„Nein, du musst dich *jetzt* darum kümmern. Anders geht es nicht."

Kim trat einen Schritt zurück. „Worum kümmern?" Liam sah sie nicht an, während Dylan böse blickte und Sean sich wegdrehte. Connor stand der Mund offen. Er hatte offensichtlich auch keine Ahnung, wovon sie sprachen.

„Worum kümmern?", wiederholte Kim ihre Frage.

Wenn sie zur Tür rannte, würde sie es schaffen? Wie schnell waren Dylan, Liam oder Sean? Liam sah nicht so aus, als würde er gleich lossprinten, und Dylan auch nicht, der entspannt dasaß, aber diese Männer waren keine Menschen.

Was war nur mit ihr los? Gestern war sie nervös gewesen, nach Shiftertown zu kommen und mit einem Shifter zu sprechen, der nicht in einer Zelle saß. Dann hatte Liam sie aus diesen irisch-blauen Augen angesehen, und sie war dahingeschmolzen. Sie hatte sogar in seinem Haus geschlafen, ohne sich zu sehr zu wehren. Sie hatte sich auf alle Bedingungen dieser Leute eingelassen, dabei machte sie nie etwas zu anderen Bedingungen als ihren eigenen.

Jetzt wurde sie daran erinnert, wie gefährlich Shifter waren. Sie war einfach ganz naiv in ihr Leben hineinspaziert, aber sie wusste, sie würden sie nicht genauso einfach wieder hinauslaufen lassen.

Kim ballte die Hände zu Fäusten. „Liam, bitte mach die Duftmarke rückgängig. Ich habe nichts übrig für Überlegenheit und Unterwürfigkeit."

„Kim."

Oh, verdammt, selbst wenn er nur ihren Namen sagte, bewirkte dass, dass sie sich ihm auf den Schoß setzen und die Arme um ihn schlingen wollte.

„Was?", knurrte sie.

„Die Duftmarke ist zum Schutz, nicht zur Unterwerfung. Außerdem bist du weniger unterwürfig als das höchste Alphaweibchen, das ich je getroffen habe."

„Ja, sicher. Willst du mir erzählen, dass Glory unterwürfig ist?"

Dylan knurrte. „Sie ist keine Alpha. In ihrem Rudel steht sie relativ weit unten."

Für einen Moment wusste Kim vor Überraschung nichts zu sagen. Aber nur für einen Moment. „Das erklärt, warum sie sich mit dir abgibt. Aber ich nicht. Ich bin hier jetzt weg. Tut mir leid, Liam, aber du wirst mir vertrauen müssen."

Liam trat um sie herum, um ihr den Rückweg abzuschneiden. Nein, sie hätte es nicht bis zur Tür geschafft. Seine Hände legten sich auf ihre Schultern, und sie fand sich gegen die nächste Wand gepresst wieder.

„Und du wirst mir vertrauen müssen", sagte er.

Das war nicht fair. Er roch zu gut. Seine blauen Augen zeigten eine Spur Rot, wie sie es bei Dylan gesehen hatte, aber sie spürte, dass Liam sich gewaltig zurückhielt.

Einen wahnwitzigen Moment lang fragte sie sich, wie es wäre, wenn er sich gehen lassen würde. Würde er sie an die Wand drücken, sie mit dem Gewicht seines Körpers bedecken? Als sie gesehen hatte, wie er sich an diesem Morgen völlig nackt gegen den Türrahmen des Schlafzimmers gelehnt hatte, hatten ihre Brüste davon geschmerzt, und ihre Schenkel waren feucht geworden.

Ich habe vollkommen den Verstand verloren.

Der Moment dauerte an. Liam blickte auf sie herab, und gleich würden Kims Knie nachgeben. Sie könnte an Liams Körper heruntergleiten und ihr Gesicht vorne gegen seine Jeans pressen. Wäre das nicht schön?

„Au!", schrie Connor. Er krümmte sich, die Hände gegen den Magen gepresst.

„Alles okay, Connor?", fragte Kim besorgt.

„Nein. Scheiße", stöhnte er vor plötzlichem Schmerz.

„Was ist los? Bist du krank? Himmel, Liam, was hast du in die Pfannkuchen reingetan?"

Ein Teller zerbrach auf dem Küchenfußboden. „Scheiße", flüsterte Sean, und im gleichen Augenblick loderte in seinen Augen unerträgliche Qual auf.

Liam schob Kim von sich. „Kim, geh schnell hier weg. Sofort."

Alle vier Morrisseys begannen zu knurren. Ihre Augen veränderten sich. Connor stöhnte erbärmlich.

Kim wusste nicht genug über Shifter, um zu wissen, was zur Hölle mit ihnen los war. Wandelten sie sich jetzt? Oder waren sie krank? Sean glitt im gleichen Moment auf den Küchenboden, als Liam auf die Knie sank. Dylan erhob sich aus seinem Stuhl und versuchte, zu Connor zu gelangen, aber er brach zusammen, bevor er es zu seinem Enkel geschafft hatte.

Liam hob den Kopf, seine Lippen zogen sich zurück und entblößten Reißzähne. „Hau ab", schrie er. „Verschwinde!"

Kim verschwendete keine Zeit, mit ihm zu streiten. Sie flüchtete durch die Küche, riss die Hintertür auf und rannte in die schwüle Luft Austins hinaus.

Sie konnte ins Auto springen und Shiftertown mit Vollgas hinter sich lassen, nach Hause fahren und alle Schlösser austauschen lassen. Umziehen. Ihre Arbeit kündigen, nie wieder Shiftern begegnen. Ihre Klamotten konnten sie behalten, das meiste von dem, was sie ihr eingepackt hatten, mochte sie sowieso nicht.

Als sie die Stufen der Verandatreppe erreichte, schrie Connor auf. Die Qual in seiner Stimme ließ Kim anhalten und sich umdrehen. Connor war der Jüngste und Schwächste von ihnen. Was auch immer mit ihnen los war, machte ihm am meisten zu schaffen.

Kim rannte die Stufen wieder hoch und ins Haus zurück. Connors Schreien ertönte durchdringend. Dylan und Liam krochen beide zu ihm, und sie erkannte, dass sie ihn zu berühren versuchten. Sie waren Leute, die sich gegenseitig durch Körperkontakt Trost spendeten.

„Liam, was kann ich tun?"

Liam drehte den Kopf und sah zu Kim auf. Seine Augen waren leuchtend rot. „Nein, Kim. Geh."

„Ich kann euch nicht so zurücklassen. Wie kann ich euch helfen?"

Liam konnte oder wollte nicht antworten. Es gelang ihm, Connor zu erreichen, der noch lauter schrie, als Liam ihn berührte.

Verdammt. Kim wusste nicht genug über Shifter – sie, die sie gedacht hatte, sie hätte alles über sie recherchiert. Dies konnte alles Mögliche sein, etwas, das mit den Halsbändern nicht stimmte, oder eine Art merkwürdiger Virus.

„Haltet durch. Ich bin gleich zurück."

Sie hatte keine Ahnung, ob Liam sie hörte oder verstand. Kim rannte wieder aus der Küche heraus und den Pfad zum Nachbarhaus entlang. Sie hämmerte an die Hintertür, schirmte die Augen mit den Händen ab, um durch das Fenster zu sehen.

„Glory?"

Sie hörte nichts, und für ein paar Sekunden befürchtete sie, dass Glory sich ebenfalls gerade stöhnend auf dem Boden wand. Vielleicht tat das gerade jeder in Shiftertown. *Scheiße.*

Dann öffnete Glory schwungvoll die Tür, ebenso hochgewachsen und überwältigend, wie sie es die Nacht zuvor gewesen war. Sie trug ein knallig pinkfarbenes Top mit Nackenträger, das ihre Kehle umschlang und ihr Halsband versteckte, hautenge schwarze Lederhosen und pinkfarbene Pumps, deren Absätze mit Stachelnieten besetzt waren. *Keine Alpha, so ein Quatsch.*

Glory atmete schwer, als habe sie gerade trainiert, aber es war nicht ein einziger Tropfen Schweiß auf ihrem Gesicht, und jedes Haar befand sich an seinem Platz. „Was?"

„Da stimmt etwas nicht mit ihnen. Irgendein Shifterproblem. Du musst ihnen helfen."

Glory blickte rasch auf das Haus der Morrisseys. „Mit Dylan?"

„Mit ihnen allen. Ich weiß nicht, was los ist."

Wortlos trat Glory an ihr vorbei und eilte die Verandastufen hinab. Kim musste laufen, um mit den langen Schritten der Frau mithalten zu können – und das, obwohl Glory kilometerhohe Schuhe trug.

Glory schob die Hintertür der Morrisseys auf, als gehöre sie hierher. Sie blieb abrupt stehen, und Kim wäre fast gegen sie geprallt. Liam hatte den Arm um seinen Neffen gelegt, aber Connor schrie noch immer.

„Was stimmt nicht mit ihnen?", fragte Kim laut.

„Ich weiß es nicht. So etwas habe ich noch nie gesehen."

Das war ja sehr hilfreich. Glory trat zu Dylan, dessen Augen geschlossen waren, seine jetzt verlängerten Zähne schnitten in seine Lippen. Glory griff seine Schulter. „Dylan!"

Sie musste ihn schütteln und anschreien, bevor er endlich aufsah. Seine Augen waren mittlerweile gelb und von Rot durchzogen. Er keuchte ein Wort, das Kim nicht verstand, aber Glory nickte. Sie drehte sich mit einem grimmigen Blick zu Kim um.

„Sie werden gerufen", sagte sie.

„Gerufen? Was bedeutet das?"

„Es bedeutet, ihr Clan-Anführer ruft sie. Er hat sie mit einem Zwangszauber belegt. Sie werden so sein, bis sie ihn erreichen und er ihn wieder aufhebt."

Ein Zauber? „Ich dachte, du hättest gesagt, dass du so etwas noch nie gesehen hast."

„Habe ich auch nicht. So etwas passiert vielleicht einmal alle zweihundert Jahre, denn Anführer, die solche Zauber viel benutzen, bleiben nicht lange Anführer. Shifter schätzen es nicht, genötigt zu werden. Fergus muss es verzweifelt auf dich abgesehen haben."

„Wie? Kann er nicht wie andere Leute das Telefon benutzen?"

„Er hat das Telefon benutzt. Gestern. Er hat Dylan befohlen, dich ihm auszuliefern, und Dylan hat sich geweigert. Daher hat Fergus zu dieser Methode gegriffen." Glorys Gesichtsausdruck nach zu urteilen, gab sie Kim die ganze Schuld. Glorys Top verbarg vielleicht ihr Halsband, und Dylan mochte behaupten, sie habe keinen hohen Rang in ihrem Rudel, aber sie war immer noch ein Shifter, immer noch stark, immer noch tödlich.

„Du musst sie nach San Antonio bringen", sagte Glory.

„San Antonio?"

„Dort ist Fergus. Du musst sie zu Fergus bringen, so können sie nicht fahren."

„Zu diesem Fergus, der verlangt, dass ich ihm ‚ausgeliefert' werde, was auch immer das heißt? Warum kannst du sie nicht hinbringen?"

Glory schnaubte. „Dem Ruf eines anderen Clan-Anführers folgen? Ich bin Lupid. Wenn ich in eine Versammlung der Feliden trete, bin ich meinen Kopf los, bevor ich ein Wort von mir geben kann."

„Was ist mit *meinem* Kopf?"

„Den wirst du wohl riskieren müssen. Fergus wird sowieso erwarten, dass du mit ihnen zusammen kommst. Los, hilf mir, sie in dein Auto zu schaffen."

„Sie werden nicht in mein Auto reinpassen."

„Dann sorg dafür, dass sie passen." Glory griff Dylan unter den Achseln und zog ihn auf die Füße. Der große Mann konnte kaum stehen, aber er lehnte sich schwer auf Glory und ließ sich von ihr durch die Küche schieben. „Wir haben keine andere Wahl."

Glory trat die Küchentür auf. Sie knallte gegen die Wand und begann sich wieder zu schließen. Kleine Bröckchen Putz fielen von der Decke.

Liam schlängelte eine klauenbewehrte Hand um Kims Fußgelenk. „Nein", röchelte er, „lauf weg."

Der Schmerz in seinen Augen brach ihr das Herz. Liam hatte recht, sie *sollte* weglaufen. Sie sollte die Shifter ihrem Schicksal überlassen und nach Australien auswandern. Kim hatte fürchterliche Angst vor diesem Fergus, dem Mann, der mächtige Shifter aus hundertfünfzig Kilometern Entfernung in hilflose Wesen verwandeln konnte. Aber Liams Leiden bewirkte, dass sie blieb.

„Kim", rief Glory. „*Komm.*"

Kim lehnte sich über Liam. „Wir müssen gehen, Liam. Glory sagt, dass es keine andere Wahl gibt."

Liam versuchte, zu sprechen, aber seine Worte kamen nur als unverständliches Stöhnen heraus.

Glory eilte zurück und packte Sean. Kim bekam Liam endlich vom Boden hoch, und Liam zog Connor auf die Füße. Irgendwie schafften die drei es aus der Tür und in Kims zweitürigen Mustang.

Sean hatte sich bereits auf dem kleinen Rücksitz zusammengefaltet, während Dylan sich schwerfällig gegen das Auto lehnte. Dylan schien am wenigsten außer Gefecht gesetzt, aber er war älter und vermutlich stärker. Glory kümmerte sich um Connor, und Dylan half ihr, Connor neben Sean hinten ins Auto zu setzen. Dylan selbst quetschte sich neben seinen Enkel und überließ Liam den Vordersitz, in den dieser sich hineinfallen ließ.

„Was ist denn hier los?" Eine männliche texanische Stimme drang an Kims Ohr. Ellison, der große Lupid, den sie am Abend zuvor getroffen hatte, kam über die Straße auf sie zugerannt. „Glory, was geht hier vor sich?"

„Ein Ruf", sagte Glory knapp.

„Ach du Scheiße."

„Kim bringt sie zu Fergus."

„Oh, Mann." Ellisons hellblaue Augen füllten sich mit Sorge. „Und ich kann nicht mit euch kommen, verdammt. Liam hat meine Handynummer. Ruf mich an, und halte mich auf dem Laufenden, okay?"

„Sicher." Kim stieg wie betäubt in den Wagen.

„Warte." Ellison eilte in das Haus der Morrisseys, dann kam er wieder heraus. In seinen Händen hielt er Seans großes Schwert, das in einer Lederscheide steckte. „Nimm das mit. Nur für den Fall."

Es war kein Platz dafür in dem überfüllten Wagen. Kim öffnete den Kofferraum, und Ellison ließ es hineinfallen.

Als Kim die Autotür zuknallte und den Wagen anließ, trat Ellison zu Glory und legte die Arme um sie. Sie lehnte sich an ihn, nicht auf sexuelle Art, verstand Kim, sondern zum Trost, wie Sandra es gestern mit Sean und Liam getan hatte.

Kim bog aus der Auffahrt und fuhr aus Shiftertown hinaus. Trotz der Julihitze waren ihre Finger eiskalt und zitterten.

Kapitel Zehn

Dafür sollten sie aber bitte gefälligst dankbar sein. Kim raste die I-35 so schnell entlang, wie sie sich nur traute, und fluchte dabei unterdrückt über den stockenden Verkehr. Es war Sonntag – sollten diese Leute nicht alle in der Kirche sein oder so? Aber nein, sie schlängelten sich über die Autobahn zwischen Austin und San Antonio, verstopften die Auffahrten, krochen langsam auf der linken Spur, bremsten sie aus.

Sie fuhr, so schnell sie konnte, aber sie riskierte es nicht, bei einer Geschwindigkeitskontrolle angehalten zu werden. Sie stellte sich vor, wie sie dem netten Polizisten erklärte, warum sie vier halb verrückte Shifter in ihren Wagen gezwängt und ein großes Schwert im Kofferraum hatte.

Connors Stöhnen war zu einem Wimmern geworden. Kim hatte keine Ahnung, wie dieser Fergus sie über diese weite Entfernung in einen derartigen Zustand versetzt hatte, aber sie wollte ihn anschreien. Liam war der stärkste Mann, den sie je getroffen hatte, und ihn vor Schmerzen zusammengekrümmt im Sitz neben sich zu sehen machte sie wütend.

„Es ist nicht mehr weit." Sie hatte keine Ahnung, ob Liam sie hören konnte, und er antwortete nicht.

Die Autobahn war ihr noch nie so lang erschienen. Schilder mit deutsch klingenden Namen flogen vorbei: New Braunfels, Gruene, der beliebte Schlitterbahn-Wasserpark, den Kim als Kind so gemocht hatte.

Als sie die nördlichen Außenbezirke San Antonios erreichten, nahm Liam endlich seine Hände vom Gesicht.

„Hier rausfahren." Kim bog auf die Ausfahrt ab, die sie auf eine Autobahn führte, die die Stadt umrundete. „Und dann wohin?"

Liam deutete mit den Fingern auf die Straße, was sie als „geradeaus" interpretierte. Dylan setzte sich hinter ihr auf. Im Rückspiegel sah Kim, wie er Connor zu sich und an seine Brust zog. Sean hatte die Augen geschlossen, aber Kim konnte nicht sagen, ob er schlief.

Als sie den südwestlichen Stadtrand erreichten, bedeutete Liam Kim, eine andere Abfahrt zu nehmen. Er dirigierte sie eine Straße hinab, die zu einer Landstraße wurde, die westlich wieder aus der Stadt hinausführte.

„Ist hier draußen eine Shiftertown?", fragte Kim, als sie die Stadtgrenze hinter sich ließen.

Liam antwortete nicht. Sean setzte sich auf und lehnte sich gegen das Fenster. Ihr Atem ging ruhiger, nicht mehr das angestrengte Keuchen, aber sie sahen noch immer grau und abgehärmt aus.

Vierzig Kilometer später beugte sich Dylan zwischen den Sitzen vor. Sein langer Arm deutete auf eine unbeschilderte Seitenstraße. „Da."

Sie hatten das Hill Country hinter sich gelassen und die südtexanischen Wüsten erreicht. Das Land war flach und trocken, die Grasbüschel waren gelb statt sattgrün. Auf der linken Seite der Straße grasten ein paar Kühe hinter einem Stacheldrahtzaun.

Auf der rechten Seite gab es keinen Zaun, das Land erstreckte sich offen bis zum weiß-blauen Horizont. Die

Luftfeuchtigkeit war deutlich gesunken, und Kims Schweiß verdunstete rasch in der trockenen Luft.

„Wir sind gleich da", sagte Liam. Er klang fast normal, seine Fangzähne hatten sich zurückgebildet.

Zwei hölzerne Zaunpfosten ohne Zaun oder Tor kennzeichneten einen Feldweg, der wie ein blasser Finger über das Land zeigte. Kim bog darauf ab und verfluchte leise die tiefen Spurrillen, die gegen den Wagenunterboden schlugen. Vielleicht konnte sie diesem Fergus den Schaden in Rechnung stellen.

Nach etwa fünf Kilometern Fahrt auf diesem Hohn von einer Straße kamen sie zu einer Häusergruppe. Auf einem handgemalten Schild stand zu lesen: „Willkommen in Shiftertown! Einwohner: 52 Shifter, 20 Pferde, 5 Hunde und 15 Katzen".

Die Häuser waren lang gestreckte, niedrige Ziegelbauten mit winzigen Fenstern, Ranch-Häuser, die vermutlich vom Anfang des zwanzigsten Jahrhunderts stammten. Wie die Häuser in Austin waren diese instand gesetzt und gestrichen worden, aber statt Gärten zu haben, waren sie um einen etwas traurig wirkenden Spielplatz herum gruppiert, auf dem keine Kinder spielten. Pick-ups waren wahllos auf der kahlen Erde um die Häuser herum abgestellt.

In der Mitte eines Korrals aus Stahlrohren auf der anderen Seite der Straße standen offene Ställe mit Wellblechdächern. Etwa ein Dutzend Pferde bewegten sich zwischen dem Pferch und dem Korral und achteten nicht auf den Wagen, der in einer Staubwolke auf sie zuraste.

Einer der fünf Hunde der Siedlung lag vor der Vordertür des Hauses, vor dem Liam Kim zu parken bedeutete. Das Haus war nicht größer als die anderen. Es hatte eine grün gestrichene Tür, links und rechts von zwei Fenstern flankiert. Der Hund stand auf, streckte sich und kam schwanzwedelnd zu ihnen herüber.

„Bist du dir sicher, dass das richtig ist?", fragte Kim, während sie ausstieg und den Sitz nach vorn klappte, damit die anderen herausklettern konnten.

„Ganz sicher", sagte Liam.

Bis auf die Anspannung sahen die vier Männer wieder fast normal aus. Connor lehnte sich gegen den Wagen, aus dem er ausgestiegen war, sein Gesicht noch immer verkrampft und fahl.

„Warum hat er Connor gerufen?", fragte Kim Liam leise.

„Wenn er mich will, warum hat er nicht einfach deinen Dad und dich dazu gebracht, mich herzubringen? Oder weiß er nicht, wen er will?"

„Nein, der Zauber ist ganz spezifisch. Fergus hat entschieden, auf wen er ihn wirft."

Kim beobachtete Connor, der wegging, um sich in ein hohes Grasbüschel zu übergeben. „Was ist der Kerl denn für ein Arschloch? Connor hat nichts mit mir zu tun."

Der Liam, der sie ansah, war nicht mehr der umgängliche, sexy Mann, den sie gestern getroffen hatte. Der Liam neben ihr sprühte vor unterdrückter Wut und hätte ihr eine Heidenangst eingejagt, wenn sie in das Büro der Bar gekommen wäre und ihn so hinter seinem Schreibtisch gesehen hätte. Ihr wurde klar, dass Liam ihr den „netten" Shifter gezeigt hatte, den, mit dem die Menschen sich unterhalten konnten. Den, mit dem sie auf dem Bett sitzen und knutschen konnte.

Nein, Moment, selbst jetzt könnte sie ihn küssen. Sie würde seine Wut schmecken und ihn wissen lassen, dass sie sie teilte, während er mit seinen Händen über ihren Körper strich.

Wie wäre Sex mit Liam, wenn er so war? Roh und wild. Gegen die Wand oder die Autohaube … kompromissloser, erfüllender Sex. *Das ist, was ich will.*

Liam öffnete die Haustür und trat ein. Die Innenräume beeindruckten Kim nicht. Ganz offensichtlich wohnte jemand hier, und genauso offensichtlich hielten die Bewohner nicht viel vom Putzen.

Liam durchquerte das unordentliche Wohnzimmer und eine Küche voller schmutzigem Geschirr und öffnete eine weitere Tür. Kühle Luft strömte von Steinstufen weiter hinten herauf. Ein Keller? Sturmbunker? Ein Ort wie dieser könnte Schlangen, Skorpione und Schwarze Witwen beherbergen.

„Da hinein?", fragte sie. Einem feindlich gesinnten Shifter gegenüberzutreten, traute sie sich. Aber Spinnen? Eher nicht.

Liam ging wortlos an ihr vorbei. Dem Himmel sei Dank für den Brauch der Shifter, dass die Männer immer zuerst eintraten. Wenn da unten Spinnen waren, konnte Liam sie verscheuchen, bevor sie ihm folgte.

Dylan nickte Sean zu, der sein Schwert aus dem Kofferraum geholt hatte, und bedeutete ihm, nach ihm runterzukommen. Dann Dylan und dann Connor.

Kim zögerte oben an der Treppe und dachte immer noch an Spinnen ... und Fergus. Sie könnte weglaufen, es zum Auto schaffen und zurück nach Austin rasen. Niemand war hinter ihr, sie hätte einen guten Vorsprung.

Connor sah zu ihr zurück, im Licht aus der Küche glänzte in seinen Augen Furcht. Er hatte panische Angst, und nach der grünlichen Gesichtsfarbe zu urteilen, war ihm immer noch schlecht von dem Ruf. Würde Fergus, dieser Tyrann, versuchen, Connor wehzutun, wenn Kim davonlief? Vermutlich.

„Mistkerl", knurrte sie und folgte Connor. Sie konnte das dem Jungen nicht antun.

Connor schenkte Kim ein nervöses Grinsen und ging weiter. Kim suchte sich ihren Weg voran, sie fühlte sich unsicher und weigerte sich, die Steinwände zu berühren.

Die Morrissey-Männer warteten in einem Korridor mit gefliestem Boden auf sie, der überhaupt nicht zum Rest des Hauses obendrüber passte. Die Wände waren aus poliertem

Holz und zu Kims Erstaunen behängt mit Gemälden und wunderschönen Fotografien. Echte Gemälde von wirklichen Künstlern, für die Museen viel Geld bezahlten, Fotos von Leuten wie Ansel Adams. Zwischen den unschätzbaren Kunstwerken befanden sich geschnitzte Holztüren im spanischen Stil mit kleinen quadratischen Fenstern.

Was war das verdammt noch mal für ein Ort?

Liam führte sie zum Ende des Flurs und öffnete eine Tür zu einem höhlenartigen Raum. Dylan ging dieses Mal zuerst hinein, dann Liam, danach Sean und schließlich Connor. Kim, die am meisten Schutz benötigte, trat zuletzt ein.

Der Raum war riesig und dazu gedacht, mehrere Hundert Leute zu beherbergen. Die Wände waren mit Holz verkleidet, dessen purpurrote Farbe von exotischen, orientalischen Wäldern erzählte. Die Decke war gewölbt wie in einer Kathedrale, die kunstvoll geschnitzten Bögen führten zu einer riesigen Feuerstelle am Ende des Raums. Geld und Kunstfertigkeit waren in die Gestaltung dieses Raums geflossen, der wesentlich größer war als irgendeines der Häuser darüber.

Der Raum war außerdem voller Shifter.

Es mussten an die hundert von ihnen sein, jeder Einzelne körperlich so austrainiert wie Liam, Dylan und Sean. Das Zeichen draußen sagte, dass nur zweiundfünfzig Shifter in dieser Shiftertown lebten, daher mussten sie zu dieser Gelegenheit extra angereist sein. Jeder Einzelne von ihnen war männlich.

Dylan führte sie durch die sich teilende Menge an den hochragenden Bögen vorbei, durch das Meer von Shiftern zur Mitte des Raumes. Vier Männer warteten dort auf sie: ein großer Kerl mit einem langen, schwarzen Zopf und einer ledernen Motorradjacke, umgeben von drei Männern, die genau wie er an Schläger erinnerten.

„Lass mich raten", flüsterte Kim Liam zu. „Das ist Fergus."

Liam nickte grimmig. Fergus richtete seine harten blauen Augen auf Kim und musterte sie auf Shifterart.

„Das ist sie?", fragte er. Sein Akzent klang eher nach Südstaaten als nach Texas, und sein Tonfall verriet, dass er erwartet hatte, sie sei eindrucksvoller.

Liam presste die Lippen zusammen, und Dylan ergriff das Wort. „Das ist Kim Fraser, die Anwältin, die Brian Smith verteidigt."

Alle Augen richteten sich auf Kim. Nasenlöcher weiteten sich, als die Shifter ihren Duft wahrnahmen und die Tatsache, dass Liam sie markiert hatte. Jeder einzelne Shifter hier drinnen trug ein Halsband, aber Kim wurde klar, dass die Halsbänder vielleicht keinen Unterschied machten, wenn sie versuchen sollte zu fliehen. Dies waren gefährliche Männer, die im Moment nur zusahen, weil sie sich dazu entschlossen hatten.

„Scheiße", sagte sie leise. „Und ich hab nicht mal Pfefferspray dabei."

„Wir mögen Pfefferspray", antwortete Liam.

„Hätte ich mir denken können."

Fergus fixierte sie mit einem blauen Starren, dann sah er Sean an und streckte die Hand aus.

Sean löste das Schwert von seinem Rücken und brachte es ihm. Fergus bedankte sich nicht, er nahm einfach das Schwert entgegen und reichte es an einen seiner Untergebenen weiter. Als er sich umdrehte, schwangen geflochtene Lederschnüre von einem Griff, der in seinen Gürtel gesteckt war, über seine Hüften.

„Ist das eine neunschwänzige Katze?", fragte Kim.

„Vermutlich."

„Warum? Für den Fall, dass er seinen eigenen verliert?"

Liams plötzliches Lächeln erhellte sein Gesicht. Connor lachte offen heraus.

„Klappe", zischte Dylan.

Fergus' Aufmerksamkeit richtete sich auf Kim. „Komm hierher, Frau."

Kim blieb, wo sie war. Sie hatte nicht die Absicht, gehorsam zu ihm zu treten. Liam stand neben ihr. Sein Körper war solide und warm und vermittelte ihr ein plötzliches Gefühl von Sicherheit.

„Ich sagte: Komm her."

Kim hob den Kopf. „Kennst du den Ausdruck ‚Du kannst mich mal'?"

Fergus' Augen glitzerten, während sich unter den Shiftern leises Gemurmel erhob. Fergus' drei Tracker verschränkten die Arme und blickten böse. Einer hatte einen rasierten Kopf, und sein Hals war mit Tattoos bedeckt. Ein anderer trug einen sandfarbenen Pferdeschwanz, und der dritte hatte kurzes, schwarzes Haar. Er sah wie ein ehemaliger Soldat aus, obwohl Wandler nicht zum Militär durften.

„Bring sie zu mir", befahl Fergus Liam kurz angebunden.

Liam bewegte sich nicht. Der Raum schwieg, die Anspannung war hoch. Fergus' Augen wandelten sich von Blau zu einem weißlichen Grau.

Kim wusste nicht, was Fergus alles tun konnte – noch einen Ruf, damit Liam sie durch das Zimmer zu ihm schleppte? Kim fühlte sich wie ein Sämling in einem hohen Wald; Shifter waren zumeist ein gutes Stück über eins achtzig, und sie war in flachen Schuhen kaum größer als eins fünfzig. Und wo waren die ganzen Shifterfrauen? Beim Keksebacken?

„Du weißt, dass du mich nicht umbringen kannst", sagte Kim in ihrer forschen Gerichtssaalstimme. „Es ist bereits ein Shifter im Gefängnis wegen des Tods eines Menschen, und obwohl ich überzeugt bin, dass er es nicht getan hat, gibt es viele Leute, die denken, dass er es war. Wenn ich verschwinde oder irgendwo tot auftauche, hast du deinen County Sheriff und möglicherweise das FBI am Hals."

Fergus starrte sie einfach an, dann wandte er sich an Liam. „Hält sie jemals die Klappe?"

„Nicht soweit ich das feststellen konnte."

„Das spricht nicht für sie."

„Ich weiß nicht", sagte Liam mit einem kleinen Lächeln, „ich mag es irgendwie."

Fergus' Lippe verzog sich. „Bring sie zu mir."

„Sorry, Fergus", sagte Liam, „diese Entscheidung überlasse ich ihr selbst."

Der gesamte Raum hielt den Atem an. Kim musste keine Expertin in nonverbaler Kommunikation sein, um zu sehen, dass Fergus' gesamte Körperhaltung jetzt sagte: *Gehorche mir, oder leide.* Liams Körperhaltung sagte: *Auf gar keinen Fall*, aber Kim bemerkte, dass er Fergus' Blick nicht begegnete.

„Ich werde der Frau nichts tun", sagte Fergus schmallippig.

„Nein?", unterbrach Kim ihn. „Warum beruhigt mich das nicht?"

„Er sagt die Wahrheit." Liams Stimme wärmte ihr Ohr, seine Stimme so angespannt, dass sie verstand, dass er sich zurückhielt.

„Das musst du aber wirklich dazusagen."

Liam drehte Kim zu sich. Er berührte ihre Wange, seine Augen blickten wachsam, aber mit einem Funken Erregung darin. „Er möchte dir nicht wehtun, Süße", sagte er leise. „Das war nie seine Absicht. Als Fergus uns gestern Abend angerufen hat, hat er uns befohlen, dich zu ihm zu bringen, damit er dich zu seiner Gefährtin machen kann."

Kims blaue Augen weiteten sich. Wut, Angst und Erstaunen schienen daraus. „Du machst wohl Witze."

Liam strich eine Locke glatt und versuchte, sie mit seiner Shifterberührung zu beruhigen. „Keine Sorge, Süße. Ich werde ihn das nicht tun lassen."

Ihm wurde plötzlich klar, dass er auf etwas wie das hier gewartet hatte. Vielleicht sein ganzes Leben lang. Er hatte sich gesagt, dass er auf mögliche Gefährtinnen verzichtet hatte, um anderen Shiftermännern eine Chance auf Glück zu geben, aber er verstand jetzt, dass er einfach noch nicht die Frau gefunden hatte, mit der er zusammen sein wollte. Es war einfach, selbstlos zu sein, wenn er kein Opfer bringen musste.

Aber als diese freche Menschenfrau gestern in sein Büro gekommen war, mit den sich spannenden Blusenknöpfen, den kurzen grauen Rock eng über ihrem süßen Leib, als sie eine hitzige, ja stimmige Argumentation begonnen hatte, warum er ihr helfen sollte, hatte sich, bevor er auch nur etwas sagen konnte, seine wohlgeordnete Welt auf den Kopf gestellt. Es war ihr gelungen, etwas in ihm zu berühren, das er immer unter Verschluss gehalten hatte. Vielleicht hatte sie es berührt, weil er nicht aufgepasst hatte. Er hatte nicht erwartet, dass eine Menschenfrau erreichen könnte, was keine Shifterfrau je erreicht hatte.

Letzte Nacht, als Dylan ihm die Neuigkeit mitgeteilt hatte, dass Fergus von Liam erwarte, Kim zu ihm zu bringen, damit Fergus sie zur Gefährtin nehmen konnte, hatte Liam sich rundweg geweigert. Dylan hatte auf ihn eingeredet und es nicht verstanden. Was war schon das Schicksal eines einzigen Menschen verglichen mit dem Wohl aller Shifter? Fergus könnte Kim kontrollieren, und das wäre das Ende der Geschichte.

Liam hatte seinen Vater fast ins Gesicht geschlagen, etwas, das ihm sein ganzes Leben lang nicht im Traum eingefallen wäre. Kim würde nur über seine Leiche zu Fergus gehen, hatte er gesagt. Dylan hatte Liam zunächst mit Erstaunen, dann mit Verständnis und sogar mit Sympathie betrachtet. Er hatte aufgehört zu streiten, hatte Liam zugestimmt, Fergus nicht zu gehorchen, und war gegangen.

Gefährtin. Mein. Beschützen.

Liam wollte Kim halten und sie nicht gehen lassen. Er wollte sie küssen, mit ihr schlafen, ihr am nächsten Morgen Pfannkuchen machen. Die Instinkte, die sich in hundert Jahren nie manifestiert hatten, erhoben sich plötzlich und tobten durch ihn hindurch.

„Warum sollte er mich als *Gefährtin* wollen?", fragte Kim. „Was auch immer das bedeutet. Er hat mich vor heute noch nie getroffen."

Göttin, wie konnte ein Mann sie *nicht* wollen? Aber sie hatte recht.

„Er möchte dich kontrollieren", sagte Liam. „Denn du hast recht. Es würde ihm großen Ärger bescheren, wenn er dich töten würde. Aber als seine Gefährtin wärst du ihm und dem Clan-Gesetz unterworfen. Und nicht länger eine Bedrohung für die Shifter."

„Und wenn ich mich weigere?"

Fergus würde nicht zulassen, dass sie sich weigerte. Liam war sich nicht sicher, wie Fergus vorhatte, Kim zu überwältigen – Drogen, Zauber, Angst –, aber er wollte Kim unter seiner Kontrolle.

Fergus wollte vermutlich auch sehen, wie weit Liam gehen würde, um sie zu beschützen. Wenn Fergus wusste, was Liam für Kim fühlte, würde er Liam und den Rest seiner Familie umso besser manipulieren können. Ganz gleich wie, Kim würde beobachtet und kontrolliert werden.

„Du musst nicht", sagte Liam zu Kim.

Fergus sah sie aus schmalen Augen an. „Heißt das, du forderst mich ihretwegen heraus?"

Liam spürte, wie Dylan und Sean hinter ihn traten, wie ihre Beschützerinstinkte aufflammten, ganz gleich für wie verdammt dumm sie Liam hielten. Liam wünschte, Connor würde von hier verschwinden. Connor war ein Kind, ein Junges. Er war nicht bereit für diese Art von Konfrontation. Liam glaubte nicht, dass Fergus darauf Rücksicht nehmen würde, wenn er seine Strafe austeilte.

Liam ließ eine Hand in Kims gleiten, begegnete Fergus' Blick und antwortete mit einer texanischen Redewendung, auf die Ellison stolz wäre.

„Verdammt richtig."

Kapitel Elf

Fergus hielt Liams Blick, und Liam fühlte Triumph in sich aufsteigen.

„Dylan", fauchte Fergus.

Dylan antwortete mit ruhiger Stimme. „Mein Sohn hat noch keine Gefährtin. Es ist sein Recht."

Verteidige mich nicht, Dad. Geh weg. Dies ist nicht dein Kampf.

Dylan blieb stehen. Liam hatte nicht wirklich erwartet, dass er so schlau sein würde, zu verschwinden. Dylan würde niemals seinen Nachwuchs im Stich lassen, selbst wenn es seinen eigenen Tod bedeutete.

„Entschuldigung mal bitte", brach es aus Kim heraus. Alle Köpfe drehten sich zu ihr, einhundert Paar Shifteraugen richteten sich auf sie, aber sie verzog nicht einmal das Gesicht. „Ich mag dieses ganze Gerede von *Gefährten* nicht, vielen Dank – besonders dann nicht, wenn es dabei um mich geht."

Liam hätte laut loslachen können. Sie war ein Schatz. Shifterinstinkte begannen, seinen menschlichen Verstand auszulöschen, und bewirkten, dass er sich nach Fergus' Blut unter seinen Klauen sehnte und danach nach Kim in seinen Armen.

Sex mit Kim wäre herrlich, selbst wenn er dafür in menschlicher Form bleiben musste. Er hatte gestern Abend eine Kostprobe von ihr bekommen, ihren süßen Mund, ihre Küsse, ihre Berührung auf seinem Körper. Er wollte auf ihr liegen und mehr Küssen wie die Menschen üben, in sie hineingleiten und sie zu der Seinen machen.

Fergus verströmte seine eigenen Pheromone, schwer und intensiv hingen sie wie Gift in der Luft. Als er sie roch, verstand Liam, dass Fergus nicht vorhatte, Kim nur dem Namen nach zu seiner Gefährtin zu machen. Er wollte Kim, er wollte einen wilden Fick. Liam würde sterben, bevor er das zuließ.

„Bring sie zum Schweigen", fauchte Fergus Liam an.

Sean trat an Kims andere Seite. Selbst ohne das Schwert stand er da wie ein Krieger, bereit zu kämpfen. „Liam hat die Herausforderung ausgesprochen", sagte Sean. „Jetzt können wir nichts tun als abwarten, wie es ausgeht."

„Zur Hölle damit." Kim versuchte, sich aus Liams Griff zu winden, aber der hatte nicht vor, sie gehen zu lassen. „Connor", sagte sie über ihre Schulter. „Kannst du etwas finden, worauf ich stehen kann? Einen Stuhl oder so?"

Ihre Frage rüttelte Connor aus seinem Schockzustand. Das hatte sie gut gemacht.

Die Shifter teilten sich, damit Connor den Raum verlassen konnte. Liam hoffte, es würde ihn Stunden kosten, einen Stuhl zu finden, oder dass er sich die Rückkehr vielleicht komplett überlegen würde, aber Connor kam fast sofort mit einem Trittschemel wieder.

„Das wird reichen." Kim bedeutete ihm, den Hocker vor ihr auf den Boden zu stellen, und Liam ließ sie lange genug los, dass sie daraufklettern konnte. Er legte die Arme um sie, als sie sich aufrichtete, sowohl um ihr Halt zu geben als auch um sie in seiner beschützenden Umarmung zu belassen.

"Das ist besser", sagte Kim. Der Schemel sorgte dafür, dass sie einen halben Kopf größer als Liam war. Jetzt konnte sie über die Shifter hinwegblicken.

"Es muss wegen dieser Angelegenheit keine Gewalt geben", sagte sie. "Was ihr alle nicht versteht, ist, dass ich die beste Freundin sein kann, die ihr kriegen könnt. Ihr habt einen Shifter im Gefängnis, und die Welt lechzt nach seinem Blut. Wenn ich beweisen kann, dass er seine menschliche Freundin nicht getötet hat, stellt euch nur vor, was für eine wunderbare PR das für euch alle wäre. Shifter werden mit Misstrauen und Feindseligkeit betrachtet. Wenn ich der Welt zeige, dass Brian Unrecht angetan wurde, wenn ich ihn zu einer Sympathiefigur mache oder sogar zu einem Helden, stellt euch vor, was für ein erstaunlicher Schritt nach vorn das für euch wäre. Man würde euch vielleicht besser integrieren, eure Kinder in Schulen gehen lassen, die nicht in verlassenen Lagerhäusern angesiedelt sind."

Stille. Keiner verzog eine Miene.

"Hey, vielleicht würden sie uns sogar Kabelfernsehen erlauben", sagte ein Shifter weiter hinten gedehnt. Der Raum hallte wieder vor Männerlachen.

"Ich meine es ernst. Ich bin gut in meinem Job. Ich kann das schaffen, wenn ihr mir helft."

Fergus' Mund verzog sich zu einer schmalen Linie. "Liam, mach, dass sie die Klappe hält."

Liam hatte das nicht vor. Kim hatte Fergus verblüfft, und das gefiel ihm.

"Ihr benehmt euch, als ob ihr nicht wollt, dass Brian freikommt", fuhr Kim fort. "Er hat Michelle nicht getötet. Warum sollte er dafür hingerichtet werden? Warum solltet ihr das zulassen?"

Fergus zog die Neunschwänzige aus seinem Gürtel. "Liam."

"Hat er vor, mich auszupeitschen?", fragte Kim Liam erstaunt.

Liam hob Kim vom Stuhl herunter. „Zeit, den Mund zu halten, Süße. Fergus, wenn wir das mit der Herausforderung durchziehen wollen, dann lass uns jetzt anfangen, Mann."

„Nicht bevor ich der Schlampe ein paar Manieren beigebracht habe."

Connor stürmte trotz Seans Versuchen, ihn zurückzuhalten, vor. Das Gesicht des jungen Mannes war rot, seine großen Hände zu Fäusten geballt. „Lass sie in Ruhe! Sie tut dir nichts. Sie redet nur. Wie kann dir das schaden, du Bastard?"

„Connor, Klappe", sagte Dylan scharf.

Als Fergus' Blick auf Connor fiel, war er eisig. „Komm her, Junge!"

„Er ist ein Junges", versuchte Dylan zu argumentieren. „Er versteht das nicht."

Connor rieb sich über die Augen. „Ich verstehe schon, Granddad." Er funkelte Fergus böse an, auch wenn er fast gleich wieder zu Boden sah. „Und ich hab es auch so gemeint."

Fergus raste vor Wut. Muskelstränge an seinem Hals traten hervor, und seine Augen brannten mit der Intensität eines Parias.

Liam wusste ganz genau, wie Fergus sich diese gemütliche Zusammenkunft vorgestellt hatte: Liam und Familie würden nach San Antonio eilen, Kim mit einer unterwürfigen Entschuldigung ausliefern, sich wieder verkrümeln und Fergus tun lassen, was er wollte.

Stattdessen hatten alle vier Morrisseys ihm die Stirn geboten – zwei Mal. Das erste Mal, indem sie seinem verbalen Ruf gestern nicht gefolgt waren. Und jetzt hatte Kim ihn in seiner eigenen Höhle belehrt, Liam hatte ihn herausgefordert, und Connor hatte die Regel gebrochen, dass Junge einen Alpha nicht konfrontierten, bevor sie erwachsen waren.

Jungen ließ man wegen ihrer Jugend eine Menge durchgehen – die Göttin wusste, dass Liam während seiner

Pubertät ein ziemlicher Nervbolzen gewesen war –, aber Fergus vor dem ganzen Clan zu beleidigen konnte nicht ungestraft bleiben. Connor war zu jung, um um Dominanz zu kämpfen, daher musste er eins auf den Deckel kriegen, wie ein Löwe ein Junges vielleicht zur Seite schubste, das zu wild geworden war.

„Komm her", wiederholte Fergus.

Die Magie in dem Befehl zog Connor zu ihm. Sean wollte ihm folgen, aber Liam schüttelte den Kopf. „Nein, Sean, lass mich."

Sean öffnete den Mund, um das abzulehnen, aber dann nickte er mit düsterem Blick. Er drehte sich weg, unglücklich, aber er wusste, warum er sich nicht einmischen durfte.

„Lass dich was?", fragte Kim Liam.

Die Augen in ihrem blassen Gesicht sahen groß aus. Sie hatte Angst, und sie war wütend und so verdammt schön, dass sein Herz schmerzte.

Liam nahm ihr Gesicht zwischen beide Hände. „Kim, Liebes, bleib hier bei Sean und Dylan. Denk nicht einmal daran, hinter mir herzukommen, und bitte, *sei still.*"

Kims Lippen teilten sich, als wollte sie protestieren. Dann schloss sie den Mund und nickte. *Braves Mädchen.* Liam drehte sich von ihr weg und ging rasch hinter Connor her.

Liam war ungefähr so groß wie Fergus. Er und der bullige andere Mann sahen einander in die Augen – Liam, ohne mit der Wimper zu zucken.

„Wenn du das tust", sagte Fergus mit teuflischer Wut, „werde ich den Boden mit dir wischen, wenn ich deine Gefährten-Herausforderung annehme."

Götter, was für ein arrogantes Arschloch. „Mach einfach weiter."

In Connors Augen standen Tränen, aber er hielt seinen Kopf hoch, auch wenn er Fergus' oder sogar Liams Blick nicht begegnen konnte. „Nein, Liam, nicht."

„Das ist mein Recht, Neffe", sagte Liam leise.

Zwei der Tracker, der mit dem rasierten Kopf und der schwarzhaarige, zogen Connor das Hemd aus. Auch ihren Augen konnte Connor nicht begegnen.

Liam streifte sein eigenes Hemd ab und ließ es auf den Boden fallen. Die Tracker ignorierten ihn. Sie drehten Connor um, bogen ihn in der Taille vor und legten seinen jungen, makellosen Rücken frei.

Fergus hob seine Neunschwänzige. Mit einem Grunzen holte er aus und ließ sie niedersausen. Bevor die Schnüre Connor treffen konnte, lehnte sich Liam über seinen Neffen und fing den Schlag mit seinem eigenen Rücken auf.

***

„Was zum Teufel …?", quietschte Kim. „Was macht er da?"

Entsetzen erfüllte sie, als Fergus mit starrem Blick, den Mund in bösartigem Gefallen verzogen, erneut zuschlug. Das Geräusch des Leders zischte durch die Stille, gefolgt von dem Klatschen auf Liams Haut.

Dylan ging auf sie zu, mit grimmigem Gesicht zog er sich sein Hemd aus und entblößte einen Rücken, der so breit und muskulös wie Liams war. Als er Connor und Liam erreichte, lehnte er sich ebenfalls über Connor, Vater und Sohn umschlossen den Jungen in einer beschützenden Shifterumarmung. Fergus fuhr fort, die Peitsche zu schwingen, als habe er es nicht bemerkt. Seine Lippen waren zurückgezogen und entblößten Zähne, die zu Fängen geworden waren.

Kim machte einen Schritt nach vorn, aber Sean trat vor sie und versperrte ihr den Weg. „Bleib hier. Lass sie das zu Ende bringen."

Seans Augen zeigten seine Qual, aber sie sah, dass er Fergus nicht aufhalten würde. Sie spürte auch, dass Sean sich dem schützenden Schild um Connor angeschlossen hätte, wenn er es nicht für notwendig gehalten hätte, Kim zurückzuhalten.

„Das ist Wahnsinn", sagte sie, und das Herz schlug ihr bis zum Hals. Es war barbarisch, unzivilisiert.

Aber sie sind Shifter, flüsterte eine Stimme in ihrem Kopf. *Das ist doch der Grund, warum sie gezwungen werden, Halsbänder zu tragen, um ihr barbarisches Verhalten unter Kontrolle zu halten.*

Das Halsband hielt Fergus kein bisschen davon zurück, Liam und Dylan blutig zu schlagen. Die Lederstreifen rissen Liams Fleisch auf, und Blut tropfte auf den Boden. Liam fing den Großteil der Schläge auf, nur wenige trafen Dylan, als sei es Fergus' Ziel, nur Liam zu schwächen. Zu Connor, der von einer Shiftermauer umschlossen war, drang nichts durch.

Die anderen Shifter sahen kommentarlos zu. Es gab kein Gemurmel, kein Knurren, weder feuerte jemand Fergus an, noch versuchte ihn jemand aufzuhalten. Die Bestrafung ging immer weiter, als lasse Fergus Jahre an aufgestauter Aggression gegen die Morrisseys heraus.

„Warum tust du nichts?", fragte Kim Sean mit Tränen in den Augen.

„Das ist die Art der Shifter." Seans Mund war zu einer grimmigen Linie zusammengepresst.

„Das ist eine bescheuerte Art."

Kim wartete, bis Sean sich wieder umgedreht hatte, um zuzusehen, dann flitzte sie an ihm vorbei und lief durch das Rudel. Klein zu sein war manchmal ein Vorteil – die großen Shifter hatten keine Erfahrung mit einer kleinen, athletischen Frau, die ihnen durch die Finger flutschte.

Sie erreichte Fergus. „Hör auf damit!"

Fergus verpasste Liam noch zwei bösartige Schläge, dann richtete er seinen schrecklichen Blick auf Kim. Er war weitaus furchterregender als Dylan. Seine Augen waren rot vor Wut mit einem Anflug von Wahnsinn darin. Sie blickte auf einen Mann, der absolut alles tun würde, um zu bekommen, was er wollte, ganz egal wie skrupellos es war. Ohne Rücksicht auf Verluste.

Liam riss den Kopf hoch. „Sean, bring sie hier raus."

Sean war bereits hinter Kim. Sie wirbelte herum und stellte sich genau vor Fergus. Fergus fauchte. Sein Gesicht war halb gewandelt, seine Lippen waren zurückgezogen von seinem roten, wütenden Mund. Sie erinnerte sich an den Lupid, der versucht hatte, sie zu töten, und verstand, dass Fergus nicht allzu weit von der Wut dieses halsbandlosen Shifters entfernt war.

„Ich bin kein Shifter", sagte Kim. „Ich habe keine Angst vor dir."

Das war eine gewaltige Lüge. Der Mann war furchterregend, und Kim hatte keine Zweifel, dass er sie ganz schnell töten könnte. Aber sie konnte nicht danebenstehen und zusehen, wie er Liam schlug, dessen Rücken jetzt mit Blut bedeckt war.

Fergus kam mit erhobener Peitsche auf sie zu. Mit einem kämpferischen Fauchen warf Liam sich auf ihn. Das Geräusch hallte laut und unmenschlich durch den Raum.

Fergus' Augen glitzerten nicht vor Angst, sondern vor Schadenfreude. Einen Augenblick später war Dylan bei Liam. Seine Haut glänzte vor Schweiß und Blut.

„Nein, Liam. Dieses Recht besitzt du nicht."

„Lass ihn", sagte Fergus.

„*Nein.*" Dylans Stimme blieb fest.

Kim sah, wie winzige Funken um Liams Halsband und in sein Fleisch hinein tanzten. Liam schnitt eine Grimasse, als seine Muskeln den Schock registrierten, aber er nahm die Augen nicht von Fergus.

Also funktionierten die Halsbänder. Liam war von einer tödlichen Wut übermannt. Sein Adrenalinsystem signalisierte, dass er bereit war, zu kämpfen und zu töten. Das Halsband versuchte, ihn aufzuhalten, ihn zusätzlich von innen heraus zu foltern.

„Liam", flüsterte sie. „Bitte nicht."

Ihre Worte schienen den Nebel der Wut in Liams Kopf zu durchdringen. Er riss den Blick von Fergus los, drehte den Kopf und sah auf Kim hinab.

„Ich beanspruche sie als meine Gefährtin", knurrte er.

Zu Kims Überraschung verschwand Fergus' wütender Blick nach und nach, bis er fast grinste. Er breitete die Arme aus, die Enden seiner Neunschwänzigen flatterten. „Hiermit gebe ich meinen Anspruch auf. Ich würde die Schlampe sowieso nicht bei meinen Jungen in meinem Haus haben wollen. Ich wünsche dir viel Vergnügen mit ihr."

Die Shifter atmeten alle aus und entspannten sich. *Was zur Hölle?* „Liam ..."

Liam ergriff Kims Arm, seine Hand war schlüpfrig vor Blut. „Ich beanspruche sie vor dem Clan, wie es mein Recht ist."

Fergus' Augen funkelten. „Der Clan erkennt dein Gesuch an."

„Der hat ja schnell seine Meinung geändert", sagte Kim. „Das war der schnellste One-Night-Stand, den ich je hatte."

Liam lachte dröhnend. Fergus sah triumphierend aus, als habe er gewonnen, seine Augen glitzerten auf eine Art, die Kim nicht mochte.

Er gab nicht auf. Er plante etwas.

Fergus bedachte den Rest des Raumes mit einem ausdruckslosen Starren. „Alle raus."

Die Shifter gingen, ihre Stimmen wurden lauter, während sie sich beruhigten. Kim fragte sich, wie viele wirklich auf Fergus' Seite waren und wie viele hierher gerufen worden waren wie Liam und seine Familie. Glory hatte gesagt, Shifter mochten keine Anführer, die den Ruf benutzten, daher hatte Fergus sie vielleicht einfach so gezwungen, herzukommen.

Fergus trat an den Morrisseys vorbei, gefolgt von seinen Trackern, den Einzigen, die sich nicht entspannt hatten. Seine Bodyguards, wurde Kim klar. Fergus war der Clan-Anführer, der ultimative Alpha oder so. Aber wenn er solche Macht über den Clan hatte, warum sorgte er sich dann so sehr, dass er sie verlieren könnte?

Dylan zog sein Hemd wieder an und schnitt eine Grimasse, als der Stoff die aufgerissene Haut berührte. Liam nahm sein T-Shirt von Sean entgegen und ballte es in den Händen. Sein Rücken war über und über mit Blut bedeckt.

Liam hatte Connor vor großen Schmerzen bewahrt, und Dylan hatte seinen Sohn und Enkel beschützt. Kim verstand solche Liebe, die gleiche, die sie gepackt hatte, als sie ihrem Bruder vor all diesen Jahren nicht hatte helfen können.

Sie nahm Liam das T-Shirt aus den Händen und schenkte ihm mit Tränen in den Augen ein Lächeln, während sie es ausschüttelte und zusammenfaltete.

Der Einzige, der nicht zufrieden war, war Connor. Als die letzten Shifter den Raum verlassen hatten, konfrontierte er Liam.

„Warum hast du das getan? Ich hätte es ausgehalten. Ich habe dich nicht gebeten, für mich einzuspringen."

Tränen der Wut und Frustration liefen Connor die Wangen hinab, während er Liam gegen die Brust schlug.

Liam ergriff seine Fäuste. Seine Stimme war unglaublich sanft. „Connor, Junge, hör jetzt auf."

Connor riss sich von ihm los. Zuerst schlug er auf Dylan ein, dann wurde ihm wohl klar, dass das keine gute Idee war, und er ging auf Sean los. Sean legte zur Antwort seine Arme um ihn und zog ihn an sich.

Liam stellte sich hinter Connor und streichelte das Haar des jungen Mannes. „Die Strafe war nicht für dich gedacht, Con. Fergus war sauer, weil ich nicht genug zu Kreuze gekrochen bin. Er fand keinen legitimen Grund, mich schlagen zu lassen, also hat er es an dir ausgelassen. Es war nicht dein Fehler, Junge, es war meiner."

Kim sah, wie Connor sich entspannte. Er lehnte sich an Sean. „Warum hast du ihn das tun lassen, Granddad, warum hast *du* nicht gegen ihn gekämpft?"

„Das war nicht die richtige Zeit und nicht der richtige Ort dafür", sagte Dylan. „Kommt, wir müssen gehen."

Er drehte sich um und verließ den Raum, ohne auf sie zu warten. Seine Stiefel hallten laut auf den Fliesen des Flurs wider. Connor nahm endlich die Arme von Sean, wischte sich die Augen und ging Dylan hinterher. Die anderen drei folgten.

„Du erklärst mir doch, was verdammt noch mal gerade passiert ist, oder?", fragte Kim, während sie vor Liam die Treppe hochging. Nach der eleganten Umgebung im Untergeschoss erschien die Treppe muffig und schäbig. Sie musste wieder an Spinnen denken.

Liam zerzauste ihr das Haar. „Kim, die alles schön ordentlich mag. Was für eine Frau."

Er streichelte ihr den Nacken. Vielleicht war ihm gerade erst die Haut vom Rücken gepeitscht worden, aber seine Berührung verursachte Kim trotzdem Gänsehaut. Dies war die Berührung eines Mannes, der eine Frau begehrte – nichts sonst.

Sie hätte sich gerne direkt hier umgedreht und sich über ihn hergemacht. Ganz gleich, dass sein Vater, Bruder und Neffe nur ein paar Stufen vor ihnen waren. Kim wollte Liam küssen, wie sie es letzte Nacht getan hatte, sich vielleicht von ihm hochheben lassen, damit sie die Beine um seine Taille schlingen konnte.

Liam küsste ihren Mundwinkel. „Komm, Süße. Lass uns rausgehen in die Sonne."

Kim küsste ihn zurück, was ihr Feuer in keiner Weise stillte. Dann zwang sie sich, sich umzudrehen und Sean nach oben zu folgen. Sie schritten durch das stille Haus und zur Vordertür hinaus.

Die Shifter warteten auf sie, alle von ihnen, in einem Halbkreis aufgestellt zwischen ihnen und Kims Auto. Kims Herz schlug laut.

„Lassen sie uns nicht gehen?"

„Noch nicht", sagte Dylan.

Türen um die Häusergruppe herum öffneten sich, und weibliche Shifter tauchten auf. Mit Kindern. Die froh waren, wieder befreit zu sein von der Einschränkung, die ihnen auferlegt worden war. Die Kinder rasten zum Spielplatz, und plötzlich kam Leben in den traurigen Grasflecken. Die gesamte Hundebevölkerung gesellte sich schwanzwedelnd zu ihnen.

Fergus hatte die Neunschwänzige an seinen Gürtel gehängt, stand jetzt mit verschränkten Armen da und redete mit einigen der männlichen Shifter. Kim fiel fast vor Schock um, als eine Frau sich durch die Menge bewegte und den Arm um Fergus' Taille legte. Sie war nicht einmal ein graues Mäuschen, sie war groß, stark, muskulös, mit einem harten, aber attraktiven Gesicht. Wie Glory, nur nicht so auffällig gekleidet.

„Wer ist das?", fragte sie Liam.

„Seine Gefährtin", sagte Liam. „Andrea."

„Moment mal." Kim wedelte mit der Hand. „Er wollte doch *mich* als seine Gefährtin. Warum, wenn er schon eine hat?"

„Clan-Anführer können mehr als eine Frau zur Gefährtin nehmen, und Fergus hat schon zwei. Egoistisch, weil es nicht viele Frauen gibt, aber es stimmt, dass gemischte Nachkommen bessere Überlebenschancen haben."

„Oh, um Himmels willen." Kim drehte sich Liam zu. „Kannst *du* mehr als eine Gefährtin haben? Hast du drei Ehefrauen in den Shiftertowns im Staat versteckt?"

Liam lachte laut heraus, und Sean fiel mit ein. Ihr Gelächter klang etwas angespannt, als seien sie froh, dass sie etwas hatten, worüber sie lachen konnten. Liam legte den Arm um Kim. „Mit mehr als dir würde ich nicht fertigwerden, Süße. Und ich hoffe, du wirst mit mir fertig."

Sein Lächeln verstärkte die Doppeldeutigkeit. Kim errötete. „Wir müssen uns unterhalten."

„Noch nicht." Liam führte Kim zu dem Halbkreis von Shiftern. Er nahm sich nicht sein T-Shirt, sein Rücken musste ihn unter der brennenden Sonne fast umbringen. Als sie näher kamen, trat Fergus ihnen gegenüber. Andrea ließ ihn los, blieb aber nur wenige Zentimeter von ihm entfernt stehen.

„Warum will sie ihn?", flüsterte Kim. „Besonders wenn er noch eine hat?"

„Weil er der mächtigste Mann im Clan ist. Nur mein Dad ist auch nur annähernd so dominant. Und ich hätte erwähnen sollen, dass Shifter unglaublich gut hören können."

„Danke."

„Liam." Fergus' Stimme erhob sich über die der anderen Shifter und der spielenden Kinder. „Stell dich hierhin."

Liam blieb vor Fergus stehen und drehte Kim so, dass sie ihm gegenüberstand. Er streichelte ihr mit dem Finger über die Wange, dann hielt er ihre linke Hand in seiner rechten und verschränkte ihrer beider Finger.

Ohne abzuwarten, dass alle still wurden, sagte Fergus: „Unter dem Licht der Sonne erkenne ich diesen Gefährtenbund an."

Er sprach in einer monotonen Stimme, rasch, ein Wort nach dem anderen, als wolle er dies möglichst schnell hinter sich bringen. Er war bereit, zum nächsten Tagesordnungspunkt überzugehen. Kim fragte sich, was das wohl war.

Liam lächelte Kim an. Die anderen Shifter klatschten und jubelten, und Connor warf die Arme um Kim und zog sie in eine Umarmung, die ihr den Atem nahm.

„Danke, Kim."

Bevor Kim „Für was?" fragen konnte, ließ er sie los, lief weg und jubelte mit den andern. Fergus schlang den Arm Andrea um die Taille und ging mit ihr davon.

Kim wusste nicht, wo er herkam, aber plötzlich spritzte Bierschaum durch die Luft. Sean schüttelte eine Flasche und sprühte sie ein, wobei er laut lachte. Sie sah, dass er sein Schwert zurückbekommen hatte. Der Griff ragte über seiner Schulter auf.

„Genau, was ich wollte: Bier in den Haaren", sagte Kim.

Liam rieb den Daumen über ihr Kinn. „Wir werden nachher Zeit haben, es auszuwaschen." Er beugte sich herunter und presste trockene, warme Lippen auf ihren Mund. „Erfüllt dieser Kuss deine Anforderungen? Ich lerne noch."

Er lächelte, aber seine Haut war heiß unter ihren Fingerspitzen, und seine Brust war von Schweiß bedeckt. „Geht es dir gut?", fragte Kim. „Ich habe gesehen, wie dich das Halsband geschockt hat."

„Ich werde es überleben." Noch ein leichter Kuss, und Liams Hand stahl sich zu ihrer Taille. „Mir tut gerade etwas ganz anderes weh", sagte er.

Das steife Ding, das sich gegen ihren Bauch drückte, ließ keinen Zweifel daran, was er meinte. „Dein Rücken ist voller Blut", sagte sie.

„Dann werden wir ihn zusammen mit deinen Haaren waschen."

Liam küsste sie noch einmal. Um sie herum trennten sich die Shifter in einer völlig anderen Stimmung als der kalten Abneigung, die sie in dem Keller gespürt hatte. Sie könnten auf einer Gartenparty sein, Freunde und Nachbarn, die sich trafen, um miteinander zu feiern. Dylan unterhielt sich mit einigen Shiftermännern, und Sean war von ein paar Frauen weggelockt worden. Sean und die Damen flirteten ziemlich heftig, obwohl Shifter sich gerne berührten, daher redeten sie vielleicht auch nur über Filme oder etwas anderes, während sie sich die Arme, die Schultern und den Rücken streichelten.

Fragen tauchten in Kims Kopf auf. Sie hatte gedacht, sie hätte alles über Wandler recherchiert, aber sie verstand jetzt, dass sie nur wusste, was sie die Menschen wissen ließen. Es gab zu vieles, was ihr bisher entgangen war, zu viele

Nuancen, die sie verstehen musste. Sie hatte mit Liam nicht über diesen „Gefährtenbund" gestritten, weil sie erkannt hatte, dass das der Grund war, wieso Fergus Liam heute davonkommen ließ und er Fergus davon zurückhielt, Connor oder Dylan zu schlagen. Und sie wollte ganz bestimmt keinen Gefährtenbund mit Fergus haben.

Sie lächelte und lachte mit ihnen, sie spielte bei ihrem Spiel mit, dass alles okay war, aber sobald sie zurück in Austin war, würden Liam und sie ein langes Gespräch führen.

Ein Schatten fiel über sie, und Kim sah auf, nur um festzustellen, dass Fergus neben ihr aufragte. „Nimmst du den Gefährtenbund an?", fragte er Liam.

Er fragte *Liam*, nicht Kim. Arschloch.

Liams Gesichtsausdruck blieb kühl. „Ja."

„Du weißt, was das bedeutet?" Fergus hielt seine Stimme sanft und drehte sich von den anderen Shiftern weg. „Du bist verantwortlich für alles, was sie tut. Dein Vater wird sich nicht einmischen. Er kennt die Regeln."

Kims Wut loderte auf. „Du ..."

Sie fand Liams Finger über ihren Lippen. „Nicht jetzt", sagte er. „Ich weiß, was es bedeutet, Fergus. Gibst du dein Gesuch dann für immer auf?"

„Das tue ich, aber ich habe eine Bedingung."

„Warum überrascht mich das nicht?", murmelte Kim hinter Liams Fingern.

„Brian stirbt", sagte Fergus. „Du, Frau, wirst ihn untergehen lassen, und Liam, du wirst dafür sorgen, dass sie es tut. Er plädiert auf schuldig und bekommt seine Strafe. Das sind meine Bedingungen."

Ohne auf eine Antwort zu warten, wandte er sich von ihnen ab und ging davon.

Kapitel Zwölf

Liam wusste, dass Kim das alles nicht verstand. Er hielt ihre Hand, während sie fuhren, und spürte die Verwirrung, die sie fast körperlich spürbar umgab. Er würde ihr bald alles erklären, aber genau jetzt wollte er, dass sie den Wagen anhielt, damit er sie vom Sitz ziehen und vernaschen konnte. Er brannte. Wenn ein Shifter den Gefährtenbund schloss, überkam ihn der Drang, sich fortzupflanzen. In der Theorie hatte er das immer gewusst, aber er hatte nie geahnt, dass es ihn so überrollen würde. Nur mit Mühe beschränkte er sich darauf, einfach Kims Hand zu halten. Er wollte seine Finger unter den Bund ihrer Jeans wandern lassen, sich vorlehnen und Küsse auf ihren Hals pressen. Ihr die Bluse aufknöpfen und seine Hände hineingleiten lassen.

Die süße Kleine hatte ihn nicht in den Wagen einsteigen lassen, bevor sie ein Handtuch und einen Erste-Hilfe-Koffer aus ihrem Kofferraum gezogen, von einem der Shifter eine Flasche sauberes Wasser verlangt und Liams Rücken verarztet hatte. Sie hatte die Wunden ausgewaschen, abgetrocknet und ein antiseptisches Mittel aufgetragen, was ein wenig gebrannt hatte.

Liam hatte versucht, ihr zu erklären, dass er schnell heilen würde, aber sie hatte nur die Zähne zusammengebissen und ihn dennoch verarztet. Da Sean und Connor sie keine Minute allein ließen, konnte er ihr auch nicht sagen, dass ihre Berührung seine Lust, sich die Hose zu öffnen und es genau hier mit ihr zu treiben, nur verstärkte.

Die andern mussten seine Begierde gespürt haben, denn sie begannen fast sofort zu sticheln.

„Nun, Liam, ist die Berührung einer Gefährtin wirklich heilsam?", hatte Sean gefragt.

„Ich glaube nicht, dass er es bis nach Hause schafft", hatte Connor neben ihm gekichert.

„Du wirst es überleben, Sohn", hatte Dylan gesagt und Liam auf die Schulter geklopft. „Es ist es wert."

Kim hatte keine Ahnung gehabt, wovon sie redeten, aber ihrem Erröten nach zu urteilen, hatte sie einen Verdacht.

Jetzt drückte er ihr den Schenkel, und sie antwortete mit einem Lächeln, wenn auch einem nervösen. Keine Abscheu, kein „Nimm die Finger von mir, Shifter". Kim mochte ihn. Würde sie ihn noch mögen, wenn sie wirklich verstand, was gerade passiert war?

„Verdammt", fluchte Connor vom Rücksitz.

Liam sah über die Schulter zurück. Connor hatte die Nase in eine Zeitschrift vergraben, die Kim für ihn in dem kleinen Laden der Tankstelle besorgt hatte, bei der sie getankt hatten. Obwohl Kim angeboten hatte, für das Benzin, die Zeitschrift und die kalten Getränke zu zahlen, hatte Dylan schweigend etwas Geld aus der Tasche gezogen und es ihr in die Hand gedrückt.

Es war eine Sportzeitschrift, denn das Einzige, was Connor noch lieber mochte als Autos, war Sport, besonders Fußball. Nicht Football mit ovalem Ball und Polstern, sondern richtiger *Fußball*. Connor war noch nie bei einem Spiel dabei gewesen – in einem Stadion, das zum Bersten gefüllt war mit einer tobenden Menge, die amerikanische Fans wie Großmütter mit Strickzeug erscheinen ließ. Connor sah es sich im Fernsehen an, wenn er konnte, und folgte aufmerksam der Berichterstattung über die irische Nationalmannschaft in den Sportnachrichten.

„Irland spielt heute", stöhnte Connor. „Für die Europäer ist das Spiel heute Abend, aber hier bei uns ist es dann noch Tag."

„Das zeigen sie bestimmt nicht auf einem der großen Kanäle", sagte Sean. „So etwas wäre ein Wunder."

„Sportz 3." Connor drehte die Zeitschrift seitlich und studierte das Sportprogramm für die Woche. „Satellitenfernsehen. Das Spiel beginnt in einer Stunde."

„Mach dir nichts draus, Con", sagte Dylan. Er lehnte sich gegen das Fenster und schloss die Augen. „Es ist sowieso ein Spiel der Menschen."

Dylan hatte Connors Sportbesessenheit nie verstanden. Aber Dylan war vor zwei Jahrhunderten fernab der menschlichen Gesellschaft aufgewachsen, wohingegen Connor sein gesamtes junges Leben in großer Nähe zu Menschen verbracht hatte. Connor war das, was die Shifter zu schaffen versuchten, indem sie die Halsbänder annahmen: eine Generation, die keine Schwierigkeiten mit dem Umgang mit menschlicher Kultur hatte. Vielleicht würden in ein paar Generationen die Halsbänder zu einer Sache der Vergangenheit werden, vergessen, und die Shifter komplett in die menschliche Gesellschaft integriert sein.

Dylan wollte das. Aber das hieß nicht, dass er Connors Sucht verstand.

„Ellison hat einen Freund in Nord-Shiftertown", sagte Sean. „Er kann manchmal die Satellitenkanäle reinkriegen. Vielleicht können wir dich da hinbringen, damit du es dir ansehen kannst."

„In einer Stunde?" Connor schüttelte den Kopf. „Und ich habe diesen zusammengebastelten Fernseher gesehen. Man muss alle Lichter ausschalten, den Kopf zur Seite drehen und die Augen zu schmalen Schlitzen zusammenkneifen. Wenn er überhaupt das Glück hat, ein Signal zu kriegen."

„Bestimmt gibt es irgendwo eine Aufzeichnung", sagte Sean. „Liam und ich werden uns mal danach umsehen."

Connor warf die Zeitschrift auf den Boden. „Hör auf, mich wie ein Baby zu behandeln, Sean. Ich werde es nicht sehen können, und das weißt du auch. Ist ja nicht so, als hätten die DVD-Verleihe hier eine große Auswahl an Aufzeichnungen von irischem Fußball."

„Oder du kannst es dir bei mir zu Hause ansehen", sagte Kim.

Alle vier Shifter hielten inne und starrten sie an. „Ich habe jeden der Menschheit bekannten Satellitensender", fuhr Kim fort. „Und einen neuen Flachbildfernseher. Allerdings kein Bier, tut mir leid."

Connor schob sich zwischen die Sitze. Seine Augen leuchteten. „Im Ernst? Du würdest mich in deinem Haus fernsehen lassen?"

„Na klar. Warum nicht?"

Dylan antwortete. „Weil deine Nachbarn vielleicht etwas dagegen haben, wenn du ein Haus voll Shifter hast. Vielleicht ruft jemand die Polizei."

„Es ist nicht gegen das Gesetz, wenn ein Mensch Shifter zu sich nach Hause einlädt. Ungewöhnlich vielleicht. Und außerdem gehen wir einfach durch die Garage hinein. Keiner wird uns sehen."

„Das wäre eine Zumutung, die wir dir nicht antun können", sagte Dylan in einem Ton, der sagte, dass die Diskussion damit zu Ende war.

Connor seufzte frustriert. Liam wusste genau, wie er sich fühlte, aber aus einem anderen Grund. Er hatte sich vorgestellt, Kim nach Shiftertown zu bringen und sich mit ihr drei Tage lang im Schlafzimmer einzuschließen. Aber er verstand, dass Kim ihre Gastfreundschaft als Wiedergutmachung anbot, weil Connor in die Sache mit Fergus hineingezogen worden war – woran sie sich die Schuld gab.

Kim wusste nicht, dass die Differenzen mit Fergus schon lange schwelten, dass der Vorfall heute nur ein Tropfen im weiten Ozean ihrer Auseinandersetzungen mit dem Clan-Anführer war. Fergus hatte bekommen, was er gewollt hatte: Kontrolle über Kim und ihr Vorgehen im Fall Brian. Oder jedenfalls glaubte Fergus das. Kim hatte nichts gesagt, als Fergus ihr seine „Bedingungen" mitgeteilt hatte. Sie hatte ihn wütend angefunkelt, aber die Lippen fest aufeinandergepresst, was, so glaubte Liam, nichts Gutes versprach. Fergus unterschätzte Kim gewaltig, wenn er dachte, sie würde sich so einfach fügen.

Allerdings konnte Fergus jetzt Liam und den übrigen Morrisseys drohen, wenn Kim nicht kooperierte. Außerdem ließ Fergus' Kapitulation ihn in den Augen des übrigen Clans großzügig erscheinen. Er hatte nicht zwischen einem Shifter und seiner wahren Gefährtin stehen wollen. War das nicht edelmütig von ihm?

„Mich in Shiftertown gefangen zu halten ist hingegen *keine* Zumutung?", verlangte Kim zu wissen. „Ich fahre dieses Auto, und wir fahren zu meinem Haus, damit Connor sich irischen Fußball ansehen kann."

Connor jubelte überglücklich und küsste Kims Wange. „Ich liebe dich, Kim. Ich bin so froh, dass Liam dir den Antrag gemacht hat."

Kim sah überrascht aus, entgegnete aber nichts. Connor plumpste glücklich zurück in seinen Sitz, und Dylan machte eine Geste, die „Na, meinetwegen" bedeutete.

Allerdings, überlegte Liam, als die Austiner Abfahrten an ihnen vorbeiflogen, hatte Kims Haus ja auch ein Schlafzimmer.

***

Eine Stunde später hatte Kim vier Shifter in ihrem Wohnzimmer, die begeistert zusahen, wie Typen in kurzen Hosen im verregneten Irland über ein Fußballfeld rannten. *An dieses Spiel könnte ich mich gewöhnen*, dachte Kim. Keine Helme, keine Polster, nur eng geschnittene T-Shirts, verlockende, kurze Blicke auf Brustbehaarung und Socken und Shorts, die die muskulösen Beine betonten.

Nicht dass die Shifter sich darum geschert hätten, wie die Männer aussahen. Bereits fünf Minuten nach Anpfiff johlten sie und feuerten ihr Team an, fluchten oder klatschten einander ab. Zumindest taten das Sean und Connor. Dylan sah interessiert, aber ohne großen Enthusiasmus zu, und Liam verließ rastlos den Raum und folgte Kim in die Küche.

„Du hast sie glücklich gemacht." Er lehnte sich an die Arbeitsfläche, während Kim in ihren größtenteils leeren Kühlschrank blickte. Sie war nicht auf Männerbesuch vorbereitet, so viel war sicher. Kein Bier, keine Chips oder was Männer sonst so zu sich nahmen, während sie Sport sahen. Sie war sich ziemlich sicher, dass auch Abel sich irgendwelchen Sport ansah, aber sie war nie dabei gewesen.

„Sie werden nicht mehr glücklich sein, wenn sie Hunger kriegen."

„Das wird ihnen nichts ausmachen." Liam legte von hinten den Arm um sie. „Wie war das jetzt mit der Dusche?"

„*Liam.* Dein Dad ist im Wohnzimmer."

„Und da bleibt er auch, solange das Spiel läuft. Dein Badezimmer ist oben, wenn ich mich richtig erinnere." Er küsste ihren Nacken unter dem Haar.

„Stimmt schon, ich würde gerne noch mal einen Blick auf deinen Rücken werfen."

„Nur auf meinen Rücken?" Liam knabberte an ihrem Hals. „Verdammt, Frau, hab Mitleid mit einem armen Shifter."

Er leckte ihren Hals. Seine Zunge war heiß und feucht. Kim schloss die Augen, ein Schauer durchlief sie von den Brüsten bis zu der Stelle zwischen ihren Beinen.

Er wollte Sex, und sie wusste es. Wollte es, brauchte es und schämte sich nicht dafür. Kim konnte sich nicht selbst anlügen. Sie wollte Liam auch, mit ihrem ganzen Körper.

Die Menge im Fernsehen johlte, und Sean, Connor und selbst Dylan waren schreiend auf den Füßen. Durch die offene Tür zum Wohnzimmer sah Kim, wie Sean und Connor sich gegenseitig in die Arme fielen.

Liam knabberte an Kims Ohr. „Lass uns hochgehen."

„Du bist wohl nicht von diesem Planeten. Da kommt Sport im Fernsehen, und du willst lieber mit einer Frau verschwinden."

Er schenkte ihr ein heißes Lächeln. „Was du so Fußball nennst, ist nicht mein Ding. Wenn das jetzt *gälischer* Fußball wäre ..." Er lachte. Kim hatte keine Ahnung, wo der Unterschied war, aber sie mochte sein Lachen.

Liam nahm Kims Hand und führte sie zur Treppe. Während sie hochgingen, durchlebten die andern nochmals den glorreichen Moment des Tors.

Kims Badezimmer war riesig. Als sie die Renovierungswut überkommen hatte, hatte sie ein Bad im Flur mit dem großen neben ihrem Schlafzimmer zusammengelegt und daraus eine riesige Wellnessoase gemacht. Sie hatte eine Wanne für zwei in der Mitte, eine große Dusche mit Steinfliesen an einem Ende und einen riesigen Spiegelschrank am anderen.

„Wenn du einen Kühlschrank und einen Fernseher reinstellst, musst du den Raum nie wieder verlassen", sagte Liam.

„Sehr lustig. Zieh das Shirt aus."

Liam strich sich das T-Shirt schneller über den Kopf, als sie blinzeln konnte. Seine Brust hob sich unter seinem beschleunigten Atem, starke Knochen und Muskeln unter glatter Haut. Dunkles Haar lockte sich bis zum Bauch hinunter über seine Brust. Sein Halsband glänzte, die schwarzen und silbernen Glieder bewegten sich mit seiner Haut. Es mochte ein Symbol seiner Gefangenschaft sein, aber wie er so mit nacktem Oberkörper da stand, die Jeans tief auf den Hüften und die Kette um seinen Hals, war er erotischer, als es jedes männliche Model jemals zu sein hoffen konnte.

Kim wollte jeden einzelnen seiner Muskeln berühren, sie von den Schultern bis zur Wirbelsäule nachzeichnen, und an seinem Hintern würde sie etwas mehr Zeit verbringen.

Die Striemen, die Fergus auf Liams Rücken verursacht hatte, hatten sich bereits geschlossen, auch wenn die Haut noch deutlich verfärbt war. Vermutlich würde in ein paar Tagen niemand mehr sehen können, dass er geschlagen worden war.

Sie berührte sanft die sich schließenden Wunden. „Wie ist das möglich?"

„Ich hab dir ja gesagt, wir heilen schnell." Liam schenkte ihr ein Lächeln. „Das ist nicht das, was mir wehtut, Süße."

„Was dann?"

Seine Hose fiel etwas langsamer als sein Oberteil, aber nur, weil er erst den Reißverschluss aufmachen musste. Seine Unterwäsche folgte blitzschnell, und dann hatte Kim einen fast zwei Meter großen, erregten Shifter in den Armen.

„*Du* tust mir weh", flüsterte Liam. Seine Haut war heiß und seidig glatt unter ihrer Berührung und glänzte vor Schweiß. „Ich brauche dich, Kim. Es bringt mich um."

„Was ist los mit dir?", fragte sie besorgt.

„Es ist der Paarungsinstinkt. Er sagt mir, ich muss dich vögeln oder sterben."

„Du Schmeichler, du."

„Ich kann nichts dagegen tun. Ich habe dich zur Gefährtin genommen, und mein Körper möchte den Prozess zu Ende bringen."

Kein Witz. Kim bog sich in seine Umarmung, nicht unglücklich, sich an seinen Körper zu schmiegen. Er nannte das vielleicht „Paarungsinstinkt", aber Kim nannte es Verlangen. Ein Verlangen, das so stark war, dass es kein Heilmittel dagegen gab, es sei denn, man gab nach.

Liam presste seine Lippen auf ihre Stirn und ließ Küsse auf ihr Haar regnen. Kim strich mit den Händen über seine Schultern, dann über seinen Rücken und hinab zu seinem festen Hintern.

„Du fühlst dich gut an", murmelte sie.

„Es fühlt sich gut an, wie du mich berührst. Deine Hände sind so kühl."

Sie streichelte ihn. Die Muskeln waren so fest, wie sie es sich vorgestellt hatte. „Du hast einen hübschen Po."

„Du auch." Große Hände schlossen sich darum.

„Ich sollte das nicht tun."

„Es ist das Natürlichste auf der Welt, sich zu paaren. Die Erdgöttin und der Erdvater kommen zusammen, damit die Jahreszeiten sich fortsetzen. Wir sind ein Teil davon."

Sie konnte nicht anders, als loszulachen. „Weißt du, ich glaube, das ist der beste Aufreißerspruch, den ich je gehört habe."

Liam leckte die Seite ihres Halses. „Funktioniert er?"

„Es gibt einen Interessenkonflikt. Ich könnte den Fall kompromittieren."

Liam küsste sie und knöpfte ihr die Bluse auf. Er antwortete nicht, und sie erinnerte sich an Fergus' Abschiedsworte, dass Kim Brians Verteidigung fallen lassen und den armen Kerl opfern sollte.

Opfern für was?

Kim hatte erwartet, Liam würde Fergus sagen, er solle sich seine Bedingungen sonst wohin stecken, aber Liam hatte nicht widersprochen. Wollte Liam wie Fergus Brian den Wölfen zum Fraß vorwerfen?

„Liam, wir müssen uns über etwas unterhalten."

Unterhalten stand bei Liam offensichtlich nicht auf der Tagesordnung. Er fuhr mit seinen siedend heißen Küssen fort, seine Hände streichelten sie. Ihr Körper öffnete sich ihm, sie war feucht und wollte ihn.

Seine Härte presste sich gegen ihren Bauch, und ihre Brustspitzen richteten sich auf. Sie strich mit ihrer Hand hinab, bevor sie sich selbst davon abhalten konnte, und schloss sie um seinen Penis.

Verdammt. Er war riesig. Sein Schaft drückte sich in ihre Handfläche und zuckte leicht mit seinem Pulsschlag. Seine Haut war heiß. Sie hatte noch nie das Bedürfnis eines Mannes so offensichtlich gespürt.

Nicht eines Mannes. Eines Shifters.

Was Frauen sich insgeheim über Shiftermänner erzählten, war offensichtlich korrekt. Sie *waren* größer. Und steifer und heißer. Kim rieb mit dem Daumen über die Spitze seines Penis und fühlte, wie feucht und bereit er war.

„Warum ist das nur mit dir so?", fragte sie.

Liam schien sie nicht zu hören. Seine Pupillen verengten sich zu Schlitzen, Katzenaugen, und er knurrte tief in seiner Kehle.

„Wag es nicht, dich in irgendetwas zu verwandeln, während ich dich festhalte." Kim schloss ihre Hand fester um ihn, und Liam ließ ein leises Stöhnen hören. „Das wäre einfach zu merkwürdig."

„Menschen." Er knabberte an ihrem Ohr. „Bring mir noch mehr übers Küssen bei." Seine Zunge wanderte zu ihrem Mund und glitt kurz zwischen ihre Lippen.

Liam wusste vielleicht nicht, wie man mit Finesse küsste, aber er tat es mit Hingabe. Er leckte jeden Winkel ihres Mundes, seine Hände wanderten über ihren Rücken. Im Untergeschoss ertönte weiteres Siegesjubeln von Sean und Connor, und Kim hätte mit einfallen mögen. Liams Zähne rieben sich an ihrem Mund. Sein Kuss war ungeschickt, aber seine Hände wussten, was sie taten.

Er zog den Ausschnitt ihrer Bluse weiter auf und strich mit seinen rauen Fingern über die Oberseite ihrer Brüste. Auch der Verschluss ihres Spitzen-BHs leistete keinen ernsthaften Widerstand.

„Lass mich dich ansehen."

Kim ließ Liam lange genug los, um die Bluse aufzuziehen und den BH zu Boden fallen zu lassen. Liams Blick wanderte über sie, seine Wangen waren gerötet, seine Augen dunkel.

Abel hatte Kim nie so angesehen, als sei sie eine griechische Göttin. Liam nahm ihre Brust fast andächtig in die Hand und streichelte mit dem Daumen über die Spitze, die sich aufrichtete und fest wurde. Dann lehnte er sich vor und zog sie leicht zwischen seine Zähne.

„Du bist so wunderschön", flüsterte er an ihrer Haut.

Das hatte Abel auch noch nie gesagt. „Für einen Menschen?"

„Für egal was."

„Dann ekelst du dich nicht vor mir?"

Liam lachte leise. „Sei still, und lass dir mal ein Kompliment gefallen, Süße. Dein Körper ist wie für die Liebe geschaffen." Er bewegte seine Hand ihren Bauch hinab und knöpfte ihr die Hose auf. „Ich mag es, dass deine Hüften so kurvig sind." Er zog den Reißverschluss auf, und die Jeans glitt ihr über den Hintern. Kühle Luft berührte ihre Schenkel.

„Dickarschig, meinst du."

„Meine ich nicht, und das weißt du auch." Liams Hände schoben die Jeans bis zu ihren Fußgelenken hinunter. „Dann hast du also doch den String angezogen."

Seine großen Hände fanden ihre nackten Pobacken, die die Wahrheit dieser Aussage bestätigten. Er knetete sie sanft, und Kim zitterte. Hier war sie, in nichts als einem String mitten in ihrem Badezimmer gegen den heißesten Mann gepresst, den sie je in ihrem Leben gesehen hatte.

Liam arbeitete sich küssend ihren Hals hinab und leckte sie zwischen ihren Brüsten. Kims Gedanken ergaben keinen Sinn mehr. Liam biss sie in die Lippe, die Wange, eine starke Hand legte sich auf ihren Nacken und hielt sie fest.

Der Gedanke schoss ihr durch den Kopf, dass Liam selbst mit Halsband dreimal so stark war wie jeder andere Mann, mit dem sie je zusammen gewesen war. Er könnte Abel ohne

Anstrengung durch den Raum schleudern. Er könnte ihr in einem einzigen Herzschlag die Kleider vom Leib reißen.

Als hätte er ihre Gedanken gelesen, hakte Liam seine Finger unter den Gummibund des Strings und drehte ihn, bis er zerriss. Aufkeuchend bog sie sich seiner Hand entgegen.

Liam löste sich aus dem langen Kuss. Beide atmeten sie schneller. Er ließ ihren Nacken los und streichelte ihn entschuldigend.

„Ich will dir nicht wehtun." Seine Augen waren noch immer die einer Katze: schmal, geschlitzt, hellblau.

„Ich halte einiges aus."

„Du bist so ein kleines Persönchen." Liams Stimme wurde ganz sanft. „Du bist so klein, so zerbrechlich." Die Liebkosung an ihrem Hals verwandelte sich in eine zarte Berührung. „Göttin, was, wenn ich dir wehtue?"

Kim lächelte ihn an. „Ich bin noch nie von einem Mann ‚kleines Persönchen' genannt worden. Eher so etwas wie: ‚Bist du sicher, dass du das essen willst, Kim? Du versuchst doch, abzunehmen.'"

„Fick sie."

Kim berührte Liams Stirn mit ihrer eigenen und sah ihm, ohne mit der Wimper zu zucken, in seine angsteinflößenden Augen. „Ich würde lieber dich ficken."

Aus seiner Kehle kam ein weiteres Knurren. „Ich weiß nicht, ob ich mich zurückhalten kann. Ich habe das noch nie getan."

„Ein jungfräulicher Shifter? Wer hätte das gedacht?"

„Ich meine, nicht mit einer menschlichen Frau." Liam fuhr ihr mit starken Fingern durchs Haar. „Besonders mit keiner so weichen."

Kim wand sich gegen seinen Körper. „Wir müssen das tun", sagte sie. „Sonst explodieren wir am Ende."

Aus dem Untergeschoss drang weiterer Jubel, gefolgt von längerem Schreien, nach oben, und Kim fragte sich, in welchem Raum wohl mehr Anspannung herrschte: in ihrem Wohnzimmer oder hier oben.

Liams Knurren wurde zu einem tierartigen Fauchen, und er zog Kim mit sich auf den Badezimmerboden. Sie fand sich auf ihm sitzend wieder, ihr flauschiger, weißer Teppich polsterte ihre Knie.

Liam hielt ihre Hüften. „Tu du es, Kim. Ich traue mir selbst nicht."

Auch Kim traute sich kaum selbst. Sie lehnte sich vor und küsste seine Lippen. Gleichzeitig schob sie ihre Hüften so, dass seine Spitze an ihrer Öffnung zu ruhen kam. „Du bist ein Teufelskerl, Liam Morrissey. Ich habe dich gestern erst kennengelernt, und heute hast du schon Sex mit mir auf meinem Badezimmerläufer."

Liam antwortete nicht. Sein Gesicht war angespannt. Kim lehnte sich ein wenig weiter vor und glitt auf ihn zurück.

Lieber Gott im Himmel. Sie schloss die Augen, legte den Kopf in den Nacken, und ein Stöhnen kam aus ihrem Mund. Liam war groß, aber sie war so feucht, dass er mühelos in sie kam. Ihr Körper nahm ihn dankbar auf. Aber das Gefühl ... Sie stöhnte nochmals, sie, die beim Sex nie auch nur einen Ton von sich gab. Sie war stolz darauf, so diskret zu sein. Sie verstand jetzt, dass sie vorher nie hatte stöhnen wollen, nie einen Grund dazu gehabt hatte.

Liams harte Gesichtszüge wurden weich, seine Augen verwandelten sich zurück zu dem tiefen Blau, das sie bereits zu lieben gelernt hatte. Er machte ein raues Geräusch, während seine warmen Hände sich zu ihren Brüsten bewegten. Harte Fingerspitzen fassten nach ihren Brustwarzen.

„Ich wusste gar nicht, dass Menschen so schön sein können", sagte er.

Kim lächelte. Ein warmes Gefühl machte sich in ihr breit, und ihr Herz schlug schneller. *Er war schön. Und sehr fähig.* Sie hatte ihn mit der „Jungfrau" geneckt, aber er wusste offensichtlich genau, was er tat.

Kim fühlte die Schlingen ihres weißen Läufers an den Knien, die feurige Hitze, wo sie miteinander verbunden waren, Liams besänftigende Hände. Er roch nach Schweiß und Sex und sich selbst. Seine Brust, die schwarzen Locken auf den harten Muskeln glänzten feucht. Sein Kinn war dunkel von den unrasierten Bartstoppeln, die glänzten, als er den Kopf zurückwarf und die Augen in Ekstase schloss.

Kim beugte sich vor und küsste ihn. Sie schmeckte seinen männlichen Moschus und die kalte Limo, die er im Auto getrunken hatte. Er strich mit den Händen zu ihrer Taille und hob seine Hüften wieder und wieder, um sich immer tiefer in sie hineinzuschieben. Kims Kopf fiel zurück, und sie stieß unkontrollierte Laute aus, die von dem Fernseher und den Rufen im Untergeschoss übertönt wurden.

Liam setzte sich halb auf und half ihr, ihn zu reiten. Ihre Lippen trafen aufeinander und teilten sich. Seine Augen blieben dunkelblau, auch wenn sie ein- oder zweimal kurz ihre Katzenform annahmen, bis er sie wieder zurückzwang. Er hielt sich mit Mühe zurück, spürte Kim durch ihren Nebel der Lust. Sie fragte sich, wie es wäre, wenn Liam sich *nicht* zurückhalten würde. Herrlicher Gedanke.

Schweiß lief ihr über die Haut. Liam griff ihre Taille und stieß heftig aufwärts in sie hinein, womit er Schauer der Lust durch ihren Körper schickte.

„Liam."

Er knurrte. Seine Augen wurden weiß, dann blitzten sie wieder zurück in das menschliche Blau. Er zog sie zu sich hinab, um sie zu küssen. Ihre Lippen trafen sich, und er rollte sich mit ihr herum, sodass sie mit dem Rücken auf dem schweißnassen Läufer zu liegen kam.

Konnte irgendetwas besser sein als dies? Als mit einem knackigen Shifter über sich nackt auf dem Badezimmerboden zu liegen?

Kim hob die Hüften, um seinen Stößen entgegenzukommen. Sie atmeten beide schwer, stöhnten beide, Liams Gesicht war gerötet, seine Augen halb geschlossen. Die Muskeln in seinen Armen und Schultern bewegten sich kraftvoll, während er sie liebte, und der Spiegel auf der anderen Seite des Raums zeigte, wie sich sein schöner Hintern anspannte.

Als Kims Orgasmus kam, war er wie nichts, was sie je erlebt hatte. Die Welt verschwand bis auf das unglaubliche Gefühl, das sie durchfloss, wo sie miteinander vereint waren. Nichts spielte mehr eine Rolle, nichts existierte, nur sie beide, die schwitzenden Körper aneinandergeschweißt, und der Wahnsinn, der sie beide mit sich riss.

Kims Kehle schmerzte, aber Liam schwieg, während er einige letzte Male in sie stieß.

„Spürst du es, Kim? Mein Samen", flüsterte er. „Für dich, Süße."

Flüssigkeit verströmte sich heiß in ihr, der Samen eines Shifters. Liams Mund bedeckte ihren, während seine Hüften sich noch immer weiterbewegten.

Als er schließlich schwer atmend auf ihr zusammenbrach, fiel Kim auf, dass es unten ziemlich still geworden war.

Kapitel Dreizehn

Das war also Glückseligkeit. Die einem ein breites Lächeln ins Gesicht zauberte und einem das Herz füllte. Liam rollte sich nochmals auf dem Boden herum und zog Kim auf sich. Sie küsste ihn. Ihre Lippen waren weich und warm. Er hatte nicht gewusst, dass es ein derartiges Glück geben konnte. Dies war seine Lady, seine Gefährtin, die Frau, die er mit seinem Leben beschützen würde.

Ganz tief in seinem Inneren gab es Angst – er hatte gesehen, was zuerst mit seinem Vater und später mit seinem Bruder passiert war, als sie ihre Gefährtinnen verloren hatten. Dylan war ein Jahr lang verschwunden. Kenny war zusammengebrochen und hatte wochenlang mit niemandem geredet und niemanden angesehen.

Liam verstand ihren Schmerz jetzt. Wenn er Kim verlieren sollte, würde er Höllenqualen durchleben. Dabei kannte er sie erst seit gestern. Genau jetzt war ihr gemeinsames Glück frisch und zerbrechlich. Sich den Schmerz vorzustellen, nachdem man Jahre miteinander verbracht und Körper und Geist des anderen kennengelernt hatte. Das dann zu verlieren ...

„Liam presste sie an sich. Sie war üppig, mit Kurven, ihre süßen Brüste drückten sich gegen seine Brust. Jeder Mann, der ihr gesagt hatte, sie sei nicht perfekt, verdiente es, in der Luft zerrissen zu werden.

Kim sah mit einem Lächeln auf ihn hinab. „Das war ... wow."

„Wow? Höre ich da die redegewandte Anwältin?"

„Wow trifft es ganz gut."

Er streichelte ihr das Haar und küsste ihren Mund. „Ich verstehe das langsam mit dem Küssen."

„Ich finde, du solltest noch etwas üben."

„Du kannst mich weiter unterrichten, Süße."

Kim leckte über seinen Mund. Er fing ihre Zunge mit der seinen, zog ihren Kopf für den Kuss herab und grub die Finger in ihr Haar. Diese Unterrichtsstunden gefielen ihm, selbst wenn ihre Münder unterdessen fast wund waren. Er würde dafür sorgen, dass er sie für den Rest seines Lebens küssen – wirklich küssen – würde.

Etwas vibrierte am anderen Ende des Badezimmers.

„Oh, verdammt." Kim richtete sich ruckartig auf.

Liam ließ sie widerstrebend los. Als Belohnung durfte er sehen, wie sie zu ihrer Hose krabbelte, wobei sich ihm ihr Hintern verlockend entgegenstreckte. Sie schnappte sich ihr Handy aus der Hosentasche und setzte sich aufrecht hin. Jetzt konnte er ihre festen, cremeweißen Brüste mit den dunklen Brustwarzen sehen. Liam stützte sich auf den Ellbogen und genoss den Anblick.

„Ja?", sagte sie in ihr Telefon.

Ein Mann antwortete, laut genug, dass Liam ihn durch das Zimmer hören konnte. „Hallo, Schatz. Wie geht's?"

Kim presste die Augen zusammen. „Abel."

„Wolltest du etwas?", fragte er.

Ihre Augen öffneten sich wieder. „Wovon redest du? Du hast mich angerufen."

Der Tonfall änderte sich zu müder Geduld. „Als du gestern Abend angerufen hast, hast du geklungen, als ob du etwas wolltest. Was war es?"

„Das ist jetzt nicht mehr wichtig."

„Also, ich habe den ganzen Tag zu tun, die ganze Woche sogar, aber vielleicht kann ich nächsten Freitag vorbeikommen."

Vielleicht? Wenn diese Frau auf ihn wartete? Der Mann war ein dreimal verdammter Idiot.

„Abel." Kim blickte in die Ferne und zog die Beine unter sich. „Ich habe Freitag keine Zeit. Eigentlich ... Abel, wir müssen uns trennen."

„Na schön." Die Leitung summte einen Moment leise, während ihre Worte verarbeitet wurden. „Was hast du gerade gesagt?"

„Ich habe gesagt, ich trenne mich von dir."

„Warum?" Abel klang verblüfft. Nicht verletzt, nicht verärgert, einfach nur verwundert.

Kim schnaubte ungeduldig. „Wenn du mich fragst, warum, dann deshalb."

„Kim, Schatz, das ergibt keinen Sinn."

„Komm mir nicht auf die *Kim-Schatz*-Tour. Ich habe jemanden kennengelernt. Ich hatte das nicht geplant, es ist einfach passiert. Die Sache zwischen dir und mir war an einem toten Punkt angekommen, daher dachte ich, warum nicht?"

„Oh." Wieder Verwunderung statt Ärger. „Ist es jemand aus der Firma?"

„Nein. Wie gesagt, jemand, den ich gerade erst kennengelernt habe."

„Okay. Nun. Ich schätze, man sieht sich."

„Ja, vermutlich."

Abel legte auf. Kim saß da und starrte das Telefon an, jeder Muskel gespannt. Und dann warf sie das Handy quer durchs Badezimmer. Es landete auf den Fliesen und drehte sich, bis es die große Badewanne traf.

„Zwei Jahre meines Lebens habe ich an ihn verschwendet, und alles, was ihm einfällt, ist ‚Man sieht sich'?"

Liam rollte sich herum und stützte sich auf beide Ellbogen. „Er klingt ein wenig nach einem Idioten."

„Mehr als ein wenig." Kim drückte sich die Hand gegen die Stirn. „Weißt du, warum ich mit ihm zusammen war? Es ist mir jetzt erst klar geworden. Weil er dazu bereit war. Aus keinem anderen Grund. Wir haben überhaupt nicht zusammengepasst. Es war für uns beide einfach nur bequem. Ich bin armselig."

Liam hielt ihr die Hand hin. „Du bist nicht armselig, Süße. Du warst einsam. Das ist ein Unterschied." Er winkte mit den Fingern. „Komm her."

Kim krabbelte jetzt nicht mehr, sondern ging zu ihm, bis sie über ihm stand. Dies war die beste Perspektive von allen. Liams Blick wanderte über ihre festen Beine zu dem feucht glänzenden Haar dazwischen, über ihren süßen Nabel, ihre runden Brüste und den nackten Hals, bis hoch zu ihrem schönen Gesicht.

„Du hast jetzt einen Gefährten", sagte er, als Kim sich neben ihn auf den Teppich kniete. „Du brauchst nicht mehr einsam zu sein. Du hast mich."

„Dich und dein Ego."

„Du bringst mich zum Lachen, Süße. Du hast mich und meinen Vater und Sean und Connor. Ellison und Glory. Alle Shifter."

„Sogar Fergus?"

Liam schnitt eine Grimasse. „Ihn auch. Er ist völlig von der Rolle wegen Brian, und ich weiß nicht, warum, aber für gewöhnlich ist er ein fairer Anführer. Größtenteils."

„Fair? Er hat versucht, Connor *auszupeitschen*, weil er ihm Kontra gegeben hat!"

„Ich weiß, und es ist vielleicht schwer zu verstehen, aber Connor hat nicht richtig gehandelt. Er ist ein Junges. Er hat seinen Platz noch nicht gefunden, und den Clan-Anführer anzugreifen muss bestraft werden. Connor wusste das. Zu jeder anderen Zeit wäre er vielleicht mit einer Warnung davongekommen, aber mitten in einem Clantreffen, und weil unsere Familie bereits in Ungnade gefallen war, konnte Fergus nicht darüber hinwegsehen."

„Also hat er stattdessen dich und deinen Vater ausgepeitscht."

„Jedes Mitglied des Rudels hat das Recht, eine Strafe für jemand anderen auf sich zu nehmen, aber es muss freiwillig geschehen. Dad und ich konnten die Peitsche aushalten, Connor hat das noch nie erlebt. Und ich habe auch schon gesagt, dass Fergus eigentlich mich bestrafen wollte. Connor hat ihm nur einen Grund gegeben."

„Das ist eine der Shiftersachen, die ich nicht verstehe, oder?"

Liam erlaubte sich ein Grinsen. „Du wirst dich schon noch daran gewöhnen. Du wirst dich an alle Shiftersachen gewöhnen."

„Nein, werde ich nicht." Kim zog die Knie zum Kinn hoch, wodurch sich ihr Körper in verführerische Kurven und Schatten verwandelte. „Wir können jetzt nicht miteinander ausgehen, Liam. Nicht bis der Fall vorbei und Brian frei ist. Dann, da werde ich dich nicht anlügen, hätte ich nichts dagegen, dich viel – *viel* – besser kennenzulernen. Was wir heute getan haben, darf nie wieder geschehen."

„Wir gehen nicht miteinander aus, Süße. Wir haben einen Bund fürs Leben geschlossen."

Kim entzog ihm sanft ihre Finger und rutschte ein paar Zentimeter von ihm ab. Liam ließ sie gehen. Dies war neu für sie, und er musste sie sanft Schritt für Schritt daran gewöhnen. „Das ist es, was es für Shifter bedeutet, einen Gefährtenbund zu haben."

„So machen die Menschen das nicht", sagte sie. „Ich wäre nur dann an dich gebunden, wenn ich dich heiraten würde. Wenn ich ein Stück Papier unterschreibe, das das bezeugt."

„Shifter können nicht heiraten. Nicht unter der derzeitigen Gesetzeslage."

„Ich weiß. Tut mir leid."

„Fergus hat verkündet, dass wir Gefährten sind, auf die Shifterart, unter dem Licht der Sonne. In ein paar Tagen wird mein Vater es unter dem Licht des Vollmonds bestätigen. Danach sind wir für immer zusammen. Weil du ein Mensch bist, werde ich auch eine Fee bitten, uns zu verbinden, um deine Lebensspanne zu verlängern, damit sie zu meiner passt." Er grinste sie an. „Denk daran, wie viele Mandanten du dann verteidigen kannst."

„Die Feen können die Lebensspanne verlängern?" Kims Augen weiteten sich. „Warum sind nicht alle unterwegs, um eine Fee zu finden und jung zu bleiben?"

„Weil die Feen den Menschen aus dem Weg gehen und es nur funktioniert, wenn der Mensch an einen Shifter gebunden ist. Das passiert selten, aus offensichtlichem Grund. Und nur der Shifter kann dann die Fee aufsuchen. Die Feen haben bestimmte Verpflichtungen den Shiftern gegenüber, auch wenn sie es hassen, und dies ist ein Gefallen, den sie uns erweisen, wenn wir darum bitten. Deine natürliche Lebensspanne wird verlängert, um zu meiner zu passen. Wenn ich alt werde und sterbe, wirst du es auch."

„Großartig. Was, wenn du unter einen Bus kommst?"

„Ich sagte *natürliche* Lebensspanne. Es wäre wie eine menschliche Beziehung, nur länger."

Kim lächelte schwach und schüttelte den Kopf, als denke sie, er rede Unsinn. „So funktioniert das nicht."

Sie verstand noch immer nicht. Sie würde es aber noch. Kim war nicht dumm. Und dann ... würde sie ihn umbringen.

„Es funktioniert, Süße. Außerdem hast du meinen Samen aufgenommen. Was wirst du dem Kleinen, das kommt, erzählen, wenn du dich nicht an mich gebunden hast? Es wird ihm peinlich sein."

„Dem Kleinen? Oh, du meinst, wenn ich ein Baby kriege. Keine Sorge, ich nehme Verhütungsmittel."
„Verhütungsmittel?"
„Du weißt schon, Geburtenkontrolle. Ich weiß nicht, ob es so etwas bei Shiftern gibt."
„Ich weiß, was es ist, Kim." Die Menschen vermehrten sich wie die Karnickel, und sie suchten immer nach Wegen, keine Babys zu kriegen. Da so wenige Shifterbabys gezeugt wurden und so wenige überlebten, dachten Shifter nicht im Traum daran, sich gegen Schwangerschaften zu schützen. Shifterfrauen wussten, wie gefährlich es war, ein Kind zu bekommen, und bemühten sich im Gegenteil dennoch auf jede erdenkliche Art verzweifelt darum.
„Ich habe das genommen, weil ich mit Abel zusammen war", sagte Kim erklärend. „Es hätte nicht gut ausgesehen, wenn er und ich ein Kind bekommen hätten. Nein, lass uns ehrlich sein. Es wäre eine riesige Komplikation gewesen, wenn wir ein Kind miteinander gehabt hätten."
„Und wenn du eins mit mir hättest?"
„Du bist ein Shifter."
Liam lehnte sich auf die Ellbogen zurück. Seine Augen verengten sich. „Macht das einen Unterschied?"
„Bitte sei nicht beleidigt. Wenn ich ein Halbshifter-Baby bekäme, wäre es das Ende meiner Karriere. Ich habe mich darüber informiert, als ich Brians Fall annahm, weil er mit einem Menschen zusammen war. Es gibt nicht viele Mischlinge, seit ihr das Halsband angenommen habt, aber die fragliche Frau wird jedes Mal von der Gesellschaft geächtet. Tatsächlich ist meine Theorie über Michelles Tod sogar, dass ihr Exfreund sie umgebracht hat, weil sie ihn mit Brian, einem Shifter, betrogen hatte. Ich vermute, das hat ihn verrückt gemacht." Kim seufzte. „Das zu beweisen ist allerdings schwierig."
Liam kam auf die Füße und trat zu dem Arzneischrank über ihrem makellosen Standwaschbecken. Er öffnete ihn und nahm Flaschen heraus.

„Was machst du da?", fragte Kim.

„Ich suche deine Verhütungsmittel. Ich will sie das Klo runterspülen."

„Ich nehme keine Pille. Ich bekomme von meinem Doktor Spritzen."

„Dann hör damit auf."

„Bitte?" Kim stand auf und stemmte die Hände auf ihre nackten Hüften. „Was geht dich das an?"

„Alles, was du tust, geht mich etwas an."

„Liam, wenn du jemanden suchst, mit dem du kleine Shifter zeugen kannst, dann gibt es genug Shifterfrauen, die Interesse haben. Ich habe die Kellnerin in der Bar gesehen – wie hieß sie noch gleich? – Annie. Die wäre sofort mit dir ins Bett gegangen."

„Das ist sie schon."

„Oh." Durfte er hoffen, dass das Eifersucht in ihren Augen war?

„Hast du *ihre* Verhütungsmittel auch weggeworfen?"

„Sie ist eine Lupid. Ich habe dir schon gesagt, die Chance einer Befruchtung ist in diesen Fällen gering. Erinnerst du dich?"

„Wie schön für dich."

„Du sagst *schön für mich*, als ob du niemals ein Kind haben willst."

„Ich will eines." Kim warf ihm einen ungeduldigen Blick zu. „Ich mag Kinder. Aber nicht jetzt."

„Und nicht mit einem Shifter."

„Wenn ich mich für einen Shifter entscheiden würde, wärst du das." Kim schenkte ihm ihr wunderbares Lächeln. „Vielleicht später, wenn ich beruflich meinen Weg gefunden habe, wenn du dann noch zu haben bist ..."

Liam kam zu ihr und hatte sie in den Armen, bevor sie sich wegdrehen konnte. „Versteh mich, Kim. Wir sind *Gefährten*. Das bedeutet, dass ich zu keiner anderen Frau gehe, bis du stirbst, und selbst dann wird es sich wie Verrat anfühlen. Ich beschütze dich, ich sorge für dich, ich binde mich an dich und nur an dich."

Die Farbe wich aus ihrem Gesicht. „So ist das bei euch Brauch?"

„Es ist nicht Brauch, es ist Shiftergesetz. Es ist eine Magie, die tief in uns verwurzelt ist. Dieser Gefährtenbund macht dich zu einem Teil meines Rudels. Selbst Fergus muss erst an mir vorbei, wenn er dir etwas tun will. Deshalb habe ich dir den Antrag gemacht."

Kim wand sich, und Liam ließ sie gehen.

„Es war notwendig", erklärte er. „Wenn ich diese Herausforderung nicht ausgesprochen hätte, hätte dich Fergus zur Gefährtin genommen, ob du es wolltest oder nicht."

„Wie könnte er das?", fragte Kim. „Ich unterliege nicht dem Shiftergesetz."

„Er könnte, weil wir Tiere sind. Wir sehen wie Menschen aus, und ihr habt uns Halsbänder angelegt, aber wir werden als Tiere geboren und lernen erst später, Menschen zu werden. Der Anführer des Clans kann jedes gefährtenlose Weibchen des Clans für sich beanspruchen, und wir müssen zurücktreten und ihn das tun lassen, es sei denn, wir fordern ihn heraus. Das ist sein Recht. Aber Fergus ist höllisch stark, und die meisten im Clan möchten nicht gegen ihn kämpfen, daher nimmt er sich die Gefährtinnen, die er will."

„Aber ich bin kein Shifter ..."

„Glaubst du im Ernst, dass das Fergus auch nur die Bohne kümmert? Er möchte dich kontrollieren, *muss* kontrollieren, was du den Menschen über uns erzählst."

„Moment mal." Ein Blick puren Entsetzens trat auf Kims Gesicht. „Sagst du mir, wenn ich diesem Gefährtendings mit dir nicht zugestimmt hätte, hätte mich Fergus womöglich weggeschleppt und vergewaltigt?"

„Sehr wahrscheinlich."

„Aber dann wäre er erledigt. Ein menschliches Gericht würde ihn kreuzigen."

„Würden sie das? Oder würden sie sagen, dass es deine eigene Schuld war, weil du dich mit Shiftern abgegeben hast? Du hast gerade gesagt, dass es deine Karriere beenden würde, ein Kind mit mir zu haben, dass du glaubst, dass Michelle gestorben ist, weil sie sich mit einem Shifter abgegeben hat. Shifterhure nennt man so etwas."

Kim wurde bleich und setzte sich abrupt auf den Wannenrand. „Scheiße."

Liam kam zu ihr und hockte sich vor sie. „Hab keine Angst, Süße. Ich werde niemals zulassen, dass Fergus dir wehtut. Niemals. Der Gefährtenbund steht über der Clan-Hierarchie. Er kann mich schlagen, aber niemals dich. Selbst wenn er mich tötet, wirst du immer noch von meiner Familie und meinem Rudel beschützt."

„Aber warum sollte Fergus dich noch immer töten wollen?", fragte Kim verwirrt. „Er schien ganz plötzlich aufzugeben, als gäbe er nichts mehr auf die Gefährtensache."

„Weil er wusste, dass er gewonnen hatte. Er hat mich dazu gebracht, zu versprechen, dass ich dich kontrolliere – zum Wohl aller Shifter. Wenn er aus reiner Selbstbestätigung heraus weitergemacht hätte, hätte der Clan das nicht gutgeheißen. Und auch wenn er der Anführer ist, kann er es sich nicht erlauben, den Respekt des Clans zu verlieren. Außerdem war Dad da. Fergus war sich noch nie ganz sicher, ob er dominanter ist als Dad, und er wollte das nicht auf die Probe stellen, besonders nicht vor dem ganzen Clan."

„Warum tritt dein Dad dann nicht gegen ihn an? Es ist offensichtlich, dass keiner von euch ihn leiden kann."

„Um dir die Wahrheit zu sagen, Süße, ich bin mir nicht sicher", erwiderte Liam mit gerunzelter Stirn. „Dad redet nicht darüber. Vielleicht weiß er, dass er *nicht* dominanter ist als Fergus, und wenn Dad getötet würde, könnte er den Rest von uns nicht vor ihm beschützen. Aber ich bin mir da nicht sicher. Er hat es nie gesagt, und er wird sauer, wenn irgendjemand ihn darauf anspricht."

Kim blickte finster und rieb sich die Arme. „Aber als Fergus mit der Peitsche auf mich losgegangen ist und du ihn fast angegriffen hättest, hat Dylan dich aufgehalten und gesagt, es wäre nicht dein ‚Recht'. Was hat er damit gemeint? Ich dachte, man *erwartet* von dir zu kämpfen."

Liam erinnerte sich an den Adrenalinschub, der ihn weiß glühend durchfahren hatte, ihn versengt hatte wie ein Brandzeichen, als er gesehen hatte, wie Fergus sich Kim zugewendet hatte. Nur Dylans schroffe Stimme hatte ihn davor zurückgehalten, diesen schicksalhaften Schachzug zu machen, sonst hätte dieser Tag anders geendet.

„Weil ich ihn in diesem Moment töten wollte. Die Feenkatze in mir wollte Fergus zu einem Kampf um die Dominanz im Clan fordern, ihn endgültig beseitigen. Die Herausforderung um eine Gefährtin geht nicht bis zum Tode – zumindest nicht mehr –, aber der Kampf um die Anführerposition in einem Clan geht so weit, es sei denn, der Clan-Anführer gibt vor dem Kampf auf. Dad hat mich davor zurückgehalten, daraus eine Frage der Clan-Dominanz zu machen, der Göttin sei Dank."

„Warum? Mir kommt es vor, als hättest du ihm einen Schritt ersparen können." Sie schnaubte. „Nicht dass ich dich in einem Kampf bis zum Tod sehen möchte. Ich bin auch froh, dass er dich aufgehalten hat."

„Shifterpolitik." Liam versuchte, beiläufig zu klingen, aber etwas Subtiles hatte sich heute während des Clantreffens geändert, und er war sich noch nicht sicher, was. „Nur Dad als Rudelführer hat das Recht, um die Clan-Dominanz zu kämpfen. Wenn ich Fergus kaltstelle, muss ich zuerst Dad erledigen, und das werde ich so schnell nicht tun."

Kim schenkte ihm ein schwaches Lächeln. „Weil du weißt, dass er den Boden mit dir wischen würde?"

Liam lachte. „Nein, weil er mein Dad ist und ich ihn liebe." Ein weiteres Lachen folgte. „Und ja, vermutlich würde er den Boden mit mir wischen."

Kim schlang sich die Arme um den Oberkörper. „Ich dachte, ich hätte alles bis ins letzte Detail über Shifter recherchiert. Auf so etwas bin ich nicht gestoßen."

„Das ist kein geschriebenes Gesetz. Es wird über Generationen vermittelt, es basiert auf Instinkten und darauf, was man so Brauchtum nennt." Liam legte ihr die Hände auf die Schultern. „Es ist selbst für uns kompliziert. Aber eins kannst du mir glauben: Ich werde dich beschützen, Kim."

Sie sah mit Kummer im Blick zu ihm auf. „Liam, ich kann nicht deine Gefährtin sein. Ich bin nur nach Shiftertown gekommen, um Hilfe beim Aufbau meiner Verteidigung Brians zu bekommen. Ich bin froh, dass du mir Fergus vom Leib hältst, aber ich kann nicht in dein Haus ziehen und eine Shifterbaby-Gebärmaschine werden. Wenn du denkst, dass ich dem zustimme, bist du verrückt."

Er zeichnete Kreise auf ihre Schultern. „Ich würde niemals glauben, dass du etwas tun würdest, das du nicht wirklich tun willst, Kim Fraser."

Kim löste sich aus seinem Griff, kam auf die Füße und griff nach ihrer Hose. „Da hast du recht." Sie zog sich mit abrupten Bewegungen die Jeans hoch. „Wenn du jetzt bitte deine Familie mit dir nimmst und nach Hause gehst, ich habe *wirklich* jede Menge Arbeit zu erledigen. Ich liege im Zeitplan ernsthaft zurück."

„Na schön."

Sie hielt inne und starrte ihn an. „Du stimmst zu? Einfach so?"

„Einfach so, Süße."

„Hör auf, mich ‚Süße' zu nennen."

Liam grinste. „Also, das kann ich nicht."

Er beobachtete, wie ihre Brüste sanft wippten, während sie nach ihren Kleidungsstücken angelte. Er würde sie jetzt nicht drängen ... sie war ein Mensch, dies kam alles sehr plötzlich. Sie würde Zeit benötigen, sich an ihn zu gewöhnen. Aber Kim war *sein*. Seine Gefährtin, seine Geliebte.

Ganz mein.

Sie zog sich fertig an und eilte aus dem Badezimmer. Liam folgte ihr, seine Kleider beachtete er nicht. Er hielt kurz am Treppenabsatz, um zu beobachten, wie ihre Hüften hin- und herschwangen, während sie leichtfüßig die Treppe hinablief.

So verärgert, verwirrt und verletzt sie auch war und sosehr sie sein Leben auch verkomplizieren würde, aus Kim strahlte Schönheit. Ihr Körper war mit Liams Geruch bedeckt, erfüllt von dem gemeinsamen Liebesakt. Wunderwunderschöne Kim.

Liam ging hinter Kim die Treppe hinunter. Sie blieb abrupt stehen, als sie bemerkte, dass der Fernseher dunkel war und das Wohnzimmer still. Sean und Connor sahen sie mit unschuldigen Gesichtern an.

Connor grinste. „Alles in Ordnung da oben? Ich dachte schon, die Decke stürzt gleich ein."

Kim errötete. „Wo ist Dylan?"

„Weg", sagte Sean. „Er hat den Bus zurück nach Shiftertown genommen. Dad geht seinen eigenen Weg."

„Verstehe", sagte sie, offenkundig verwirrt. „Ich kann euch ein Taxi rufen."

Sean schüttelte den Kopf. „Nicht nötig. Dad hat gesagt, er kommt zurück, um uns abzuholen."

Connors Lächeln verschwand. „Kommst du nicht mit uns nach Hause, Kim?"

Armes Junges. Er mochte Kim, er war ekstatisch über den Gefährtenbund und dachte vermutlich, Kim würde umgehend eine von ihnen werden. Connor musste noch viel über Frauen lernen.

„Jetzt, da Fergus, wie Liam sagt, keine Bedrohung mehr ist, werde ich in meinem eigenen Haus bleiben", sagte Kim.

„Ich bin heute gern behilflich gewesen, und vielen Dank für die Pfannkuchen, aber ich bin doch müde und habe eine Menge Arbeit zu erledigen."

Liam verwandelte sich. Seine Feenkatze wartete nicht darauf, dass er sich vorbereitete, und zum ersten Mal in seinem Leben tat die Wandlung nicht weh. Er sprang von der untersten Stufe, die unter seinem Gewicht knarzte, und stürzte sich auf Kim. Seine großen Pfoten mit den eingefahrenen Krallen warfen sie zu Boden, und er landete auf ihr, das Gleichgewicht haltend, sodass er sie nicht erdrückte.

In dieser Form konnte er sie wirklich riechen, und sie roch besser als das herrlichste Feld voller Blüten. Sie kombinierte ihren eigenen Duft und seinen in exakten Proportionen, das Zeichen eines perfekten Gefährten.

Kim versuchte, sich unter ihm herauszuwinden. „Liam, was machst du da? Schafft jemand bitte mal diese große Katze von mir runter?"

Es machte Liam nichts aus, dass sie sich wand und sein Bruder und Neffe über sie lachten. Er leckte ihr vom Kinn bis zur Stirn mit seiner langen Zunge über das Gesicht und wandelte sich zurück in seine menschliche Form, als sie den Kopf drehte und „Iiiiiih" schrie.

***

Unglaublicherweise ging Liam zusammen mit seiner Familie, und Kim fand sich selbst allein im Haus wieder. Sie hatte erwartet, dass Liam mit seiner übermäßig fürsorglichen Art sich wehren würde und darauf bestehen, dass sie mit ihnen für die Nacht zurück nach Shiftertown kam. Oder vielleicht seine ganze Familie in ihr Haus ziehen würde, damit sie Satellitenfernsehen ansehen konnten.

Aber Liam war nach oben gegangen, hatte sich angezogen und Connor und Sean durch die Garage getrieben, genau in dem Moment, als Dylan einen großen Pick-up in ihre Auffahrt gefahren hatte. Als die anderen einstiegen, hatte Liam die Arme um Kim gelegt und sie geküsst.

„Ruh dich aus", hatte er gesagt und ihr das Haar glatt gestrichen. „Wir reden später."

Kims Lippen prickelten, und sie wollte mehr, aber sie zwang sich, zurückzutreten. „Ich werde morgen früh zur Arbeit gehen. Ich gebe den Fall nicht auf, ganz gleich was Fergus glaubt."

„Ich weiß." Liam hob ihre Hand und küsste die Innenseite. „Du wärst nicht du, wenn du ihn aufgeben würdest. Aber wie du bereits gesagt hast, müssen wir uns unterhalten."

Plötzlich, paradoxerweise, wollte Kim nicht, dass er ging.

„Morgen?"

„Morgen."

Liam drückte ihr noch einen warmen Kuss auf die Lippen und ging hinaus. Sie widerstand der Versuchung, hinter ihm herzueilen, ihm zu sagen, dass er zurückkommen sollte, ihn zu bitten zu bleiben.

Was war nur mit ihr los? Liam und seine Familie hatten sie in Shiftertown eingesperrt, und dann hatte sie sie 150 Kilometer weit ans Ende der Welt gefahren, damit sie sich die Unverschämtheiten von Fergus, dem Biker-Schläger-Typen, gefallen lassen konnte.

Warum also schmerzte ihr das Herz, als der Pick-up wegfuhr, alle vier Morrissey-Männer in die Fahrerkabine gequetscht? Liam musste ihr mit seinen tollen, blauen Augen und seinem unglaublichen Lächeln eine Gehirnwäsche verpasst haben. Und nicht zu vergessen mit heißem, umwerfendem Sex.

Als Kim die Tür schloss, umfing sie die Leere des Hauses. Der Fernseher war dunkel, und keine männlichen Stimmen erhoben sich in Jubelschreien. Sie stand in der Mitte des Wohnzimmers und spürte die Stille.

Sie verbrachte den Rest des Nachmittags im Automatik-Modus. Sie duschte und versuchte, nicht auf den Teppich zu blicken, auf dem sie Liam so ekstatisch geritten hatte. Die taktile Erinnerung seines Körpers auf ihrem, jeder seiner zupackenden Finger, jeder Kuss, jedes Gleiten von Haut auf Haut war in sie hineingraviert. Sie hatte noch nie in ihrem Leben derartigen Sex gehabt.

Fast wie in Trance fuhr sie den Hügel zu ihrem örtlichen Lebensmittelgeschäft hinab. Sie packte Sachen in ihren Einkaufswagen, die ihr vor ein paar Tagen noch nicht im Traum eingefallen wären: Steaks, Hackfleisch, Kartoffelchips und Guinness. *Warum?*, fragte sie sich, als sie bezahlte, ohne der Kassiererin in die Augen zu blicken. *Ist ja nicht so, als ob ich vorhätte, sie noch mal einzuladen.* Aber nur für den Fall ...

Kim brachte die Lebensmittel nach Hause und stopfte alles in den Kühlschrank. Sie machte sich einen Salat, in dem sie herumstocherte, dann öffnete sie ihre Aktentasche und ihren Laptop und blätterte lustlos durch Dateien.

Sie musste das alles verarbeiten: Brian, die Halsbänder, Fergus, diesen Gefährtenkram. Sie las nochmals eine Notiz von ihrem Freund Silas, der sie fragte, ob sie ihm ein Interview mit den Anführern der Shifter vermitteln könnte. Silas war ein guter, unvoreingenommener Journalist, der nicht vor nackten Tatsachen zurückschreckte, aber auch nicht aus einer Mücke einen Elefanten machte. Vor zwei Tagen hätte sie zugesagt, ihm ein Interview zu vermitteln. Mit dem, was sie jetzt wusste, war sie sich nicht so sicher, ob das eine gute Idee war oder ob Liam überhaupt zustimmen würde, mit ihm zu sprechen.

Andererseits half Kim alles, was heute passiert war, Brians Fall aus einer neuen Perspektive zu sehen. Hatte Brian vorgehabt, Michelle zu seiner Gefährtin zu machen? Wenn ja, hätte er sich nicht genauso als ihr Beschützer gefühlt, wie Liam es bei ihr selbst tat? Wenn Brian sich entschieden hätte, Michelle einen Gefährtenantrag zu machen, dann könnte das bedeuten, dass er nicht im Traum daran denken würde, ihr etwas anzutun. Hätte er nicht eher alles in seiner Macht Stehende unternommen, um sie in Sicherheit zu wissen? Michelles Exfreund, andererseits, würde in die Luft gehen. Brian, ein Shifter, wäre schwierig zu töten, aber Michelle nicht. Und wenn Brian die Schuld für Michelles Tod bekam, umso besser.

Andererseits, warum war Brian nicht da gewesen, um seine Freundin vor dem Mörder zu beschützen? Wo war er gewesen, und was hatte er getan, das ihn zum kritischen Zeitpunkt von Michelle ferngehalten hatte?

Kim seufzte und rieb sich die Schläfen. Sie kam nicht weiter.

Nachdem sie etwa eine Stunde vergeblich versucht hatte, nachzudenken, ging sie ins Bett. Das war ein Fehler. Sie hätte erschöpft sein sollen, nachdem sie sich mit Liam auf dem Badezimmerboden herumgewälzt hatte, doch stattdessen war sie hellwach, und ihr Pulsschlag erhöhte sich, als sie den Liebesakt wieder und wieder in ihrem Kopf abspulte.

So hatte sie sich noch nie gefühlt. Nach diesem unglaublichen Sex sollte sie voll befriedigt sein, aber sie wollte nur mehr von Liam. Immer mehr.

„Was ist nur los mit mir?"

Sie setzte sich auf und knipste das Licht an. Drei Sekunden später klingelte ihr Telefon.

Kim nahm ab. Ihr Herz raste, als der Klang von Liams voller, irischer Stimme über sie rollte. „Kim, geht es dir gut?"

Sie hatte das Bedürfnis, vor Glück zu seufzen. „Klar geht's mir gut. Warum sollte es mir schlecht gehen?"

„Ich wollte mich nur vergewissern."

„Mir geht es gut." Sie legte sich zurück auf die Kissen und fühlte sich warm und zufrieden. „Wirklich. Wirklich, wirklich gut."

„Gut." Er klang, als sei das die beste Nachricht, die er den ganzen Tag über gehört hatte.

Kim zögerte. „Wie geht es Connor?"

„Er ist immer noch nicht glücklich über das, was ich getan habe, aber er wird sich fangen. Dass du ihn Fußball hast sehen lassen, hat dich zu seiner Superheldin gemacht."

„Ich bin froh, dass es ihm gut geht."

„*Ich* bin froh, dass *du* froh bist."

Kim fragte sich, ob Liam im Bett war, während er mit ihr redete, ob er ausgestreckt dalag, nackt, auf der Matratze, auf der sie letzte Nacht geschlafen hatte. Ihr Herz schlug schneller.

„Ich gehe morgen ins Büro", sagte sie mit fester Stimme.

„Ich weiß, dass du das tust. Ich würde nichts anderes von dir erwarten." Liams Stimme wurde leiser. „Gute Nacht, Süße. Wenn du mich brauchst, dann ruf mich jederzeit an, okay?"

Er meinte es – seine Ernsthaftigkeit kam laut und deutlich herüber. Sie müsste nur sagen: *Liam, ich brauche dich*, und er wäre da. Was für ein Unterschied zu Abels *Ich habe zu tun, Liebling, ich rufe dich später an*.

„Gute Nacht, Liam." Kim zwang sich, das Telefon auszuschalten und es auf den Nachttisch zu legen, aber es dauerte eine lange Zeit, bis sie das Licht ausmachte.

Draußen vor ihrem großen Haus steckte Liam sein Handy weg und warf ihrem Schlafzimmerfenster eine Kusshand zu. Er verschwand in den Schatten der Mauer und bereitete sich darauf vor, für den Rest der Nacht über sie zu wachen.

Kapitel Vierzehn

Am nächsten Morgen lenkte Kim mit einer halben Stunde Verspätung ihren Wagen auf ihren Parkplatz bei Lowell, Grant und Steinhurst. Verspätet. An einem Montag. Sie verpasste die Montagmorgenbesprechung.

Kim kletterte aus ihrem Auto, schnappte sich ihre Aktentasche, eilte zum Vordereingang und blieb bestürzt stehen.

Liam lehnte an der Harley, die er am Bordstein des Bürgersteigs der Firma geparkt hatte, und lächelte sein unwiderstehliches Lächeln.

„Morgen, Süße", sagte er.

„Was machst du hier?", stellte Kim ihn zur Rede.

„Ich passe auf dich auf. Genau wie es sein soll."

Die Julisonne glänzte auf seinem dunklen Haar und seiner schwarzen Sonnenbrille. Mit dem schwarzen T-Shirt und den Jeans, dem Halsband um den Nacken und seinem Kiefer, der sich beim Kaugummikauen bewegte, sah er genau aus wie ein gefährlicher Shiftermann. Was er ja auch war.

Sie seufzte entnervt. „Liam, ich kann keinen *Shifter* mit zur Arbeit nehmen."

Liam hob die Sonnenbrille an, seine blauen Augen funkelten. „Ich sehe keine Schilder: ‚Shifter verboten' oder ‚Shiftern ist das Betreten der Rasenflächen nicht erlaubt' oder ‚Reviermarkieren verboten'."

„Sehr lustig. Verschwinde."

„Nein." Er ließ die Sonnenbrille wieder runter und nahm ihren Ellbogen. „Wenn du hier arbeitest, bleibe ich bei dir. Ich bin dein Wachhund. Du wirst nicht einmal merken, dass ich überhaupt da bin."

„Weil ja auch ein fast zwei Meter großer Shifter in meinem Büro so einfach zu übersehen ist."

„Ich bleibe, Kim. Oder du kommst mit mir nach Hause. Du kannst es dir aussuchen."

Sie riss sich von ihm los. „Du bist ein aufdringlicher Nervbolzen."

„Ich gehe nicht das Risiko ein, dass Fergus dich doch nicht in Ruhe lässt. Er kann dir nichts antun, aber das bedeutet nicht, dass er nicht andere Shifter schickt, um dir Ärger zu machen. Einige von Fergus' Trackern sind … Sagen wir mal: Sie sind ihm geradezu fanatisch ergeben."

„Ihr seid alle verrückt, weißt du das?"

Liam zuckte mit den Schultern. „Hey, du bist die Shifterfreundin, das heißt ja wohl, dass du verrückter bist als wir. Komm."

Liam öffnete die schwere Glastür und betrat das Gebäude nach Shifterart vor ihr. Sobald er sichergestellt hatte, dass das Foyer aus poliertem Granit und Marmor harmlos war, nickte er Kim zu, hereinzukommen.

Kim fiel nichts ein, was ihn dazu bewegen könnte zu gehen, außer vielleicht, ihn verhaften zu lassen. Und selbst dann würde die Polizei die Betäubungsgewehre rausholen müssen. Sie wusste auch, dass sie tief in ihrem Inneren nicht wollte, dass er ging. Sie traute Fergus auch nicht, und in Liams Gegenwart fühlte sie sich sicher. Peinlich berührt, verlegen und verwirrt, aber sicher.

Als sie sich durch die eleganten Flure bewegten, sahen Anwälte durch offene Türen auf oder traten erstaunt in den Flur. Liam nickte dem Chef der Firma zu, der in seiner Tür stehen geblieben war. „Einen wunderschönen guten Morgen wünsch ich", grüßte er übertrieben.

Kim eilte in ihre Büroräume, wo Jeanne, die Sekretärin, die für Kim und zwei weitere Anwälte arbeitete, auf einer Tastatur herumtippte. Jeanne sah auf, riss die Augen auf und schien völlig aus dem Konzept gebracht. „Wer zur Hölle ...?"

Liam lächelte. „Einen wunderschönen guten Morgen."

„Schon gut", sagte Kim mit strenger Stimme. „Er hilft mir mit dem Shifterfall."

Jeanne sah aus, als würde sie auf der Stelle dahinschmelzen. „Kann ich Ihnen Kaffee bringen?", bot sie Liam mit eifriger Stimme an.

„Kaffee wäre großartig", antwortete er.

Kim griff sich Liams Arm, schob ihn in ihr unaufgeräumtes Büro und schlug die Tür hinter ihnen zu. Sie deutete auf die Ledercouch, die zwischen zwei Bücherregale gezwängt war.

„Wenn du schon bleibst ... *setz dich.*"

Liam grinste, legte die Sonnenbrille ab, streckte sich in voller Länge auf der Couch aus und verschränkte die Arme hinter dem Kopf. Er sah zum Anbeißen aus.

Kim knallte ihre Aktentasche auf den Schreibtisch und ließ sie aufspringen. „Was ist dieser ‚Wunderschönen guten Morgen'-Scheiß?"

„Das erwarten die Leute von Iren zu hören. Das und ‚Meiner Treu' und ‚Herrgott noch mal!'. Die werde ich später noch einfließen lassen."

„Du redest auch echt nur Unsinn."

Liam grinste und schloss die Augen. Er sah aus, als wolle er sich den Rest des Tages dort ausruhen und sie jede Sekunde an den unglaublichen Sex in ihrem Badezimmer erinnern. Sie hatte die ganze Nacht davon geträumt. Das war der Hauptgrund, warum sie so spät dran war. Noch nie zuvor in ihrem Leben hatte sie sich mit einem Mann intimer gefühlt, nie mehr verbunden als in dem Moment, als er sie herumgerollt, sich in sie hineingeschoben hatte und sein warmes Gewicht auf ihr zu liegen gekommen war. Sie hatte sich ... herrlich gefühlt.

Vergiss den klebrig-süßen, romantischen Kram. Der Sex war verdammt fantastisch gewesen.

Sie musste aufhören, ständig daran zu denken. Sie musste professionell sein und ihre Arbeit erledigen. Sie hatte andere Fälle, auf die sie sich vorbereiten musste, einen ganzen Stapel Zeugenaussagen und Beweislisten, die sie durcharbeiten musste. Brians Verteidigung aufzusetzen und die Wochenendberichte des Privatdetektivs zu lesen.

Sobald sie Brians Fall gewonnen hatte, wäre sie mit den Shiftern fertig. Es würde sich erübrigen, was Fergus sich wünschte, Liam würde sie nicht mehr beschützen müssen, und er würde zurück nach Shiftertown gehen und sie in Ruhe lassen. Endgültig.

Warum schien die Welt bei diesem Gedanken plötzlich so freudlos?

Kim warf die Akten zurück in die Tasche. „Ich muss mit Brian sprechen. Ich schätze mal, du willst mitkommen? Wir werden meinen Wagen nehmen, ich fahre nicht als Sozius auf deinem Motorrad zum Gefängnis."

Liam bewegte sich nicht. „Du wirst Brian nicht treffen."

„Muss ich aber. Ich möchte ihn noch einmal über Michelle befragen, ob er geplant hatte, sie zu seiner Gefährtin zu machen, ob er es bereits getan hatte. Wenn Brian von ihr als seiner Gefährtin gedacht hat, hätte er sie niemals verletzt, richtig? Er wäre ganz fürsorglich geworden und hätte sie eher verteidigt, als sie anzugreifen."

„Damit hast du vielleicht recht, aber du wirst ihn trotzdem nicht besuchen."

Kim ließ die Aktentasche zuschnappen. „Warum nicht? Er ist im Gefängnis. Er geht nirgendwohin."

Liam kam endlich von der Couch runter. „Du gehst nicht, weil Fergus dir befohlen hat, den Fall aufzugeben." Er war wie eine große, solide Mauer, die ihren Weg zur Tür blockierte. „Wir haben das bereits diskutiert. Ich sag dir, Fergus kann mich mal kreuzweise."

„Lieber nicht. Er soll nicht besonders gut sein."

Kim lachte nicht. „Dann gibst du ihm recht?"

„Das habe ich nicht gesagt." Liam legte ihr die Hände auf die Schultern. Sie würde niemals an ihm vorbeikommen, das wusste sie. Gleichzeitig wusste sie aber auch, dass er ihr nicht wehtun würde. Er würde sie davon abhalten zu gehen, aber nicht, indem er ihr wehtat.

„Was sagst du denn dann?", fragte sie.

„Dass Fergus nicht darauf vertrauen wird, dass ich dich wirklich von dem Fall fernhalten werde. Ich war derjenige, der ihn überredet hat, dich überhaupt nach Shiftertown kommen zu lassen. Daher wird er seine eigenen Männer geschickt haben, um dich zu beobachten und im Zweifelsfall aufzuhalten. Ich bin hier, um sie daran zu hindern, dir Ärger zu machen. Und wenn du zum Gefängnis gehst, wird es definitiv Ärger geben."

Kim machte ein verzweifeltes Geräusch. „Erklär mir, wie ich einen Mann verteidigen soll, wenn ich nicht mit ihm sprechen darf. Ich muss ihm Fragen stellen, wichtige Fragen."

„Frag ihn auf andere Art."

Kim versuchte, an ihm vorbeizuhuschen. Liam streckte einen Arm aus und zog sie zurück gegen sich.

„Liam."

Er schloss beide Arme um sie und hielt sie noch fester. „Mach dies auf meine Art, Süße. Leg dich nicht mehr mit

Fergus an, als du musst. Er wird dafür sorgen, dass du es bereust."

Kim wollte sich dem wundervollen, sicheren Gefühl, seine Arme um sich zu haben, ergeben. Selbst ihre Eltern waren nicht so fürsorglich ihr gegenüber gewesen. Nach Marks Tod hatten sie dazwischen geschwankt, vollkommen paranoid über sie zu wachen oder sich vollkommen zurückzuziehen, wenn sie bemerkten, dass sie sie erstickten. Sie hatten diese Verhaltensweise bis zu ihrem Tod beibehalten. Sie hatte sich entweder vollkommen eingeengt und kontrolliert gefühlt oder war haltlos durch ihre „Du musst dich nicht bei uns melden"-Phasen getrieben.

Liams Schutz engte sie nicht so offensichtlich ein, war aber dennoch deutlich spürbar.

„So kann ich nicht arbeiten", sagte Kim.

„Wir werden einen Weg finden." Liam küsste sie auf den Scheitel.

Die warme Berührung seiner Lippen elektrifizierte die Erinnerungen an ihren gemeinsamen Liebesakt, erinnerte sie daran, dass ihre Kehle noch immer rau war von ihren Schreien. Sie konnte nicht anders, als die Hände auf seinen Hosenbund zu legen und ihre Finger hinabgleiten zu lassen. Ihr Puls beschleunigte sich, als sie feststellte, dass er hinter dem Reißverschluss hart und bereit war.

Liam lachte. „Böses Mädchen." Er neigte ihren Kopf nach hinten und küsste sie.

Liam lernte erst noch, wie man küsste. Was bedeutete, dass er ausprobierte und erkundete. Seine Zunge glitt über ihre, während er ihren Hintern mit einer festen Hand umfasste. Er schmeckte minzig-frisch nach dem Kaugummi, den er gekaut hatte.

Wenn jemand hereinkäme, würde er seine sonnengebräunte Hand auf ihrem grauen Bürorock sehen und Kim, die sich von einem Shifter die Zunge in den Hals stecken ließ. Und er hätte damit gerade nur an der Oberfläche gekratzt.

„Hör auf", flüsterte sie. „Tu mir das nicht an."
Ein sanfter Kuss auf ihre Stirn. „Ich würde dir niemals wehtun, Kim."
„Es ist nicht der Schmerz, um den ich mir Sorgen mache."
Sie ließ ihren Kopf auf seiner Brust ruhen. Seine Haut war heiß durch das T-Shirt, sein Herz schlug mit halsbrecherischer Geschwindigkeit. „Ich bin es."
„Das ergibt keinen Sinn."
„Ich weiß, was ich meine. Du bist eine echte Gefahr für meine geistige Gesundheit."
Liam ließ sie los, aber er lächelte. „Du meinst, ich mache dich meschugge."
„Wenn das verrückt bedeutet, dann ja. Das auch."
Ein leises Klopfen ertönte von der Tür, und Jeanne steckte den Kopf herein. Sie trug ein Tablett mit Kaffee in echten Bechern, nicht denen aus Styropor. Kim wandte sich von Liam ab und hoffte, sie wirkte ganz ungezwungen.
Jeanne stellte den Kaffee auf den polierten Beistelltisch. „Abel sucht dich."
„Abel?" Einen verrückten Moment lang konnte sich Kim nicht erinnern, wer das war. Ach ja, der zugeknöpfte Exfreund mit dem leitenden Posten in der Firma. Der Mann, der neben Liam unglaublich langweilig wirkte. „Was möchte er?"
„Er möchte dich zu dem Richter befragen, den du bei dem Exhibitionisten-Fall hattest. Er hat einen ähnlichen Fall vor dem gleichen Richter."
„Oh." Geschäftliches. Tipps darüber, was einen Richter einlenken ließ oder ihn aufbrachte. Kim hatte ihren Fall gewonnen, weil der Mann, der verhaftet worden war, unter einer erektilen Dysfunktion litt, was von einem Arzt bestätigt worden war, während der Zeuge geschworen hatte, der Angeklagte sei ziemlich, äh, erregt gewesen.
„Mach einen Termin mit Abel", schloss Kim. „Ich habe bis morgen zu tun."
„Er ist jetzt da."

Bevor Kim darauf antworten konnte, schob sich Abel Kane an der Tür vorbei und trat in das Büro. Kim hatte ihn immer für attraktiv gehalten – groß, blond, gut gekleidet –, aber im Vergleich mit Liam war er ein Leichtgewicht. Und in der Sex-Abteilung war er überhaupt kein Vergleich.

„Kann das nicht warten?", fragte Kim ihn.

Abel sah Liam neugierig an. „Ich bin ein wenig in Eile."

Lügner. Exhibitionisten-Fälle interessierten ihn nicht im Geringsten. Er hatte diesen Vorwand nur benutzt, um hereinzukommen und Liam zu begutachten.

„Warum?", fragte Kim verärgert. „Kann der Mandant die Hose nicht oben lassen?"

Abel ignorierte ihren Versuch, witzig zu sein. „Also passen die Halsbänder wirklich allen Shiftern. Was für eine Kragenweite, denkst du, hat er?"

„Er kann dich hören, Abel."

Liam schenkte Abel ein träges Lächeln. „Einen wunderschönen guten Morgen auch Ihnen."

„Kannst du bitte endlich damit aufhören?", fuhr Kim ihn an.

„Ist er Ire?", fragte Abel überrascht. „Ich wusste nicht, dass Shifter Iren sein können."

„Die Shifter in meiner Familie haben in Irland einen generationenlangen Stammbaum", sagte Liam. „Wir hatten eine Burg auf einem Hügel und all so was."

Abel fuhr damit fort, Liam zu mustern, als sei er ein Wissenschaftler, der ein interessantes Objekt unter die Lupe nahm. „Schreib mal einen Bericht über ihn", sagte er zu Kim. „Das wäre nützlich, wenn wir später noch mal einen Shifter verteidigen müssen."

„Abel, hörst du jetzt bitte endlich auf, über ihn zu reden, als sei er nicht hier?"

„Was ist los mit dir, Kim? Liegt es an deinem neuen Kerl, oder hast du deine Tage?"

Was für ein Idiot. Abel hatte nicht die Verbindung zwischen dem „jemand", den Kim kennengelernt hatte, und dem überaus männlichen Shifter, der in ihrem Büro stand, begriffen. Er konnte sich nicht einen Moment lang vorstellen, dass sie ihn für einen *Shifter* sitzen lassen würde. Liams Grinsen erstarb. Er hatte Abel für das gehalten, was er war: einen egozentrischen Idioten. Bei Abels letzter Bemerkung verengten sich Liams Augen jedoch. Das Raubtierhafte kam auf diese Art hervor und bewies, dass er bisher ein Wolf gewesen war, der den Schafen beim Spielen zugesehen hatte.

„Die Dame sagt, dass sie beschäftigt ist." Liams Stimme enthielt eine Spur Knurren.

Ohne sich zu bewegen, zog Liam jedermanns Aufmerksamkeit im Raum auf sich – selbst die von Jeanne, die vor der Tür lauschte. Plötzlich glänzte ein Schweißfilm auf Abels Stirn.

„Okay. Ich rufe dich später an, Kim. Wegen des Richters."

Abel konnte sich nicht umdrehen, um hinauszugehen, denn Liam ließ es nicht zu. Und doch tat Liam nichts, als nur dazustehen. Er bewegte sich nicht, er berührte ihn nicht. Er hatte noch nicht einmal seine Pupillen zu Schlitzen verengt.

Abel musste sich rückwärts Schritt für Schritt Richtung Tür schieben, bevor er sich endlich umdrehen und fliehen konnte. Er lief in Jeanne hinein, die sich eng gegen den Türspalt gepresst hatte. Einen Moment lang verhedderten sie sich ineinander, dann konnte Abel entkommen, und Jeanne knallte die Tür zu, womit Kim und Liam wieder allein waren.

Kapitel Fünfzehn

Kim führte Liam zum Mittagessen aus. Liam gefiel es, in ihrem kleinen Auto mitzufahren, zu beobachten, wie ihr grauer, geschäftsmäßiger Rock ihr die Schenkel hochrutschte. Wie er vermutet hatte, trug sie Strümpfe mit einem Spitzenrand, die von Strapsen gehalten wurden. Sich vorzustellen, wie er ihr den Rock runterzog und sie nur in Strapsgürtel und Strümpfen ansah, half nicht gerade gegen seine Erektion.

Was seiner Erregung allerdings einen Dämpfer verpasste, war, vom ersten Restaurant, in das sie kamen, zurückgewiesen zu werden. Nach einem einzigen Blick auf Liams Halsband rief die Kellnerin den Manager.

Kim stürmte wütend hinaus, aber Liam wusste nicht, wieso sie überrascht war. Shifter waren seit zwanzig Jahren vielerorts nicht willkommen.

Die nächsten beiden Restaurants ließen sie ebenfalls nicht hinein. Sie landeten schließlich in einem billigen Schnellrestaurant nahe der nördlichen Shiftertown von Austin, dessen Besitzer sich dachten, dass Shifter für das

Essen bezahlten und keinen Ärger machten, im Gegensatz zu den Jugendbanden, die die Umgebung unsicher machten. „Wie hältst du das aus?" Vor Wut schäumend kippte Kim Zucker in ihren Kaffee. „Mir war nicht klar, wie schlimm das ist."
Liam pustete über seinen Kaffee, um ihn abzukühlen, bevor er einen Schluck nahm. „Shifterverbot? Wenn du das noch nicht erlebt hast, würde ich mal vermuten, dass du nur da hingehst, wo Shifter es gar nicht erst versuchen. Aber für mich spielt es keine große Rolle. Ich will gar nicht irgendwo essen, wo man Shiftern nichts vorsetzt."
„Hör auf, so gleichgültig zu tun. Sie behandeln euch wie Tiere."
„Wir *sind* Tiere."
„Bleib bitte ernst."
„Kim, Schätzchen, ich habe hundert Jahre unter verschiedenen und unangenehmen Bedingungen gelebt. Dieses Leben ist gar nicht so übel. Es gibt auch bestimmte Leute, die ich nicht in meine Bar reinlasse. Ich würde allen Lupiden den Zutritt verbieten, nur würden Ellison und Glory dann versuchen, den Boden mit meinem Hintern zu wischen."
„Bleib bitte ernst", wiederholte sie.
„Warum?" Liam blickte ihr direkt in die blauen Augen und versuchte, ihre Wut zu besänftigen. Er mochte ihren Ärger allerdings, denn er bedeutete, dass dieses Thema ihr nicht gleichgültig war. „Die Art, wie die Leute die Shifter behandeln, kann sehr lustig sein."
„Diskriminierung ist niemals lustig."
„Du bist eine rechtschaffene Frau, Kim. Ich mag das."
„Wie kannst du da einfach *rumsitzen*?"
„Ich sitze fast immer, wenn ich Kaffee trinke. Oder ich lehne mich gegen etwas. Wenn ich mich hinlege, verschlucke ich mich." Kim schien kurz vor einem Tobsuchtsanfall zu stehen, und Liam griff hinüber und

nahm ihre Hand. „Es tut mir leid, Süße. Ich bin froh, dass du es so ernst nimmst. Es ist süß. Aber es macht mir nichts aus."

„Wie kann es dir nichts ausmachen, dass die Leute dich so schikanieren? Abel hat sich benommen, als seist du hinter einer Glaswand im Zoo."

„Weil sie mich nicht schikanieren." Er blickte sich um, aber sie waren relativ allein in ihrer Ecke des Restaurants. „Wir lassen sie nicht. Verstehst du?"

„Nicht wirklich."

Liam hob seinen Kaffee wieder an. „Fergus versteht es auch nicht. Deshalb hat er sich für eine Shiftertown mitten in der Wüste entschieden. Er kann es nicht ertragen, wenn jemand auf seinem Ego herumtrampelt."

Kim saß schweigend da und fuhr mit dem Finger über den Rand ihres Bechers. Sie sprach vorsichtig, als müsse sie jedes Wort abwägen. „Was du meinst, ist, du regst dich nicht auf, wenn sie dich nicht in Restaurants hineinlassen oder dir verbieten, Kabelfernsehen zu haben, weil diese Dinge nicht wichtig für dich sind."

„So langsam verstehst du es."

„Und Abel regt dich nicht auf, weil dir seine Meinung egal ist."

„Stimmt. Aber wenn er noch einmal so etwas Gehässiges zu dir sagt, werde ich ihn zerquetschen."

Kim hatte die plötzliche Vision eines Löwen, der völlig entspannt in einer Steppe lag und mit seinem Schwanz eine lästige Fliege verjagte. Die Fliege sah aus wie Abel. Der Löwe könnte Junge haben, die auf ihm herumkletterten. Er würde den Kopf drehen und sie zur Begrüßung ablecken.

„Es ist, als ob wir in einer anderen Welt leben als ihr", sagte Kim. „Und wir wissen es noch nicht einmal."

„So was in der Art."

Der Blick, den sie ihm zuwarf, war erstaunt. „Du hast mir leidgetan."

„Mach dir darüber mal keine Gedanken, Süße." Er grinste. „Wenn das letzte Nacht eine Mitleidsnummer war, dann bin ich auf jeden Fall dafür."
Sie wurde knallrot. „War es nicht. Und rede nicht über Sex, wenn ich versuche, nachzudenken."
„Ich hatte eigentlich mehr vor, als nur darüber zu reden."
„Stopp." Sie drückte die Handflächen flach auf den Tisch. „Wenn du das tust, kann ich nicht nachdenken."
„Das ist gut. Nachdenken wird überbewertet."
„Liam, woher hat Fergus sein ganzes Geld?"
Es gelang ihm, ein ausdrucksloses Gesicht aufzusetzen. „Hat Fergus Geld?"
„Du weißt, dass er das hat. Zum einen ist da dieser unterirdische Komplex und zum andern die ganze Kunst. Das ist da nicht über Nacht hingeplumpst."
„Shifter leben lange, und manche haben ein Händchen für Geld."
„Aber Shifter sollen nicht viel Geld haben."
„Nein." Liam trank einen beruhigenden Schluck Kaffee. Typisch Kim, an ihren grundlegendsten Geheimnissen herumzufingern. Jetzt musste Liam sich überlegen, wie er die Dinge erklärte. Er wollte nicht lügen, nicht gegenüber der Frau, die er zur Gefährtin gewählt hatte, aber sie wollte am liebsten gleich alles, was sie verzweifelt unter Verschluss hielten, ins helle Tageslicht zerren.
„Was glaubst du, Schätzchen, wovon wir leben?", fragte er leise. „Uns werden nur schlecht bezahlte Jobs zugestanden, und doch wird von uns erwartet, dass wir für unsere Familien sorgen und die Miete zahlen. Du glaubst doch nicht, dass ich von dem lebe, was ich als Teilzeit-Manager in der Bar verdiene, oder?"
„Ich habe schon bemerkt, dass du deine Arbeit sehr lässig nimmst. Wenn du überhaupt hingehst."
„Aber ich habe diesen Job. Daher können die Komitees der Menschen auf ihren Papieren vermerken, dass ich eine

Anstellung habe, und sich darüber freuen, dass sie gut für mich gesorgt haben."

„Also hast du Geld?"

„Aber, Kim, man könnte ja fast denken, dass du mich nicht nur wegen meines Aussehens und meines guten Charakters schätzt, wenn du so etwas sagst."

Kim errötete erneut. „Du willst offensichtlich nicht, dass ich herumschnüffele, aber du erwartest von mir, dass ich deine Gefährtin werde – lebenslang –, ohne mir zu erklären, was wirklich bei euch passiert."

Liam legte seine Hand sanft über ihre. „Ich habe dich aufgezogen. Lass uns einfach mal sagen, für meine Familie ist gesorgt. Genau wie für meine Gefährtin und meine Nachkommen."

„Nachkommen. Da betreten wir wieder gefährliches Terrain."

„Ich dachte, alle Frauen würden gerne wissen, dass ihr Gefährte für die Jungen sorgen kann. Aber na schön", Liam zog seine Hände zurück, „reden wir also über Brian."

Kim sah bei dem Themenwechsel überrascht auf. „Na schön, dann lass uns darüber sprechen, warum Fergus nicht will, dass ich ihn rette. Warum er möchte, dass Brian auf schuldig plädiert."

„Ich wünschte, ich wüsste es, Süße. Brian stellt für Fergus keine Bedrohung dar. Er ist nicht mal andeutungsweise jemand, der seine Position als Anführer bedroht. Sie stehen sich nicht nahe, aber sie sind auch keine Feinde."

„Vielleicht hat Brian ihn irgendwie verärgert."

„Wenn er das getan hat, dann habe ich nichts davon gehört. Und ich hätte es gehört." Dass er so wenig über das wusste, was zwischen Brian und Fergus passiert war, beschäftigte ihn. Er hatte immer gedacht, er hätte seine Finger fest am Puls Shiftertowns. Er kannte jeden, und sie kannten ihn. Wenn ein Shifter in Schwierigkeiten war, würde jemand das ihm oder Sean erzählen. So funktionierte das. Aber in Brians Fall hatte es nicht funktioniert.

Kim sagte: „Als ich dich das erste Mal getroffen habe, hast du zu mir gesagt, dass du nicht viel über Brian wüsstest."

„Ich habe versucht, dich abzuwimmeln. Ein Mensch, der in Shiftertown herumschnüffelt, ist gefährlich."

„Aber du hast mich mitgenommen, um seine Mutter zu treffen."

„Ich mochte dich." Dieses Mögen verwandelte sich gerade in etwas Tiefes, etwas gefährlich Tiefes. Die Freude, die ihn jedes Mal, wenn er Kims schöne Augen und ihr keckes Lächeln sah, durchfuhr, wuchs jeden Tag. Der Gedanke hätte ihn bestürzen sollen, tat es aber nicht.

Ein Gefährtenbund konnte einfach als der Drang, sich fortzupflanzen, anfangen, und manche Shifter kamen über diese Stufe nie hinaus. Aber bei anderen, wie bei seinem Vater und seiner Mutter, seinem Bruder Kenny und seiner Gefährtin Sinead, entwickelte sich eine Beziehung, die weit über den reinen Paarungsdrang hinausging – der sogar über Liebe hinausging. Es war ein Bund, den Menschen nicht verstehen konnten, und Liam fühlte, wie er sich zwischen ihm und Kim formte.

Es war ein berauschendes Gefühl. Eines, von dem er fürchtete, es könne sich in schlimmeren Schmerz verwandeln, als er ihn je erfahren hatte. Die Folter des Halsbands wäre nichts im Vergleich dazu, wenn Kim ihm das Herz brechen würde.

Kim starrte böse in ihren Kaffee. „Ich kann nicht glauben, dass du mich jetzt, da ich wichtige Fragen habe, die ich Brian stellen will, nicht in seine Nähe lässt. Du machst mir die Arbeit nicht gerade einfach." Sie sah auf, und ein Gedanke ließ ihre Augen aufleuchten. „Aber Moment mal. Ich kann nicht glauben, dass Fergus Brians *Mutter* verbieten würde, mit ihm zu reden."

„Möglicherweise. Die Regeln des Clans sind eine Sache, aber die Verbindung zwischen Mutter und Kind eine andere. Geradezu heilig, könnte man sagen."

„Auf die gleiche Art, wie Fergus mir nichts anhaben kann, solange ich deine Gefährtin bin."
Liam nickte. „Kann er nicht. Es sei denn, ich lasse ihn."
„Lasse ihn? Was habt ihr Shifter dauernd mit diesem ‚Lassen'-Mist? Shifter verstehen den Ausdruck ‚Feminismus' nicht, oder?"
„Das würde ich nicht sagen, Süße. Shifterweibchen sind keine Fußabtreter. Aber du musst verstehen, dass Shifter jahrtausendelang in kleinen Gruppen gelebt haben. Die Männchen haben die Weibchen und die Jungen beschützt. Das ist für uns ein Instinkt. Dies ist das erste Mal, dass wir in größeren Gemeinden so eng zusammenwohnen. Ja, wir hatten die Clans, aber wir haben nur selten andere Clanmitglieder getroffen. Wir brauchen etwas Zeit, uns daran zu gewöhnen."

Sie sah ihn neugierig an, ein Finger rieb noch immer über den Rand ihres Bechers. Liam stellte sich vor, wie der gleiche Finger über seinen Schwanz rieb, und wurde augenblicklich hart.

„Wo hast du vorher gewohnt?", fragte sie. „Ich meine in Irland, bevor du nach Shiftertown gekommen bist. Du hast Abel erzählt, dass ihr eine Burg hattet."

„Eine Burg. Die hatten wir."

„Mit Zinnen und allem?"

„Als wir einzogen, war sie größtenteils eine Ruine, aber wir haben sie hergerichtet und bewohnbar gemacht."

„Was haben die Iren von euch gehalten? Das war, bevor sich die Shifter geoutet haben, oder?"

„Oh, die hatten jede Menge Erklärungen für uns. Diejenigen, die eher an Geistergeschichten glaubten, dachten, wir wären Feen, und das war gar nicht so weit weg von der Wahrheit. Zu ihrem Glück sind Shifter zehnmal netter als Feen. Andere dachten, wir wären Ex-Mitglieder der IRA, die sich da versteckten. Die Skeptiker dachten, wir seien einfach nur verrückt. Aber alle wussten, dass wir das

Dorf beschützten, daher hat niemand versucht, uns zu verjagen."

Kim sah ihn jetzt ein bisschen so an, wie es ihre Kollegen im Büro getan hatten, aber Liam machte es nicht so viel aus, von ihren blauen Augen gemustert zu werden. „Warum seid ihr nach Austin gekommen, wenn ihr eine schöne Burg in Irland hattet und alle euch geliebt haben?"

Liam zuckte die Achseln. „Als der verräterische Shifter-Idiot in England seine Geschichte verkauft und demonstriert hat, wie er wandelt, wurde Irland ein wenig gefährlich für uns. Die Leute, die Geld brauchten, machten Kopfgeldjagd auf Shifter, tot oder lebendig. Kennys Gefährtin Sinead war schwanger, und wir konnten nicht riskieren, dass sie gejagt werden würde. Wir hörten, dass die Shifter in diesem Land in Camps gepfercht wurden, statt ausgelöscht zu werden, und ihnen erlaubt wurde, in Sicherheit zu leben. Also haben wir unsere Sachen gepackt und sind hergekommen."

„Aber Sinead, Connors Mutter, ist dennoch gestorben."

„Ja." Die Trauer über ihren Tod war nie wirklich erloschen. „Aber wenn wir in Irland geblieben wären, hätten wir vermutlich auch noch Connor verloren. Er wurde zu früh geboren und war so schwach. Er brauchte Ruhe und medizinische Hilfe. Hier konnten Dad, Sean und ich für ihn sorgen, ohne dass wir fürchten mussten, uns gegen Dorfbewohner mit ihren Mistgabeln verteidigen zu müssen."

„Meinst du, dass ihr euch ein Halsband habt anlegen lassen, um ihn zu retten?"

„So ziemlich."

„Und dann hat ein ungezähmter Shifter Kenny getötet." Kims Augen blitzten vor Wut. „So ein Dreckskerl."

Liam wurde ganz warm ums Herz von ihrer Wut. Sie verstand es. „Die Hölle soll alle Parias holen."

„Parias sind die, die sich keine Halsbänder haben anlegen lassen, oder? Warum töten sie andere Shifter?"

Eine tief sitzende Wut in Liam erwachte. „Weil wir sie in ihren Augen betrogen haben. Statt abzuwarten, dass wir getötet werden, oder zuzusehen, wie unsere Kinder sterben, haben wir uns entschieden, unsere Freiheit aufzugeben und uns zusammenzutun. Was sie am meisten stört, ist, dass wir jetzt mit anderen Shifterspezies zusammenleben. Für die Parias ist das sogar noch schlimmer, als die Menschen glauben zu lassen, dass sie uns sagen können, was wir tun sollen."

„Ihr sucht Schutz in der Masse?"

„Und Stärke." Liam lächelte. „Als wir unseren Hass auf andere Shifterspezies begraben haben, sind wir stärker geworden. Wir haben einander geholfen, statt uns zu bekämpfen. Shifter waren übers Land verstreut und am Aussterben. Jetzt wächst unsere Zahl wieder. Und wir werden stärker."

„Erzählst du mir gerade, dass Shiftertowns nicht so sehr Orte der Gefangenschaft sind, sondern vielmehr Festungen? Ganz gleich, wie die Menschen das sehen?"

„Ich würde sie eher als Zufluchtsstätten bezeichnen, aber so falsch ist der Gedanke nicht." Sein Lächeln erstarb. „Verstehst du jetzt, warum Fergus nicht möchte, dass ein Mensch all unsere Geheimnisse kennt?"

Kim blickte sich um, aber es hatte sich noch niemand in ihre Nähe gesetzt. Der Coffeeshop war relativ verlassen, die Kundschaft fürs Mittagessen war noch nicht auf Austins Straßen unterwegs. „Warum erzählst du es mir dann?"

Ein lässiges Schulterzucken. „Du bist meine Gefährtin. Ich erzähle dir alles."

„Ja, klar. Du sagst also, dass du deine eigenen Gründe hast, in einer Shiftertown zu leben, und dass es dir egal ist, wenn die Menschen dir Dinge wie Kabelfernsehen, neue Autos und hoch bezahlte Jobs vorenthalten. Das verstehe ich sogar irgendwie. Aber die Halsbänder sind dennoch grausam."

„Das sind sie. Erfunden von einer Halb-Fee, die Shifter nicht mag. In Wahrheit waren die Shifter in der Wildnis gar nicht so gewalttätig. Wir haben Tiere als Nahrung gejagt – jetzt essen wir Fleisch aus dem Supermarkt. Aber das machen Menschen auch. Wir kämpfen untereinander um Dominanz oder um das Rudel zu beschützen, aber es wird nicht sinnlos getötet."

„Und das von einem Mann, der in meinem Schlafzimmer einen Shifter umgebracht hat und gestern Morgen bereit war, gegen seinen Clan-Anführer zu kämpfen."

Er zuckte mit den Schultern. „Da gab es mildernde Umstände."

„Und man erwartet von dir, andere Shifterspezies zu hassen?"

„Wir haben gelernt, unsere Vorurteile für das Wohl aller zu unterdrücken. Größtenteils. Ich zähle Ellison zu meinen Freunden, aber ich kann ihn dennoch Hunde-Mief nennen."

Kims Augen funkelten. „Wie nennt er dich?"

„Katzenscheiße."

Sie lachte nervös auf. „Ich dachte, es wäre bestimmt ,Fellknäuel'."

„So nennt uns Glory manchmal. Das oder ,schwanzlutschende felide irische Scheißkerle'."

Sie hob die Augenbrauen. „Und dein Vater schläft mit ihr?"

Die Beziehung zwischen Glory und Dylan konnte nicht erklärt werden. „Ich bin froh, dass er an ihr interessiert ist", sagte Liam. „Daher lasse ich ihn in Frieden. Er hat seine Gefährtin verloren."

„Deine Mom."

„Ja." Liam kämpfte nicht mehr gegen die Erinnerungen an seine Mutter an. Er hatte das lange Zeit getan, weil er das Loch in seinem Herz nicht hatte sehen wollen. Rückblickend war es eine gute Sache, dass Dylan für ein Jahr verschwunden war, auch wenn Liam damals wütend auf seinen Vater gewesen war. Aber jetzt verstand er, dass

Dylan Raum zum Trauern gebraucht hatte. Und Sean, Liam und Kenny hatten lernen müssen, ohne eine leitende Hand zu leben.

„Sie war eine tolle Frau", sagte Liam leise. „Wunderschön. Mit grünen Augen und roten Haaren. Die Raubkatze, in die sie wandelte, war erstaunlich – anmutig und tödlich. Man hat sich nicht mit ihr anlegen wollen. Dad und sie haben sich so sehr geliebt, dass es manchmal peinlich war. Man kam in ein Zimmer, und sie küssten sich, die Hände überall. Stell dir das mal vor. In dem Alter."

„Es fällt mir schwer, deinen Vater als alten Mann zu sehen. Ja, ich weiß, du hast mir gesagt, er ist um die zweihundert. Sieht man allen Shiftern ihr Alter so wenig an?"

„Wenn sie nicht jung sterben, ja."

„Sterben viele jung?"

Sie stellte wieder schmerzhafte Fragen. „Ja. Oder zumindest war das so."

„Das war auch ein Grund, weshalb ihr euch entschlossen habt, das Halsband anzunehmen."

Drei Leute setzten sich in die Nische hinter ihnen, Menschen, die an Shifter gewöhnt sein mussten, denn sie sahen nicht sonderlich nervös aus. Liam wechselte das Thema. „Ich sollte selbst mal mit Sandra sprechen."

„Möchtest du, dass ich dich hinfahre? Bevor ich zurück ins Büro gehe?"

„Nicht jetzt. Heute Abend. Nach deiner Arbeit." Liam schob seinen Kaffee zur Seite und stand auf. Er hielt ihr die Hand hin, um ihr auf die Füße zu helfen. „Und nachdem wir bei dir waren, um die Sachen zu holen, die du brauchst."

„Soll ich schon wieder die Nacht mit dir verbringen?"

Kim hatte etwas zu laut gesprochen. Die Gäste in der Nachbarnische blickten sich um. Erschrocken. Neugierig. Wissend.

„Ich meine, in deinem Haus", berichtete sich Kim. „Ich muss dort nicht bleiben. Ich habe mein eigenes Haus."

„Aber meinem Neffen wird das Herz brechen, wenn du nicht kommst."
Sie warf ihm einen bösen Blick zu. „Darüber sprechen wir später." Sie wirbelte auf ihren hohen Absätzen herum und marschierte zur Tür. Ihr sexy Hintern bewegte sich aufreizend hin und her.
Liam holte Geld aus seiner Tasche und ließ es auf den Tisch fallen. Er könnte den ganzen Tag Kims Hintern ansehen, ohne dass ihm das langweilig würde. Und wenn der Tag vorüber war, könnte er die ganze Nacht lang neben ihr und ihrem schicken Hintern liegen. Das würde ihm ebenfalls nicht langweilig werden.

***

Kim war sich sicher, sie hätte Liam niemals die Diskussion über ihre Rückkehr nach Shiftertown gewinnen lassen, wenn sie nicht den Shifter mit dem rasierten Kopf aus San Antonio an der Bushaltestelle vor ihrem Haus entdeckt hätte. Er trug einen Rollkragen, um sein Halsband zu bedecken – in dieser Hitze, was für ein Idiot –, aber sie erkannte ihn und wusste, dass er nicht auf irgendeinen Bus wartete.

Bei dem Gedanken, dass Liam sie in dem Haus allein zurücklassen könnte, während einer von Fergus' Trackern draußen herumlungerte, erzitterte sie vor Kälte. Während sie durch die Stadt zurück Richtung Shiftertown fuhr, dachte Kim, was für eine Ironie es war, dass sie sich in einem Haus voller Shifter mit einer verrückten Frau als Nachbarin sicherer fühlte als in ihrer eigenen Nachbarschaft. Seit sie Liam kennengelernt hatte, stand ihr Leben komplett Kopf.

Shiftertown war so geschäftig wie immer, als sie Liam auf seinem Motorrad durch die Straßen folgte. Kinder wurden vom Spielen zum Abendessen hereingerufen. Kim roch die Grills und die Burger darauf. Männer und Frauen sahen gleichermaßen auf, als Kims Mustang vorbeirollte. Liam vor ihr, sexy auf seiner Harley, hob von Zeit zu Zeit die Hand zum Gruß.

Liams Garten war still, kein Grill war aufgebaut. Kim fragte sich, wer wohl mit Kochen an der Reihe war, und hoffte, die Männer da drinnen hatten nicht entschieden, dass sie das war. Aber etwas schien nicht zu stimmen. Die Tür war zu fest verschlossen, die Fenster zu dunkel.

Liam spürte es ebenfalls. Er trat schweigend vor sie, als sie die Verandastufen hinaufgingen. Er öffnete die Tür und fand Dylan und Sean im Wohnzimmer, die sich in glühender Wut gegenüberstanden. Ihre Augen waren weiß. Connor kauerte in der Küche, so weit weg von den anderen beiden, wie er konnte, ohne nach oben zu gehen.

„Was für Ärger gibt es, Sean?", fragte Liam mit leiser Stimme.

Sean wandte sich plötzlich von Dylan ab. Sein Körper war so angespannt vor Wut, dass Kim sich wunderte, dass er nicht seine Raubkatzenform annahm. Klauen ragten aus seinen Fingern hervor, als er ein Papier vom Tisch griff und es Liam vors Gesicht hielt.

„*Das* ist der Ärger."

Es war eine ausgedruckte E-Mail. Kim erhob sich auf die Zehenspitzen, um sie gemeinsam mit Liam zu lesen.

Vom Rat des Clans ist entschieden worden, dass Dylan Morrissey nach dem Abschluss des Gefährtenbunds zu Vollmond als Anführer der östlichen Shiftertown von Austin zurücktreten soll und die Position mit einem anderen Felid, den der Rat bestimmt, besetzt wird. Autorisiert durch Fergus Leary, Anführer des Feliden-Clans von Süd-Texas.

Kapitel Sechzehn

Kim hatte Liam noch nie anders als völlig selbstsicher erlebt. Noch nie sprachlos. Nicht dieser irische Shifter mit seiner Gabe, Blödsinn zu reden. Jetzt starrte Liam auf das Papier, und sein Gesicht färbte sich rot. Seine Augen nahmen eine weißlich blaue Farbe an.

„Ich habe Dad gesagt", Seans Stimme war angespannt, „dass er es endlich tun soll. Er muss Fergus konfrontieren. Dad hat sich geweigert."

Kim faltete die kalten Finger in ihre Handflächen und entschied sich, ausnahmsweise mal still zu bleiben. Sie erinnerte sich daran, dass Liam ihr gesagt hatte, er wisse nicht, warum Dylan nie mit Fergus um die Dominanz gekämpft hatte, aber dass er denke, es sei, damit die Shifter in Frieden leben konnten.

„Verdammter Hurensohn", sagte Liam. „Warum, Dad?"

Dylans Stimme war gepresst, seine Hände geballt. Seine Finger hatten sich in Klauen verwandelt, und Blut bedeckte seine Fäuste. „Lass es, Liam."

„Kann ich nicht. Fergus möchte, dass du zurücktrittst? Und einen seiner Lakaien an deine Stelle setzen? Unser Leben wird keinen Furz mehr wert sein, wenn das passiert. Er unterläuft deine Position in deinem eigenen Rudel, vom Clan gar nicht zu reden."

„Ich sagte, du sollst es lassen!"

Liam verzog nicht einmal das Gesicht. „Dad, das ist ein unverhohlener Schlag ins Gesicht, eine Einladung, ihn herauszufordern."

Dylans Augen waren rot vor Wut, aber Kim sah auch Qual dahinter. „Glaubst du, das weiß ich nicht? Aber ich werde das nicht tun. Nicht jetzt."

„Warum nicht, verdammt noch mal?"

„Ich habe meine verdammten Gründe!", brüllte Dylan.

Wenn er diese Wut auf Kim gerichtet hätte, wäre sie weggerannt wie von der Tarantel gestochen. Liam blieb standfest, seine eigenen Hände zeigten Klauen. „Wenn du glaubst, dass du zum Wohl Shiftertowns nachgibst, bist du verrückt. Er wird sicherstellen, dass wir in einer Shiftertown weit weg von hier enden, wo wir clanlos sind und den niedrigsten Rang einnehmen. Kim wird Brian aufgeben müssen, und Brian wird wegen Mordes verurteilt werden."

Kim registrierte Liams Annahme, dass sie mit ihnen ginge, wenn die Morrisseys gehen müssten, aber sie beschloss, dass dies nicht der richtige Zeitpunkt war, um darüber zu diskutieren.

Dylans Augen blickten düster. „Ich weiß."

Liams Klauen zerfetzten das Papier, das zu Boden fiel. „Ich kann nicht selbst gegen Fergus antreten. Das weißt du."

„Ja", sagte Dylan leise. „Ich weiß."

„Warum dann ..."

Seine Worte erstarben, als die Hintertür aufflog und eine heiße Brise an ihnen vorbeiwehte. Glory stürmte herein, gekleidet in knalliges Pink mit silbernen Sandalen, die Nägel passend pink lackiert. „Dylan, was zum Teufel ist los?"

Dylan warf ihr einen müden Blick zu. „Glory. Nicht jetzt."

„Fergus möchte, dass Granddad als Anführer Shiftertowns zurücktritt", verriet Connor aus der Küche.

Glory öffnete schockiert den Mund. „Was? Das machen wir nicht mit. So ein Arschloch."

„Wie wahr", stimmte Kim zu.

Bis auf Connor ignorierten die Männer die beiden Frauen. Sean begegnete Dylans Blick mit steinernem Gesicht. „Ich tu's. Ich kämpfe gegen Fergus."

Ein Chor aus Schreien übertönte ihn. Liam stieß ein bitteres Lachen aus. „Wie jetzt, Sean? Wirst du mich töten, dann Dad, und dann Fergus?"

„Nein." Seans Gesicht war weiß. „Ich werde das Arschloch einfach umbringen. Ich kann ihn doch erschießen, oder? Und dann steche ich das Schwert in ihn, und Fergus ist Staub und das Problem erledigt."

„Und nach dem Gesetz der Shifter muss ich dann dich erledigen", entgegnete Liam fest. „Kein guter Plan."

„Was spielt das für eine Rolle?", fragte Sean.

Die andern schwiegen, und Kim konnte sich nicht mehr zurückhalten. „Seid ihr alle verrückt? Wie könnt ihr Sean so etwas auch nur *denken* lassen?"

„Halt dich da raus, Kim", sagte Dylan, ohne sie anzusehen.

„Nein, Kim hat recht." Glory verschränkte die Arme. Ihre perfekten Brüste spannten sich unter dem pinkfarbenen Shirt. „Sean, warum solltest du dich opfern?"

„Um den Frieden zu bewahren", sagte Sean müde. „Es ist nur logisch, dass ich der Killer wäre und den Preis bezahlen würde. Schließlich habe ich keine Gefährtin." Sean warf Liam einen harten Blick zu, und Liam blickte erstaunlicherweise zu Boden.

Glory sagte: „Hört auf das Menschenmädchen. Wenn jemand für dies bezahlen sollte, dann ist es Fergus selbst. Lasst *ihn* das Opfer sein."

„Gute Idee", stimmte Connor zu.
Dylan ließ seine Stimme über die anderen hinweg ertönen. „Es gibt keine Diskussionen. Wir machen, was Fergus sagt."
Kim öffnete den Mund, um zu protestieren, genau wie Glory, aber plötzlich schloss Glory ihren wieder, als durchschaue sie etwas. Dylan blickte Liam fest an, und es gab wieder einen nonverbalen Austausch zwischen den beiden. Dylans Augen waren wild und weiß, Liams sahen auch nicht viel besser aus.
Liam senkte den Blick und drehte sich um. Dylan blickte ihn fast enttäuscht an, dann schwang er herum und stürmte aus der Hintertür. Glory atmete tief ein, aber zu Kims Überraschung folgte sie Dylan nicht.
„Ich versteh das nicht richtig", sagte Kim in die Stille hinein. „Warum hält sich euer Vater zurück und lässt Fergus gewinnen?"
Liam warf ihr einen kurzen Blick zu. Er machte sich Sorgen. „Ich weiß es nicht."
„Weil Dylan noch nicht bereit ist zu sterben", sagte Glory. „Er ist noch nicht so alt und immer noch kräftig. Außerdem hat er mich."
Ihre selbstgefällige Antwort löste die Anspannung im Raum ein wenig auf. Connor lächelte sogar nervös. „Na klar, dafür lohnt es sich zu leben", sagte er.
„Du bist noch ein Junges, Kleiner", sagte Glory, „du lernst das schon noch."
Liam blieb schweigsam, der lächelnde Mann, der sich durch nichts unterkriegen ließ, hatte einem trostlosen, wütenden Shifter Platz gemacht. So sah er verdammt furchteinflößend aus, aber Kim ging zu ihm und schob sich unter seinen Arm. Die anderen waren zurückgetreten, und zum ersten Mal, seit sie diese Leute kennengelernt hatte, hielten sie zu einem anderen Shifter Abstand.
Kim spürte, dass Liam jetzt keinen Abstand gebrauchen konnte. Er brauchte Berührungen, Bestätigung. Sie

schmiegte sich an seine Seite, und Liam sah schließlich zu ihr hinab, das wilde Weißblau seiner Augen verdunkelte sich wieder zu einem menschlichen Blau.

„Wir kriegen das irgendwie wieder hingebogen", traute Kim sich zu sagen. „Ohne dass jemand stirbt oder Sean Fergus in den Rücken schießen muss. Obwohl ich selbst auch nichts dagegen hätte, das zu tun ... nachdem ich ihm mal gründlich die Meinung gesagt hätte."

„Wage es nicht", sagte Liam mit schmalen Lippen. „Sonst kette ich dich im Keller an."

„Gibt es Spinnen da unten?"

„Vielleicht."

Kim hob die Hand. „Na schön. Ich werde versuchen, vernünftig zu sein. Ich sehe, dass ich meine Befreiungskampagne für Brian etwas beschleunigen muss, und ich habe dazu ein paar Ideen."

Liams Blick flackerte, als hätte er da so eine Vermutung bezüglich ihrer Ideen, aber seine Fangzähne und Klauen hatten sich zurückgebildet.

Glory schnaubte. „Das kleine Kätzchen hat Zähne, Liam. Da musst du aufpassen, wenn sie vor dir in die Knie geht."

Connor lachte laut. Liam schenkte Kim ein kleines Lächeln. „Das riskiere ich."

Glory trat an ihnen vorbei. „Entschuldigt mich bitte. Ich finde, Dylan hat jetzt genug Zeit gehabt, aus seiner brodelnden Wut ein leichtes Köcheln werden zu lassen. Zeit, dass ich gehe und den lieben kleinen Schoßhund spiele."

„Darüber will ich gar nichts Näheres wissen", sagte Connor entsetzt, während Glory mit schwingenden Hüften aus dem Haus marschierte.

Connor kam zu Kim und schloss sie in eine erdrückende Umarmung. „Ich bin froh, dass du Liams Gefährtin bist, Kim, und ich bin froh, dass du nach Hause gekommen bist. Der Vollmondsegen morgen Nacht wird eine tolle Feier werden. Sean und ich haben alle eingeladen."

Kim erinnerte sich, dass Liam gesagt hatte, sein Vater würde seinen Segen unter dem Mond verkünden, aber sie hatte nicht wirklich aufgepasst. „Feier?"

„Der Segen zum Gefährtenbund wird nicht so oft gegeben, daher wird ganz Shiftertown kommen wollen, um sich das anzusehen", sagte Liam. „Mach dir keine Sorgen, wir donnern uns nicht auf."

„Oh, danke." Ganz Shiftertown würde kommen und sie angaffen. Andererseits könnte das eine gute Gelegenheit sein, um einige ihrer Ideen in Gang zu setzen. Wenn Silas verzweifelt versuchte, etwas über Shifter zu erfahren, könnte sie ihm einen kleinen Blick gewähren, und er könnte gleichzeitig bei ihrem Fall helfen. „Macht es dir etwas aus, wenn ich einen Freund einlade?"

Liams Augen verengten sich. „Freund?"

„Jemand, den ich kenne und der mir in der Vergangenheit geholfen hat. Können Menschen bei diesem Segen anwesend sein?"

Liam nickte. „Sicher. Es wird Fergus nicht glücklich machen, aber scheiß drauf."

„Das sage ich schon die ganze Zeit." Sie lächelte zu Liam auf. Sie wusste, dass sie ihm nicht seine ganze Anspannung nehmen konnte, aber sie merkte, dass sie ihn ein Stück weit dazu gebracht hatte, sich zu entspannen. „Ich müsste ein paar Anrufe erledigen. Ist das in Ordnung?"

Liam ließ sie los. „Hat dieser Mensch keine Probleme mit Shiftern?"

„Er mag Wandler."

„Er?"

Kim lachte über Liams plötzliches, besitzergreifendes Starren. „Keine Sorge. Er ist wirklich nur ein Freund. Ich kenne ihn schon sehr lange."

Liams Blick wurde ein wenig weicher, aber Kim machte sich im Geist eine Notiz, Silas zu warnen, dass er sie nicht berühren sollte, nicht einmal beiläufig.

„Dann ruf mal an", sagte Liam mit sanfterer Stimme. Er hatte sich schon ein gutes Stück von dem tötungsbereiten Shifter entfernt, aber er war immer noch angespannt. „Ich für meinen Teil werde Sandra noch einmal besuchen. Ich würde gerne herausfinden, warum Fergus alle Hebel in Bewegung setzt, damit Brian keinen Prozess bekommt."

***

Liam fand Sandra allein in ihrem Garten. Sie hatte ihren flachen Kohlegrill mitten aufs Gras gerollt und ein Feuer darin entfacht. Als Liam sich näherte, hörte er sie ein Gebet zur Erdgöttin sprechen und sah, wie sie Papierstücke ins Feuer warf.

Liam näherte sich ihr still. Er hatte ihr Privatsphäre gönnen wollen, aber als er sah, was sie da verbrannte, trat er vor und nahm ihr die Stücke aus der Hand.

Sandra schwang mit einem tiefen Einatmen herum. Ihre Fangzähne verlängerten sich, ihre Augen nahmen die weiße Farbe an.

Liam blickte auf die Fotos, die Sandra zu verbrennen versucht hatte. Eins zeigte Brian, wie er in die Kamera grinste, ein Arm lag um seine Mutter, eine Flasche Bier baumelte von seiner Hand. Ein anderes zeigte Brian und seine Freunde an einem See. Dann Brian und ein Menschenmädchen, vermutlich Michelle, das Mordopfer.

„Für so viel Verzweiflung ist es noch zu früh", sagte Liam.

„Halt mich nicht auf. Ich muss sicherstellen, dass er ins Sommerland übertritt."

„Brian kommt nicht einmal in die Nähe des Sommerlands." Liam legte den Arm um Sandras Schultern und versuchte, ihr mit seiner Wärme Trost zu schenken. „Deshalb bin ich hier, um dich zu bitten, dabei zu helfen, dass er freikommt."

Sandra sah mit toten Augen zu ihm auf. „Es gibt nichts, was ich tun kann."

„Das stimmt nicht. Komm, lass uns reingehen und etwas Kaltes trinken. Es ist zu verdammt heiß hier draußen, um richtig denken zu können."

Sandra ließ sich von Liam ins Haus führen, wo er ihr ein kaltes Bier holte. Er öffnete sich selbst eine Flasche und sank neben ihr auf die Couch, um sie zu trinken. Hier, erinnerte er sich, hatte er vor ein paar Tagen gesessen und Kims Füße massiert. Sie hatte hübsche Füße, winzig in seinen großen Händen.

Liam steckte die Fotos von Brian in seine Tasche. Er wusste, wenn er sie Sandra überließ, würde sie sie doch noch verbrennen, wenn er gegangen war. Ein Bild von jemandem, der einem teuer war, dem Feuer zu opfern, war die beste Art, sicherzustellen, dass dieser einen friedvollen Übergang ins Nachleben fand.

Sandra trank das Bier, aber es sah nicht aus, als genieße sie es. „Was willst du, Liam?"

„Ich will etwas über dieses menschliche Mädchen erfahren. Michelle. Hatte Brian vor, sie zu seiner Gefährtin zu machen?"

Sandra sah ihn überrascht an. „Ich weiß es nicht."

„Denn wenn er das vorhatte, dann hätte er sie niemals getötet, das weißt du selbst. Ich hatte vorher nicht daran gedacht, denn einen Menschen als Gefährtin zu nehmen war etwas, was mir nie in den Sinn gekommen wäre. Aber Kim, sie ist verdammt schlau."

Sandra beäugte ihn mit aufmerksamem Blick. „Ich habe gehört, dass du ihr einen Antrag gemacht hast."

„Das habe ich. Keine Sorge, es ist von Fergus selbst genehmigt. Er hat sogar darauf bestanden, auch wenn ich sowieso vorhatte, den Bund zu schließen."

„Sonne und Mond?"

„Bisher unter der Sonne. Der Mond ist morgen Nacht voll, und Dad wird uns dann den Segen geben. Komm rüber. Es wird eine großartige Feier werden."

„Und Kim? Ist sie einverstanden mit deinem Antrag?"

Liams Zähmung

Liam dachte an Kims Verwirrung, ihre Empörung. Er grinste. „Vielleicht ist ‚einverstanden' ein bisschen viel gesagt, aber sie wird sich daran gewöhnen. Dafür werde ich sorgen." Er nahm einen Schluck Bier und bemerkte, dass Sandra tatsächlich lächelte.

Er brachte Sandra dazu, ihm Brians Zimmer zu zeigen. Brian war kein Junges mehr, er war erwachsen geworden und hatte seinen Platz in der Hierarchie gefunden, aber er hatte weiterhin hier gewohnt, um seiner Mutter auszuhelfen. Der menschliche Brauch, dass Kinder auszogen, sobald sie achtzehn waren, war Liam immer merkwürdig vorgekommen. Shifter wohnten über Generationen hinweg in Familiengruppen zusammen.

Sandra hatte ihren Gefährten verloren, lange bevor sie mit Brian nach Shiftertown gekommen war. Nur Brian und sie wohnten in diesem Haus, und vor Brians Festnahme war Sandra voller Hoffnung gewesen, dass Brian bald eine Gefährtin finden und das Haus mit Jungen füllen würde. Jetzt, während sie Liam ins Obergeschoss führte, waren ihre Augen ohne jede Hoffnung.

Brian bewohnte zwei Räume im ersten Stock. Er hatte einen als Schlafzimmer benutzt, den anderen als Büro. Ein alter Computer stand auf seinem Schreibtisch, behelfsmäßig mit ein paar anderen Geräten verbunden, als habe er versucht, ein Netzwerk zu errichten. Liam war keinesfalls ein Computerprofi, auch wenn er sich im Internet ganz gut zurechtfand. Aber er wusste nicht genug darüber, um zu verstehen, ob Brian versuchte, seinen Computer dazu zu kriegen, etwas Illegales zu tun, oder nur dazu, besser zu funktionieren.

Sandra wandte sich ab, nachdem sie Liam eingelassen hatte, als ertrage sie es nicht, Brians Räume zu betreten. Für Liam war das in Ordnung. Während er darauf wartete, dass der Computer hochfuhr, durchsuchte er Brians Schreibtisch gründlich, fand aber nichts Nützliches. Alte Benzinquittungen, Papp-Untersetzer, Mitbringsel von verschiedenen Sehenswürdigkeiten in der Umgebung von Austin und alte Lotterietickets.

Der Computer, so stellte sich heraus, hatte nicht den hilfreichen Bildschirm voller Icons, auf die man klicken konnte. Eine Dateiliste scrollte durch, als Liam den Enterknopf drückte, und dann saß der Cursor am unteren Bildschirmrand und blinkte ihn an.

„Scheiße." Er würde Sean dazu bringen müssen, einen Blick darauf zu werfen. Sean wusste weit mehr über Computer als Liam. Mehr, als Shiftern zu wissen erlaubt war.

Der Rest des Wohnzimmers, Brians Video- und DVD-Sammlung, seine Bücher, seine Zeitschriften, sagte Liam nicht viel, außer dass Brian, wie Connor, von Autos besessen war. Autos waren wie eine Krankheit unter den jüngeren Shiftern. Liam konnte die Anziehungskraft nicht verstehen. Es war nicht so, als seien es Harleys.

Liam warf einen schnellen Blick in Brians Schlafzimmer, fand dort aber noch weniger. Wenn Brian Geheimnisse hatte, dann versteckte er sie nicht in dem Haus, das er sich mit seiner Mutter teilte. Liam fand ein paar Bilder von Michelle, die achtlos in eine Schublade des Nachttischs geworfen worden waren. Sie war ein hübsches Mädchen gewesen, mit honigblondem Haar und einem süßen Lächeln, die Haut von der texanischen Sonne gebräunt. Fotos von ihr und Brian zusammen sagten Liam, dass es ihr überhaupt nichts ausgemacht hatte, dass er ein Shifter war.

„Hast du die hier reingelegt?", fragte er Sandra.

„Nein", sagte sie, als sie hereinsah. „Brian hat sie dort aufbewahrt. Die Polizei hat etwa die Hälfte von ihnen mitgenommen, als sie das Haus durchsucht haben."

Liam war überrascht, dass sie überhaupt welche dagelassen hatten. Aber vielleicht hatten sie genug mitgenommen, um der Jury zu zeigen, was für eine hübsche, hilflose Unschuldige Brian verdorben hatte.

„Kann ich dieses Bild haben?" Er hielt ein Foto von Michelle hoch, die beide Arme um Brian geschlungen hatte.

„Sicher."

Sie versuchte, gleichgültig zu sein. Liam erkannte die Anzeichen. Er hatte sie bei seinem Vater und Kenny gesehen, als diese ihre Gefährtinnen verloren hatten. Sie taten so, als ließen sie los, als habe das Wertvolle, das sie verloren hatten, keine Bedeutung.

„Wirst du Brian nach ihr fragen?", erkundigte sich Liam, während er die Fotos einsteckte. „Herausfinden, ob er sie als Gefährtin wollte? Es ist wichtig."

Sandra schüttelte den Kopf. „Ich werde ihn nicht mehr besuchen."

„Gib noch nicht auf."

Ihr Blick gewann an Eindringlichkeit, die sie wieder zum Leben zu erwecken schien. „Ich kann ihn nicht besuchen. *Er* lässt mich nicht."

„Wer?" Liams Augen verengten sich. „Fergus?"

„Ja, Fergus. Mir ist befohlen worden, wegzubleiben und Brian aufzugeben."

Liam trat zu ihr und rieb ihr die Schultern. „Sandra, das kannst du nicht tun. Er ist dein Sohn, dein Junges. Er braucht dich jetzt mehr als je zuvor."

„Erzähl das mal Fergus. Ich habe meine Befehle bekommen."

„Nun, dann gebe ich dir einen übergeordneten Befehl."

Sandra lachte. Es klang ungesund. „Das kannst du nicht."

„Ich gebrauche mein Vorrecht als Stellvertreter des Anführers in dieser Shiftertown." *Im Moment noch*, dachte er für sich. „Ich sage dir, besuche Brian, und überlass Fergus mir."

„Das kann ich dich nicht tun lassen. Er könnte dich umbringen."

„Er will mich schon längst aus vielerlei Gründen umbringen. Du bist die Einzige, die das für uns tun kann. Fergus wird mich nicht in die Nähe von Brian lassen, und er wird Kim nicht gestatten, mit ihm zu reden, aber eine Mutter davon abzuhalten, ihr Junges zu sehen – das wird er nicht rechtfertigen können. Ich wette, das weiß er."

Sandra sah müde aus. „Ich kann mich nicht gegen ihn durchsetzen, Liam."

„Das musst du nicht. Er ist nicht hier, und seine Männer werden sich nicht in das Recht einer Mutter einmischen." Liam schenkte ihr ein ermutigendes Lächeln. „Selbst Fergus' Tracker haben Mütter, die ihnen den Marsch blasen, wenn sie dich von deinem Jungen fernhalten."

Sandra entspannte sich ein wenig. „Du redest echt nur Unsinn, Liam."

„Versuch's. Sie werden dir nichts tun, nicht in der Gegenwart von so vielen Menschen. Du willst doch Brian sehen, oder?"

„Kommst du mit mir?"

„Ich kann nicht." Liam rieb ihr nochmals die Schultern und wünschte, er könnte ihr sagen, dass alles gut werden würde, und sich dabei auch sicher sein. „Sie werden unsicher sein, ob sie dich aufhalten dürfen, aber mich werden sie nicht einmal in die Nähe des Gefängnisses lassen. Aber du gehst. Sprich dich gründlich mit ihm aus, und dann sag mir alles, was er erzählt hat."

**

Kim beendete gerade den Anruf auf ihrem Handy, als Liam zur Hintertür hereinkam. Ein merkwürdiges Gefühl überkam sie, und sie brauchte eine Minute, um es zu erkennen: Sie war froh, ihn zu sehen.

Sie hatte sich lange, lange Zeit nicht mehr so sehr gefreut, jemanden einen Raum betreten zu sehen. Nicht seit ihre Eltern gestorben waren. Freunde zu haben war natürlich gut, und Abel war ... na schön, wann immer Abel den Raum betreten hatte, waren für gewöhnlich Ungeduld und Gereiztheit ihre erste Reaktion gewesen.

Liam zu sehen ließ ihr Herz schneller schlagen, und nicht nur aus sexuellem Verlangen. Ihr wurde warm, als er sie anlächelte und sich herabbeugte, um ihr die Wange zu küssen.

„Wo sind die anderen?", fragte er.

„Dein Dad ist noch nebenan bei Glory. Connor ist fort, um sich mit ein paar Freunden zu treffen, hat er gesagt. Ellison ist vorbeigekommen, und Sean ist mit ihm weggegangen."

„Ach, ist er das? Und hat dich allein und schutzlos zurückgelassen?" Er spielte mit dem Haar in ihrem Nacken.

„Nicht solange jeder einzelne deiner Nachbarn draußen das Haus anstarrt. Vielleicht sind sie dir aufgefallen?"

„Die fragen sich, was ich hier drin mit der menschlichen Frau anstelle." Liam massierte ihr den Nacken und lehnte sich hinab, um an ihrer Ohrmuschel zu knabbern. „Was möchtest du denn gerne, dass ich tue?"

Kim schmolz unter seinen Berührungen dahin. „Liam, wegen diesem Freund, den ich einladen möchte ..."

„Was ist mit ihm? Er war nicht dein Liebhaber, oder?"

„Nein. Ehrlich, er ist einfach ein Freund. Ich kenne ihn schon seit dem College. Ich wollte das nicht vor den anderen sagen, aber Silas ist ein Journalist. Ein sehr guter. Er möchte ein paar Artikel über Shifter schreiben und eine Dokumentation produzieren. Zeigen, wie schlecht sie behandelt werden, so von dem Gesichtspunkt aus."

Liam richtete sich auf. Seine Augen blickten wachsam. „Noch einen Menschen Shiftergeheimnisse entdecken lassen?"

„Nein. Ich meine, zu zeigen, wie das Leben der Shifter wirklich ist – die Kinder, die vor den Häusern spielen, wie dieser Michael in seinem Pool, den ich an dem ersten Tag gesehen habe, als ich hier war. Er ist süß und würde den Leuten gefallen. Menschen könnten sehen, wie Shiftermütter ihre Gärten bepflanzen, Väter von der Arbeit nach Hause kommen. Teenager wie Connor, die Fußball spielen oder mit ihren Freundinnen Händchen halten. Lasst die Leute sehen, wie friedfertig ihr seid, wie *normal*."

„Ist das alles? Du weißt, dass Fergus das niemals zulassen würde."

„Deshalb frage ich *dich*." Kim lächelte zu ihm auf und versuchte, unglaublich süß auszusehen.

Liams Blick wurde weich. „Du bist ein ganz schlaues Mädchen, Kim. Du möchtest, dass diese Geschichte die öffentliche Meinung zugunsten von Brian beeinflusst, nicht wahr?"

„Es würde nicht schaden."

Liam lachte leise und küsste sie auf den Scheitel. „Und du weißt, wenn ich zustimme, werde ich es Fergus nicht erzählen."

„So etwas in der Art. Oder deinem Vater?"

„Oder meinem Vater, der sich verpflichtet fühlen würde, die Information weiterzugeben. Bring diesen Silas zur Party mit, und lass mich ihn treffen. Keine Kameras, keine Notizen. Ganz inoffiziell, bis ich ihn kennengelernt habe."

„Natürlich. Er ist fair, Liam, deshalb habe ich an ihn gedacht."

„Aber wenn ich ihn nicht mag ..."

„Dann werde ich ihm absagen. Versprochen."

„Na schön." Liam beugte sich hinab und fuhr damit fort, an ihrem Ohrläppchen zu knabbern. „Genug geredet. Ich denke gerade über die Tatsache nach, dass wir allein in diesem Haus sind."

„Dass jemand im Haus war, hat dich doch gestern auch nicht aufgehalten", bemerkte sie mit bebender Stimme.

„Das war der Paarungswahn. Heute möchte ich es langsam angehen. Möchte dir alles geben, was du willst, aber ganz in Ruhe." Liam ließ seine Finger ihre Wirbelsäule hinabstreichen, wo sie eine Spur des Feuers hinterließen. „Ich möchte sehen, ob du unter diesem sexy Rock Strapse trägst."

Kim lehnte sich gegen die Arbeitsfläche und zog ihr den Rock ein paar Zentimeter nach oben. „Das tue ich."

Liams warme Hände bedeckten ihre Schenkel, seine Daumen hakten sich oben in ihre Strümpfe. „Braves Mädchen."

Kapitel Siebzehn

Kim fand sich auf der Arbeitsfläche sitzend wieder, während Liam zwischen ihren Beinen stand. Seine warmen Lippen spielten mit ihren, seine Hände glitten zur Innenseite ihrer Schenkel. „Könnte das vielleicht ein String sein?", murmelte er und betastete ihn. „Das Ding, von dem du gesagt hast, du würdest es nicht anziehen?"

„Könnte sein."

„Hast du ihn für mich angezogen, Kim?"

„Ja."

Liam rieb sein Gesicht an ihrer Wange. „Ich mag das." Er leckte die Stelle, an der er sich gerieben hatte. „Er lässt sich leicht beiseiteschieben."

„Das ist der Existenzgrund eines Strings."

„Du bist feucht für mich", sagte er.

„Ja." Kim zog ihre Hand seinen Reißverschluss entlang. „Du bist auch bereit, sehe ich. Entweder das, oder du hast einen Baseballschläger da reingeschoben."

„Ich glaube, das wäre schmerzhaft."

„Ich glaube, du hast jetzt schon Schmerzen", flüsterte sie ihm ins Ohr. „Mir würde es wehtun, wenn ich etwas derart Großes in meiner Hose hätte."

„Willst du mal herausfinden, wie das ist?"

„Hätte nichts dagegen."

Sie hatte es noch nie auf einer Arbeitsfläche sitzend gemacht, den Rock hochgeschoben und das Höschen beiseitegezerrt, und mit einem Liebhaber, der die Jeans einfach nur auf die Knöchel hatte runterfallen lassen. Aber andererseits hatte sie auch noch nie einen Liebhaber wie Liam gehabt, einen großen Iren mit beeindruckenden Muskeln und schönen Augen.

Sie stellte fest, dass sie die Beine um ihn geschlossen hatte, seine Hände hielten ihren Kopf, und sie fühlte die brennend heiße Vereinigung ihrer Körper. Seine Lippen waren überall auf ihr. Gesicht, Kehle, Haare, Mund.

„Du fühlst dich so gut an, Kim. Du fühlst dich so verdammt gut an."

Kim antwortete nicht. Sie spürte die Verzweiflung in ihm, das Verlangen, sich in Sex zu verlieren und Fergus' Ultimatum und den merkwürdigen Streit, den er mit seinem Vater gehabt hatte, zu vergessen. Liam schien das alles am meisten zu beunruhigen, mehr sogar noch als Dylan.

Die unbändige Freude an dem, was sie taten, und die Gefahr, dass jemand hereinkommen und sie erwischen könnte, weckten in Kim den Wunsch, laut herauszuschreien. Ihre Partner hatten immer sicheren Sex praktiziert – nicht nur in dem Sinn, dass sie ein Kondom benutzt hatten, sondern auch, indem sie sicherstellten, dass das Licht ausgeschaltet war, die Tür verriegelt und die Rollläden heruntergelassen, sodass niemand jemals wissen konnte, was sie gerade taten.

Liam wollte Kim und kümmerte sich nicht darum, wer das mitbekam. Er hatte diese Tatsache weithin verkündet – voller Stolz. Statt peinlich berührt zu sein, schwoll Kim das

Herz vor Freude. Sie bewegte die Hüften und liebte das Gefühl von ihm so tief in ihr.

„Liam", stöhnte sie. „Ich möchte, dass du schmutzige Dinge mit mir anstellst."

„Gerne, Süße", sagte er, sein Gesicht nah an ihrem. „Sag, was du willst, und ich werde es tun."

Sie erhöhte das Tempo, dann erhöhte er es, und dann wieder sie. „Ich liebe genau *das hier*."

„*Ich* liebe, was du mich fühlen lässt", flüsterte er.

Kim versuchte, sich etwas Erotisches einfallen zu lassen, das sie sagen könnte, aber ihr Gehirn konnte gerade keine Worte finden. „Halt einfach die Klappe, und besorg's mir."

Liam lachte. Er stieß sich immer schneller in sie, bis sie beide atemlos waren. Er hielt sie eng an sich gepresst, als er kam. Sein Samen war heiß, sein Mund fest auf ihrem. Seine Küsse waren noch immer unerfahren, aber Kim machte es nichts aus. Sie benutzte Zunge, Lippen, Zähne und erwiderte seine Küsse hingebungsvoll.

Liam lächelte in ihren Mund, und Kim lachte mit ihm. Sex konnte nicht besser sein.

Ihr Herz klopfte wild, als sie dachte, dass er vielleicht doch noch besser werden konnte – mit Liam. Die Vorstellung brachte sie zum Höhepunkt. Sie rieb sich an ihm, konnte nicht mehr kontrollieren, wie laut sie war, und es war ihr auch egal.

Als sie sich beruhigt hatte, löste Liam sich – noch immer steif – von ihr, zog sich die Hose hoch und trug Kim zum Wohnzimmersofa. Er brach darauf zusammen, Kim über sich, beide schwer atmend.

„Oh, Mann, das war gut." Kim lag an seiner Schulter und versuchte, zu Atem zu kommen. Lachen half nicht.

Liam fuhr ihr mit den Fingern durchs Haar. „Das war nicht, was ich im Sinn hatte, aber gar nicht übel."

„Wie meinst du das, *nicht übel*?"

Liam betrachtete sie aus halb geschlossenen Raubtieraugen. „Ich habe dir doch gesagt, ich wollte dich langsam nehmen. Dich so lieben, wie du es verdienst. Nicht dich eilig auf dem Küchenschrank durchvögeln."

Kim küsste ihm die Nasenspitze. „Das hat mir nichts ausgemacht. Überhaupt nichts. Vielleicht hast du das bemerkt?"

„Ich möcht dir so viel geben." Liams Griff wurde zu einer engen Umarmung. „So viel, Kim. Alles, was ich einmal hatte, alles, was ich verloren habe, ich möchte es zurück – für dich."

Sie hörte Liams Herz unter ihrem Ohr schnell schlagen, und ihr eigenes Herz zog sich zusammen. Seine Worte machten ihr Angst. Sie konnte sie als etwas abtun, das ein Mann sagte, weil er glücklich darüber war, eine Frau flachgelegt zu haben, nichts als Worte, die schnell vergessen waren, sobald man befriedigt war. Aber das Klopfen seines Herzens kam nicht nur von der körperlichen Anstrengung. Seine Stimme enthielt Unsicherheit, eine Sehnsucht, von der er fürchtete, sie nie erfüllen zu können.

Kim strich mit den Fingern über die harte Fläche seiner Brust. „Du musst gar nichts für mich tun."

„Sei nicht dumm, Weib. Ich sorge jetzt für dich. Ich möcht alles für dich tun."

Sie schüttelte den Kopf. „Ich sorge selbst für mich. Ich habe einen guten Job und ein schönes Haus. Das ist mehr, als viele andere Leute haben."

„Bevor wir das Halsband angenommen haben, hat ein Mann seine Gefährtin nach Hause zu seiner Familie gebracht und hat sie abgesondert. Er hat alles für sie getan, für sie gejagt, dafür gesorgt, dass sie warm und satt war und es bequem hatte, und sie auf jede erdenkliche Art verwöhnt."

„Wirklich? Ich schätze, von Frauenrechten hattet ihr noch nichts gehört."

„Nicht im neunzehnten Jahrhundert, Süße." Liam lächelte. „Nicht *abgesondert* im Sinne eines Gefängnisses. Abgesondert im Sinne von beschützt vor allen anderen. Weibliche Shifter gab es immer schon wenige, und wir mussten verhindern, dass sie von anderen Shiftern gestohlen wurden. Der Gefährtenbund ist heilig, aber wenn die Zeiten schlecht waren, haben die anderen Männer sich nicht mehr um heilig geschert." Er zog Kim enger an sich. „Daher muss ich gegen meine Instinkte ankämpfen, dich an einem sicheren Ort wegzuschließen und alle daran zu hindern, dich anzusehen."

Kim hatte sich nie zuvor als etwas Kostbares gesehen. Abel hatte sie jedenfalls höchstens als Annehmlichkeit betrachtet, und die anderen Männer, mit denen sie davor zusammen gewesen war, waren auch nicht viel besser gewesen. Ihre Beziehungen waren eher von der Sorte „Freunde mit gewissen Vorzügen". Nicht die wahre, unsterbliche Liebe, kein *Ich will für den Rest meines Lebens für dich sorgen und dich beschützen.*

Kim hatte lange genug für sich selbst gesorgt, dass es sich merkwürdig anfühlte, dass jemand sie von dieser Last befreien wollte. Merkwürdig, aber schön. Sie würde Liam das natürlich nicht wirklich tun lassen, aber es war trotzdem ein gutes Gefühl.

Liam schwang sie in seine Arme und rollte sich gleichzeitig auf die Füße. Kim fand sich gegen seine Brust gepresst wieder, mit ihrem Kopf an seiner Schulter, während Liam zur Treppe schritt.

„Was machst du?", fragte sie.

„Ich bringe dich nach oben, wo wir hingehören. Ich habe es satt, gegen meine Instinkte anzukämpfen."

Ein wohliger Schauer durchlief sie. „Was bedeutet das?"

Seine Augen waren weißlich blau, als er auf sie hinabsah, seine Pupillen veränderten sich. „Ich werde dich die ganze Nacht lieben, *Gefährtin*. Auf einem Bett. Ich werde dich lieben, bis wir nicht mehr stehen können."

Wenn Abel das gesagt hätte, hätte Kim die Augen verdreht oder bei sich gedacht, was für eine unbefriedigende Sache das sein würde. Wenn Liam es sagte, erwachte ihr ganzer Körper zum Leben.

Um ihn zu necken, sagte sie: „Ich sollte wirklich meine Unterlagen noch einmal durchsehen."

Der Blick, den Liam ihr zuwarf, war wild. „Scheiß auf deine Unterlagen."

Kim lachte. Liam knurrte und rannte die letzten Stufen hoch, stürmte ins Schlafzimmer und warf sie aufs Bett. Während ihre Kleider verschwanden und dann seine, gab Kim auf. Eine Nacht ihres Lebens lang würde sie es genießen, wilden, verrückten Sex mit einem Mann zu haben, der ihr versprach, es unvergesslich zu machen – ganz gleich was am Morgen sein würde.

**

Sean war mit Frühstückmachen an der Reihe, und Liam holte sich einen Teller Pfannkuchen von ihm. Die Sonne strahlte durch das Ostfenster herein. „Kim wird in einer Minute unten sein."

Sean warf ihm aus blutunterlaufenen Augen einen verärgerten Blick zu. „Ich überlege, dein Zimmer schalldicht zu isolieren."

„Stören dich die Geräusche der Liebe so sehr?", fragte Liam ihn.

„Schon, wenn ihr die ganze Nacht schreit."

Connor grinste von seinem Platz am Tisch herüber. „Ich musste meine Kopfhörer aufsetzen und die Musik aufdrehen. Das hat euch gerade so übertönt."

„Ihr Dumpfbacken seid nur neidisch. Wo ist Dad?"

Sean warf den Pfannenwender auf die Arbeitsfläche. „Was glaubst du wohl?"

Nebenan. Bei Glory. Gut. „Gönnst du deinem alten Vater nicht, dass er mal landet?", fragte Liam Sean leichthin. „Du bist ja ein dankbarer Sohn."

„Sean ist nur sauer, weil *er* nicht landet", sagte Connor. „Mir macht das nichts aus, ich bin zu jung und unschuldig, um zu wissen, was das alles bedeutet."

„Blödsinn", knurrte Sean.

Connor lachte ihn aus. Liam klopfte Sean auf die Schulter und drehte sich mit seinem Frühstück um. „Du wirst eines Tages eine Gefährtin finden, Sean. Dann werden wir Witze darüber machen, was für Geräusche aus *deinem* Zimmer kommen." Sean sah ihn finster an und wendete sich wieder seinem Teig zu. Seine schlechte Laune kam nicht nur davon, dass Liam ihn wach gehalten hatte. Sean war gestern bereit gewesen, sein Leben für sie alle zu opfern, das war ihm nicht leichtgefallen.

Liam wollte sich gerade hinsetzen, als er deutlich wahrnahm, dass Kim die Treppe herunterkam. Er roch sie auch, ganz frisch aus der Dusche. Sie trug einen bequemen Rock und ein ärmelloses Top. Ihre Beine waren nackt, und ihre Füße steckten in hochhackigen Riemchensandalen.

„Gibt es Pfannkuchen?", fragte sie. „Ich bin am Verhungern."

Liam zog sie an sich. Er war vor weniger als einer Stunde mit ihr in den Armen aufgewacht. Und war das nicht das beste Gefühl der Welt gewesen? Er küsste ihr die Wange, dann die Lippen.

Kim lächelte zu ihm auf. „Wow, sind die Pfannkuchen so gut?"

„Sean ist fast so ein guter Koch wie ich. Komm, setz dich."

Connor stand von seinem Platz auf, als Kim näher kam, und Liam nickte ihm zu. Kim sah erstaunt aus, als Connor seine schlaksigen Arme um sie schlang und diese ungelenke Umarmung mit einem Kuss auf die Wange beendete.

„Guten Morgen, Kim", sagte er und ließ sie frei.

„Dir auch guten Morgen. Ich ..." Ihre Worte versiegten, als Sean näher trat und sie in eine geübtere Umarmung schloss, fest drückte, ihr den Rücken rieb und ihr einen Kuss aufs Haar drückte.

„Magst du Blaubeeren, Kim?", fragte er, ließ sie los und drehte sich wieder dem Herd zu.

„Sicher. Blaubeeren. Wunderbar."

Liam streichelte ihr den Nacken und führte sie zu ihrem Platz am Tisch. „Hast du gut geschlafen?"

„Nein." Kim ließ sich auf den Sitz fallen und griff nach dem Krug Saft in der Mitte des Tisches. „Aber das weißt du schon. Sean, Connor, versucht ihr, mich zu trösten, weil ich die Nacht mit Liam verbringen musste?"

Connor lachte laut los. Selbst Sean wurde aus seiner düsteren Laune gerissen und grinste. „Brauchst du denn Trost, Kim?", fragte Sean. „Ist er so schlecht?"

„Halt die Klappe", knurrte Liam, aber er war zu sehr erfüllt vom Nachklang der gemeinsamen Nacht, um sich um ihr Necken zu kümmern. „Sie erkennen dich als meine Gefährtin an, Süße. Sie heißen dich in der Familie willkommen."

„Ich habe es vergessen. Shifter umarmen sich gerne. Und oft."

Liam strich mit der Hand Kims Arm hinauf. Ihre seidige Haut war die reine Freude unter seinen Fingerspitzen. „Ist da etwas Schlechtes daran? Sich zu berühren und sich zu umarmen ist eine gute Sache."

„Es ist ungewöhnlich", sagte Kim. „Für Menschen, meine ich."

„Sich zu berühren gibt Sicherheit und hält die Bande der Familie aufrecht. Es ist mehr als nur Liebe, es ist notwendig."

„Menschen tun das doch auch", sagte Sean vom Herd her. „Aber es ist ihnen peinlich. Daher erfinden sie merkwürdige Rituale, wie dass sie Frauen Blumen und Süßigkeiten schenken. Menschliche Männer boxen sich gegenseitig, wenn sie sich mögen. Ich hab sie das schon tun sehen."

„Sean hat die Menschen und ihr Verhalten genau studiert", sagte Liam. „So hat er wenigstens etwas zu tun."

Kim blickte Sean voller Respekt an. „Na, herzlichen Glückwunsch, wenn du das menschliche Verhalten interpretieren kannst. Selbst Menschen können das nicht."

„Aber ich sehe sie von außen", sagte Sean. „Das ist etwas anderes."

„Das sind Shifter für Menschen auch." Kim nahm einen Teller Pfannkuchen entgegen und langte zu. „Ich weiß, ihr wollt da alle nicht drüber sprechen, aber ich möchte keine weiteren Diskussionen darüber hören, wie ihr Fergus gegenüber nachgebt. Er versucht nur, Unfrieden zu stiften. Ich habe darüber nachgedacht, und ich glaube, was ihr alle wirklich braucht, ist ein guter Anwalt, und zufällig isst gerade einer hier mit euch Pfannkuchen. Ich werde mir das Shifter-Recht ansehen und überprüfen, ob Fergus eurem Vater wirklich befehlen kann, abzudanken. Oder ich versuche, ein Hintertürchen zu finden, damit er keinen Erfolg hat. Daher muss ich wissen, welche Regeln und Gebräuche und Derartiges nicht niedergeschrieben sind. Ich muss *alles* wissen."

Wenn seine Gefährtin so nah war und ihrer beider Geruch an ihr hing, waren Liam Fergus, Brian und die verflixte Situation, in die sie Shiftertown gebracht hatten, ziemlich egal. „Das ist okay, Kim. Ich werde dich sicher nicht daran hindern. Mach dir nur nicht zu viele Hoffnungen, Süße."

Kim aß den letzten Pfannkuchen und stand auf. „Es ist besser, als Fergus gewinnen zu lassen."

„Das wird er nicht", sagte Liam und beobachtete, wie ihre Hüften sich bewegten, als sie den Teller zur Spüle brachte. „Ich werde ihn nicht gewinnen lassen."

Sean warf ihm einen finsteren Blick zu. „Ich halte meine Idee immer noch für die beste Lösung." Er meinte es nicht mehr so wie gestern, wusste Liam, denn die Anspannung war zu einem guten Teil aus ihm gewichen. Aber Sean war noch immer wütend.

„Wir brauchen dich als Wächter, Sean", sagte Liam leise. „Connor ist noch nicht so weit, dass er die Aufgabe übernehmen kann."

„Nein, auf keinen Fall", sagte Connor hinter seiner Autozeitschrift. „Wage es nicht zu sterben, Sean."

Kim sah wiederum verwirrt aus. Liam bedeutete ihr, nach draußen auf die Veranda zu gehen, und folgte ihr die Stufen hinab in den zaunlosen Garten und die Austiner Sommersonne. Es würde wieder ein heißer Tag werden, aber später heute Abend würde der kühle Mond den Garten in sein silbernes Licht tauchen.

„Ich muss zur Arbeit", sagte Kim.

„Ich weiß."

„Du wirst wieder versuchen, mit mir mitzukommen, oder?"

„Ich werde mit dir kommen. Ich lasse dich nicht aus den Augen, nicht solange Fergus' Tracker herumlaufen und Fergus teuflisch wütend auf die Morrisseys ist. Ich würde es ihm zutrauen, ein Exempel zu statuieren, was mit unfolgsamen Clanmitgliedern geschieht."

„Ich werde das in Ordnung bringen, Liam."

Liam nickte ihr zu. „Trotzdem lasse ich dich nicht aus den Augen."

„Was ist mit Sean los?", fragte sie und blickte zurück zum Haus.

Kim brauchte eine Weile, bis sie ihre Fragen stellte, bemerkte Liam. Das lag vermutlich daran, dass sie Anwältin war, jemand, der sorgfältig nachdachte, wie er die Informationen, die er brauchte, am besten aus jemandem herausbekam.

Liam rieb sich übers Haar. Er dachte nicht gerne daran. „Sean hat sich immer die Schuld an Kennys Tod gegeben. Ich gebe mir selbst die Schuld, weil ich so blöd folgsam war, obwohl ich die beiden hätte beschützen sollen. Aber Sean war bei Kenny. Sean hat gekämpft und überlebt, aber er konnte Kenny nicht retten. Das frisst ihn auf."

Kim warf ihm einen skeptischen Blick zu. „Oh, bitte. Ich weiß ziemlich gut, dass Sean nicht einfach danebengestanden und zugesehen hat, wie Kenny ermordet wurde. Er muss auch gekämpft haben."

„Als Wächter ist seine oberste Verantwortung das Schwert. Er konnte es nicht riskieren, dass der Paria es bekam. Kenny wusste das. Er kämpfte, um den Wächter und das Schwert zu beschützen."

Kim sah ihn aus großen Augen an. „Du meinst, dieses Stück Metall war wichtiger als dein Bruder?"

„Nein, das ist nicht, was ich sage. Aber der Wächter hat eine große Verantwortung dem ganzen Clan gegenüber. Er muss überleben, um das Schwert frei zu halten, falls er es bei einem von uns benutzen muss. Kenny wusste, was er tat."

Er konnte sehen, dass Kim das nicht wirklich verstand, aber ihr Blick wurde weicher. „Das macht es nicht gerade leichter, oder?"

„Nein."

Kim legte ihm die Arme um die Taille. „Liam, es tut mir so leid."

Er fühlte ihre Trauer. Liam drückte sich an sie, Tränen liefen sein Gesicht hinab für den Bruder, den er verloren hatte. Ein Shifter zu sein hieß, Opfer zu bringen. Dass Kim das verstand, löste einen Knoten in ihm, der sich über ein Jahrzehnt festgezogen hatte.

***

Kim arbeitete den Tag über in ihrem Büro, holte Anrufe nach und erledigte liegen gebliebenen Papierkram, bereitete die Gerichtsverhandlung vor, die sie entschlossen war, für Brian zu erreichen. Der Privatdetektiv, den sie angeheuert hatte, erzählte ihr, er habe herausgefunden, dass Michelles Exfreund vor Wut gekocht hatte, als Michelle begonnen hatte, mit Brian auszugehen. Drohungen waren ausgesprochen worden, und Freunde des Exfreundes hatten sich Sorgen gemacht. Gut. Kim gab ihm Anweisungen, weiter in dieser Richtung nachzuforschen.

Sie kramte auch jede einzelne Information hervor, die sie über Shiftergesetze finden konnte, und sah sich alles nochmals an. Sie würde etwas entdecken, das Fergus davon abhielt, die Morrisseys zu besiegen, ganz gleich, wie lange es dauerte. Die menschliche Regierung mischte sich für gewöhnlich nicht in Shifter-Hierarchien ein, vor allem, weil sie sie nicht verstand. Aber Kim würde eine Möglichkeit auftun, dieses Problem zu lösen, und Liam würde herausfinden, warum Fergus wollte, dass Brian hingerichtet wurde.

Zu arbeiten, während Liam auf ihrer Couch ausgestreckt war, machte sie nervös, besonders da er sie die ganze Zeit über beobachtete. Er zog nicht ihre Aufmerksamkeit auf sich und unterbrach sie nicht, er … beobachtete einfach nur.

Wieder erinnerte er Kim an Löwen in der afrikanischen Steppe, die unter dem Schatten dieser Wie-auch-immer-Bäume saßen und die Gazellenherden beobachteten. Vielleicht waren sie gerade nicht hungrig, aber sie würden sie beobachten. Mit erhobenem Kopf, die Ohren aufgestellt, wachsam. Reglos. Wartend.

Um halb sechs war die Gazelle in ihr bereit, nach Hause zu gehen.

Kim versuchte gar nicht erst, zu ihrem eigenen Haus zu fahren. Sie begleitete Liam direkt zurück nach Shiftertown und fühlte sich dabei auf merkwürdige Art erleichtert.

Als Kim und Liam an dem Haus der Morrisseys ankamen, hatte Sean im Hinterhof einen großen Kohlegrill angeworfen, und daneben standen mehrere Kübel, randvoll mit Bier und Eis. Ein Dutzend Shifter waren auf der Veranda und im Garten verteilt und unterhielten sich mit Sean und Dylan. Connor und ein paar andere junge Männer in seinem Alter kickten einen Fußball herum, während zwei Mädchen im Teenageralter danebenstanden und ihnen zusahen.

Kims Journalistenfreund Silas kam kurz nach ihr. Er war groß und sehr schlank mit einem auffällig vorstehenden Adamsapfel.

„Was ist das für eine Party?", fragte er, als Kim ihn Liam vorstellte. Kim hatte Silas gewarnt, dass nur Liam wusste, was er hier wirklich tat, und er hatte versprochen, diskret zu sein.

„Es ist ein Segen unter dem Mond, das ist es", antwortete Liam. Er ließ grinsend die Zähne blitzen. „Es ist ein sehr interessantes Ritual."

Kim verdrehte die Augen bei seiner überzogen irischen Sprechweise, aber zumindest sagte er nicht mehr „Einen wunderschönen guten Morgen".

„Du klingst wie ein Cartoon-Kobold", sagte sie ihm, nachdem sie Silas vorgestellt und ihn bei Annie von der Bar zurückgelassen hatten, mit der er sich angeregt unterhielt.

„He, Vorsicht, das sind meine Gefühle, die du da verletzt."

„Klappe, Liam."

Er zog die Augenbrauen hoch, und dann lachte er. „Du lernst schnell, Liebling." Sein warmes Lachen erinnerte sie daran, wie er sie die ganze Nacht lang geliebt hatte. Selbst jetzt sah er sie mit unverhohlenem Hunger an. „Ich habe dich schon lange nicht mehr angefasst."

Angenehme Schauer durchliefen sie. Sie stimmte ihm zu. Es war zu lange her, dass sie sich das letzte Mal intim berührt hatten. Stunden.

„Ich wünsche mir bereits, das Ritual wäre vorbei und alle wären nach Hause gegangen", sagte Liam in ihr Ohr.

„Wir sollten vermutlich zuerst etwas essen. Und unsere gesellschaftlichen Pflichten erfüllen."

„Aye." Liam führte seine Hände zu ihrem Hintern und zog sie für einen Kuss an sich. „Aber ich hoffe wirklich, dass das hier nicht die ganze Nacht dauern wird."

Mehr Shifter gesellten sich zu der Menge, und sie ging zurück zum Grill. Jeder, den Kim in Shiftertown kennengelernt hatte, war da: der Wolf Ellison, Glory, Annie, Sandra, die Frauen auf den Veranden, an denen sie am ersten Tag vorbeigekommen waren, der kleine Michael, der so stolz auf sein Planschbecken gewesen war.

Kim versteifte sich, als sie die zwei Tracker von Fergus erkannte – den kahl rasierten, tätowierten Kerl und den Militärtypen mit der Sonnenbrille –, aber Sean reichte ihnen ohne große Überraschung Teller mit angekohlten Burgern und Brötchen.

„Sie werden sich hier nicht mit jemandem prügeln, oder?", fragte Kim und nahm einen Burger von Sean entgegen. Die beiden Männer waren weitergegangen, um zu essen. Sie bemerkte, dass die anderen Shifter sich von ihnen fernhielten. „Oder eine Neunschwänzige hervorholen und Leute züchtigen?"

„Sie sind hier, um das Ritual zu beobachten", erklärte Sean ihr. „An Fergus' Stelle. Und sie werden sich gut benehmen."

„Ich hätte Silas abwimmeln können, wenn ich gewusst hätte, dass sie kommen."

Liam schüttelte den Kopf. „Sie werden das Ritual nicht stören. Fergus möchte, dass dieser Gefährtenbund geschlossen wird. Und er möchte sicherstellen, dass Dad morgen seine Position aufgibt."

Kim nickte missmutig. Sie hatte bisher noch kein Gesetz gefunden, das Fergus brach, wenn er Dylan aufforderte, von seinem Posten zurückzutreten, aber das würde sie noch. Sie würde nichts unversucht lassen.

Sie kaute den Burger, den Sean ihr gegeben hatte und der sehr gut war, besonders mit dem geschmolzenen Käse, der darauf verlaufen war. Ihre Diät konnte sie komplett vergessen, aber sie schaffte es nicht, sich darüber Sorgen zu machen.

Ellison kam mit seinem großen schwarzen Stetson und den Cowboystiefeln aus der Menge. Er klatschte Liams erhobene Hand ab, und dann schlossen die Männer sich in eine feste Umarmung.

„Kim!", dröhnte Ellison, die Arme weit geöffnet, und bevor sie noch in Deckung gehen konnte, hatte er sich schon den Hut vom Kopf gerissen und sie in seine Arme gezogen.

Liam rettete Kims Teller mit dem halb gegessenen Burger, während Ellison Kim herumwirbelte. „Glückwunsch." Er setzte Kim wieder ab und gab ihrem Bauch einen zärtlichen Klaps. „Wann ist es so weit?"

„Wovon um Himmels willen sprichst du?" Ellison sah schockiert aus. „Liam, hast du dich etwa noch nicht über sie hergemacht? Was ist los mit dir? Ihr seid bereits unter der Sonne gesegnet. Wartest du auf Weihnachten?"

„Wir haben es schon gemacht, vertrau mir." Liam reichte Kim ihr Essen zurück. „Es wird bald so weit sein."

Kim wurde rot. „Nicht, dass dich das irgendetwas angeht."

„Mich nichts angehen? Schätzchen, es geht jeden Shifter etwas an, ob ein Shiftermann seinen Job machen kann. Wir müssen gut darin sein, Babys zu machen, daher üben wir viel." Er ballte seine Fäuste und stieß seine Hüften in einer übertriebenen Darstellung von Sex vor.

„Ignorier ihn, Kim. Lupide sind ekelhaft."

„Danke schön", sagte Glory. Sie trat an Ellison vorbei, groß, schlank, in einer hautengen, schwarzen Hose und einem Seidentop, jedes einzelne blonde Haar an seinem Platz. „Verdammte Felide."

„Dumpfbackige Lupide", erwiderte Liam freundlich.

Dylan näherte sich ihnen. „Kim."

Kim sah ihn nervös an, aber Dylan legte die Arme um sie und zog sie in eine sehr enge Umarmung. Sie spürte etwas anderes in seiner Umarmung, als sie es bei den anderen gespürt hatte. Nicht Freude und Ausgelassenheit, sondern Erleichterung. Dylan hielt sie dicht an sich gepresst, sie roch die feuchte Baumwolle seines Hemds und seine Rasierseife. Aber Dylans Berührung hatte überhaupt nichts Sexuelles. Er hielt sie, wie man ein Kind hielt, wie er vielleicht Connor beruhigte.

Er hielt sie lange Zeit, und seine Augen waren feucht, als er sie wieder losließ. Er wischte sie sich ohne Scham trocken, dann drehte er sich um und umarmte Liam. Vater und Sohn standen still zusammen da. Kim nahm ihren Burger wieder von Ellison entgegen. Um die Tränen zu unterdrücken, die darauf bestanden, ihre Augen zu füllen, überlegte sie, dass sie besser schnell essen sollte, bevor noch mehr Leute sie mit Umarmungen begrüßen wollten.

Kim bemerkte, dass Glory nicht versuchte, sie an sich zu ziehen – sie stolzierte mit Dylan davon, als dieser schließlich Liam losließ. Kim fragte sich, ob Glory zeigte, dass sie es nicht gut fand, dass Liam eine menschliche Gefährtin nahm, oder ob sie einfach dachte, dass sie der Familie nicht nah genug stand, um sich dem Gruppenkuscheln anzuschließen. Glory und Dylan hatten vielleicht etwas miteinander, aber Sex bedeutete noch nicht unbedingt Intimität, wie Kim aus Erfahrung wusste. Die Frau war ihr ein Rätsel.

Es dauerte eine Weile, bis die Sommernacht sich verdunkelte, aber Liam und Dylan schienen es auch nicht eilig zu haben. Liam stellte Kim allen Anwesenden vor. Dabei hielt er ihre Hand oder hatte den Arm um ihre Taille gelegt, während sie von Gruppe zu Gruppe gingen. Kim lernte Lupide kennen, andere Felide und Bären.

Die Bärshifter faszinierten sie, grobknochige Männer und Frauen, die lange Haarmähnen trugen. Viele der Bärenmänner hatten einen Bart, und beide, Männer und Frauen, mochten anscheinend Tattoos. Auch sie hießen Kim mit Umarmungen willkommen, auch wenn sie etwas weniger eng waren als die Umarmungen der Familie. Nicht jeder von ihnen sahen glücklich darüber aus, dass Liam eine Menschenfrau in ihre Mitte brachte, aber alle waren freundlich zu ihr.

Bis Liam Kim zurück in die Mitte des Hofs geführt hatte, war es dunkel und glücklicherweise auch kühler. Der Mond stieg schnell, und als er seinen Zenit erreicht hatte, senkte sich Schweigen über die Menge.

Liams Nachbarn bildeten zwei konzentrische Kreise. Liam, Kim und Dylan standen in der Mitte des inneren Kreises. Dieser enthielt Liams direkte Familie und Freunde zusammen mit den beiden Trackern von Fergus. Im äußeren Ring stand der Rest von Shiftertown.

Kühles Mondlicht fiel durch die Bäume und auf Kims Gesicht, als Liam sie zu sich umdrehte. So wie damals, als sie vor Fergus in der Shiftertown von San Antonio gestanden hatten, hielt Liam die linke Hand mit der Handfläche nach vorn hoch und drückte sie gegen Kims rechte. Er verschränkte die Finger mit ihren und begegnete ihrem Blick mit ruhigen Augen.

Dylan schloss beide Hände um ihre und sang in einer Sprache, die Kim nicht erkannte. Irisch ... Gälisch? Oder eine Art Shiftersprache? Die Shifter in den Kreisen antworteten und fielen in einem langsamen Rhythmus ein. Die Kreise begannen sich um sie zu drehen. Der erste Kreis bewegte sich im Uhrzeigersinn, der zweite dagegen. Sie schritten ganz bewusst und langsam, sodass es aussah wie ein alter Tanz, der einfach, aber machtvoll war.

Schließlich hörte Dylan auf zu singen. „Beim Licht des Mondes", erklärte er mit lauter, ernster Stimme, „erkenne ich diesen Gefährtenbund an."

Ellison heulte, und bald darauf fielen die anderen Wölfe alle ein, gefolgt von dem Fauchen der Raubkatzen und dem Brummen der Bären. Liam zog Kim an sich und überwältigte sie mit einem Kuss.

„Danke, Süße", sagte er mit rauer Stimme. „Danke."

In der Shiftertown von San Antonio hatten die Shifter sich wie verrückt auf das Bier gestürzt und eine improvisierte Party geschmissen, aber das war nichts im Vergleich zu dem Gelage, das sich hier entwickelte. Shifter packten einander, umarmten sich, lachten, tanzten wie verrückt herum. Bier floss in Strömen, Kinder liefen schreiend umher. Mehr als einer warf seine Klamotten von sich, und bald war der ganze Hof mit Raubkatzen angefüllt, mit Wölfen und Bären.

Kim sah sich nach Silas um. Sie fragte sich, was er wohl davon hielt. Der große Mann stand mit Annie zusammen, eine Flasche Bier in der Hand. Annie und er waren gleich groß, und Annie hatte den Arm um seine Schultern geschlungen.

„Großartige Party, Kim", grinste er. Er sah glücklich aus, nicht verärgert oder eingeschüchtert. Gut.

Glory kam zu ihnen und sah etwas entspannter aus. „Annie", sagte sie, „hast du dir einen Menschen gefangen? Liam hat einen Trend losgetreten."

Annie drückte sich näher an Silas. „Der hier ist okay."

„Das ist ein Freund von mir, den ich eingeladen habe", erklärte Kim.

„Ich weiß." Glory trat von Dylan weg und schloss Kim jetzt tatsächlich in eine üppig parfümierte Umarmung. „Sie brauchen dich, Schätzchen. Sei gut zu ihnen."

Connor kam auf sie zugerast, dicht gefolgt von Sean, und Kim trat zurück an Liams Seite. „Noch mehr Umarmungen? Bald bin ich überall grün und blau."

„Sie sind glücklich", sagte Liam in ihr Ohr. „Wir haben lange keinen Bund mehr gefeiert. In unserer Familie haben wir nicht damit gerechnet, in absehbarer Zeit einen einzugehen. Vielleicht nie mehr."

Kims Antwort wurde zuerst von Connors und dann von Seans Umarmung abgeschnitten. Dann wieder von Connors. „Ich habe eine Tante", rief Connor. „Ich habe eine Tante, und ich werde bald einen Cousin haben."

„Gibt es da etwas, das du mir erzählen möchtest, Kim?", fragte Silas mit einem Grinsen.

„Spiel einfach mit", sagte Kim zu ihm. „Sie mögen Babys. Sie mögen sogar die Möglichkeit, dass es Babys geben könnte, ganz gleich wie unwahrscheinlich es ist. Die Kindersterblichkeit ist sehr hoch bei ihnen."

Sie hatte sein Interesse geweckt. Auch das war gut. Liam sprach beiläufig mit Silas über die geringe Rate an Frauen verglichen mit den Männern und die Tatsache, dass es tragischerweise früher sehr oft geschehen war, dass Shifterfrauen im Kindbett starben. „Aber es wird besser", schloss Liam. „Das ist etwas, was wir durch das Halsband gewonnen haben. Ein bisschen Frieden, in dem wir uns um unsere Familien kümmern können."

Silas sah neugierig auf Liams Halsband. „Aus was werden die hergestellt? Ich habe gehört, dass sie voller Magie sind, aber das ist wohl nur eine Geschichte, oder?"

Liams Augen waren klar und voller Unschuld. „Glaubst du nicht an Magie?"

„Shifter sind nicht magisch", sagte Silas und lächelte über Liams neckende Worte. „Ihr habt eine genetische Eigenart, die es euch erlaubt, euch in eine Tierform zu wandeln, richtig? Ein alter Vorfahre, über den wir nichts wussten, bis Shifter entdeckt wurden."

„Es ist zum Teil genetisch, ja", antwortete Liam. „Wir wurden vor langer Zeit gezüchtet, um Spielgefährten und Jäger zu sein. Bis unsere Züchter entdeckten, dass Jäger beißen können." Er lächelte und zeigte dabei alle seine Zähne.

„Ihr seid mit Absicht gezüchtet worden?", fragte Silas. „Davon habe ich noch nie etwas gehört."

„Aye. Und unsere Schöpfer haben Magie benutzt, um das zu vollbringen. Was für eine andere Erklärung könnte es für uns geben?"

„Genmanipulation?" Silas zuckte mit den Schultern. „Beherrschten alte Kulturen so etwas?"

Kim fragte sich, wie weit Liams Erklärungen wohl gehen würden, aber Liam redete weiter. „Die Feen schon. Das ist das schöne Volk der keltischen und gälischen Legende, das ich meine. Ihre Magie hat uns erschaffen, aber unsere Stärke hat uns am Leben gehalten, als die Feen aus der Welt verschwanden. Shifter waren gut darin zu überleben. Feen waren gut darin, wegzulaufen. Wer von uns war also stärker?"

Die Shifter um sie herum nickten lächelnd.

Silas sah interessiert aus. „Dann ist die Geschichte, dass Magie in euren Halsbändern steckt ..."

„Wahr", bestätigte Liam. „Nicht, dass die Menschen so etwas glauben, aber es spielt keine Rolle, oder? Alles, was sie wissen, ist, dass die Halsbänder uns zahm halten. Deshalb kannst du so dicht bei Annie stehen, ohne dass sie dich frisst. Bisher."

„Die Nacht ist noch jung", schnurrte Annie.

Silas grinste. „Versuchst du, dem Menschen Angst einzujagen, damit er wegrennt?"

„Na, würden wir so etwas tun?", fragte Annie ihn.

Liams Zähne wurden ein wenig spitzer. „Wie wäre es mit einer Demonstration, was die Halsbänder wirklich tun? Würde dich das beruhigen?"

Die Shifter sahen unbehaglich aus. Kim wusste, dass Liam dieses Thema für Silas angeschnitten hatte. Es war die perfekte Gelegenheit, zu beweisen, dass die Halsbänder funktionierten, zu zeigen, dass Brian nicht einen Menschen ermordet haben konnte. Aber die Shifter, auch Dylan, blickten finster.

„Ich habe gelesen, dass die Halsbänder einen starken Schmerz über das Nervensystem schicken", sagte Silas, der all das nicht bemerkte. „Ich könnte daher nicht darum bitten, dass du mir das zeigst."

„Aber Menschen wollen alles über Shifter wissen, nicht wahr?", fuhr Liam mit seidenweicher Stimme fort. „Das Gute, das Schlechte, die Seite, die man sonst nicht zu sehen bekommt."

Ein Wolf sprang zu ihnen und warf sich vor Kims Füßen auf den Rücken, sich glücklich windend.

„Die Seite, die man sonst nicht sieht", wiederholte sie nervös. „Ha."

„Sehr lustig, Ellison", sagte Liam. „Weg mit dir."

„Das ist Ellison?", fragte Silas überrascht.

Der Wolf rollte sich auf die Füße, warf ihnen einen schalkhaften Blick zu und sprang wieder weg.

„In seiner ganzen Pracht." Liam drehte sich zurück zu Silas. „Du hast recht, Junge. Die Halsbänder tun verdammt weh. Deshalb ist niemand von uns gewalttätig, auch nicht der berühmt-berüchtigte Brian in seiner Gefängniszelle. Und nein, niemand von uns möchte dir das zeigen."

„Sprich für dich selbst, Liam." Glory legte sich die Hände auf die Hüften. Ihr hautenges Outfit spannte sich auf interessante Art. „Der Mensch wird dir nicht glauben, dass die Halsbänder funktionieren, bis er es selbst gesehen hat. Du möchtest eine Vorführung, und ich geb dir eine."

Sie sah Silas fest an, ihre Augen wurden Shifter-weiß. Ihr Gesicht veränderte sich nicht, aber der wilde Wolf, der sie war, war in dem Sex-Kätzchen, das sie zu sein vorgab, deutlich zu sehen. Annie und Liam traten vor Silas, um ihn zu beschützen. Und als sie das taten, wirbelte Glory herum, nahm Kim in den Schwitzkasten und fing an, sie zu würgen.

Kapitel Achtzehn

So war das also, wenn man starb. Kein Gedanke an gezielte Verteidigung, nur Kim, die an Glorys Händen zerrte. Erinnerungen an den Paria, der versucht hatte, sie umzubringen, überfielen sie blitzartig und ließen ihre Angst ins Unermessliche wachsen.

Kim bekam keine Luft. Ihr wurde schwarz vor Augen, ihre Lungen brannten, und ihr Herz in seiner Sauerstoffnot schlug panisch. Verschwommen hörte sie Liam brüllen.

Blitze flogen hinaus in die Nacht. Glorys Halsband hatte ausgelöst. Luft strömte zurück in Kims Lungen, und sie setzte sich abrupt hin, als Glory sie beiseitestieß, um der Raubkatze gegenüberzutreten, die auf sie zu sprang.

Liam.

Glory wandelte sich halb und versuchte, dem Angriff zu begegnen, aber ihr Halsband funkelte weiter, und ihr Körper zuckte vor Schmerz.

Dylan traf Liam von der Seite und wandelte sich mitten in der Bewegung. Liams Kleider rissen, als die Raubkatze aus ihnen herausbarst. Beide rollten wild umeinander herum, fauchten, schlugen mit ihren Krallen zu, bissen. Ihre Halsbänder lösten aus, Muskeln und Fell erzitterten in dem Schock, aber sie hörten nicht auf.

„Gefährtin", presste Glory hervor. Ihre Hände griffen an ihren Hals, das Halsband zeichnete sich dunkel gegen ihre weiße Kehle ab. „Wie dumm. Ich habe seine Gefährtin angegriffen. Er konnte nicht anders. Er musste sie verteidigen ..."

Der Rest der Shifter trat zurück, um den kämpfenden Raubkatzen Platz zu machen. Sean sah zu, er war blass und wirkte aus, als wollte er zurück ins Haus laufen.

„Halt sie auf", schrie Kim ihn an.

Er antwortete mit schmalen Lippen. „Das kann ich nicht. Ich bin der Wächter."

„Dann *bewache* etwas!"

Connor schrie auf. Die Shifter zuckten zusammen und drehten sich in seine Richtung. Er hatte die Fäuste geballt.

„Nein", rief er. „*Nein!*"

Sean griff nach ihm, aber Connor schüttelte ihn ab, und er sprang auf die beiden fauchenden Raubkatzen. Er hatte sich halb in eine schlaksige junge Raubkatze verwandelt, als sein Halsband mitten im Sprung auslöste. Sein Schrei hallte durch den Hof.

„Connor", schrie Kim.

Glory zog sich hoch und rannte zu ihm. Sean blieb noch immer zurück und beobachtete das Geschehen abwartend.

Connors Halsband funkelte weiter, und er schrie, wie er es bei Fergus' Ruf getan hatte. Er wandelte zurück in seine menschliche Form, seine Kleider hingen in Fetzen.

Glory zog ihn in ihre Arme. „Kim, hilf mir", rief sie.

Eine der Raubkatzen rollte sich zur Seite, weg von der anderen, und landete am Fuß eines Baumes. Ihre Gliedmaßen verformten sich, und Liam erschien, nackt. Schmutz und lange, blutige Kratzer überzogen seinen Körper. Die andere Katze wurde zu Dylan, der flach auf dem Rücken im Dreck lag und schwer atmete.

„Kim!", rief Glory.

Glory wiegte Connor auf ihrem Schoß. Kim ging zu ihnen, kniete sich hinter Connor und fühlte sich hilflos.

„Er braucht deine Berührung", sagte Glory. „Du bist jetzt seine Familie."

Kim legte die Hände auf Connors nackten Rücken. „Alles ist gut, Con."

„Er braucht mehr als das. Göttin, wie überlebt ihr Menschen nur?"

Weil Menschen auf Privatsphäre achten? Die Privatsphäre der Shifter funktionierte anders. Kim hatte gedacht, sie verstünde das – Shifter berührten einander gerne, so wie Katzen sich an anderen Katzen rieben, die sie kannten und mochten.

Aber jetzt begriff sie, dass da mehr dran war. Der Drang der Shifter, einander zu berühren, war nicht nur ein Zeichen der Zuneigung. Die Berührung vermittelte Trost und Sicherheit. Und vielleicht befreite sie auch von Schmerzen? Kim erinnerte sich daran, wie Sean und Liam Sandra am ersten Tag, als Kim nach Shiftertown gekommen war, zwischen sich gehalten hatten. Kim hatte gedacht, die drei hätten etwas Sexuelles getan, aber sie wusste jetzt, dass ihr Gruppenkuscheln absolut nichts mit Sex zu tun gehabt hatte.

Kim schlang die Arme um Connor und lehnte sich gegen seinen Rücken. „Es ist okay, Kleiner", sagte sie. „Sie haben aufgehört."

Glory hatte Connors Kopf an ihrer Schulter, ihren Arm um ihn gelegt. Connor hatte mit seinem fürchterlichen Schreien aufgehört, aber er zitterte stark.

Er war wirklich jung, hatte Kim begriffen, als er sich gewandelt hatte. Als Raubkatze war Connor unterentwickelt, kaum mehr als ein Junges, auch wenn er in menschlichen Jahren zwanzig war und aufs College ging. Die Kluft zwischen seiner Welt und Kims war breit.

Oh, verdammt. *Silas.*

Kim sah auf. Silas war bei Annie geblieben, die sich beschützend vor ihn gestellt hatte. Seine Augen waren groß, aber der Mann hatte die schlimmsten Gebiete des Iraks und Afghanistans gesehen. Zwei Shifterkatzen, die sich zofften, sollten ihn nicht aus der Bahn werfen. Hoffte sie.

„Warum haben eure Halsbänder nicht funktioniert?", fragte er in die Stille hinein.

Dylan lag mit geschlossenen Augen still auf dem Rücken, sein Gesicht hatte eine graue Farbe angenommen. Liam antwortete. „Das haben sie. Das ist Schmerz, den du hier siehst. Dad hat mir eine Lektion erteilt, das ist alles."

Liams Antwort war ein Ausweichmanöver, aber er log nicht über den Schmerz. Er sah furchtbar aus und Dylan ebenfalls.

Ellison hatte sich zurück in seine menschliche Gestalt gewandelt, aber sich nicht seine Kleider wieder besorgt. Er ging zu Liam und half ihm auf die Füße, legte den Arm um ihn. Sean trat an Liams andere Seite, legte ebenfalls die Arme um Liams Schultern, küsste ihm die Wange.

„Geh zu ihm, Kim", sagte Glory. „Ich kümmere mich um Connor."

„Was ist mit Dylan?" Dylan lag allein da, schwer atmend. Sein Körper war blass und glänzte vor Schweiß.

„Lass Dylan. Liam ist dein Gefährte. Er braucht dich."

Kim gab Connor eine letzte Umarmung und kam auf die Füße. Sie konnte sich nie entscheiden, ob Glory eine totale Zicke oder einfach eine komplizierte Frau war. Glory hatte eine spitze Zunge, aber sie sah Kim mit solchem Leid im Blick an, dass Kim plötzlich *sie* umarmen wollte.

Sie widerstand der Versuchung und ging zu Liam.

Ellison gab seinen Platz an Liams Seite für sie auf. Sie hielt den Blick von Ellisons sehr nacktem Körper abgewandt, aber er schien sich nicht weiter darum zu kümmern.

„Wir müssen ihn ins Haus bringen, weg von den anderen", sagte Sean auf Liams anderer Seite.

Kim nickte. Sie und Sean halfen Liam, Schritt für Schritt zittrig zur hinteren Veranda und hinein in das Haus der Morrisseys zu gehen. Es war komplett dunkel. Seit die Sonne untergegangen war, schien niemand drinnen gewesen zu sein, aber weder sie noch Sean machten sich die Mühe, das Licht anzuschalten.

„Bringt mich zur Couch", sagte Liam. „Es geht mir gleich wieder gut."

Kim und Sean ließen ihn sanft herunter. Kim nahm Liams Hand zwischen ihre, und Sean setzte sich neben ihn.

„Hört auf, mich wie alte Großtanten zu bemuttern", knurrte Liam. „So schlimm ist es nicht. Ihr müsst dafür sorgen, dass es Connor gut geht."

„Was ist mit deinem Dad?", fragte Kim.

„Glory wird sich um ihn kümmern." Liam griff nach ihr. „Arme Kim. Wir haben dir einen Schrecken eingejagt."

„Jetzt bemutterst du *mich*." Kim blickte die beiden böse an. „Da draußen ging irgendetwas Ernstes vor sich, oder?"

„Das ist jetzt vorbei."

„Du kannst kaum reden, Liam, daher sei still. Und *du*." Kim zeigte auf Sean. „Du hast nur dagestanden. So wie in San Antonio, als Fergus mit seiner Peitsche durchgedreht ist. Du hast dagestanden und sie gegeneinander kämpfen lassen, hast Connor dazulaufen lassen, sodass er verletzt wurde. Ich dachte, du wärst der große Wächter des Clans. Heißt das nicht, dass du sie beschützen sollst?"

„Kim", sagte Liam. „Nicht."

„Schon gut, Liam", sagte Sean. „Sie versteht das nicht."

„Dann erklär es mir so, dass ich es verstehe."

Sean sah sie ein paar Momente lang an, dann hob er das Schwert von da, wo es neben der Couch lag. Er zog es aus der Scheide und hielt es ihr mit beiden Händen entgegen, sodass sie das verschlungene keltische Muster sehen konnte, das in Klinge und Heft graviert war. Die Kunstfertigkeit der Arbeit war erstaunlich, die Linien federleicht, jede einzelne Teil eines in sich verwobenen Musters.

„Es ist von Shiftern geschmiedet und von den Feen verzaubert worden – sehr alt und nicht zum Kämpfen gedacht."

„Für was denn dann?"

„Der Wächter bewacht nicht den Clan", sagte Sean leise. „Ich bin der Wächter des Tors. Des Tors in die Nachwelt." Kim löste ihren Blick von dem Schwert, um in Seans stille Augen zu sehen. „Jetzt kann ich dir nicht mehr folgen."

„Es war mal so, dass man nur Wächter eines Rudels war. Aber jetzt, da wir die Halsbänder haben, bin ich für alle Shifter in dieser Shiftertown verantwortlich. Wenn ein Shifter stirbt oder wenn es keine Hoffnung auf Heilung gibt, bringe ich das Schwert. Der Wächter stellt sicher, dass die Seelen nicht verloren bleiben, wodurch sie der Gefahr ausgesetzt wären, wieder von den Feen versklavt zu werden. Davor bewahre ich sie."

Kim versuchte, es zu verstehen, ihren praktisch denkenden Kopf dazu zu bekommen, daran zu glauben. „Also, wenn du da stehst und einen Kampf beobachtest ..."

„Dann warte ich, ob das Schwert benötigt wird. Wenn ich mitmache und wenn ich mich verletze oder getötet werde, gibt es keinen anderen, der das Schwert benutzen kann. Wenn ich sterbe, erwacht ein neuer Wächter. Meistens aus der gleichen Familie, aber es ist kompliziert."

„Willst du mir sagen, dass du Liam mit dem Schwert durchbohrt hättest, wenn Dylan ihn schwer genug verletzt hätte? Ihn in Staub verwandelt hättest, wie du es mit dem Shifter in meinem Schlafzimmer getan hast?"

„Das hätte er, Süße", sagte Liam. „Er hätte getan, was er tun muss."

„Ja, ich hätte ihn zu Staub werden lassen", stimmte Sean zu. „Genau wie ich es mit Kenny getan habe." Sean steckte das Schwert in die Scheide, drehte sich auf dem Absatz um und ging hinaus, das Schwert in der geballten Hand.

„Oh", sagte Kim in die Stille hinein. „Jetzt fühle ich mich wie eine komplette Idiotin. Wie konnte ich ihn nur daran

erinnern? Es tut mir leid, ich hätte nichts sagen sollen. Ich war nur so wütend auf ihn, weil er dir nicht geholfen hat."
„Es ist eine alte Wunde. Mein Fehler, weil ich es dir nicht erklärt habe."
Liam sah erschöpft aus, Falten hatten sich tief in sein müdes Gesicht gegraben. Kim setzte sich neben ihn und küsste seine Hand. „Dir geht es überhaupt nicht gut. Du hast mir gesagt, wie stark dein Dad ist, und das Halsband hat dich wirklich bestraft da draußen."
„Es ist nicht so schlimm", sagte Liam. Seine Stimme war fast ein Flüstern. „Noch nicht. Kannst du mir nach oben zum Bett helfen, Kim? Ich glaube, ich werde den Rest meiner Gefährtenbundnacht dort verbringen. Nicht ganz, was ich geplant hatte, aber irgendwann werde ich mich besser fühlen." Er lächelte. „Und ich will, dass du bei mir bist."
Er versuchte, beiläufig zu klingen, aber Kim sah den Schmerz in seinen Augen, erinnerte sich, wie er ihn in der Nacht, als er sie vor dem Paria gerettet hatte, in seinem Griff gehalten hatte. Sie küsste seine Lippen, sanft, bemüht, ihm nicht wehzutun. Dann legte sie den Arm um ihn und half ihm auf die Füße.

***

So hatte Dylan noch nie gevögelt. Die Sofafedern bohrten sich in Glorys Rücken, und Dylans Gewicht drückte auf wundervolle Art auf sie. Er stieß hart in sie, noch härter, ungeachtet der böse aussehenden Kratzer und Blessuren, die seinen Körper bedeckten. Sein Gesicht war zu einer Maske erstarrt, seine Augen erinnerten an einen Paria.

Sie hatte befürchtet, dass er wütend auf sie sein könnte, und er *war* wütend, aber auf eine Art, die sie nicht verstand. Statt sie zu maßregeln, sobald er zur Hintertür hereingestürmt kam, hatte er sie sich gegriffen und begonnen, sie zu vögeln, bevor sie auch nur das Sofa erreicht hatten.

Seine Kleider waren bereits weg gewesen, und sie hatte ihm geholfen, ihre eigene Kleidung herunterzureißen, und sich an ihn geklammert. Jetzt stieß er in sie hinein, bis sie vor Lust aufschrie, ohne sich darum zu kümmern, dass ganz Shiftertown noch vor dem Haus stand und sie hörte.

Sie gab sich nicht der Illusion hin, dass Dylan sie liebte. Dylan liebte noch immer seine Gefährtin und hasste sich selbst für das, was er mit Glory tat. Dylan versuchte, nett zu sein, aber Glory wusste, dass er von sich dachte, dass er die Frau, die seine Kinder geboren hatte, betrog. Dass er sie brauchte, machte ihn wütend. Immer wenn die Wut größer war als sein Verlangen, weigerte er sich monatelang, sie zu sehen.

Glory hielt sich an ihm fest, sie fühlte, wie er ihr wieder entglitt. Verdammt, warum konnte er sich nicht entscheiden? Es brachte sie fast um.

Sie fühlte seinen Samen, als er stöhnte, und sie hoffte entgegen aller Hoffnung, dass sie dieses Mal schwanger werden würde. Dylan würde sie vielleicht zur Gefährtin nehmen, wenn sie ein Junges hätte. Es war schwieriger, ein Junges aus gekreuzten Spezies zu empfangen, aber es war nicht unmöglich. Glory würde es lieben, Dylans Kind zu bekommen.

Sie drückte ihn in sich und hielt ihn fest. Dylan brach schwer atmend auf ihr zusammen.

Der Lärm des Gelages draußen drang ins Haus. Die Shifter hatten wieder Spaß. Der Kampf war vorbei, nichts hatte sich geändert, und es gab einen Gefährtenbund zu feiern. Der perfekte Vorwand, die Nacht durchzumachen.

Dylan löste sich von Glory und setzte sich schwer atmend auf. Mit den Händen fuhr er sich durch sein verschwitztes Haar.

Sie liebte sein Haar. Er hielt es ziemlich kurz, und es wurde an den Schläfen grau, was zu den Fältchen um seine Augen passte. Wenn dieser Mann nur ihrer sein könnte ...

„Ich werde nicht fragen, ob es dir gut geht", sagte Glory. Ihre Lippen waren geschwollen, und sie zuckte zusammen, als ihre Zunge einen Schnitt fand. „Du wärst nicht hier, wenn es nicht so wäre."

Dylan antwortete nicht. Er setzte sich zurück und versuchte, zu Atem zu kommen. Glory stand auf und ging in die Küche, dankbar, dass sein Blick, als sie mit einem nassen Tuch zurückkam, auf ihren nackten Körper gerichtet war.

Sie setzte sich neben ihn und tupfte ihm das Blut vom Gesicht.

„Danke", sagte Dylan. „Geht es *dir* gut?"

Jetzt machte sie sich Sorgen. Dylan griff niemals auf Höflichkeiten zurück, es sei denn, die Dinge standen wirklich schlecht.

„Mein Halsband hat mir nur einen einzigen Schock gegeben. Der war schnell verebbt." Das war eine Lüge, aber Glory wusste, dass Dylans Schmerz, wenn er kam, viel größer sein würde als ihrer. Die Nachwirkungen des Halsbands zurückzuhalten schmerzte mehr, als sie einfach zu ertragen.

„Es tut mir leid, Dylan", sagte sie. „Ich hätte nicht gedacht, dass Liam so stark reagieren würde. Ich dachte, mein Halsband hält mich auf, und er lacht mich aus, weil ich dumm bin."

Dylan sah weg. „Ich habe auch nicht gedacht, dass er so stark reagieren würde."

„Und dann bist du dazugesprungen, um mich zu retten. Mein Held."

Dylan warf ihr einen Blick zu. Glory tupfte wieder seine Wunden ab. „Es ist jetzt vorbei", sagte sie. „Ihr habt gerungen, du hast den Kampf beendet. Es tut mir leid wegen Connor."

„Connor muss lernen, sich zurückzuhalten, bis er richtig erwachsen ist." Dylan machte eine Pause. „Und ich habe den Kampf nicht beendet. Liam hat das getan."

„Liam hat klein beigegeben. Ich hab's gesehen."

„Nein." Dylans Stimme klang ausdruckslos. „Liam hat den Kampf beendet, weil er ihn gewonnen hätte."

Glory erstarrte, und aus dem Tuch tropfte Wasser auf ihre bloßen Schenkel. „Göttin, bist du sicher?"

„Ganz sicher, Kleines. Liam hat aufgehört, bevor er mir etwas angetan hätte. Wenn dies vor dem Halsband passiert wäre, hätte er mich getötet." Dylan schloss die Augen und legte den Kopf auf die Rückenlehne des Sofas.

„Was machst du jetzt mit ihm?"

Dylan lachte freudlos auf. „Ich werde gar nichts mit ihm tun. Kann ich nicht. Er ist mein Sohn, und er hat jetzt eine Gefährtin. Es liegt an ihm." Er öffnete die Augen. „Wenn du davon etwas weitersagst, *irgendjemandem* davon erzählst, werde ich …"

Sie mochte es, dass er den Satz nicht beendete. Wenn ein Shifter sagte: „werde ich dich töten", dann meinte er es. Dylan würde es nicht beiläufig sagen. „Als ob ich das tun würde. Ich bewahre deine Geheimnisse, Dylan."

Sein Blick wurde weicher, und er schloss die Augen wieder. „Danke. Ich weiß, dass du das tust. Das Halsband fordert nun seinen Preis. Vielleicht willst du rausgehen zur Party. Das wird kein schöner Anblick."

„Ich werde dich nicht allein lassen."

Dylan streckte den Arm aus und nahm ihre Hand. Glory verwob ihre Finger mit seinen, ihr Herz klopfte. Dylans Körper erzitterte, als der Schmerz begann. Eine Träne glitt zwischen seinen zusammengepressten Augenlidern hervor.

„Danke", flüsterte er.

***

„Es ist heftig", sagte Liam. Es war, als ob alle Qualen der Welt sich allein auf seinen Körper konzentrierten.

„Was kann ich tun?" Kim kniete sich neben ihn aufs Bett.

„Dass du hier bei mir bist, ist gut." Liam brach ab, als ein Krampf ihn durchzuckte. „*Verdammt.*"

Kim legte die Arme um ihn. Liam liebte es, wie sie instinktiv wusste, dass er ihre Wärme und Nähe brauchte. Nichts sonst würde ihm jetzt noch helfen.

„Das war ein ganz schöner Kampf", sagte Kim. „Um was ging es dabei eigentlich?"

„Glory hat meine Gefährtin angegriffen. Das Tier in mir musste sie aufhalten." Er schnitt eine Grimasse, als die nächste Schmerzwelle durch ihn hindurchraste.

„Ihr Halsband hat sofort ausgelöst. Sie wusste, dass sie nicht in der Lage war, mir etwas zu tun."

„Sicher, mein Gehirn weiß das jetzt. Aber in dem Moment wollte der ungezähmte Shifter in mir nichts lieber, als dich zu beschützen."

„Und dein Vater hat versucht, Glory zu beschützen. Oder?"

„Du hast es erfasst, Süße." Liam versuchte zu lächeln, doch die Muskeln um seinen Mund wollten sich nicht bewegen. „So ein Lügner. Ich wusste, dass Dad sich mehr aus ihr macht, als er vorgibt."

„Aber das ist gut, oder? Auch wenn ihr zwei euch dafür prügeln musstet, um das zu verstehen?"

Liam blickte ihr in die ehrlichen Augen und fühlte, wie etwas in ihm zerbrach. Er wusste, was bei dem Kampf passiert war, etwas weitaus Bedeutungsvolleres, als zu lernen, dass sein Vater Glory mehr mochte, als er zugab.

Dylan hatte es auch gespürt. Liam hatte gesehen, was in den Augen seines Vaters gestanden hatte, als sie sich voneinander gelöst hatten.

Niederlage.

Die Raubkatze in Liam wollte seinen Triumph hinausschreien. Das Rudel gehörte *ihm*. Liam hatte eine Gefährtin, er war mächtig, und er hatte gerade den einzigen Mann in Shiftertown besiegt, der stärker war als er selbst.

„Scheiße", flüsterte er. „Göttin, hilf mir."

Kim rieb ihm die Schultern. „Tut es weh?"

Sie glaubte, er meinte sein Halsband. Das Halsband war nichts im Vergleich zu der Trauer, die ihn jetzt ergriff und mit der unbändigen Freude seines Sieges rang. Es war nichts im Vergleich zu dem gebrochenen Herzen, das er bei seinem Vater gesehen hatte. Angst. Dylan hatte Angst vor ihm gehabt.

„Kim. Ich habe kompletten Mist gebaut." Liam zog sie auf sich herab, hielt sie an sich und erklärte ihr mit leiser, rauer Stimme, was gerade passiert war.

***

Liams Gang hinunter zum Frühstück am nächsten Morgen war aus drei Gründen schwierig. Erstens weil ihm alles wehtat – von dem Kampf mit seinem Vater und den Auswirkungen des Halsbands, dann von dem Sex mit Kim, auch wenn er sanft gewesen war. Zweitens weil Kim noch süß in sein Bett gekuschelt dalag, tief schlafend. Drittens weil er Dylan gegenübertreten musste.

Letzte Nacht hatte sich Liams komplettes Leben innerhalb von wenigen Sekunden verändert. Er wusste nicht, was er deswegen unternehmen sollte. Er wusste noch nicht einmal, was er selbst davon halten sollte. Der Wirbelwind an Gefühlen und Gedanken machte ihn schwindlig.

Er stieg die Treppe hinab, rieb sich die Hand durch sein nasses Haar. Er hatte zweimal geduscht, einmal letzte Nacht mit Kim, während sie seine Wunden gewaschen hatte, was den Badezimmerboden unter Wasser gesetzt hatte. Irgendwas war da mit Kim und Badezimmern. Das zweite Mal an diesem Morgen, nachdem er aus dem Bett gekommen war.

Dylan hatte sich mit den Ellbogen auf die Frühstücksbar aufgestützt, trank Kaffee und las die Zeitung. Das Morgenlicht ließ sein Halsband aufblitzen.

„Hat Fergus dich schon rausgeworfen?", fragte Liam auf dem Weg zur Kaffeekanne. Sie hatten keine Kaffeemaschine, nicht weil das für Shifter verboten war, sondern weil sie sich nie an etwas anderes hatten gewöhnen können als an Kaffee, der direkt in der Kanne gebrüht worden war.

„Ich habe noch nichts von ihm gehört. Ich bin sicher, er meldet sich noch."

Liam schenkte sich Kaffee ein. „Wo sind Sean und Connor?"

„Ich hab sie weggeschickt."

„Warum?"

„Damit wir uns unterhalten können."

Liam nahm einen Schluck und schnitt eine Grimasse. „Sean muss den gemacht haben." Sean, genial am Grill, lausig im Kaffeekochen.

„Fergus muss das erfahren."

„Dass Sean den verdammten Kaffee gemacht hat?"

„Liam."

„Scheiße."

Beide schwiegen. Liam nahm seine Tasse in beide Hände, während Dylan vorgab, die Zeitung zu lesen. Liam hatte Dylan letzte Nacht nicht nach Hause kommen hören. Glory musste ihn auf die gleiche Art getröstet haben, auf die Kim Liam getröstet hatte.

„Möchtest du, dass ich gehe?", fragte Dylan, ohne aufzusehen.

„Nein, schon okay. Macht mir nichts aus, wenn du hier Zeitung liest." Liam gab es auf, etwas vorzuspielen. „Du meinst für immer, oder? Warum solltest du?"

„Mein eigener Vater ist gestorben, bevor wir herausgefunden haben, ob ich ihn besiegen konnte. Für besiegte Männer gab es in jenen Tagen nur die Wahl, entweder getötet oder verstoßen zu werden."

„Ich weiß."

Dylan blätterte eine Seite um. „Ich wusste tief drinnen, dass mir das früher oder später auch passieren würde. Ich habe nur nicht damit gerechnet, dass es letzte Nacht sein würde."

„Wir haben den Kampf nicht beendet."

„Besser so." Dylan sah endlich zu ihm auf. Er war viel zu ruhig. Seine Augen blickten vorsichtig, aber ansonsten lehnte er lässig am Küchenschrank. Die Wunden in seinem Gesicht hatten bereits zu heilen begonnen. „Wenn es offensichtlich gewesen wäre, dass du mich besiegst, wäre Fergus hier und würde verlangen, gegen dich anzutreten, um seine Dominanz zu untermauern."

„Hast du es jemandem erzählt?"

„Glory."

„Dann vertraust du ihr also?"

Dylan schenkte ihm ein schmales Lächeln. „Könnte sein, dass ich bei ihr einziehen muss. Ich dachte, es sei nur fair, dass sie weiß, warum."

„Verdammt, Dad. Du musst nicht ausziehen. Wir sind nicht mehr ungezähmte Shifter. Wir müssen uns nicht gegenseitig zerfleischen, um eine Nachricht an den Mann zu bringen."

„Nein, wir sind jetzt zu zivilisiert, um andere zu zerfleischen", erwiderte Dylan trocken. „Es ist deine Entscheidung, Liam. Es macht mir nichts aus zu gehen."

„Nein." Liam knallte die Tasse so hart auf die Arbeitsfläche, dass sie zerbrach. Heißer Kaffee lief ihm über die Hände und spritzte auf seine Oberschenkel. „Ich will nicht, dass du gehst. Warum solltest du? Du gehörst hierher."

Dylan faltete seine Zeitung zusammen, legte Liam seine großen Hände auf die Schultern. „Es ist natürlich, Sohn. So etwas passiert."

„Scheiß drauf."

Dylan zog ihn an sich. Liam widersetzte sich der Umarmung, er wollte ihn wegschieben. Sein ganzes Leben lang hatte er sich beschützt und sicher gefühlt, weil Dylan und seine Stärke da waren. Selbst als Dylan verschwunden war, um zu trauern, hatte sein Schutz die Wände ihrer Burg durchdrungen, und Liam hatte gewusst, dass er zurückkehren würde. Er hatte nie daran gezweifelt.

Als sie nach Amerika gekommen waren, in ein Land, das sie nie gesehen hatten, und während der Folter, das Halsband angelegt zu bekommen, war Dylan da gewesen. Dylan war der Anker in all dem Wahnsinn in Liams Leben, in dem Chaos der Welt.

In dem Moment letzte Nacht, als Liams Raubkatze gewusst hatte, dass er Dylan jederzeit besiegen konnte, wenn er es wollte, hatte sich diese Welt verändert. Liam war der Boden unter den Füßen weggezogen, das Band zur Vernunft gekappt worden. Ein Abgrund klaffte vor ihm auf, und jetzt würde er ihm allein gegenüberstehen.

Liam riss sich los. Er und Dylan waren gleich groß. Er konnte seinem Vater direkt in die Augen sehen. „Sag es nicht Fergus. Noch nicht. Ich will nicht, dass er dir etwas antut."

Dylan nickte, und mit einiger Mühe bezwang Liam seinen Zorn. Eine urtümliche Wut in ihm wünschte sich, Fergus würde ihm jetzt gegenüberstehen. Liam würde ihm mit seiner eigenen Peitsche das Maul stopfen.

„Ist das der wahre Grund, warum du nie gegen Fergus gekämpft hast?", fragte Liam. „Weil du wusstest, wenn du ihn bezwingst, bin ich gezwungen, gegen dich anzutreten?"

Dylan wartete einen stillen Moment lang, dann nickte er.

Das enorme Ausmaß dieses Wissens war genug, dass Liam übel wurde. Er hatte immer gedacht, Dylan hielte sich zurück, Fergus herauszufordern, um den Frieden in Shiftertown zu bewahren. Weil es wichtiger war, das Leben zu leben und Kinder aufzuziehen, als Kämpfe um Dominanz abzuhalten. Liam hatte dem zugestimmt, es mit seinem ganzen Herzen geglaubt. Und nun gestand Dylan, dass er unter anderem aus einfacher Angst nicht gegen Fergus gekämpft hatte.

Wenn ein Clan-Anführer starb, dann trat für gewöhnlich der im Rang Zweithöchste ohne großes Aufheben an seine Stelle, es sei denn, ein Shifter, der im Rang nahe am Zweitplatzierten war, wusste, dass er um die Vorherrschaft konkurrieren konnte. Andere Shifter weiter unten in der Rangfolge kämpften vielleicht untereinander, um einen Platz oder zwei aufzusteigen, und eine Serie an Kämpfen konnte folgen, bis die Hackordnung sich wieder eingepegelt hatte. Typischerweise änderte sich die Hierarchie nicht, aber manchmal wurde ein junger Shifter dominanter, oder ein älterer Shifter wurde schwächer und stieg ab. Dylan hatte begriffen, dass Liams natürliche Dominanz in dem Moment, in dem Fergus weg war, hervortreten würde. Dass Liam nicht anders gekonnt hätte, dass er sich nicht hätte zurückhalten können, seinen Vater herauszufordern.

„Scheiße, Dad."

„Eines Tages wird Fergus das erfahren müssen", sagte Dylan.

„Wir warten. Wir werden es ihm auf unsere eigene Art sagen, wenn *wir* bereit sind."

Dylan nickte einmal. „Einverstanden."

Liam liebte seinen Vater so verdammt sehr, und jetzt befahlen ihm seine Instinkte, ihn vor die Tür zu setzen und seine Stellung zu übernehmen. Die Halsbänder hielten die Shifter vielleicht davon ab, gewalttätig zu werden, aber sie nahmen ihnen nicht den heißen Drang, die eigene Dominanz zu beweisen.

Dylan wusste das auch. Seine Instinkte mussten ihn gedrängt haben, sich davonzumachen, wegzukommen, solange es noch ging. An den weißen Linien um seinen Mund erkannte Liam, dass er diesem Drang nur mit Mühe widerstand.

„Verdammt", sagte Liam. „Warum hast du mich nicht gewarnt, dass so etwas passieren würde?"

„Ich hatte gehofft, es würde noch Jahre dauern, dass wir beide Zeit hätten, uns vorzubereiten. Aber eine Gefährtin zu nehmen hat etwas in dir ausgelöst. Du bist der älteste Sohn. Sag mir nicht, dass du nicht gewusst hast, dass du eines Tages die Familie übernehmen würdest."

„Ich hätte nicht gedacht, dass es jetzt sein würde. Und ich wusste nicht, dass es so wehtun würde."

Dylan lächelte. „Deine Mutter wäre stolz auf dich, weil du Mitgefühl empfindest. Dafür, dass du mich nicht einfach vor die Tür setzt."

„Mum war zu gut für uns."

„Ich weiß."

Liam begegnete seinem Blick und sagte etwas, wofür er am Tag zuvor durch das Zimmer geschleudert worden wäre. „Sie würde wollen, dass du mit Glory zusammenkommst. Sie würde wollen, dass du glücklich bist."

„Geh nicht zu weit, Liam."

Liam hätte lachen mögen, doch er stand zu sehr unter Spannung. Sein Vater hatte vielleicht den Platz in der Hierarchie mit ihm getauscht, doch das bedeutete nicht, dass er ein Schwächling war.

Liam schloss Dylan in eine feste Umarmung, dann ließ er ihn abrupt los und verließ das Haus.

Selbst in der Umarmung hatten sich Liams Instinkte bemerkbar gemacht und ihn gedrängt, seinen Vater daran zu erinnern, wer jetzt das Rudel leitete. Liam brauchte etwas Abstand von seinem Vater, um sich an seine neue Position gewöhnen zu können, um zu lernen, sich unter Kontrolle zu bringen.

Er sah zurück und bemerkte Kim, die aus seinem Schlafzimmerfenster auf ihn herunterblickte, aber selbst das konnte ihn nicht zum Bleiben bewegen.

Kapitel Neunzehn

Kim fand Liam in einem heruntergekommenen Park am äußeren Rand von Shiftertown. Er saß auf einer niedrigen Mauer neben den einzigen Bäumen in einem ansonsten öden Landstreifen und hatte die Hände auf die Mauer gestützt.
Der Park hatte eine einzige Schaukel für Kinder, keine Picknick-Tische und kahle Flecken, wo eigentlich Gras wachsen sollte. Die Stadt hatte den Park nachträglich für Shiftertown angelegt und ihn dann vergessen. Soweit sie sehen konnte, benutzten die Shifter ihn kaum. Sie schienen die grünen Gemeinflächen hinter ihren Häusern zu bevorzugen.
Kim näherte sich Liam langsam, aber entschlossen. Sie fragte sich, ob er aufstehen und weglaufen würde. Das tat er nicht. Aber er sah sie auch nicht an, als sie sich neben ihn setzte und die nackten Beine ausstreckte. Die Sommerwärme fühlte sich gut an, doch sie wusste, dass die Tage bald unerträglich heiß werden würden.
„Ist das dein Platz?", fragte sie.
Er sah zu ihr hinüber. „Hmm?"

„Der Platz, an den du gehst, wenn du nachdenken willst. Mein Platz ist ein Café am Fluss, das direkt über das Wasser gebaut ist. Du kannst einen Latte schlürfen und beobachten, wie der Fluss vorbeifließt. Es ist beruhigend."

Liam sah in die Ferne. „Ich vermute, sie würden wohl keine Shifter reinlassen."

„Vielleicht nicht. Aber dies ist dein Platz, nicht wahr?"

„Nein, es ist einfach nur bequem hier."

Kim verfolgte die Sache nicht weiter. Sie war sich nicht sicher, ob sie Liam hätte folgen sollen, aber was sie von der Unterhaltung mit Dylan mitgehört hatte, verwirrte und beschäftigte sie. Sie verstand nicht völlig, was Liam ihr erklärt hatte, darüber, dass er jetzt wusste, dass er dominanter war als Dylan, aber sie spürte die Anspannung und die Aggression unter der Oberfläche. Man musste kein Shifter sein, um das wahrzunehmen.

Sie fragte sich, ob Liam vielleicht lieber allein sein wollte, aber etwas sagte ihr, dass sie ihn jetzt nicht einfach sich selbst überlassen sollte. Seine Schultern waren angespannt, die Arme verkrampft, sein Mund eine starre Linie. Wie gewöhnlich redete er leichthin, fast sorglos, aber die Dunkelheit in seinen Augen sprach Bände.

Kim saß schweigend neben ihm. Die Vögel zwitscherten in den Bäumen, aber sonst war der Park still. Keine Kinder kamen, um zu schaukeln, und keine Autos bogen in die ruhige Straße dahinter. Sie hörte entfernt die Geräusche der Stadt auf der anderen Seite des verfallenen Wohnblocks vor Shiftertown, die Bewohner Austins, die in die Stadt eilten, um Geld zu verdienen oder in der Politik zu spielen. Hier in Shiftertown floss eine Macht, die die Menschen nicht verstanden, und auf eine Art, die sie niemals auch nur erahnen würden.

„Bist du okay?", wagte sie sich vor. „Ich meine, weil dein Halsband ausgelöst hat und ... nun ja, all das."

„Meinst du wegen des überschwänglichen und athletischen Sex, den wir danach hatten?" Der Schatten eines

Lächelns umspielte Liams Mund. „Deshalb musste ich mich hinsetzen."

Kim bedeckte seine Hand mit ihrer, sie fühlte die Anspannung darin. „Liam, letzte Nacht, das war meine Schuld. Ich war diejenige, die Silas unbedingt herbringen wollte. Sonst hätte es keine Halsband-Demonstration gegeben."

Liam führte ihre Finger an seine Lippen. „Sorg dich nicht, Süße. Ich habe zugestimmt, Silas einzuladen. Es ist meine Schuld, weil ich seine Fragen über die Halsbänder ermutigt habe. Ich habe nicht damit gerechnet, dass Glory darauf anspringen würde, verdammtes Weib, oder dass Connor verletzt werden oder irgendetwas Dramatisches passieren würde. Ich hatte gedacht, dass ich nach Silas greife, mein Halsband funkeln lasse und alle über mich lachen."

„Lachen über deine Schmerzen?"

„Ich habe schon vorher Schmerzen gelitten und bin drüber weggekommen."

„Liam ..."

„Was zwischen mir und Dad ist, wäre früher oder später sowieso passiert, Süße, und vielleicht war es das Beste, dass dieser Kampf stattgefunden hat, während du, Connor und dein Journalist genau zusahen. Ihr alle habt mir die Stärke verliehen, ihn abzubrechen. Wenn Dad und ich alleine gewesen wären, hätte er tödlich enden können, bevor ich meine eigenen Instinkte bezwungen hätte." Er lächelte, ein wenig unsicher. „Daher sollte ich dir vielleicht stattdessen danken."

Kim streichelte seine Finger mit ihrem Daumen. „Jetzt fühle ich mich noch schlechter, verdammt." Sie seufzte. „Und außerdem muss ich zur Arbeit."

„Ich weiß."

„Kommst du mit?"

„Nur keine Angst, dass ich dich allein gehen lasse, Liebling. Nicht solange du dich jede Sekunde so schamlos Fergus' Befehlen widersetzt."

„Ich dachte, du *willst*, dass ich Brian weiterhin helfe."

„Das tue ich. Ich rede von deiner fehlenden Diskretion. Ich weiß, warum du eine gute Verteidigerin bist. Du bist so ehrlich, dass es praktisch aus dir herausleuchtet. Wenn du sagst, jemand hat es nicht getan, möchte dir jeder glauben, dass er es tatsächlich nicht getan hat."

„Ich wünschte, es wäre so einfach. Jedes i muss einen Punkt haben und jedes t einen Strich. Wenn ich eine einzige Sache übersehe, verliere ich den Fall."

„Sandra besucht heute Morgen Brian, und sie wird ihn fragen, ob er Michelle zur Gefährtin nehmen wollte. Sandra ist dankbar, dass du an ihn glaubst."

„Wirklich?", fragte Kim. „Dann täuscht der hasserfüllte Blick also?"

„Sie hat Angst. Fergus hat ihr Angst gemacht, und sie weiß nicht, warum. Alles, was sie weiß, ist, dass ihr befohlen wurde, ihren Sohn zu opfern." Er schüttelte den Kopf. „Ihr Kind zu verlieren ... ich kann mir vorstellen, wie sich das für eine Mutter anfühlt. Wenn es so ähnlich ist, wie einen Bruder zu verlieren ..."

„Dann ist es ziemlich scheiße ..."

Liam fuhr mit der Hand durch Kims Haar. „Es wäre so, als ob ich dich verliere."

Ihr Puls beschleunigte sich. „Das ist überhaupt nicht das Gleiche. Wir kennen einander kaum."

„Wir wissen eine Menge übereinander. Ich weiß, du hast einen kleinen Leberfleck auf der Innenseite deines rechten Schenkels."

„Ich habe nicht von Sex geredet."

„Ich auch nicht." Liam drehte sich um, setzte sich rittlings auf die Mauer und zog sie zwischen seine Schenkel. „*Gefährten* zu sein bedeutet nicht, dass wir es treiben, bis wir einen Wurf Junge haben. Es ist ein Bund, den niemand bricht. Niemals."

„Es ist keine Heirat, die von Menschen anerkannt oder gebilligt wird", bemerkte Kim.

„Verdammt, Frau, hörst du wohl auf, alles in deine juristischen Kategorien zu zwängen? Ich rede nicht von den Papieren, die die Menschen so lieben. Es ist etwas in uns, das uns verbindet. Niemand kann es durchtrennen, kein menschliches Gesetz, nicht meine Familie, nicht der verdammte Fergus. Willst du etwa sagen, du fühlst das nicht?" In seinen Augen standen Wut, Angst, Hoffnung und etwas Raues – all das, was in ihm kämpfte.

Fühlte Kim den Bund? Natürlich tat sie das. Dieser Mann war unwiderstehlich und faszinierend mit seinen blauen Augen und seinem Akzent – ganz zu schweigen von seinem heißen Körper. Aber es war mehr als seine sexuelle Ausstrahlung und seine Stärke.

Liam beherrschte jeden Raum, den er betrat, ohne auch nur ein Wort zu sagen. Alle Shifter, die Kim kennengelernt hatte, fühlten sich zu ihm hingezogen, alle Shifter bewunderten ihn, selbst wenn sie es nicht zugeben wollten. Jeder, der Schwierigkeiten hatte, ging zu ihm. Selbst die Kinder, wie der kleine Michael in seinem Pool. Michael hatte Liam gerufen, hatte ihm aufgeregt seine Erfolge zeigen wollen. Er hatte Liams Anerkennung gesucht.

Kim erinnerte sich an Liams Worte zu dem Jungen. „Pass gut auf deinen Bruder auf." Jetzt verstand sie, dass das keine leere Bemerkung gewesen war. Liam, der einen Bruder verloren hatte, wusste, wie wichtig es war, auf die aufzupassen, die man liebte.

Liam kümmerte sich um jeden in Shiftertown, mehr sogar, als Dylan das tat. Kim hatte das immer gespürt, und sie wusste, dass Dylan es ebenfalls gespürt und es zugelassen hatte. Nicht weil Dylan gefürchtet hatte, gegen Liam zu verlieren, sondern weil er ihn liebte.

„Ich wünschte, ich wäre nie hergekommen", sagte sie.

Liam streichelte ihr nacktes Bein, seine Finger glitten unter den Saum ihres Rocks. „Warum das, Süße? Ich für meinen Teil bin froh, dass du in meiner Bar gelandet bist."

„Weil du mich ganz durcheinanderbringst. Ich war unabhängig und habe mich um niemanden als mich selbst gekümmert. Wenn ich am Ende des Tages nach Hause ging, konnte ich einfach tun, was ich wollte. Mich mit Freunden treffen, fernsehen, alleine sein, was auch immer. Und jetzt mach ich mir Sorgen um dich ... um Sean, um Connor, um deinen Vater, um Brian und um Sandra ... und um jeden anderen Shifter in dieser verdammten Shiftertown. Selbst um Glory." Sie sah ihn böse an. „Es ist allein deine Schuld, dass mir das alles jetzt wichtig ist. Hör auf damit, das ist sehr lästig."

Liams Finger bewegten sich höher unter ihrem Rock. „Dann bin ich dir also nicht gleichgültig?" Sein Blick war voller Hitze. „Das träume ich nicht nur?"

„Natürlich bist du mir nicht gleichgültig. Wem könntest du gleichgültig sein? Aber verheiratet sind wir dennoch nicht."

„Nein", sagte er leise. „Nicht auf die Art mit Heiratsurkunde. Du bist meine *Gefährtin*, Kim. Ich habe dich und keine andere." Liam strich ihr über den Rücken, sein Körper war wärmer als der texanische Sonnenschein. „Wirst du mich und keinen anderen nehmen?"

Kims Herz schlug wie wild. *Treu zu sein, bis dass der Tod uns scheidet.* „Es gibt keinen anderen für mich."

„Vielleicht nicht jetzt. Aber was, wenn ein menschlicher Mann, ein Anwalt aus der Führungsebene deiner Firma, entscheidet, dich zu seiner Frau zu machen? Zu seiner Belohnung? Damit du deine hübschen Beine auf seinen Partys zeigen und Leute auf seine Seite locken kannst?"

Kim lachte nervös. „Seiner *Belohnung*? Vielen Dank. Außerdem mag ich keine Anwälte der Führungsebene. Sie kassieren das Lob für Fälle, die ich gewinne."

„Gut."

„Ich habe dich gemocht, als ich dich kennengelernt habe, Liam, aber was ich jetzt fühle, geht viel weiter." Kim lehnte sich gegen seine Brust, als seine suchenden Finger das

Bündchen ihres Höschens fanden. „Aber du möchtest, dass ich mich dauerhaft an dich binde."

„Ich muss nicht darum bitten. Der Gefährtenbund tut das für uns."

„Vielleicht tut er das für Shifter. Nicht für Menschen."

„Shifter-Mensch-Paare gibt es gelegentlich. Wir hätten all diese Jahrhunderte niemals überlebt, wenn unser Genpool rein geblieben wäre. Inzucht bringt Schwäche, während Bastarde überleben."

„*Bastarde*. Was für hübsche Komplimente du machst."

„Ich finde, wir reden ohnehin viel zu viel."

Das Beingummi ihres Höschens wurde zur Seite geschoben, und starke Finger berührten die Feuchtigkeit zwischen ihren Beinen.

Kim blickte sich um. „Wir sind draußen."

„Sind wir das?" Er klang erstaunt.

Kim hatte nichts gegen Sex, und im College hatte sie es einmal in einem Auto gemacht, aber das war spätabends auf einem verlassenen Parkplatz gewesen. Dies war im hellen Tageslicht mitten in Shiftertown.

Liam lehnte sich vor und drückte ihr mit offenem Mund einen Kuss auf die Kehle, wodurch sich ihr Verlangen nur noch steigerte. Sie war feucht, sie war unanständig, und sie liebte es.

Liam strich mit der Zunge über ihr Kinn und küsste ihren Mund. Seine Kussfertigkeit hatte sich eindeutig verbessert. Er wusste, wie er ihre Lippen auseinanderbrachte, wie er mit seiner Zunge in sie hineinglitt, wie er ihren Mund zum Prickeln brachte.

„Das ist nicht gut", flüsterte sie.

„Nein, es ist *sehr* gut."

„Ich will dir jetzt hier auf der Straße die Hose aufknöpfen", sagte sie. „Das finde ich gar nicht gut."

„Unsere Ansichten über gut und nicht gut sind dann wohl genau gegensätzlich."

Kim gab auf und ließ den Knopf seiner Jeans aufspringen. Sein Schwanz war hart hinter der Unterwäsche, die Spitze reichte über den Bund hinauf. Kim fuhr mit den Fingern unter das Gummi und umfasste den dicken Schaft.

Liam stöhnte. „Du hast magische Hände, Süße."

Kims Daumen strich über die Eichel, und Liams Finger bewegten sich zwischen ihren Beinen. Sie hätte nie gedacht, dass sie heiß werden könnte, während sie auf einer Mauer saß, aber Liam hatte ebenfalls magische Hände. Und nicht nur die Hände waren magisch. Sie lehnte sich zurück und schloss die Augen.

„Liam."

„Ich bin hier, Baby."

Das war er, über fünfundzwanzig Zentimeter von ihm. Nicht dass sie nachgemessen hätte, aber sie konnte schätzen. Sie strich mit der Hand über seinen Penis, griff ihn, als sie ganz unten angekommen war, fest. Er bewegte die Hüften, sein Gesicht wurde vor Erregung weicher.

„Süße, du hast keine Ahnung, was du da mit mir anstellst."

„Ich habe eine ziemlich gute Ahnung. Ich mache dich steif und hart, und wenn ich dich berühre, möchtest du es mir besorgen."

Seine Augen waren zu Schlitzen verengt. „Nah dran."

„Meinst du etwa, du willst es mir *nicht* besorgen?"

„Ich meinte, ich will es dir die ganze Zeit über besorgen, ob du mich berührst oder nicht. Ich möchte deinen hübschen Rock hochheben und dich gleich hier und jetzt nehmen."

Erregung schoss durch ihre Adern. „Hier auf der Mauer?", fragte sie mit unschuldiger Stimme.

„Hier auf der Mauer."

Liam erhob sich halb, und er entglitt ihren Händen. Bevor sie wusste, wie ihr geschah, hingen ihm die Jeans um die Oberschenkel, ihre Unterwäsche war verschwunden, und er saß wieder auf der Mauer und hatte sie so heruntergezogen, dass sie über ihm saß. Ihr Rock verbarg, dass sie beide nackt waren, aber nur gerade so.

Sie öffnete den Mund, um ihn zurechtzuweisen, aber er küsste sie. Der spitzbübische Ausdruck in seinen Augen erregte sie und brachte sie fast zum Lachen.

Sie war noch nie mit einem Mann ausgegangen, der so direkt war wie Liam. Er war ein Shifter, eingeschränkt und ausgestoßen, aber er war besser darin, zu tun, was auch immer er wollte, als irgendjemand sonst, den sie je getroffen hatte.

Genau jetzt trieb er es mit ihr auf einer Mauer mitten in einem Park. Am helllichten Tag. Während er tief sie eindrang, zog er sie dicht an sich und küsste sie.

Die Worte verließen Kims Gehirn und lösten sich auf. Hier ging es nicht um Worte. Dies war Gefühl, reines, ursprüngliches, raues Gefühl.

Liam nahm sie, wie er es nie zuvor getan hatte. Die Sonne auf ihren Schenkeln erregte sie so sehr wie seine Härte in ihr. Eine Härte, die sie dehnte und weitete. Es war frei, wild und anders. Ein Schweißtropfen lief zwischen ihren Brüsten hinab, und er lehnte sich vor und leckte ihn weg.

Sein Atem ging schnell, genau wie ihrer. Seine Finger waren harte Punkte auf ihren Schenkeln, dann auf ihrem Rücken, ihrem Hintern, ihrem Gesicht. Er drückte sich in sie, schnell, schneller, sein Mund verzog sich in Ekstase.

Kim ließ den Kopf zurückfallen. Sie hielt ihren Schrei zurück, da sie nicht wollte, dass Leute kämen, um zu sehen, was los war. Liam leckte sie nochmals zwischen den Brüsten, sein Atem war kochend heiß. „Ich komme", flüsterte er an ihrer Haut.

Sie auch. Weiß glühende Wellen der Erregung durchströmten sie, und sie fühlte nur noch Liam, der mit ihr verbunden war.

Er nahm ihr Gesicht zwischen die Hände. Seine Augen hatten ihr Shifteraussehen angenommen und zeigten das

Raubtier, das Kim begehrte. Dann stöhnte er erstickt auf und kam explosiv.

Zitternd und schwitzend zog Kim ihn an ihre Brust und küsste sein Haar. *Ich liebe dich, Liam,* wollte sie flüstern, aber sie küsste sein Haar nochmals und legte ihre Wange auf seinen Kopf.

***

Liam bestand darauf, sie zur Arbeit zu begleiten, und Kim hatte heute nichts dagegen. Aber wie er im Auto neben ihr saß, durch seine dunkle Sonnenbrille die vorüberziehende Welt betrachtete, lenkte er sie ab.

Kims Körper fühlte sich warm und nachgiebig an, er schmerzte ein wenig davon, sich für ihn so weit gedehnt zu haben. Liam fing Kims Blick auf, und er griff hinüber und legte ihr die Hand auf den Schenkel. Er musste nichts sagen. Kim fühlte die Verbindung zwischen ihnen, die Wärme, die nicht verschwinden wollte.

Kim wurde einige Male angeglotzt, als sie eintraten. Sie war erstens zu spät, zweitens nicht in einem Kostüm, und drittens folgte ihr ein großer Shifter mit bedrohlichem Blick.

Sie fing an, sich wie eine Shifterfrau zu kleiden, bemerkte sie, als sie sich hinsetzte und ihre Nachrichten durchsah. Sie war noch nie anders zur Arbeit gekommen als in einem Kostüm, Strümpfen und schwarzen Pumps. Sie hatte die Kleider, in denen sie sich geliebt hatten, gewechselt, war aber in einen anderen weiten Rock, eine Bluse und hochhackige Sandalen geschlüpft. Kleidung, die leicht abzulegen war.

Sie spürte, dass Shiftertown zu verlassen das Letzte war, was Liam heute hatte tun wollen, aber er war entschlossen gewesen, sie nicht allein zur Arbeit gehen zu lassen. Letzte Nacht hatten er und sein Vater die Plätze in der Hierarchie Shiftertowns getauscht, was bedeutete, jetzt konnte er Fergus herausfordern – ein Kampf, der mit Liams Tod enden könnte.

Die gesamte Balance der Shiftermacht in Süd-Texas stand auf dem Spiel. Liam zeigte, wie zerrissen er war, dadurch, dass er sich auf dem Sofa ausstreckte und die neuste Ausgabe von *Angeln Heute* las.

„Hörst du wohl damit auf?", fragte sie irritiert.

„Womit aufhören? Lesen bildet. Man lernt viel."

„Da zu sitzen, als sei alles in Ordnung. Vielleicht habe ich den entscheidenden Hinweis in dem Fall gefunden. Dein Dad muss vielleicht Shiftertown verlassen. Fergus könnte dich bis ins nächste County prügeln. Und du liest übers Angeln. Angeln Shifter?"

„Kim, Liebling, wenn ich mich nicht in Fischköder vertiefen würde, würde ich entweder das Haus abreißen oder rüberkommen und dich auf deinem Schreibtisch um den Verstand vögeln. Vielleicht beides. Möchtest du das? Ich kann dir den Gefallen gerne tun."

Kim fuhr sich mit einer Hand durchs Haar. „Schon gut. Ich bin nur nervös. Ich schätze, die Sache mit den Shifter-Pheromonen funktioniert tatsächlich."

Liam war sekundenschnell runter von der Couch und auf den Beinen, das Magazin fiel zu Boden. „Und deine nebeln mich ein, locken mich, zu dir zu kommen und meine Hände unter deinen Rock zu schieben."

„Das hast du doch schon."

„Das war vor zwei Stunden. Ich will es noch mal. Und noch mal. Den ganzen Tag und die ganze Nacht. Es brennt wie die Hölle in mir."

Kim wurde ganz warm. „Ich kann nicht behaupten, dass mich das abturnt."

„Du hast Glück, dass du keine Shifterfrau bist. Du fühlst den Paarungswahn nicht so, wie ich es tue. Wenn du ein Shifter wärst, hätten wir es seit San Antonio die ganze Zeit über getrieben. Und zur Hölle mit Arbeit, Familie, Essen oder Schlafen." Sein großer Körper zitterte vor Anspannung.

„Das fühlst du seit San Antonio?"

„Verdammt, ja. Ich möchte jede Sekunde in dir sein. Fergus und seine Forderung, dein Fall und sogar mein Vater können zum Teufel gehen."

„Oh." Kim trat näher an ihn heran. Sie war in ihrem Büro, ihrem förmlichen Anwaltsbüro in einem schicken Gebäude in Downtown Austin, und sie wollte nichts mehr, als dass Liam alles vom Tisch fegte und sie darauflegte. Oder sie vielleicht an den Rand des Tisches setzte. Oder gegen die Wand presste. Da war sie flexibel.

Liams Lächeln hatte etwas Ungezähmtes. „Spiel nicht mit dem Feuer, Kim."

„Ich glaube, ich habe auch ein wenig von diesem Paarungswahn abbekommen." Sie drückte ihre Hände gegen seine Brust und spürte sein Herz unter ihren Fingerspitzen schlagen. „Ich will dich die ganze Zeit berühren, will, dass du mich küsst, dass du bei mir bist. Ich habe das nur nicht gesagt, weil ich Angst hatte, dass du denkst, ich klammere."

„Mein Liebes, welcher Dummkopf würde nicht wollen, dass du dich an ihn klammerst?"

„So ziemlich jeder, der ein Mann ist."

Liam zog sie an sich. „Diese verdammten Idioten sehen einfach nicht, was da direkt vor ihrer Nase ist. Aber das bedeutet, du gehörst allein mir."

Kim bog sich seinem Kuss entgegen, ohne sich darum zu sorgen, dass ihre Sekretärin jeden Moment hereinplatzen könnte, ganz zu schweigen von den ganzen Anwälten im Haus. Aber was sollte es? Sie hatte es bereits draußen auf einer Mauer gemacht, und ihre Kollegen dachten vermutlich sowieso, dass sie den Shifter hier drinnen vögelte.

Der Kuss wurde intensiver. Kim schmeckte seine Lust, den Wahnsinn in ihm und seine widerstreitenden Gefühle. Vermutlich verstärkte sein Kummer seine sexuellen Bedürfnisse, und Kim war diejenige, die diese Bedürfnisse befriedigen würde. Aus irgendeinem Grund fand sie das überhaupt nicht schlimm.

Liams Handy klingelte. Er küsste sie ein paar Sekunden länger, dann griff er widerstrebend danach. „Verdammt." Er öffnete es. „Was?"

Sein Ausdruck veränderte sich, und er drehte sich weg, womit er Kim ausschloss. Sie dachte, die Stimme, die sie kaum hören konnte, wäre Seans, und danach zu schließen, wie sich Liams Körper versteifte, war etwas passiert.

Ihr Herz gefror. Dylan? Oder Connor?

Liam ließ das Telefon zuschnappen und drehte sich mit einem grimmigen Gesichtsausdruck zu ihr um. „Michaels Mum sagt, dass er vermisst wird. Sie kann ihn nirgendwo finden."

Kim blinzelte. „Michael? Der kleine Junge mit dem Pool?"

„Ja. Dad und Sean organisieren eine Suche."

Kim wurde eiskalt. „Fergus?"

Liam schüttelte den Kopf. „Das glaube ich nicht, und Dad glaubt es auch nicht. Fergus' Kopf würde rollen, wenn er versuchen würde, einem Jungen etwas anzutun. Fergus hat Macht, aber Junge sind unantastbar."

Kim wusste nicht, ob sie das Liam vollends glauben sollte. „Ruf die Polizei an", sagte sie schnell. „Sie werden einen Suchruf aussenden …"

Liam schüttelte den Kopf. „Shifter können ihn viel schneller finden als die Polizei. Wir kennen seinen Geruch." Liam steckte sein Telefon zurück an den Gürtel. „Ich muss hin. Seine Mum und sein Dad …"

„Werden dich brauchen." Kim erinnerte sich daran, wie Liam und Sean alles unternommen hatten, um Sandra zu beruhigen, wie die Frau sich unter ihrer gemeinsamen Berührung entspannt hatte. Michaels Eltern mussten Angst haben und brauchten Zuspruch. „Dann geh. Ich komme schon klar."

Noch eine schwierige Entscheidung. Liam sah unsicher aus, und Kim hatte ihn noch nie unsicher gesehen.

Liams Zähmung

„Wirklich", sagte sie. „Ich habe eine Menge zu tun. Du weißt schon, Brians Hintern retten. Alles ist gut."

Liam ging zu ihr. Sein stahlharter Körper an ihrem war das Beste auf dieser Welt. „Du bleibst in diesem Büro, okay? Lass dir von jemandem Lunch bringen, geh nicht raus. Und nach der Arbeit steigst du in deinen Wagen und fährst direkt zu meinem Haus. Nicht anhalten, nicht trödeln. In Ordnung?"

Ein ungutes Gefühl überkam sie. „Ja, das krieg ich hin."

Liam zog sie in eine Umarmung. Eine Shifterumarmung – eng, lang, warm, Trost spendend und Trost suchend zugleich. „Ich hasse es, dich zurücklassen zu müssen."

Kim hasste es auch. Seit wann brauchte sie plötzlich so dringend einen Mann an ihrer Seite? „Mir geht es gut. Geh nur."

Liam küsste sie noch einmal, seine Lippen verweilten auf ihren. „Ruf mich an", sagte er. „Stündlich, wenn es sein muss."

„Alles wird gut gehen, Liam."

Er schenkte ihr ein angedeutetes Lächeln. „Ich wünschte, ich könnte das glauben, Süße." Und dann war er weg.

***

Kim versuchte, sich auf ihre Arbeit zu konzentrieren, aber ihre Gedanken wanderten immer wieder nach Shiftertown. Sie hatte viel aufzuholen, Telefonate zu führen, Berichte von ihrem Detektiv über Michelles Ex durchzulesen, Briefe aufzusetzen. Aber sie machte sich Sorgen um Michael. War er nur weggelaufen, oder war ihm etwas Ernstes zugestoßen? Erforschte er gerade einen Ort, der für kleine Shifterjungen spannend war? War ein neuer Paria unterwegs?

Liam war noch keine Stunde weg, da rief sie ihn schon an. Seine Stimme war warm wie immer, als er ihr sagte, dass es keine Neuigkeiten gab. Anscheinend war Michaels Mutter für einen Moment nach drinnen gegangen, sein Bruder war dann von der vorderen Veranda gelaufen gekommen und hatte erzählt, dass Michael weg war. Eine erste Suche war ergebnislos verlaufen. Ganz Shiftertown wollte jetzt eine ernsthafte große Suchaktion starten.

Kim hörte die Sorge in Liams Stimme. Dass dies passiert war, zusätzlich zu dem Streit mit seinem Vater und Fergus' Drohungen, konnte nicht leicht für ihn sein.

Seit wann machte sie sich so viele Sorgen? Ihre Faszination für Shifter, wie sie sich zuerst zu Liam hingezogen gefühlt hatte, ihr wachsendes körperliches Verlangen nach ihm waren zu etwas Tieferem geworden. Es war mehr als der Paarungswahn, von dem Liam dauernd redete. Da war etwas an Liam, weshalb sie bei ihm sein wollte, ihn halten wollte, wenn er litt, mit ihm lachen wollte, wenn er glücklich war.

Sie presste die Augen zusammen. *Verdammt noch mal. Ich habe mich in ihn verliebt. Seit wann bin ich so dumm?*

Kim versuchte, sich wieder der Arbeit zu widmen. Sie konnte Liam jetzt nicht ständig belästigen, er hatte bestimmt alle Hände voll zu tun. Aber sie konnte nicht anders, sie rief ihn an, während sie an ihrem Schreibtisch zu Mittag aß. Nichts, berichtete Liam.

Er klang grimmiger. Kim versicherte ihm, dass bei ihr alles in Ordnung sei – es gab keinen Grund, sich ihretwegen Sorgen zu machen. Er sagte ihr, sie solle auf sich aufpassen. Jedes seiner Worte war voller Wärme. Wenn Liam diese alltägliche Floskel in den Mund nahm, dann meinte er sie tatsächlich auch.

Um zwei Uhr rief Kim Liam zurück, aber er ging nicht ran.

Lass ihn in Ruhe, sagte sie zu sich selbst. *Er tut seinen Job.*

Dass sie tatsächlich einmal gedacht hatte, sein Job wäre es, eine Bar zu managen.

Um drei hielt Kim es nicht mehr aus. Sie packte ihre Aktentasche und sagte ihrer Sekretärin Jeanne, dass sie den Rest des Tages von zu Hause aus arbeiten würde.

Sie eilte auf den Parkplatz und lief fast in Abel hinein, der von einem Tag am Gericht zurückkam. „Kim", sagte er.
„Hallo, Abel. Ich muss los. Bis morgen."
Abel versperrte ihr den Weg. Er schwitzte, sein Gesicht war rot und glänzte über seinem engen Anzugjackett. Er sah wütend aus, was bedeuten musste, dass er seinen Fall verloren hatte.
„Ich habe gehört, dass du mich wegen einem Shifter sitzen gelassen hast."
Der Wunderknabe hatte es endlich begriffen. „Das geht dich gar nichts an. Ich muss los."
Er stellte sich ihr erneut in den Weg. „Wohin? Zu deinem Shifter? Diesem stinkenden Tier, das du hier hereingezerrt hast? Du vögelst ihn, oder? Du vögelst ein Tier."
Kim verdrehte die Augen. „Du hast noch nie etwas verstanden."
„Ich werde dafür sorgen, dass du gefeuert wirst. Ich werde dafür sorgen, dass dir die Lizenz entzogen wird."
„Es ist nicht gegen das Gesetz, mit einem Shifter auszugehen. Oder sogar mit einem ins Bett zu gehen. Werd endlich erwachsen, Abel."
Kim versuchte wieder, an ihm vorbeizugehen, und wieder versperrte Abel ihr den Weg. Nachdem sie Fergus kennengelernt hatte, machte ihr Abel so viel Angst wie eine Mücke, aber sie fragte sich, was er nun vorhatte. Wollte er sie hier auf dem Parkplatz schlagen? Das wäre eine großartige PR für die Anwaltsfirma.
„Würdest du mir bitte aus dem Weg gehen?"
„Hast du es mit ihm getrieben, während du mit mir ausgegangen bist? Sag mir die Wahrheit. Da hast du ihn schon gevögelt, oder? Ein Mann war dir nicht genug."
„Offensichtlich möchtest du, dass ich das bestätige."
„Shifterhure", sagte Abel. „Ich werde jedem, den ich kenne, sagen, dass du nichts als eine Shifterhure bist."
„Abel, du Idiot ..."

Sie brach ab, als plötzlich zwei Shifter links und rechts von Abel auftauchten. Fergus' Tracker, der glatzköpfige Tattoo-Kerl und der Militärtyp. Ihre Halsbänder blitzten im heißen Sonnenlicht. Der Militärtyp trug eine Sonnenbrille und sah aus wie der Terminator.

„Alles in Ordnung, Ms Fraser?", fragte der Tattoo-Kerl.

„Alles bestens. Ich bin auf dem Weg zu meinem Wagen."

„Wir werden Sie hinbegleiten."

Kims Herz klopfte wild. „Nicht nötig, ich schaffe das."

Der Militärtyp blockierte Abel den Weg, während der Tattoo-Kerl Kim bedeutete, vorzugehen. „Möchten Sie, dass wir ihm ein paar Manieren beibringen?", fragte der Tattoo-Kerl.

„Nein, lassen Sie ihn in Ruhe", sagte Kim. „Er ist nur ein Schwachkopf."

Der Tattoo-Kerl zuckte mit den Schultern, als sei es ihm so oder so gleich. Abel zog sich in das Gebäude zurück, und Kim machte sich auf den Weg zu ihrem Auto, das nur wenige Meter entfernt stand. Die beiden Shifter kamen mit ihr.

„Wenn Shifter keine Halsbänder mehr tragen", sagte der Tattoo-Kerl, „werden sich Arschlöcher wie der da vor Angst in die Hose machen und sich ein Bein ausreißen, um nett zu uns zu sein."

Sicher. Kim beschleunigte ihre Schritte, und sie erreichte ihren Wagen ohne Zwischenfälle. Die beiden Männer versuchten nicht, sie zu ergreifen oder zu verschleppen. Sie benahmen sich in der Tat eher, als wollten sie sie beschützen. Auf welcher Seite waren sie? Der Militärtyp öffnete ihr die Wagentür und schloss sie wieder, als sie sich hingesetzt hatte. „Fahren Sie vorsichtig."

„Ja", sagte Kim und ließ den Motor an.

„Hey, niemand legt sich mit unseren Frauen an", sagte der Militärtyp. „Sie gehören jetzt Liam."

Sie war sich nicht sicher, ob sie beruhigt oder verärgert sein sollte. „Danke, Gentlemen", sagte sie. „Ich weiß Ihre Hilfe zu schätzen."
Sie rollte die Fenster hoch und fuhr rückwärts aus ihrem Parkplatz. Die beiden folgten ihr auf ihren Motorrädern nach Shiftertown, wobei sie das Tempo an ihres anpassten, wiederum auf eine Art, die wie Schutz wirkte.
Kim hatte den halben Weg nach Shiftertown zurückgelegt, als ihr die Worte vom Tattoo-Kerl wieder in den Sinn kamen. *Wenn Shifter keine Halsbänder mehr tragen.* Was hatte er damit gemeint? Er hatte das gesagt, als stünde das kurz bevor, nicht als sei es Wunschdenken.
Kim umklammerte das Steuerrad mit eisernem Griff und fuhr weiter. Sie würde Liam fragen müssen, ob der Mann einfach nur seinem Ärger Luft machte ... Wenn Liam nur endlich mal ans Telefon ginge.

Kapitel Zwanzig

Liam lief um den nächsten Block verfallener, leerer Gebäude. Die Ziegelwände waren abgenutzt und ramponiert, und morsche Holzbretter bedeckten die leeren Fensteröffnungen.

Ein solcher Ort könnte ein neugieriges Kind, das allein losgezogen war, durchaus interessieren. Liam erinnerte sich, wie er, Sean und Kenny Burgruinen erforscht hatten. Irland war voll davon. Eingestürzte Mauern von einem lange vergessenen Burgfried, die kaum noch zusammenhielten. Hatten sie sich darum gekümmert, dass es gefährlich war, dass sie eingeschlossen werden könnten, begraben, zerquetscht von einem unerwarteten Steinschlag?

Nicht wirklich. Sie waren Shifter. Tough, gefährlich, wagemutig.

„Verdammt dumm", stieß Liam leise hervor. Kein Wunder, dass ihre Mutter ihnen die Hölle heißgemacht hatte.

Er bog um eine Ecke zwischen den Gebäuden und hörte Michael weinen. Das Geräusch kam aus dem Lagerhaus neben ihm. Die große Tür war mit Brettern aus altem Holz zugenagelt. Liam trat das Holz ein. Es war verschimmelt und verrottet und brach sofort.

Das Innere des Lagerhauses war dämmrig, der Betonboden voller Löcher und staubbedeckt. In der Wand zu seiner Rechten befand sich eine Metalltür aus neuem, glänzendem, solidem Stahl. Der Türgriff war mit Ketten umwickelt und mit einem Vorhängeschloss versehen. Hämmern kam von dahinter, vermischt mit zwei Stimmen: Michaels hohem Weinen und den Rufen eines Mannes, den er nicht erkannte.

Liams Nüstern weiteten sich, als er die Luft testete. Nichts als Terror von Michael und dem Mann hinter der Tür, überlagert von dem Geruch des Moders, den das Haus absonderte. Selbst wenn dies ein Trick war, um Liam aus irgendeinem Grund in die Falle zu locken, war es ziemlich eindeutig, dass die Gefangenen sich nicht selbst von außen eingeschlossen hatten.

Liam wickelte den Saum seines T-Shirts um das Vorhängeschloss, ließ seine Hand zu einer starken Shifterklaue wandeln und brach das Schloss. Er schwang die Tür auf und trat schnell zurück, als eine Welle übel riechender Luft aus dem kleinen Raum dahinter kam.

Ein Mann rannte heraus und brach auf dem Boden vor seiner provisorischen Zelle schwer atmend zusammen. Sein Haar war zerwühlt und verfilzt, und seine Kleider stanken. Seinen Augen und seinem Geruch nach zu urteilen, war er ein Wolf, aber Liam kannte ihn nicht. Michael eilte hinter ihm heraus, die Hände gefesselt, und Liam schloss den Jungen in die Arme. Michael presste sich an ihn und holte sich allen Trost, den er kriegen konnte.

„Wie seid ihr hier eingeschlossen worden?", fragte er Michael.

„Der böse Mann hat mich hergebracht."

„Was für ein böser Mann, Kleiner?"

„*Mich* hat ein Felid gefangen." Der Mann auf dem Boden blickte ihn aus blutunterlaufenen Augen böse an. „So einer wie du."

„Was für ein Felid? Fergus?"

„Nein. So hieß er nicht." Der Fremde kam auf die Füße und blinzelte gegen das dämmrige Licht. „Ach ja, Brian. Das war's."

Liams Blut gefror. „Brian."

„Das hat er gesagt. Dann, heute Morgen, öffnete ein anderer Felid die Tür und warf diesen kleinen Kerl zu mir herein. Ich bin froh, dass du gekommen bist, denn ich bin langsam hungrig geworden, und der Felid hat gesagt, ich dürfe nichts zu essen kriegen."

Der Blick des Shifters wanderte zu Michael. Der Junge war nicht ängstlich, aber als diese blutunterlaufenen Lupidaugen auf ihm landeten, wich er zurück, bis er in einer staubigen Ecke kauerte. „Etwas stimmt mit ihm nicht, Liam", wimmerte er.

Der Lupid bewegte sich ins Licht, und Liam sah, dass er statt eines Halsbands eine deutlich erkennbare dunkelblutige Linie um den Hals hatte. Sein Halsband war entfernt worden.

„Michael", sagte Liam. „Lauf!"

Mit vor Angst geweiteten Augen raste der Junge los. Liam griff den Lupid an der Schulter, wirbelte ihn herum. Der Lupid fauchte und sprang, und Liam stellte sich dem Angriff.

Als sie zu Boden fielen, wurden Liams Hände zu Klauen. Sie kämpften, und Liam versuchte, das Rückgrat des Parias zu durchtrennen. Der Paria erhob sich und stieß mit einer unwahrscheinlichen Waffe hinab – einer Injektionsnadel. Bevor Liam sich zur Seite rollen konnte, hieb sein Gegner ihm die Nadel in die Schulter.

Liam kämpfte noch ein paar Sekunden, und dann erschlafften seine Muskeln. Er konnte sich überhaupt nicht mehr bewegen. Er verlor nicht das Bewusstsein, aber er betete in den nächsten Stunden ganz fest, dass die Ohnmacht endlich kommen würde.

***

Auf den ersten Blick schien Chaos in Shiftertown zu herrschen. Wandler liefen überall in Gruppen von zwei oder drei Personen herum und riefen Michaels Namen. Shifter auf Motorrädern und in schnittigen Autos durchkämmten die Straßen im Zentrum und in den Randgebieten Shiftertowns. Sie fuhren langsam und blickten in die Schatten jedes Gebäudes.

Als Kim das Haus der Morrisseys betrat, verstand sie, dass die Suche auf eine nahezu militärische Art organisiert worden war. Dylan stand allein in der Küche, eine Karte Shiftertowns und seiner Umgebung auf dem Tisch ausgebreitet. Ein Gitternetz war sorgfältig auf die Karte gezeichnet worden. Dylans Handy war an seinem Ohr, und er markierte Quadrate des Gitternetzes, während er mit der Person am anderen Ende sprach.

Dylan bemerkte Kim. „Kim ist hier", sagte er ins Telefon. „Und Nate und Spike. Komm zurück ins Haus, und hol Kim ab. Nate und Spike werden ein zusätzliches Team bilden."

Nate und Spike? Der Tattoo-Kerl und der Militärtyp stiegen am vorderen Straßenrand von ihren Motorrädern. Kim fragte sich kurz, wer von den beiden wohl wer war.

Dylan legte auf, trat zu Kim und nahm sie in die Arme. Shifterbegrüßung. *Sie stehen unter Strom, ich wette, sie brauchen jetzt eine Menge Bestätigung.*

Kim erwiderte die Umarmung und drückte Dylan fest, bevor sie ihn wieder freigab. „Hast du mit Liam gesprochen? Wo ist er?"

Dylan schüttelte den Kopf. „Mit Sean. Liam hat sich nicht gemeldet."

„Er geht auch nicht ans Handy."

„Das Mobilfunknetz hier ist nicht das zuverlässigste. Er wird einen Weg finden, uns anzurufen, wenn er etwas zu berichten hat. Sean ist unterwegs."

„Ich möchte helfen."

„Das wirst du." Dylan wandte sich zurück zur Karte. „Ich möchte, dass du mit Sean ein Team bildest. Nach Liam ist Sean der Stärkste, und ich möchte mir nicht auch noch deinetwegen Sorgen machen müssen."

„Liam hat mir gesagt, was passiert ist", sagte sie leise. „Mit dir und ihm und dem Kampf."

Dylan wendete sich erneut von der Karte ab. Er sah nicht besiegt aus. Er war groß und beeindruckend wie eh und je, nur die Spur Grau an seinen Schläfen verriet, dass er älter war als seine Söhne. Er strahlte Stärke aus, Kompetenz und Entschlossenheit – alles, was man bei einem General gerne hätte.

„Das ist jetzt unwichtig", sagte er.

Was bedeutete, dass sie darüber reden würden, wenn Michael gefunden worden war. „Ich habe mich nur gefragt, was passieren wird."

„Das liegt bei Liam." Dylan sah an ihr vorbei, und sie bemerkte, dass Nate und Spike sich der Vordertür näherten.

Kim schwieg, und Dylan lud die beiden ein, ins Haus zu kommen. Die Feindseligkeit, die sie Dylan gegenüber in San Antonio ausgestrahlt hatten, war vollkommen verschwunden, als die drei sich über die Karte beugten. Es stellte sich heraus, dass Nate der Militärtyp war, und der kahl rasierte, tätowierte Mann war Spike.

Die beiden Shifter gingen mit ihrem Auftrag weg, und Dylan nahm einen anderen Anruf entgegen. Sean kam durch den Hinterhof, und Kim ging ihm entgegen.

„Wo ist Connor?", fragte sie.

„Er sucht mit Glory und Ellison. Dad steckt dich mit mir zusammen."

Sean sah düster aus. Eine schwarze Sonnenbrille versteckte seine Augen. Sein Schwertgriff ragte über seiner

Schulter auf. Kim wusste, ohne dass man es ihr sagte, dass seine größte Angst war, dass er das Schwert an Michael benutzen musste, wenn man ihn fand.

„Hast du von Liam gehört?", fragte sie ihn.

„Nein."

„Macht dir das keine Sorgen?"

„Das tut es. Aber Liam ist einer der Stärksten im Clan, und wenn er sich nicht meldet, dann gibt es einen Grund dafür."

Er hatte recht. Dylan auch. Aber Kim zitterte, und ein seltsames Gefühl in ihrem Magen machte ihr zu schaffen.

„Wir sollten ihn finden."

„Wir sollten Michael finden."

Kim nickte. Michaels Mutter musste gerade durch die Hölle gehen. Kim erinnerte sich daran, wie ihre eigene Mutter unkontrolliert geschluchzt hatte, als man ihr erzählt hatte, dass Mark tot war. Mark hatte eine ganze Nacht im Krankenhaus gelegen und ihnen Hoffnung gegeben, dass er überleben würde. Letzten Endes hatte er das aber nicht. Michaels Mutter musste gerade die gleiche Hölle der Hoffnung durchleben.

Kim nickte. Michael zu finden hatte die oberste Priorität.

***

„Es ist leicht", sagte der ungezähmte Shifter. „Mach einfach mit."

Liam biss die Zähne gegen den abgrundtiefen Schmerz zusammen. „Leicht für wen? Wer verdammt noch mal bist du überhaupt?"

„Man hat mich Justin genannt."

„Ja? Wie wirst du jetzt genannt?"

„Menschliche Namen haben für uns keine Bedeutung mehr."

„Oh, um Himmels willen." Liam lag flach auf dem Rücken auf dem Zementboden, seine Gliedmaßen brannten. Er fühlte die Bestie in sich fauchen und wüten, aber sein

Körper schmerzte so sehr, sie konnte fauchen und wüten, wie sie wollte. Einfach dazuliegen war prima.

Drückende Hitze erfüllte das Lagerhaus, und Liam fühlte das Prickeln eines sich nähernden Sturms. Er spürte, wie sich die Wolken aufbauten, die Elektrizität, welche die Luft Meilen entfernt auflud.

„Wo ist der Junge?", fragte er.

„Immer noch hier." Der Lupid lächelte. „Ich hebe ihn für dich auf, wie mir befohlen wurde."

Liam spürte Michael draußen in der Gasse. Der Lupid musste ihm hinterhergejagt sein und ihn angebunden haben. Liam schmeckte die Angst des Jungen in der Luft, die sowohl seinen Beschützerinstinkt weckte als auch seinen angeborenen Impuls, dass der männliche Nachkomme eines andern Mannes eliminiert werden musste. Die beiden Gefühle kämpften in ihm um die Oberhand und vergrößerten seine Verwirrung.

„Und warum hast du mich nicht beseitigt, solange ich hier hilflos gelegen habe?", fragte er.

„Ich kenne meinen Platz in der Hierarchie. Du wirst uns zu unserem großen Sieg führen."

„Du hast sie nicht mehr alle, Kumpel."

„Du bist der Anführer. Ich rieche es an dir. Du hast den Einzigen besiegt, der mächtiger als du war, und jetzt kann es kein Shifter mehr mit dir aufnehmen. Ich bin schwach, aber du wirst mich stark machen."

„Scheiße." Liams Hals brannte wie Feuer, und gleichzeitig fühlte er sich seltsam leicht an. Als Justin Liam das Halsband abgezogen hatte, war das der schlimmste Schmerz gewesen, den Liam je in seinem Leben verspürt hatte. Er hatte geschrien, als das Metall sich aus seiner Haut gelöst hatte, sein Verstand hatte nichts mehr wahrgenommen als diesen Schmerz. Als der Nebel sich geklärt hatte, hatte er auf dem Boden gelegen, nicht in der Lage, sich zu bewegen.

„Der Schmerz wird vergehen", sagte Justin. „Und dann wirst du frei sein."
„Wunderbar."
„Shifter sind stark, Herr. Stärker, als ein Mensch es je sein wird. Warum sollten wir ihre Sklaven sein? Als sie uns die Halsbänder angelegt haben, haben sie uns nur noch stärker gemacht." Liam fühlte sich so schwach wie ein Floh. „Wie bist du denn da drauf gekommen?"
„Du fühlst es, oder? Die Instinkte, die du so lange unterdrückt hast, die Stärke, die du verloren hast, als dir das Halsband angelegt wurde. Ich wette, anfangs hast du jeden Tag kotzen müssen. Wir haben gelernt, zu leben, auch mit der Unterdrückung, die mit den Halsbändern kam. Wenn daher die Halsbänder weggenommen werden, fließen die Instinkte zurück, die Stärke kommt zurück – alles, was sich in den letzten zwanzig Jahren aufgestaut hat, auf einmal."
„Ach du Scheiße."
Liam wusste, dass Justin recht hatte, so verrückt das auch klang. Seine Stärke kehrte allmählich in seine Gliedmaßen zurück. Was auch immer die Droge war, die man ihm verabreicht hatte, ihre Wirkung ließ nach. Sein Geruchssinn und Gehör schienen schärfer als je zuvor, und der wachsende Sturm pochte in seinem Kopf.
Der verbesserte Geruchssinn war etwas unglücklich, da Justin lange, lange Zeit nicht gebadet hatte. Justin schien das nichts auszumachen, aber Parias hatten häufig andere Vorstellungen von Reinlichkeit. Zur Hölle damit. Auch wenn Liam jetzt selbst ein Paria war, würde er immer noch duschen.
Liam bemühte sich, seine wachsende Angst zu vertuschen. Die Angst überlagerte auch den Tötungsinstinkt, der ständig stärker wurde. Sein Beschützerinstinkt schwand rasch. Michael war nicht sein Nachkomme. Er sollte das Junge töten, solange er die

Gelegenheit hatte. Liam kämpfte mit Mühe gegen das Verlangen an.
Ich bin so am Arsch.
Liam dachte an Kim. Wie viel Angst sie hätte, wenn sie wüsste, welche Gedanken durch sein Hirn wirbelten.
Gefährtin. Mein.
Liam wollte sie – auf ihrem Rücken, auf ihren Händen und Knien, es war ihm gleich. Er wollte sie hier, sodass er sich in ihr vergraben konnte. Wieder und wieder, bis sie und ihr frecher Mund wussten, wer ihr Herr und Meister war.
Nein, ich würde ihr nie wehtun.
Kim würde ihm Kinder schenken, spann sein Gehirn gnadenlos weiter. So viele Liam wollte. Zur Hölle mit Verhütung. Er würde einen Weg finden, die Wirkung aufzuheben, und ihr niemals mehr erlauben, so etwas zu nehmen. Er würde sie auf den Dachboden seines Hauses sperren, bis sie gehorchte. Es war geräumig da oben, Connor konnte Liams Zimmer bekommen. Und Liam würde in das große Schlafzimmer ziehen, nachdem er Dylan getötet hatte.
O Gott, hilf mir.
Dylan sollte sterben. Er war besiegt. Liam war jetzt der Anführer des Rudels. Justin hatte das gewusst, ohne dass man es ihm gesagt hatte. Dylan sollte vertrieben werden, dahin, wo er dem Tod allein ins Auge blicken musste – oder er würde ihm die Gnade gewähren, ihm das Genick zu brechen.
Glory würde um ihn trauern. Aber Glory war ein verdammter Lupid, und wen kümmerte es schon, wie laut sie heulte? Wenn sie Dylan so sehr liebte, könnte sie ihm gerne folgen.
Liam rollte sich herum und drückte sein Gesicht gegen den Boden. *Das bin nicht ich. Dies sind nicht meine Gedanken.*
Es ist in dir. Das ist, was richtig ist. Gib auf.
„Nein!", schrie er.
Justin lachte. „Das habe ich auch durchgemacht. Es macht viel mehr Spaß, nachzugeben."

Liam hasste Justins Lachen. Er hasste den Mann dafür, dass er ihm das antat. Liams Halsband lag zehn Fuß weiter auf dem Boden. Es war nichts als ein Stück schwarz-silberne Kette mit einem keltischen Knoten. Ein harmloses Stück Metall. Ohne das Halsband war Liam frei.

Liam zog sich auf die Füße. Schmerz durchflutete ihn noch immer, doch er ließ allmählich nach. Er blickte Justin an.

Justin grinste. „Siehst du? Du wirst stärker. Ich werde dir zeigen, wie die Halsbänder funktionieren, und dann können wir zurück nach Shiftertown gehen und die Shifter befreien. Du bist jetzt stärker als Fergus. Ich kann es fühlen. Es wird nicht lange dauern, bis du ihn getötet hast."

Liam knurrte. Justin wich etwas weiter zurück und ließ ein eigenes Knurren hören.

Schwacher, winselnder Scheißkerl, der dafür gesorgt hat, dass ich meinen eigenen Vater töten und eine Sklavin aus meiner Gefährtin machen will.

Justin knurrte erneut, dieses Mal defensiv. Ein Knurren der Angst.

Wo auch immer Justin herkam, er musste ziemlich weit unten in der Hierarchie gestanden haben. Er roch falsch, schwach, böse.

Liam folgte Justins Ratschlag und ließ die ungezähmte Bestie über sich kommen. All die Gedanken, die ihm durch den Kopf gingen, richteten sich auf einen einzigen Gedanken. Und sein Ziel war Justin.

Liam sprang, und Justin fing an zu schreien.

Kapitel Einundzwanzig

Sean brachte Kim zur Ostseite Shiftertowns. Er sprach nur wenig, aber sein ganzer Körper war angespannt. Dylan blieb zurück. Er sagte, es sei sein Job, die Suche zu koordinieren.

„Diese Straßen sind wie ein Labyrinth", sagte Kim besorgt, als sie um einen weiteren Block herumgingen.

„In einem Auto können wir nicht so gut suchen."

„Ach, echt?"

Die Straßen waren schmal und voller Schlaglöcher. Sackgassen verliefen wie ein endloser Irrgarten hinter den Gebäuden. Dieser Teil Austins war mehr oder weniger aufgegeben worden, als die Shifter in die Nähe gezogen waren. Kim war damals noch ein Kind gewesen. Sie erinnerte sich jedoch daran, dass ihr Vater gesagt hatte, dass florierende Geschäfte aus der Gegend weggezogen waren und sie den Shiftern und den Obdachlosen überlassen hatten.

Es waren nicht viele Obdachlose zu sehen, was merkwürdig war. Es stimmte, dass im Sommer die

Landstreicher die Städte im Süden verließen, um das kühlere Klima des Nordens aufzusuchen. Dennoch blieben viele und bettelten bei den wohlhabenden Geschäftsleuten und Politikern in der Innenstadt von Austin. Hier draußen hielten sich keine auf. War das, weil sie dachten, es gäbe hier nichts zu holen, oder weil sie die Shifter fürchteten?

Was auch immer es für eine Bedrohung war, die sie fühlten, Kim spürte sie ebenfalls. Die feuchte Luft prickelte vor Elektrizität, Vorwarnung eines Sturms. Sie blickte zum Horizont und sah, dass sich tatsächlich dunkle Wolken auftürmten, bedrohliche Gewitterwolken. In Austin gab es nicht häufig Tornados, aber gelegentlich kam mal einer durch, und diese Wolken sahen aus, als hätten sie Pläne in der Richtung. Das gab ihr und Sean noch einen weiteren Grund, Liam und Michael schnell zu finden.

„Ich hoffe, dass wir Michael finden, bevor es Nate und Spike tun", sagte Kim. „Ich weiß, sie helfen, aber ich traue ihnen nicht. Und ich kann nicht glauben, dass sein Name Spike ist."

„Er war ein *Buffy*-Fan."

Kim hatte eine surreale Vision vom Tattoo-Kerl, der Popcorn aß und Buffy und die Scooby-Gang anfeuerte, und hätte fast in nervöser Hysterie aufgelacht.

In Shiftermanier ließ Sean Kim nicht vor sich laufen. Er bog in eine weitere Gasse, in der sich die Schatten des Sturms und der anbrechenden Nacht sammelten, und hielt so abrupt an, dass Kim in ihn hineinlief.

„Was?", fragte sie.

„Ruf Dad an."

„Sagst du mir vielleicht auch, warum?" Kim zog ihr Handy aus der Tasche und versuchte, an ihm vorbeizulinsen.

„Wir haben Michael gefunden." Sean ging langsam in die Gasse.

Kims Handy meldete „Kein Netz". Verdammte Netzanbieter. Alles war perfekt, solange man in einer großen

Stadt war, wo auch jede Menge andere Kommunikationsmöglichkeiten zur Verfügung standen. Sobald man sich aber irgendwo befand, wo man ein Mobilfunknetz am dringendsten benötigte, funktionierte nichts mehr.

Sie könnte natürlich die langen Gassen hinter den zerfallenen Gebäuden zurückgehen, bis sie einen Platz mit gutem Empfang fand. Allein. Ohne Sean und sein Schwert als Schutz.

Kim huschte hinter Sean in die Gasse. Wenn sie Michael gefunden hatten, könnten sie ihn sich schnappen und hier endlich verschwinden.

Sean zog im Gehen das Schwert aus der Scheide. *Oh, nein. Bitte nicht.*

Kim rannte hinter ihm her. Ihre Sandalen klapperten auf dem kaputten Asphalt. Sie erreichte den kleinen Körper, der ausgestreckt auf dem Bürgersteig lag, im gleichen Moment wie Sean und ging neben ihm auf die Knie.

„Michael." Sie hob ihn hoch und atmete erleichtert auf, als sie feststellte, dass er warm war und sein Herz schlug. „Oh, Gott sei Dank."

Michael wimmerte, und Kim drückte ihn an sich. Die Augen des Jungen waren fest geschlossen, als habe er sich tief in sein Innerstes zurückgezogen. Kim wiegte ihn und presste die Wange in sein Haar. Eine seiner Hände trug eine Handschelle, die Kette daran erstreckte sich zu einem Ring in der Mauer.

„Alles ist gut, Kleiner", sagte sie. „Ich hab dich. Sean, kannst du die Kette von ihm loskriegen?"

Sean steckte das Schwert nicht zurück in die Scheide. „Etwas hier ist tot."

„Was?"

Seans Nüstern weiteten sich, seine Augen wurden weiß. Er griff das Schwert fester, trat den Rest der verrotteten Bretter von der offenen Tür weg und verschwand in die

Schatten des Gebäudes. Eine Sekunde später hörte Kim ihn böse fluchen.

Kim stand auf. Michael klammerte sich an sie und flüsterte: „Der böse Mann. Der böse Mann."

„Was für ein böser Mann, Michael?"

Er antwortete nicht. Die Kette ließ gerade so zu, dass sie ihn in den dunklen Eingang trug. Ein großes Lagerhaus erstreckte sich vor ihr, ein leerer Raum, mehrere Stockwerke hoch. Texanischer Staub bedeckte den Boden und lag in der Luft.

Sean stand über einem Körper, der in der Mitte auf dem Boden lag. Der Mann war groß und nackt, und um ihn herum lag zerfetzte Kleidung. Kim konnte sein Gesicht nicht sehen, und Angst durchzuckte sie.

„Liam?", fragte sie, und das Herz schlug ihr bis zur Kehle. *Bitte, bitte nicht.*

„Nein", sagte Sean. „Ich habe ihn noch nie zuvor gesehen. Aber er ist ein Shifter, und er ist tot."

Mit ernster Miene hob Sean das Schwert, beide Hände um den Griff gelegt und mit der Spitze nach unten. Er flüsterte etwas, das Kim nicht verstand, als er die Klinge in die Brust des Wandlers stieß. Die Luft um den gefallenen Mann schien zu schimmern. Dann, wie bei dem Shifter, der Kim in ihrem Schlafzimmer überfallen hatte, zerfiel sein Körper zu Staub.

„Er war ungezähmt." Liams volle Stimme kam aus den Schatten. Sean richtete sich auf und drehte sich um, und Liam selbst kam aus dem hinteren Bereich des Lagerhauses auf sie zu. Kim gaben vor Erleichterung fast die Knie nach.

„Er hat mir gesagt, dass Fergus und Brian an ihm experimentiert haben", fuhr Liam fort. „Sie haben einen Weg gefunden, sein Halsband zu entfernen. Das war es, was Brian in der Nacht getan hat, als seine Freundin ermordet wurde, und deshalb konnte er niemandem sagen, wo er wirklich war."

Kim legte Michael auf den kühlen Boden, strich ihm übers Haar und versicherte ihm, dass sie gleich zurück sein würde. Der Junge legte sich hin und rollte sich zu einem Ball zusammen. Kim eilte hinein. „Liam."

Sean legte eine große Hand auf Kims Schulter und riss sie zurück. Sie prallte gegen seine Brust, und seine harte Hand hielt sie an Ort und Stelle fest.

„Was machst du da? Lass mich los."

Sean gab sie nicht frei. Liam ging weiter auf sie zu. Er trug kein Hemd, und aus böse aussehenden Kratzern lief Blut über seine Brust. Aber er bewegte sich nicht wie jemand, der verletzt war. Er ging langsam, wie ein Löwe, der sich an seine Beute heranpirschte. Jeder Schritt war berechnet, konzentriert.

„Fass sie nicht an", sagte Liam deutlich zu Sean.

Kim versuchte, einen Schritt nach vorne zu machen, aber Seans Griff war unnachgiebig. „Nein", sagte er in ihr Ohr.

Liam hielt an. „Ich sagte, *nimm deine verdammten Pfoten von ihr.*"

Kim wurde eiskalt. Sean ließ Kims Schulter los, trat aber nicht von ihrer Seite. „Lass sie Michael nach Hause bringen."

„Besserer Vorschlag. Du nimmst die Beine in die Hand und überlässt Kim und den Jungen mir."

Kims Herz hämmerte. „Liam, was ist los mit dir?"

Liam trat ins Licht. Seine Augen waren starr, glitzernd, falsch. Um seine Kehle verlief eine tiefrote Linie, genau an der Stelle, wo sein Halsband gewesen war.

„Er ist ein Paria", sagte Sean düster.

„O Gott."

Kims Herz schlug wie wild. Kein Wunder, dass Fergus Brians Tod wollte, kein Wunder, dass er Brian befohlen hatte, auf schuldig zu plädieren und seinem Schicksal ins Auge zu sehen. Fergus konnte es nicht riskieren, dass Brian vor Gericht über die Experimente der beiden an den Halsbändern aussagen würde. *Scheiße.*

Der Liam, der hier vor ihnen stand, war nicht wie der Liam, den sie kannte. Sein warmes Lächeln, seine liebevollen blauen Augen, das Mitgefühl, das für gewöhnlich darin zu sehen war ... das alles war ausgelöscht worden. Dieser Mann hatte Hass in den Augen, urtümliche Wut, das Bedürfnis, zu töten. Er hatte den Paria getötet und Michael angekettet gelassen.

„Liam", flüsterte sie.

Der Lupid, der in Kims Schlafzimmer eingedrungen war, hatte sie geängstigt. Liams weißlich blaue Augen, die auf sie gerichtet waren, jagten ihr zehnmal mehr Angst ein. Kein anderer Shifter war mächtig genug, ihn aufzuhalten, und Liam wusste das.

„Lauf weg, Sean Morrissey", sagte er, „sonst töte ich dich auch."

„Ich muss bleiben. Ich bin der Wächter", sagte Sean mit leiser Stimme. „Ich habe bereits die Seele eines meiner Brüder in die Ewigkeit geschickt, Liam. Bitte, bitte lass mich das bei dir nicht auch tun müssen."

„Du hast danebengestanden und ihn sterben lassen."

Kim holte erschrocken Luft. „Liam."

Sean errötete. „Woher verdammt noch mal willst du das wissen, Liam? Du warst nicht einmal dort."

„Ich kenne dich, Sean."

Seans Wut knisterte, und der Sturm draußen antwortete mit einem Donnergrollen. „Du kannst mich mal. Kenny ist gestorben, während du für einen Mann, den du verachtest, guter kleiner Hilfssheriff gespielt hast."

„Und dafür wird Fergus bezahlen."

„Hört auf." Kim stellte sich zwischen die beiden Shifter – es war nicht gerade ein Platz, an dem man sich in Sicherheit fühlen konnte. „Ich weiß, du denkst jetzt nicht klar, Liam, aber gegen Sean zu kämpfen wird dir nicht helfen. Kenny ist gestorben, und das tut mir leid, aber wenn ihr beide euch gegenseitig umbringt, wird ihn das nicht zurückbringen."

Glaubst du denn, das hätte er gewollt? Dass ihr euch an ihn erinnert, indem ihr euch gegenseitig die Schuld gebt?"

Liams Blick schwang zu ihr. Von diesem unbewegten Blick angestarrt zu werden war eines der furchteinflößendsten Dinge, die ihr je zugestoßen waren.

Sie hatte mit diesem Mann Sex gehabt, hatte ihn beobachtet, während er geschlafen hatte. Irgendwo tief in dieser fleischgewordenen Bedrohung war der Liam, der um seinen toten Bruder trauerte, der Kim aufgezogen und sich Sorgen um den vermissten Michael gemacht hatte, der getrauert hatte, dass er seinen Vater verletzt hatte.

Bitte, lass das nicht alles eine Lüge sein. Bitte, lass diesen Mann noch immer da drinnen sein.

Bitte, lass mich ihn erreichen.

„Verlass mich nicht", sagte sie zu ihm. „Ich liebe dich."

Liam rührte sich nicht, er verriet kein Gefühl. „Das ist nicht Liebe. Du bist meine Gefährtin. Wie haben einen Gefährtenbund."

Sie stemmte die Hände in die Hüften. „Ich bin keine Shifterfrau, vielen Dank auch. Ich habe Gefühle, nicht Instinkte und auch keinen Gefährtenbund. Wenn ich sage, dass ich dich liebe, dann meine ich das auch. Zumindest liebe ich Liam."

„Gefühle sind Instinkte. Ihr verbrämt sie und schreibt Lieder darüber, aber das ist es, was es ist."

„Oh, wow. Genau so umwirbt man eine Frau. Ich mochte dich mit Halsband lieber."

„Natürlich mochtest du das. Weil du mich kontrollieren konntest."

„Als ob irgendjemand dich je kontrollieren könnte, Liam Morrissey. Du bist der Mann, der tut, was ihm gefällt, Halsband oder nicht."

Sean beugte sich zu ihr herab. „Tu mir einen Gefallen, und lauf weg wie vom Teufel gejagt, statt ihn noch zu provozieren."

Liam brüllte. „Ich sagte, fass sie nicht an!"

Michael weinte. Sean trat zurück, und Kim ging zu Michael, doch Liam versperrte ihr den Weg. Sie hatte nicht gesehen, wie er sich bewegt hatte, doch plötzlich war er da, direkt vor ihr.

„Michael ist verletzt. Und er hat Angst", sagte Kim zu ihm. *Genau wie ich.* „Lass mich ihn nach Hause bringen. Seine Mutter macht sich Sorgen."

„Sean, bring den Jungen hier weg, bevor ich meinen Instinkten nachgebe und ihn und dich töte."

Kim verschränkte die Arme vor der Brust und versuchte es mit einem bösen Blick. „Was? Willst du behaupten, du hast deinen Instinkten noch nicht nachgegeben?"

„Nein. Sean, *tu es*."

Kim warf Sean einen unsicheren Blick zu. „Ich stimme ihm zu. Bitte, bring Michael hier weg."

„Und lasse dich bei *ihm*? Bist du verrückt?"

„Liam hat recht mit dieser Gefährtenbund-Sache", sagte Kim. „Ich glaube nicht, dass er mir etwas tun wird."

„Du *glaubst* es nicht?", fragte Sean. „Das ist nicht sehr überzeugend."

„Hör auf zu streiten. Michael hat eine Mutter, die krank vor Sorge um ihn ist, und er muss nach Hause. Mir wird nichts passieren." Sie blickte Liam an. „Da bin ich mir ziemlich sicher."

„Kim, ich habe ihn noch nie so gesehen. So war er nicht, bevor wir das Halsband bekommen haben. Dies hier ist ... anders."

„Die Instinkte werden verstärkt", sagte eine neue Stimme.

Fergus drückte sich von dem breiten Türrahmen ab, an den er sich angelehnt hatte, und schlenderte herein. Sein eigenes Halsband war noch intakt, glücklicherweise, aber er bewegte sich so voller Selbstvertrauen, als wisse er, dass er etwas sehr Schlaues getan hatte.

„Siehst du, deshalb solltest du nicht streiten", sagte Kim zu Sean. „Dann verliert man die Möglichkeit, hier wegzukommen."

„Sagt die Frau, die nie die Klappe hält", spottete Fergus. Kim bedachte Fergus mit einem – wie sie hoffte – furchtlosen Blick. „Genau, was ich brauche. Noch ein Arschloch, das mir den Tag ruiniert."

„Deine Gefährtin hat ein loses Mundwerk", sagte Fergus zu Liam. „Du solltest ihr Manieren beibringen. Wenn du das nicht tust, tue ich es."

Liam wirbelte herum, um sich Fergus zuzuwenden, sein Stiefelabsatz knirschte auf dem sandigen Betonboden. Fergus hielt inne, sein Körper verriet seine plötzliche Wachsamkeit.

„Andererseits", sagte Kim, „wird's vielleicht doch noch lustig."

***

Die Welt stand kopf. Der Geruch des Todes drang Liam in die Nase, obwohl Sean die Leiche des Parias bereits zu Staub hatte werden lassen. Er roch auch Angst. Pures Entsetzen von dem Jungen. Angst von seinem eigenen Bruder. Angst von Kim, seiner Geliebten, seiner Rudel-Gefährtin.

Fergus' Angst war die größte von allen.

Der gesamte Ort stank nach blanker Furcht, es war genug, um ihn würgen zu lassen. Wenn Liam alle bis auf Kim tötete, könnte er den Geruch loswerden.

Eine kleine Ecke seines Gehirns meldete sich zu Wort. *Was ist nur los mit dir?* Sean hatte recht – so war es vor dem Halsband nicht gewesen. Sie hatten frei gelebt, gejagt, wann sie wollten, waren hungrig geblieben, wenn kein Essen aufzutreiben gewesen war. Sie hatten sich zusammengedrängt, drei Brüder, Vater und Mutter, und einander gewärmt. In guten Zeiten hatten sie miteinander gespielt, in schlechten Zeiten hatten sie zueinandergehalten. Einander geliebt.

Jetzt hasste Liam jeden Shifter in diesem Raum, besonders Fergus. Er hasste Kim nicht, aber sie machte ihn am meisten wahnsinnig. Er wollte sie von den anderen getrennt haben, sie in Sicherheit wissen. Sie wollten sie – Shifter brauchten Gefährtinnen, und Sean hatte sich nie eine genommen. Sean war eine Gefahr.

Das Junge war ein winziges Ding, keine Bedrohung, aber es war der Nachkomme eines anderen Shifters. *Töte es*, flüsterten Liams Sinne.

Fergus wollte, dass Liam das Junge tötete, danach Sean tötete. Liam wusste das, auch wenn ihm nicht klar war, woher.

Fergus wollte Macht, Fergus wollte Kim, aber vor allem hatte er Angst vor Liam.

Folglich musste Fergus zuerst sterben.

„Die Halsbänder sind so programmiert, dass sie alles unterdrücken, was uns zu dem macht, der wir sind", erklärte Fergus. „Die Fee, die sie hergestellt hat, hat Shifter gehasst. Und sie verstanden. Wenn die Halsbänder entfernt werden, verschwindet auch die Unterdrückung. Das macht uns mächtig. Nicht zu stoppen."

„Und vollkommen irre", erwiderte Kim. „Sieh ihn dir doch an."

Fergus konnte Liam nicht ansehen. Sein Blick wich ihm aus, wanderte zurück zu Kim. „Er spürt seine Gefährtin. Er will ficken."

„Wisch dir diesen ekelhaften Ausdruck vom Gesicht", sagte Kim. „Ich will, dass du nicht einmal so von uns *denkst*."

„Halt die Klappe, Menschenfrau. Du wirst seine Sklavin sein, und das ist alles, was du sein wirst. Er wird es dir besorgen, bis du daran stirbst, seine Jungen herauszupressen, und dann findet er eine andere Frau, die ihm mehr davon schenken wird. Das ist es, was wir tun."

„Ich bin mir sicher, deine Gefährtinnen würden sich freuen, das zu hören."

„Meine Gefährtinnen kennen ihren Platz."

„Ich verstehe", antwortete Kim. „Ist das dein Plan, wie du die Welt erobern willst? Mit widerlichen Ideen und Beleidigungen?"

„Wir sind weitaus stärker als Menschen. Ohne die Halsbänder werden wir rasch die unterdrücken, die uns unterdrückt haben."

„Wenn dein Plan so wundervoll ist, warum ist *dein* Halsband dann noch immer angelegt?", fragte Kim.

Fergus schenkte ihr einen selbstironischen Blick. „Der Clan-Anführer durfte nicht aufs Spiel gesetzt werden. Wir mussten zuerst wissen, dass wir nicht einfach sterben würden, wenn die Halsbänder entfernt wurden."

„Wie viele sind denn dabei gestorben?", fragte Sean. Der Sturm draußen baute sich weiter auf, die drückende Luftfeuchtigkeit wurde von einer eisigen Brise durchschnitten.

„Ein oder zwei."

„Ist eines deiner Opfer so verrückt geworden, dass er eine Shifterfrau und ihre Jungen getötet hat?", fuhr Sean fort.

Fergus' Blick wich ihm aus. „Es gab Komplikationen. Du hast dich um ihn gekümmert."

„Sicher", sagte Kim. „Nachdem er mich in meinem Haus überfallen hat."

„Das hätte er nicht getan, wenn du nicht deinen Duft quer über Liam gerieben hättest", sagte Fergus angeekelt. „Er hat die Gefährtin eines Rivalen gerochen."

Deshalb war dieses Ding so schnell und so gut im Fährtenlesen, dachte Liam. *Es war ein Shifter mit Halsband, der verrückt geworden war, als man ihm sein Halsband abgerissen hatte.*

„Ich habe den Paria damals nicht gekannt", sagte Sean. „Und diesen hier auch nicht. Wo kommen sie her?"

„New Orleans. Ich habe ihnen etwas Besseres angeboten, als sich in den Bayous zu verstecken."

„Großartiges Angebot", sagte Kim. „,Kommt nach Austin. Zuerst treiben wir euch in den Wahnsinn, dann töten wir euch.'"

„Nein", sagte Sean mit vor Wut heiserer Stimme. „Er hat ihnen bestimmt Gefährtinnen angeboten, freie Auswahl. Vielleicht auch die Möglichkeit, in der Hierarchie aufzusteigen. Ich schätze, die standen relativ niedrig in ihrem Rudel. Und sie waren Lupide. Wenn etwas schiefging, Tod oder Wahnsinn – dann waren sie halt nur verdammte Lupide."

„Ich habe ihnen die Freiheit angeboten", knurrte Fergus.

„Frei zu sein, um gejagt zu werden, so wie ihr in der Vergangenheit gejagt wurdet?", fragte Kim.

Fergus' Gesicht lief dunkel an. „Frei, wie wir es waren, bevor die Menschen uns wie Tiere zusammengepfercht haben. Uns gehörte das Land. Wir fürchteten niemanden. Die Menschen haben uns das alles weggenommen. Ich hole es uns nur zurück."

„Wir hatten Hunger", sagte Sean leise. „Erinnerst du dich? Winter ohne Essen, zusehen, wie die Familie starb, zusehen, wie Junge es nicht bis zum Frühling schafften?"

„Aber wenn die Menschen uns Essen geben würden, unsere Sklaven wären und nicht andersrum, dann würde das nicht passieren."

„Träum weiter", unterbrach ihn Kim. „Shifter sind stark und schwer zu töten, aber es ist nicht unmöglich. Ich bin sicher, ein Maschinengewehr würde reichen. Ist es das, was du willst? Dass die Gefährtinnen deines Rudels von einem SWAT-Team niedergemäht werden?"

„Das wird nicht passieren, wenn ihr die Sklaven seid, dumme Frau. Liam, du solltest vielleicht darüber nachdenken, dir eine andere Gefährtin zu nehmen. Oder verbrauch sie einfach schnell, und werd sie los. In dem Moment, als ich sie das erste Mal gesehen habe, wusste ich sofort, dass sie eine Nervensäge ist."

„Wenn du Kim anrührst, stirbst du", sagte Liam klar und deutlich.

Jede Unterhaltung erstarb. Liam ging auf Fergus zu, seine Stiefel hallten laut auf dem Steinboden. Fergus wollte weglaufen, das sah Liam in seinen Augen, seiner Haltung und jedem Zentimeter seines Körpers.

Liam würde ihn nicht davonkommen lassen. Fergus war schwächer als er, er musste Liam gehorchen, und Fergus wusste das, ganz gleich, wie sehr er tobte. Die Instinkte, mit denen Fergus angegeben hatte, würden bewirken, dass er seine eigene Schwäche eingestehen musste.

Kim besaß eine Kraft, die Shiftern fehlte: die Fähigkeit, alle Seiten einer Situation klar zu sehen, ganz gleich wie viel Angst oder Wut sie fühlte. Sie konnte mit Begeisterung argumentieren, sie konnte eine Schwäche in den Überzeugungen eines anderen finden und darauftippen, bis er seinen Geist öffnete und das sah, was sie sah.

Fergus würde niemals etwas klar sehen. Aber Liam schon. Zumindest hatte er das, bevor Justin sein Halsband abgerissen hatte und bewirkt hatte, dass sein Gehirn sich komplett verwirrte.

Liams Gefühle und Instinkte kämpften mit seinem Verstand, und keiner von ihnen trug den Sieg davon. Der Wind draußen wurde kälter, ganz sicher ein böser Sturm. Liam roch den eisigen Hagel in den Wolken, Elektrizität, die sich jeden Moment auf die Stadt entladen könnte.

Ein Gedanke hob sich aus der Menge der anderen hervor: Fergus musste aufgehalten werden. Wenn Liam Fergus heute gehen ließ, würde er seine Versuche, die Shifter zu „befreien", weiter forcieren, weiter seine schrecklichen Experimente fortsetzen, seine Opfer wahnsinnig und gewalttätig machen, während er den Prozess verbesserte. Fergus konnte seine Parias noch nicht beherrschen, und auf die für ihn typische Art versuchte er, andere zu zwingen, das Chaos, das er anrichtete, aufzuräumen. Für ihn rechtfertigte das Ziel jedes Mittel.

„Kim hat recht", sagte Liam und war überrascht, dass seine Stimme so ruhig klang. „Du bist ein Arschloch. Du bringst Shifter gegen Shifter auf. Wir werden uns gegenseitig töten, lange bevor die Menschen überhaupt wissen, dass es Ärger gibt. Jeder von uns wird wollen, dass die *eigene* Familie überlebt, und nur die. Unser Genpool, unser Rudel. Die Shiftertowns, das Zusammenleben mit anderen Spezies ... ich stimme dir zu, das ist unnatürlich."

„Genau meine Rede", sagte Fergus. „Wir bringen Seans Halsband runter, wir holen uns den Wächter. Wer kann uns dann noch aufhalten?"

„Ich kann es." Liam kam vor Fergus zu stehen.

Er sah, wie sich Fergus' Augen zu Schlitzen verengten, seine Nasenlöcher sich weiteten, sein Körper Angst ausstrahlte. Er war nicht weit davon entfernt, sich in die Hose zu machen. Er versuchte, das damit zu überspielen, dass er sich in einer Vortäuschung falschen Muts in die Brust warf. „Du kannst mir nichts tun. Ich bin der Anführer deines Clans."

„Du bist schwach." Liams Stimme war vollkommen ausdruckslos.

„Mein Rang ist höher als deiner", sagte Fergus abrupt. „Ich stehe an oberster Stelle, dann kommt Dylan und dann erst du. Du kannst nicht gegen mich kämpfen."

„Liam hat gegen Dylan gekämpft und gewonnen", sagte Kim. „Gestern Abend."

„Was?" Sean riss die Augen auf.

Fergus' Gesicht wurde so blass, dass es fast grün wirkte. „Du weißt nicht, wovon du sprichst, Mädchen. Niemand kann Dylan besiegen. Außer mir."

Kim sprach weiter. „Da bist du nicht auf dem neuesten Stand. Liam hat seinen Vater besiegt. Liam ist nicht glücklich darüber, aber so war es."

„Scheiße", flüsterte Sean.

„Das spielt keine Rolle", versuchte Fergus zu argumentieren. „Ich bin immer noch der Clan-Anführer."

„Du bist gar nichts." Liam klang merkwürdig, selbst in seinen eigenen Ohren. „Ich bin niemandem außerhalb meiner eigenen Familie verpflichtet. Michael wäre am einfachsten zu töten. Aber ich denke, es ist wichtiger, dich zu töten."

„Scheiße." Sean riskierte Liams Zorn und griff sich Kim, um sie zwischen Liam und Fergus rauszuziehen.

Liam kämpfte gegen den Zwang an, Kim zurückzuholen und Sean mit den Klauen durchs Gesicht zu fahren. Er zwang sich, ruhig stehen zu bleiben. Sean beschützte Liams Gefährtin vor dem Feind. Fergus würde Kim benutzen, um Liam abzulenken, und Sean hatte recht, sie aus dem Weg zu schaffen. Liams Blutlust weckte in ihm dennoch den brennenden Wunsch, Sean dafür, dass er sie angerührt hatte, zu Boden zu werfen.

Tief in ihm loderte seine Liebe für Sean, seinen Bruder, auf. Sie zeigte ihm Visionen von sich selbst, Sean und Kenny, wie sie als Junge in Tierform miteinander spielten, tobten und rangelten, bis sie erschöpft aneinandergekuschelt einschliefen. Als sie älter waren, über die Welt und Frauen redeten, darüber, wie es sein musste, mit einer zusammen zu sein. Wie sie gefeiert hatten, als Kenny sich eine Gefährtin genommen hatte, und wieder, als Sinead schwanger wurde. Sean und Liam an dem Tag, als Kenny starb, wie sie aus tiefstem Herzen geweint hatten.

Erinnerungen an Liebe, Frust, Freude und Familie wurden von dem Adrenalin und dem Bedürfnis, zu kämpfen, ausgelöscht. Fergus wollte dies allen Shiftern antun. Er würde sie zerstören.

Liam nahm Fergus erneut ins Visier. Er streifte sich die Stiefel von den Füßen und zog sich das T-Shirt aus. Fergus beobachtete ihn mit verächtlicher Miene, dann lächelte er und zerrte sich seine eigenen Kleider vom Körper.

Fergus griff an, während Liam noch wandelte. Liam rollte sich aus dem Weg, seine Gliedmaßen knackten und dehnten sich, seine Muskeln bewegten sich in neue Positionen.

Fergus sprang erneut, und als Liam dieses Mal auswich, kam er in der Form seiner Feenkatze auf die Beine. Liam konnte sein Brüllen nicht aufhalten. Es kam von tief in seinem Inneren, von der Bestie, die endlich frei war. Es verkündete, dass dies sein Revier war, nicht nur das Lagerhaus oder Shiftertown, sondern alles meilenweit, die Stadt, das Hill Country, so weit Liam laufen konnte. Er war der Anführer des Clans, und Fergus war nichts. Genau wie es sein sollte.

Sein Brüllen ließ das Gebäude erbeben. Balken verschoben sich, und lose Steine und Putz fielen zu Boden. Michael schrie, seine Schreie wurden zu Jaulen, als er sich in seine Katzenform wandelte. Sean zog Kim nach draußen, direkt in den strömenden Regen.

Liam schloss den Mund, schüttelte sich und stürzte sich auf den entsetzten Fergus.

Kapitel Zweiundzwanzig

„Kannst du ihn freibekommen?", schrie Kim Sean über die Orgie der Gewalt im Lagerhaus zu.
„Wenn er still hält." Sean griff sich die Kette, die mit der Mauer verbunden war. Michael fauchte weiter und schlug um sich, die Handschelle schnitt in seine Pfote.
„Michael." Kim kniete sich neben ihn und griff nach ihm. Für ihre Mühe wurde sie mit einigen Kratzern belohnt. „Michael, Kleiner. Alles ist gut."
Michael wusste ganz genau, dass nichts gut war. Da drinnen kämpften zwei riesige Raubkatzen um die Vorherrschaft, und sie würden nicht aufhören, bis eine von ihnen tot war. Ihr Fauchen übertönte den Donner, der durch die Gasse dröhnte. Das Gebäude erbebte, als die beiden kämpfenden Shifter gegen eine Wand krachten.
Wenn Fergus gewinnt, wird er den Rest von uns umbringen. Oder vielleicht würde Fergus nur *sie* am Leben lassen, um sie zu seinem Sexspielzeug zu machen. Das war nichts, woran sie denken wollte. Noch weniger wollte sie daran

denken, dass Liam verlieren könnte, sterben könnte, dass Sean ihn zu Staub werden lassen müsste.

Sean zerrte die Kette samt Haken aus der Wand. Michael jaulte, dann raste er die Gasse hinunter und davon. Die Kette zog er hinter sich her.

„Er wird nach Hause laufen", sagte Sean. „Geh du auch, Kim."

„Ich lasse Liam nicht zurück."

„Kim, verdammt. Ich weiß nicht, was da drinnen passieren wird."

„Warum gehst nicht *du*? Hol Dylan und alle anderen her, um Fergus aufzuhalten."

„Während Liam so drauf ist? Das ist zu gefährlich."

„Zumindest wärst du in Sicherheit. Fergus wird dich nicht leben lassen, und Liam denkt, dass du mich für dich selbst willst. In seinem Wahn könnte er dich töten."

„Oh, und du wirst vor ihm in Sicherheit sein? Ich bleibe, Kim. Ich bin der Wächter."

Er meinte, dass er dem Verlierer mit seinem magischen Schwert ins Jenseits helfen würde. Seans ernstem Blick nach zu urteilen, fürchtete er, dass das Liam sein könnte.

„Dann bleibe ich auch", sagte Kim. Drinnen kämpften die beiden Shifter wie besessen. Blut und Fell flogen durch die Luft. „Ich liebe ihn."

„Na schön. Dann sterben wir eben zusammen."

Sean trat zurück in das Lagerhaus. Der Regen ging in erbsengroße Hagelkörner über, die herunterprasselten und auf dem Boden der Gasse durcheinanderhüpften.

„Perfekt", murmelte Kim.

Der Hagel kam so schnell herunter, dass er sich auf dem Boden häufte, bevor er schmelzen konnte. Ängstlich und wütend zugleich duckte Kim sich in den Schutz des Gebäudes.

Die beiden Shifter rollten über den Boden. Sean stand wie ein Schiedsrichter ein Stück abseits, das Schwert bereit. Vor ein paar Wochen hätte Kim die beiden kämpfenden

Raubkatzen nicht voneinander unterscheiden können, aber sie kannte Liam mittlerweile. Er und Fergus waren etwa gleich groß, aber Liams Katze war muskulöser, sein Fell dunkler, seine Augen hatten einen tieferen Goldton. Gerade glitzerten diese Augen hasserfüllt, und seine Zähne waren voll ausgefahren, als er damit nach Fergus' Hals schnappte.

Fergus sprang aus dem Weg. Er wandelte sich halb zurück in seine menschliche Form, um das zu tun. Liam folgte ihm, hielt ihn wieder fest. Die Raubkatzen hieben mit ihren Klauen und bissen sich. Dies war schlimmer als der Kampf zwischen Liam und Dylan, denn die beiden hier hatten sich noch nie gemocht. Wut und Hass brannten in der schweren, feuchten Luft.

Der Donner polterte draußen, und dann traf ein Blitzschlag das Dach. Kim schrie auf, als neben ihr Ziegel herunterfielen.

Sie sah, wie Liam sich ihr zudrehte, vom Kampf abgelenkt wurde. In diesem Moment sprang Fergus, dessen Haut nur noch aus blutigen Streifen bestand, auf Liams Rücken. Sein Mund war weit offen, der Kiefer bereit, Liam das Rückgrat zu brechen.

Sean schrie. Kim konnte ihn über den Donner hinweg nicht hören, sie sah nur, wie sein Mund sich öffnete. Liam wirbelte rechtzeitig herum und schloss seine Zähne um Fergus' Kehle. Er zerrte daran, und Blut spritzte über den Boden.

Fergus brach zusammen. Liam, das Fell rot von Fergus' Blut, trat zurück und brüllte seinen Sieg heraus. In seinen Augen standen Feuer, Freude und Triumph.

Sean trat mit dem Schwert vor. Liam hielt ihn auf, er erhob sich in seine menschliche Form. Sein Körper war von Kratzern und bösen Prellungen bedeckt. Er trat zu Fergus und tippte ihn mit dem Fuß an. Der Körper der Raubkatze lag regungslos auf dem Boden, eine riesige Blutlache unter sich.

Liam wendete sich ab, Verachtung für seinen gefallenen Feind war in jeder seiner Bewegungen zu lesen. Sobald er ihm den Rücken zugedreht hatte, sprang Fergus blitzschnell auf die Füße und fauchte im Todeskampf seine unbändige Wut heraus, während er sich auf Liam warf. Kim schrie auf. Aber Sean war zur Stelle. Er trat zwischen Fergus und seinen Bruder und fing Fergus' Sprung mit dem Schwert des Wächters auf.

Fergus' Raubkatzenaugen weiteten sich, als das Schwert in seine Brust drang. Er war bereits so gut wie tot gewesen, und die Klinge vollendete dies. Der Körper fiel zu Boden, still und unbeweglich. In einer Sprache singend, die Kim nicht kannte, zog Sean langsam die Klinge heraus. Die große Katze schimmerte und zerfiel zu Staub.

***

„Das hättest du nicht tun sollen", knurrte Liam Sean an. „Sein letzter Atemzug hätte mir gehören sollen."

„Nun. Ich hab's aber getan." Seans Körperhaltung war trotzig. Er hätte alles getan, verstand das kleine bisschen logisches Denken, das Liam geblieben war, um nicht einen zweiten Bruder ins Sommerland schicken zu müssen.

Wieder bekriegten sich seine Liebe für Sean und der Neid der Raubkatze in ihm. „Geh", sagte Liam. „Wenn du bleibst, könnte ich dich töten, und ich will dich nicht auch noch verlieren."

„Kim", sagte Sean.

Weiß glühende Wut stieg in Liam auf. „Kim bleibt bei mir."

Sean trat auf die Tür zu. Er bewegte sich zügig. „Kim", sagte er nochmals.

„Schon gut. Ich werde bleiben."

Ihre Stimme war ruhig, eine kühle Note in der ganzen Hitze. Sean schenkte Kim einen letzten Blick, dann steckte er das Schwert in die Scheide und verschwand in die Sintflut draußen.

Bevor Seans Schritte verklungen waren, war Liam bei Kim und zog sie an sich.

„Kim." Er liebte es, ihren Namen zu sagen.

„Bist du verletzt?"

„Ich weiß es nicht, und es ist mir auch gleichgültig." Er drückte sie gegen die Mauer.

Er begehrte sie mit einer Intensität, die er nie zuvor gefühlt hatte. Sie war seine Gefährtin. Sein. Für immer. Ein Teil von Liams Verstand, der in einen Dämmerzustand gefallen war, trat ihn. *Du liebst sie. Tu ihr nicht weh.*

„Du solltest vor mir weglaufen", sagte er.

„Was?"

Liam konzentrierte sich auf ihre Augen. Sie waren wunderschön, groß und blau. Wie die Irische See, hatte er einmal gedacht. Er hatte seine Meinung nicht geändert.

„Lass nicht zu, dass ich dir wehtue."

Kim berührte sein Gesicht. Er zuckte zurück, dann ließ er ihre Berührung zu. „Ich will nicht gehen", sagte sie. „Außerdem tobt da draußen ein verdammter Hagelsturm."

„Ich kann jetzt nicht langsam. Ich kann jetzt auch nicht *nett* sein."

Sie lächelte und schlang ihm die Arme um den Hals. Sie zitterte, doch ihre Augen blickten sanft. „Klingt gut."

„Kim."

„Liam." Sie küsste seine Nasenspitze. „Ich will jetzt nichts Langsames. Ich brauche dich."

Er küsste sie. Sie schlang die Beine um seine Hüften, ihr Rock rutschte ihr die Schenkel hoch. Es war ganz einfach, ihren String beiseitezuschieben und mit seinem Schwanz ihren Eingang zu finden. Sie atmete tief ein, und ihre Augen weiteten sich, als er fest in sie stieß.

Wie hatte er je denken können, dass Sex in menschlicher Form langweilig war? Er war bereit, es nie wieder als Raubkatze zu tun. Kim war heiß und feucht, es war so leicht, in sie einzudringen. Sie bog sich ihm entgegen. Ihre Brustspitzen rieben sich durch ihr dünnes Oberteil an ihm.

Mit seinen Armen schützte er sie vor der Wand, die Steine scheuerten seine bereits blutige Haut auf. Das Adrenalin von dem Kampf war noch nicht wieder verschwunden. Er *brauchte* das hier. Sein Puls beschleunigte sich, sein Blut erhitzte sich. Kims innere Muskeln zog sich um ihn zusammen, ihr Körper und seiner passten perfekt zueinander. Sein Verstand verabschiedete sich. Alles, was er fühlte, war Kim. Alles, was er roch, waren ihr Körper, ihr Geschlecht, ihr Atem, ihr Haar. Er leckte ihr das Gesicht. Er kostete ihren Hals. Er stieß in sie, sein Blut pulsierte. Draußen loderte ein Blitz auf, blendendes Licht gefolgt von Donnerexplosionen. Der Hagel donnerte wie Gewehrkugeln aufs Dach, Eisbälle sprangen durch die offene Tür herein.

„Liam. *Ja.*"

Liam presste die Augen zusammen und lehnte seine Stirn gegen die Wand. Er schob sich in sie, als wolle er in sie hineinkriechen und ein Teil von ihr werden. Seine Schultern spannten sich an, sein Atem brannte ihm in der Lunge.

Kim kam zitternd zum Höhepunkt, presste ihre Füßen auf seinen Hintern. Die Absätze ihrer Sandalen rieben ihm die Haut auf, doch das kümmerte ihn nicht.

Sie noch immer mit einem Arm haltend, schlug Liam die Faust gegen die Steine der Mauer. Ein weiterer Blitz tauchte die Welt in blendendes Licht, und er kam.

Schweiß strömte an ihm herunter, sein Körper stand in Flammen. Kim schrie, und Liam hörte seine eigene Stimme durch das Lagerhaus hallen. Er fiel. Kim. Er musste sie auffangen.

Er landete flach auf dem Rücken, Kims weicher Körper auf ihm. Durch die Bewegung glitt er aus ihr heraus. Der Verlust ließ ihn aufstöhnen.

Kim lächelte auf ihn herab. „Verdammte Scheiße, das war ... *gut.*"

Liam wollte ihr antworten, ihr sagen, dass dies das Beste war, was er je erlebt hatte, dass er sie liebte. Aber er konnte nur nach Atem ringen. Der Schmerz des Kampfes und das unbekannte Gefühl, derart von seinen Instinkten überrollt zu werden, nahmen ihm alle Worte.

Kim schloss die Hand um ihn, und er stöhnte erneut auf.

„Du bist noch immer hart. Ich dachte, du wärst gekommen."

Liam nickte. „Bin ich." Er biss die Zähne zusammen, drehte sich zu ihr um, legte sie unter sich und stieß erneut in sie.

***

So war Sex noch nie zuvor gewesen. Nicht so vollkommen hemmungslos, ohne jegliche Zurückzuhaltung, richtig dreckiger Sex. Es brachte Kim zum Lachen.

Mal ganz davon abgesehen, dass er auf dem bloßen Betonboden mit einem nackten, halb verrückten, muskulösen Shifter auf ihr passiert war, während draußen ein Hagelsturm tobte. Ein weiterer Blitz könnte einschlagen und das Gebäude über ihnen zum Einsturz bringen, und Kim war es egal.

„Ich liebe dich, Liam", schrie sie.

Er öffnete die Augen. Ehemals wunderschön und blau, hatten sie jetzt die weißliche Shifterfärbung angenommen.

Angst konnte Kim später noch haben. Jetzt war sie genauso verrückt wie er. War es das, was er mit *Paarungswahn* gemeint hatte?

Liam stieß ein paar weitere Minuten lang in sie, dann atmete er tief ein und füllte sie mit seinem Samen, bevor er auf ihr zusammenbrach. Sein Körper war glutheiß. Er ruhte auf ihr, küsste ihr Gesicht und ihr Haar, und dann rollte er sich auf den Rücken, rang noch immer um Luft, als ob er gerade zehn Meilen gerannt sei.

Sie lagen lange Zeit unbeweglich da. Liam atmete keuchend. Kim war zu müde, um sich zu bewegen. Der Hagel ließ allmählich nach, der Zeitraum zwischen den Blitzen wurde größer. Der Donner grollte in der Ferne, der Sturm wanderte, dem Fluss folgend, weiter.

Liam bewegte sich nicht, und Kim fragte sich, ob er eingeschlafen war. Sie stützte ihren schmerzenden Körper auf einen Arm auf. „Geht es dir gut?", fragte sie.

Liam lag mit dem Gesicht nach oben da, Augen offen, schnell atmend. „Ich weiß es nicht."

„Der Sturm lässt nach. Das war, was meine Mutter ein ‚echtes Donnerwetter' nannte."

Liam antwortete nicht und lachte nicht.

„Du weißt, was es bedeutet, dass der Sturm nachlässt", fuhr Kim fort. „Es bedeutet, dass Sean und dein Dad uns bald suchen werden. Ich wette, Connor und Glory ebenfalls. Und Ellison. Er hat sich wirklich Sorgen um dich gemacht, als ich ihn vorhin gesehen habe. Tatsächlich wird wohl jeder Shifter, der neugierig ist, was mit dir passiert ist, bald auftauchen."

Liam strich sich das verschwitzte Haar aus dem Gesicht. „Das sollten sie nicht."

„Als ob sie das aufhalten wird."

„Kim." Liam verzog das Gesicht und schlang sich die Arme um die Brust. „Du musst mein Halsband finden, bevor sie herkommen."

„Ist das wirklich, was du möchtest?", fragte sie leise.

„Fergus war verrückt. Er hätte uns alle vernichtet."

Kim fiel auf, dass er die Frage nicht beantwortet hatte. „Dann glaubst du nicht, dass die Shifter sich daran gewöhnen können, wieder ohne Halsband zu leben?"

„Nicht so." Liams Brust dehnte sich unter einem gequälten Einatmen. „Wir werden einander umbringen. Götter, Kim. Ich wollte Michael töten. Ich *musste* es. Selbst Sean. Meinen eigenen Bruder. Und die Gefühle sind nicht verschwunden. Wenn sie kommen, um uns zu holen, werde ich kämpfen. Ich werde töten, bis jemand mich tötet."

„Und mich?"

Er griff nach ihr. „Nein. Dich wollte ich nur ficken."

„Ich sollte mich geschmeichelt fühlen, aber ich habe das Gefühl, das würde nicht lange anhalten. Du hast ein ziemliches Durchhaltevermögen."

„Ich würde dir wehtun. Ich habe dir bereits wehgetan." Er berührte ihre blutige Lippe.

„Das hast du nicht. Verstehst du nicht, Liam? Du hättest es tun können, aber du hast es nicht."

„Das ist keine Garantie, Süße. Ich will dich so verdammt sehr." Er küsste ihre geschwollenen Lippen und zog sich wieder zurück. Seine Augen blitzten von Weiß zu Blau und zurück zu Weiß.

Kim berührte die rote Linie um seinen Hals. Er zuckte zusammen, hielt sie aber nicht auf.

„Oder du könntest verschwinden", sagte sie sanft. „Zurück nach Irland oder so. Frei leben."

Liam schloss die Augen und verbarg den schrecklichen Blick darin. „Nicht ohne dich. Ich will nicht ohne dich leben." Er beugte den Kopf und legte ihn auf Kims Schulter. „Aber Fergus hatte recht. Ich würde dich benutzen, bis nichts von dir übrig wäre. Ich wäre nicht in der Lage, mich zurückzuhalten." Er hob den Kopf, sein Gesichtsausdruck verriet seine Qual. „Verstehst du nicht? Wenn ich so bin, kann ich dich nicht haben."

Kim rieb ihm über die Arme. Sie wünschte sich, sie könnte ihm sagen, dass alles gut werden würde. *Dir wird es gut gehen, du wirst dich daran gewöhnen, du wirst lernen, deine Instinkte zu kontrollieren.* Aber sie hatte keine Ahnung, ob das stimmte. Der Lupid, der sie angegriffen hatte, war ein Opfer von Fergus' Experimenten gewesen, bereit, Kim zu ermorden, um Liam zu quälen. Sie hatte gesehen, wie Liam den unschuldigen Michael und seinen eigenen Bruder angesehen hatte, als seien sie Feinde, die er vernichten müsse. Sie hatte keine Ahnung, was für ein vom Wahnsinn getriebenes Geschöpf Liam werden würde.

„Ich kann dir doch nicht sagen, du solltest dich für mich wieder in Gefangenschaft begeben", sagte sie. „Das will ich nicht."

„Ich hasse das Halsband, Kim. Ich hasse es so sehr. Es schmerzt, wenn wir auch nur daran denken, wie wir einmal waren. Ein einziges Aufflackern des Adrenalins, und es verursacht uns Schmerzen. Du hast keine Ahnung, wie das ist. Immer in Angst vor Schmerzen leben zu müssen."

„Du hast recht. Ich weiß es nicht."

„Frei davon zu sein ..." Liam strich mit Finger und Daumen um die Stelle, wo das Halsband gewesen war, sein wildes Lächeln barst hervor. „Es ist wundervoll, Süße. Ich kann alles tun, was ich will, niemand kann mich aufhalten."

„Nicht einmal ich?"

„Nein. Das ist das Problem."

„Sean hat gesagt, dass du früher nicht so warst ... bevor ihr alle das Halsband angenommen habt, meine ich."

„Nicht so außer Kontrolle. Nicht mit zwanzig Jahren nicht ausgelebter Bedürfnisse, die alle auf einmal über mich hereinbrechen. Aber teilweise war es schon so. Wir waren stark und frei, und die, die über uns Bescheid wussten, lebten in Ehrfurcht vor uns. Selbst die Feen hatten Respekt vor unserer Stärke, weshalb wir ihre Launen nicht länger geduldet haben. Das ist es, was mich am meisten stört – dass die Feen geholfen haben, uns zu binden. Sie wollten uns schon immer binden." Wut tanzte in seinen Augen und zog Falten um seinen Mund. „Wir hassen sie dafür."

„Was ist mit den Menschen?", zwang Kim sich zu fragen.

„Menschen sind schwach und kurzlebig. Keine Bedrohung." Liams Augen zeigten wieder die blaue Farbe, in die sie sich verliebt hatte. „Der, auf dem ich gerade liege, ist wunderschön. Und ich liebe sie."

„Ich werde dir zur Flucht verhelfen, Liam. Ich möchte, dass du frei bist. Bitte, such das Halsband nicht."

Liam schloss wieder fest die Augen. Er erschauderte, seine Lippen zitterten, als durchliefen ihn Wellen der Panik.

Als er nach langer Zeit die Augen wieder öffnete, war etwas in ihnen gestorben. „Nein, Süße. Sie brauchen mich hier. Und ich möchte niemals morgens wach werden und feststellen, dass ich dir wehgetan habe."

Kim berührte sein Gesicht. Die Qual in seiner Stimme vor einem Moment, als er gesagt hatte, er hasse das Halsband, war echt gewesen. Er hatte seine Abneigung vorher nicht erwähnt, aber Shifter waren stark und konnten mit dem Schmerz leben. Er hatte vermutlich nicht die Notwendigkeit gesehen, seine Wut Kim gegenüber zuzugeben. Das Halsband abgenommen zu haben, den Schmerz das erste Mal seit zwanzig Jahren los zu sein, musste unglaublich für ihn sein. Sie verstand nicht, wie er auch nur darüber nachdenken konnte, es wieder anzulegen.

„Niemand wird dir einen Vorwurf machen, wenn du gehst", sagte sie. „Dylan würde wieder die Führung übernehmen, wie zuvor. Und Sean wäre noch immer der Wächter. Sie werden sich um Connor und alle anderen kümmern. Das weißt du."

„Ich würde mir selbst Vorwürfe machen."

„Aber so könntest du daran arbeiten, wie du den Rest deiner Art befreien könntest."

Liam küsste ihr die Stirn. „Nein, Süße. So würde ich nur an mich selbst denken und daran, wie gut es sich anfühlt, von alldem weg zu sein. Ich würde sie für ihre Schwäche verachten, mir ein Rudel Parias suchen und versuchen, es zu erobern. Ich wäre wirklich ein ganz wundervoller Shiftermann."

„Das weißt du doch gar nicht. Wie du schon sagst, dieser Drang hat sich angestaut. Vielleicht wird mit der Zeit …"

„Und vielleicht nicht." Seine Stimme wurde fest, und er rollte sich von Kim herunter auf die Füße. „Wir suchen das Halsband."

Kim blieb auf dem Boden und starrte zu ihm hoch. Er war wunderschön. Feste Muskeln, breite Schultern, die Brust voll dunkler Haare, die jetzt feucht vor Schweiß waren.

Seine Haut war voller Kratzer von dem Kampf, aber sie heilten schon. Selbst die tiefsten waren nur tiefrote Linien. Die schlimmste Wunde war die um seinen Hals, wo sein Halsband gewesen war.

Als er sich zwang, sich von Kim abzuwenden, um das Halsband zu suchen, wusste Kim, dass Fergus niemals verstanden hatte, wie stark Liam war. Er opferte seine Chance auf Freiheit, um bei seiner Familie zu bleiben und ihnen in ihrer Gefangenschaft zu helfen. Fergus hatte andere für seinen Zweck geopfert; Liam opferte sich selbst, genau so, wie er es getan hatte, als er vorgetreten war, um sich auspeitschen zu lassen, um Connor den Schmerz zu ersparen.

Kim stand widerstrebend auf und versuchte, sich das Schlimmste von dem Schmutz, in dem sie herumgerollt war, abzuklopfen. Liam suchte bereits und blickte sich eilig überall um, während er dem Staub in der Ecke, der einmal Fergus gewesen war, auswich. Er zeigte keine Reue, den Clan-Anführer getötet zu haben, aber Fergus war verrückt gewesen. Sie wusste außerdem, dass Fergus nicht geknickt nach Hause gegangen wäre und versprochen hätte, mit seinen Experimenten aufzuhören: *Tut mir leid, Liam, du hast recht. Ich war kein lieber Shifter.*

Kim dachte an Fergus' Gefährtinnen und die Kinder, die Fergus erwähnt hatte. Würden sie um ihn trauern? Würden sie versuchen, an Liam Rache zu üben, oder ihr Leben weiterführen wie bisher? Was würde Liam als Clan-Anführer mit ihnen tun? Würden ihn all diese Shifter da unten in San Antonio ohne Verbitterung akzeptieren? Dies wäre interessant zu beobachten – *interessant* war in diesem Fall ein Euphemismus für *beängstigend*.

Hinter ihr sagte Liam: „Hier ist es."

Sie drehte sich um und sah, wie Liam die dünne schwarze-silberne Kette wie eine giftige Schlange hielt. Kim biss sich auf die Lippe, als er die Enden, eines einfach und das andere mit einem keltischen Knoten, mit seinen fest geballten Fäusten ergriff.

„Wird es funktionieren?", fragte sie. „Ist es nicht kaputt?"

„Sobald es wieder an mir ist, sollte es das. Justin hat gesagt, dass Brian durch seine Versuche herausgefunden hatte, wie man die Halsbänder löst, nicht wie man den Chip darin außer Kraft setzt. So weit war er noch nicht gekommen." Liam atmete tief ein. „Dies wird mir wehtun, Kim. Du solltest besser gehen."

„Ich gehe nirgendwohin."

„Vielleicht will ich nur nicht, dass du mich schwach und armselig siehst, Süße. Ein Shifter hat seinen Stolz."

„Liam, ich habe dich stark gesehen. Verrückt, gewalttätig, wütend, glücklich, traurig und außer dir vor Lust. Ich liebe jedes Einzelne davon, besonders das Letzte. Weißt du, dass deine Pupillen sich weiten, wenn du kommst? Es ist, als wolltest du alles von mir aufnehmen. Für immer. Es ist total sexy."

„Ist es das? Nun, dies hier wird das nicht sein. Es war schon das erste Mal nicht schön, als ich das Halsband angelegt habe, und ich kann mir nicht vorstellen, dass es dieses Mal viel besser sein wird."

Kim verschränkte die Arme vor der Brust. „Ich gehe nicht. Ich bin deine *Gefährtin*, erinnerst du dich? In einer traditionellen menschlichen Heiratszeremonie versprechen wir einander, in guten und in schlechten Zeiten zueinanderzuhalten. Das heißt, nicht nur dann, wenn alles super ist, sondern auch wenn es schlimm wird. Furchtbar."

„Ich glaube nicht, dass es darin einen Satz gibt, dass man seinem Shifter-Gefährten zusehen sollte, wenn er sein Halsband anlegt."

„Nicht, als ich das letzte Mal nachgesehen habe, aber der Grundgedanke stimmt."

Liam sah auf das Halsband hinab, seine Brust hob sich. „Ich kann dich nicht anlügen, Kim. Es ist ein wenig leichter, zu wissen, dass du bei mir bist." Er sah auf, seine Augen klar, dunkelblau, voller Angst und voller Liebe. „Wünsch mir Glück."

„Ich liebe dich", sagte Kim. Ein Schatten des warmen, spitzbübischen Lächelns umspielte seinen Mund. „Ich liebe dich auch, Schätzchen." Er musterte das Halsband einen Moment lang, dann atmete er nochmals scharf ein und hob die Kette an seine Kehle.

Seine Muskeln spannten sich an, als das Halsband sich um seinen Hals legte. Kim hatte keine Ahnung, wie das Ding befestigt wurde, aber als er das nackte Ende an das mit dem keltischen Knoten legte, hörte sie einen lauten Klick, und dann schrie Liam.

Muskelstränge standen aus seinem Nacken hervor, und sein gesamter Körper bog sich zurück. Er ballte die Fäuste und biss in seinem Kampf gegen die Qualen die Zähne zusammen.

Kim eilte an seine Seite. Wandler trösteten und halfen sich gegenseitig durch ihre Berührungen – vielleicht könnte sie ihm ein wenig den Schmerz erleichtern, wenn sie ihn halten könnte. Liam schlug um sich, als die Krämpfe ihn schüttelten, seine Schreie wurden heiser.

Sie griff nach ihm. „Liam."

Er konzentrierte sich auf sie, seine Augen waren fast weiß. „Nein, Kim. Bleib zurück."

„Du brauchst mich." Sie nahm seine Handgelenke, aber er entriss sie ihr.

„Ich sagte: *Bleib zurück*."

„Und ich habe gesagt, du *brauchst* mich."

Kim schlüpfte zwischen seine Hände und schlang die Arme um seine verschwitzte Taille. Seine Haut war eiskalt. Sie rieb seinen Rücken und versuchte, ihn zu wärmen.

„Kim, nein."

„Du brauchst mich."

Liam atmete wieder und wieder schaudernd ein. Er stand steif da, sein ganzer Körper zitterte. Dann legte er mit einem

Aufschrei der Qual die Arme um sie und vergrub sein Gesicht an ihrem Hals.

Kapitel Dreiundzwanzig

Kim wusste nicht, wie lange sie so dastanden, die Arme umeinandergeschlungen. Liam wiegte sich im Schmerz vor und zurück. Sie hielt ihn, während seine heißen Tränen auf ihre Schulter tropften, während er ihren Nacken küsste und er sie hielt, als ob er sie nie gehen lassen wollte.

Kim hörte Rufe von draußen. Sie hob den Kopf und sah, dass es im Lagerhaus dunkler geworden war. Der Regen prasselte noch immer aufs Dach, doch fiel er jetzt sanfter. Der Sturm war vorüber. Taschenlampenkegel durchdrangen die Dämmerung, und die großen Silhouetten von Sean und Dylan tauchten aus der Dunkelheit auf. Andere folgten ihnen – Glory, Ellison, Connor, Nate und Spike.

Dylan leuchtete mit seiner Taschenlampe auf die beiden in der Mitte des Lagerhauses, Liam schmutzig und nackt, Kim in zerrissenen Kleidern und vermutlich genauso schmutzig.

„Er hat das Halsband wieder angelegt, und der Schmerz bringt ihn um", rief sie ihnen entgegen.

Dylan näherte sich, aber die anderen blieben zurück. Liam gelang es, den Kopf zu heben. Seine Augen waren von unglaublichem Schmerz erfüllt. „Dad."

Dylan hielt direkt vor Liam an. Seine Augen waren voller Sorge. „Brauchst du mich, Sohn?"

„Natürlich braucht er dich", sagte Kim. „Du bist sein Vater."

„Er ist jetzt Clan-Anführer", sagte Dylan. „Und Rudelführer. Er kann mich jederzeit zurückweisen, wenn er das will."

„Das wird er nicht." Kim schüttelte den Kopf. „Er hat mir einmal gesagt, dass er nicht gegen dich kämpfen würde, weil er dich liebt."

„Das war vorher", sagte Dylan.

„Das spielt keine Rolle. Der Status der Leute kann sich verändern, aber die Liebe bleibt."

Dylan öffnete den Mund, um zu widersprechen, aber Connor riss sich von Ellison los, der versuchte, ihn zurückzuhalten. Der schlaksige Junge rannte an Dylan vorbei und warf die Arme um Liam und Kim. „Verdammt, wir dachten, Fergus würde euch töten", schluchzte er.

Die anderen spannten sich an. Dylan trat einen Schritt zurück.

Liam sah mit feuchten Augen zu Connor auf. Der hielt ihn enger, und Liams Augen blitzten von dem wilden Weiß zu einem wunderschönen Blau. Er schlang einen Arm um den Jungen und zog ihn an sich.

Wie Wasser, das einen Damm durchbrach, strömten die anderen zu ihnen. Dylan schlang die Arme um Liam und Connor und zog sie an sich. Sean legte sein Schwert ab und schloss sich der Gruppenumarmung an, gefolgt von Glory, Ellison und zu Kims Erstaunen den beiden Trackern von Fergus.

Kims Augen füllten sich mit Tränen, als Sean den Kopf gegen Liams Nacken legte. Kim konnte die Wärme fühlen, die Sorge in dem großen Haufen, hörte die besänftigenden

Worte, die sie sich zuflüsterten. Sie war zwischen Dylan, Liam, Ellison und Connor eingequetscht. Sie musste kichern.
„Ein Kim-Sandwich."
Ellison lachte sein lautes, donnerndes Texas-Lachen.
„Klingt gut. Lasst uns essen."
„Du bist so eklig", sagte Glory zu ihm. Sie hatte die Arme fest um Dylans Mitte geschlungen.
Ellison gab Glory einen dicken Kuss auf die Wange. „Du liebst es, Liebling. Ich sage, wir verduften von hier und besaufen uns alle."
„Genau", sagte Spike.
Liams direkte Familie blieb still. Kim fühlte die Energie, die zwischen ihnen floss. Liebe, die sie all diese Jahre zusammen und am Leben erhalten hatte. Und jetzt wollten sie, dass sie ein Teil dessen wurde.
„Besaufen", keuchte Liam. „Ihr habt keine Ahnung, wie gut das klingt."
Die Gruppe löste sich langsam auf. Ohne Peinlichkeit. Auf die Art lächelnd, wie das Leute taten, die eine glückliche Erfahrung miteinander geteilt hatten. Sean rieb Liam leicht über den Rücken und hob sein Schwert auf, dann Liams Kleider.
Connor drückte Liam ein letztes Mal, dann zog er sich zurück und wischte sich die Augen. Dylan war der Letzte, der sich von ihm löste. Er hielt Liams Arme und sah ihm direkt in die Augen.
„Geht es dir gut, Liam?"
„Das wird es bald wieder."
„Ich weiß, dass es so sein wird. Du bist dein ganzes Leben auf diesen Moment zugesteuert. Jetzt gehört er dir."
Liam legte seinem Vater die Hände auf die Schultern. „Solange du hinter mir stehst, Dad, gibt es nichts, was wir nicht erreichen können."
Dylan entspannte sich, als habe er noch immer darauf gewartet, dass Liam ihn akzeptierte. „Genau da werde ich sein." Er zog Liam zu sich hinab und drücke ihm einen Kuss

auf die Stirn. Dann drehte er sich weg, und seine Augen verrieten seine Ergriffenheit.

Liam nahm Kims Hand. „Geht es dir gut? Habe ich dir wehgetan, Süße?"

„Ich halte einiges aus." Sie küsste seine Lippen, und Liam zog sie energisch an sich und umarmte sie lange und fest.

„Lass uns nach Hause gehen", flüsterte sie.

„Kannst du laufen?", fragte Sean und reichte Liam seine Kleidung.

Liam drückte sich T-Shirt und Jeans an die Brust und sah die Versammelten an. Eine Ahnung des alten Funkelns glomm in seinen Augen. „Wollt ihr mir etwa sagen, dass keiner von euch daran gedacht hat, einen Wagen mitzubringen?"

„Nein", sagte Connor. „Sobald der Sturm nachließ, sind wir hergerannt."

„Wie? Habt ihr gedacht, ihr würdet mich blutig und voller Schmerzen in einer Schubkarre zurückrollen? Das passiert also, wenn meine Familie und meine Freunde einen Plan schmieden."

„Ich laufe los und hole mein Auto", sagte Kim. „Es ist nicht genug Platz für alle, aber das passt schon. Zumindest kann ich Liam nach Hause bringen."

Liam hielt sie am Handgelenk fest. „Nein. Geh noch nicht."

Seine Augen blickten verzweifelt. Kim schenkte ihm ein aufmunterndes Lächeln und eine kurze Umarmung. „Ich verlasse dich nicht."

Glory trat hüftschwingend vor. Sie trug ausnahmsweise feste Stiefel, auch wenn sie Acht-Zentimeter-Absätze hatten. „Ich hole den Wagen." Sie nahm Kim die Schlüssel aus den Fingern und setzte ein breites Lächeln mit vielen Zähnen auf. „Ich passe gut darauf auf. Versprochen."

***

Nachdem sie nach Hause gekommen waren, lag Liam vier Stunden lang tief schlafend in seinem Bett neben Kim.

Dann wachte er auf, warf die Decke zurück und erklärte, dass er zur Bar gehen müsse.

„Wieso?", wollte Kim wissen, der es gar nicht gefiel, in dem schmalen Bett plötzlich ohne seine Wärme auskommen zu müssen.

„Ich war zu lange weg. Der Papierkram im Büro muss sich schon stapeln."

„*Liam.*"

Liam, der sich gerade wegen seiner Hose vorgelehnt hatte und ihr seine ansprechende Hinterseite gezeigt hatte, hielt mitten in der Bewegung inne. „Mir geht's gut, Süße. Shifter heilen schnell."

Vielleicht körperlich. „Warum arbeitest du überhaupt in der Bar? Du scheinst nicht auf das Geld angewiesen zu sein. Und wie konnte Fergus sich die ganzen Kunstwerke in seinem Keller leisten? Wie konnte er sich auch nur den Keller leisten?"

Liam lehnte sich zurück. Seine Augen waren geheimnisvoll. „Shifter leben lange Zeit. Wir sammeln Dinge an."

„Wie Geld und Gemälde von alten Meistern?"

„Wie Geld und Gemälde von alten Meistern. Von denen Dad findet, dass sie an ein Museum verkauft werden sollten."

„Wie werdet ihr erklären, wo ihr sie herhabt?"

„Gar nicht." Liam griff wieder nach seiner Jeans und zog sie hoch. „Es gibt Händler, die diskret mit uns zusammenarbeiten werden."

Kim saß im Schneidersitz gegen das Kopfende gelehnt. „Bevor ich das erste Mal hierhergekommen bin, dachte ich, ich wüsste alles über Shifter. Ich hatte keinen Plan, oder?"

„Nein." Liams Lächeln blitzte in dem hellen Lampenlicht auf. „Ich dachte, ich wüsste alles über Menschen. Du hast mir so viel beigebracht." Er hielt inne. „Ich werde dich vermissen, Süße."

Kims Herz setzte kurz aus, dann schlug es ein Mal laut und fest. „Was meinst du mit ‚mich vermissen'?"

Liam sank wieder auf das Bett, ein Bein in der blauen Jeans unter sich gefaltet. Die roten Wunden auf seinem Oberkörper hatten sich geschlossen, die bösen Prellungen verblassten bereits. Dunkle Haare zogen sich über seine Brust und deuteten auf seinen Nabel, die Einbuchtung, in die sie in der Nacht, als er sie das erste Mal mit auf sein Zimmer genommen hatte, ihren Finger gelegt hatte.

„Ich möchte, dass du nach Hause zurückkehrst", sagte er. „Geh zurück, und lebe dein eigenes Leben."

Sie starrte ihn an. „Moment mal. Tagelang bestehst du darauf, dass ich hierbleibe, ob ich es mag oder nicht. Heute, nach allem, was passiert ist, nicht zuletzt nach dem unglaublichen Sex, sagst du mir, ich soll gehen?"

„Fergus ist tot. Seine Anhänger sind fort. Die Bedrohung durch ihn existiert nicht mehr. Niemand wird mehr Shifter-Halsbänder entfernen."

„Du klingst da sehr überzeugt."

„Ich bin da sehr überzeugt. Ich führe jetzt den Clan an, was bedeutet, unser Rudel ist nun das wichtigste. Kein anderer Shifter wird es wagen, dir etwas anzutun, ob sie mit dir einverstanden sind oder nicht. Mein Schutz ruht auf dir, und kein anderer Shifter kann sich darüber hinwegsetzen."

Kim schlüpfte aus dem Bett. Sie war nackt, aber im Moment schien das nicht wichtig. „Was ist mit der Gefährtensache? Ist das auch weg?"

Liam lächelte. „Das wird niemals weg sein. Wir sind unter der Sonne und dem Mond in einem Gefährtenbund vereint worden, der vom Clan anerkannt wurde. Wir werden immer Gefährten sein."

„Und was bedeutet das dann?"

„Für mich als Shifter bedeutet das, dass ich mir keine andere Gefährtin nehme. Für einen Menschen bedeutet es ... gar nichts. Ein Shifter-Gefährtenbund ist in der menschlichen Welt nichts wert. Es ist keine Heirat. Ich erinnere mich daran, dass du mir das erklärt hast."

„Ich habe gemeint, was bedeutet es für *dich*?"

Liam blickte weg. „Es bedeutet alles für mich."

„Warum sagst du mir dann, ich soll gehen?" Liam stand auf und blickte sie über das Bett hinweg an. „Weil du nicht bleiben kannst. Du hast die ganze Zeit über versucht, mir einzutrichtern, warum das nicht geht. Ich bin ein *Shifter*. Ich kann dich mit aller Kraft lieben, aber ich werde dich ruinieren, das weißt du. Du wirst deinen Job verlieren, deine Freunde, dein Ansehen. Ich komme von der falschen Seite der Stadt, Liebling. Nicht aus deiner Welt."

„Shifter böse, Menschen gut? So einfach ist das nicht. Ich weiß das."

„*Du* weißt das. Aber der Rest der Welt nicht. Noch nicht. Vielleicht in zwanzig Jahren, wenn die Menschen sich an uns gewöhnt haben. Genau jetzt liebe ich dich so sehr, dass ich dich nicht hier bei mir halten werde."

Plötzlich war ihr kalt. Sie griff nach einem langen T-Shirt und zog es sich über den Kopf. Es war eines von Liams. Es war zu groß für sie, und es roch nach ihm.

„Nun komm mir nicht auf die selbstlose Tour, Liam Morrissey. Als ob ich nicht schon die Hölle bereits hinter mir hätte. Du hast dafür gesorgt, dass ich mich in dich verliebt habe, verdammt. *Wirklich* verliebt. Jetzt sagst du: ‚Danke, Kim, geh weg'?"

„Glaubst du, das fällt mir leicht?", fragte Liam. „Als mein Halsband ab war, wollte ich nichts lieber tun, als dich oben einzuschließen und nie wieder herauszulassen. Ganz egal, wie sehr du schreien oder mich ausschimpfen würdest, was du höchstwahrscheinlich tun würdest. Ich wollte dich hier mit mir einsperren. Mein. Für immer."

„Dein Halsband ist jetzt wieder angelegt", sagte Kim.

„Und diese Tatsache macht alles gut? Macht sie nicht. Ich bin immer noch ungezähmt, das bin ich immer gewesen und werde es immer sein." Liam tippte an das Halsband um seinen geschundenen Hals. „Dies hält den Deckel drauf, sodass ich nicht mich, meine Leute und alle, die ich liebe, zerstöre. Alle Shifter sind wie ich. Wilde Bestien in Gefangenschaft. Nicht gezähmt. Das ist ein Unterschied."

Kim verschränkte die Arme. „Ich habe keine Angst vor dir."

„Dann bist du eine Närrin. Du hast mich gesehen. Ich war bereit, ein Kind zu töten, meinen eigenen Bruder, meinen Vater."

„Aber das hast du nicht."

„Nur weil Fergus mich abgelenkt hat, Süße. Ich danke der Göttin, dass er das getan hat. Er hat die Wut auf sich gelenkt. Wenn er nicht da gewesen wäre, wenn ich nicht gegen ihn hätte kämpfen können, hätte ich jeden zerstört, den ich liebe."

„Also nimmst du das Halsband nicht wieder ab", sagte Kim. „Ende des Problems."

„Aber Fergus hatte recht. Wir müssen eines Tages frei sein von den Halsbändern. Er hat es zu eilig gehabt, aber er hatte nicht unrecht."

Kim ballte die Hände zu Fäusten. „Entscheide dich. Willst du das Halsband tragen oder nicht?"

„Shifter werden stärker, Süße. Wir waren zuvor am Aussterben, deshalb mussten wir den Menschen gegenüber aufgeben und die Halsbänder annehmen. Um uns wieder leben zu lassen, uns neu zu sammeln, unsere Stärke wieder aufzubauen. Wenn wir wieder stark genug sind, werden wir uns von unseren Ketten befreien und sein, was wir sein sollten."

„Und glaubst du, dass ich keinen Platz in dieser Welt habe?"

„Nein." Liam stand da, die Hände auf den Hüften, sein Körper unbeweglich, seine Augen dunkel.

„Du lügst mich an", sagte Kim.

„Tue ich nicht."

„Ich bin nicht so gut darin, Körpersprache zu lesen, wie du, aber selbst ich kann sehen, dass du dir Ausreden ausdenkst, um mich wegzuschicken. Du glaubst, es sei zu meinem Besten."

Plötzlich wirbelte Liam herum und schlug gegen das Kopfende. Es knackte, das Holz splitterte. „Du machst mich wahnsinnig, Kim, weißt du das? Natürlich ist es zu deinem Besten. Du hast deine Karriere, dein Leben, dein hübsches Haus, deine Freunde. Ich *will*, dass du das hast. Finde einen normalen Mann, nicht einen, der vielleicht verrückt wird, nicht einen, der vorgibt, ein Bar-Manager zu sein, während er Shiftertown leitet. Geh nach Hause, und sei Mensch."

„Einfach so?"

„Ja. Geh, Kim. Bitte."

„Spielt es keine Rolle, dass ich dich liebe?", fragte sie mit schmerzender Kehle.

„Ja, das spielt eine Rolle. Eine große Rolle." Liam griff über das Bett und berührte die wunde Stelle auf ihrer Lippe. „Und umso mehr will ich, dass du mich verlässt. Ich muss wissen, dass ich dir nie wieder wehtun kann."

Kim stand unbeweglich unter seiner Berührung. Ihr Herz zog sich zusammen. Schon früher waren Beziehungen von ihr in die Brüche gegangen, und manchmal war sie es gewesen, die Schluss gemacht hatte. Sie erkannte Liams Blick, den unerbittlichen Gesichtsausdruck von jemandem, der die schwierige Entscheidung getroffen hatte, die Beziehung zu beenden, und nicht mehr davon abgebracht werden konnte.

„Ich will nicht gehen", sagte sie. Kim wusste, wie armselig sie klang, aber sie konnte sich nicht zurückhalten.

„Ich bin froh, dass du das nicht willst." Liam berührte ihre Lippe noch einmal, dann nahm er sein Shirt und seine Stiefel vom Boden. „Aber das ist umso mehr ein Grund, dass du gehen *musst*."

Er sah sie noch einmal lange an, als ob er versuchte, sie sich einzuprägen, dann drehte er sich um und verließ das

Zimmer. Er schloss die Tür hinter sich, und ein paar Minuten später wurde das Haus von der zuknallenden Vordertür erschüttert. Kim hörte sein Motorrad aufheulen, hörte das Dröhnen, mit dem es die Straße hinunterfuhr, und wie das Geräusch in der Ferne verklang.

Sie stand lange Zeit neben dem Bett und starrte die geschlossene Tür an. Tränen brannten ihr in der Kehle, aber ihre Augen blieben trocken.

Sie hörte die anderen unten, wie sie redeten, ihre fragenden Stimmen, wie sie sich wunderten, wo Liam hinwollte. Oder hatte er ihnen gesagt, dass er Kim wegschickte?

Plötzlich wollte sie nur noch raus hier. Sie zog sich mit tauben Fingern an, packte die Sachen zusammen, die sie hergebracht hatte, und trug sie nach unten zu ihrem Mustang.

Das Letzte, was sie sah, als sie aus der Ausfahrt der Morrisseys bog, war Connor, der unter dem Licht der Lampe auf der vorderen Veranda stand, die Arme verschränkt und einen Ausdruck unendlicher Traurigkeit im Gesicht.

***

Kim kam am nächsten Tag früh, in ein konservatives, graues Kostüm gekleidet, in ihrem Büro an.

„Kein Shifter heute?", fragte ihre Sekretärin unschuldig.

„Nein, Jeanne." Kims Stimme war kalt und hart. Die Anwältin, die sich nichts gefallen ließ, war zurück. „Keine Shifter mehr im Büro, tut mir leid."

Jeanne, die jahrelang Kims Höhen und Tiefen miterlebt hatte, lächelte sie an. „Wie schade. Der war mal heiß."

Kim musste zugeben, dass er das war. Ihr Magen hatte sich so zusammengezogen, dass sie nicht wusste, was sie fühlte. Verlust, Schmerz, Trauer, Wut. Liam hatte sie hinausgeworfen. Das tat weh. Aber hatte Kim Liam nicht immer wieder gesagt, dass sie nicht bleiben konnte? Sie war sich nicht sicher, auf wen sie am meisten wütend war, auf Liam oder auf sich selbst.

Sobald sie an ihrem Schreibtisch saß, vertiefte sie sich in Brians Fall. Mit dem Büro des Staatsanwalts zu streiten half ihr, ihre Gedanken von Liam abzulenken, von dem traumatischen Kampf im Lagerhaus, von dem erstaunlichen Sex danach.

Sie arbeitete den ganzen Tag, und ihr Kostüm und ihre Strumpfhose engten sie mit jeder Stunde mehr ein. Sie hatte sich viel zu schnell an lose Röcke und Sandalen gewöhnt.

Der nächste Tag war nicht besser, obwohl die Monotonie von einem Anruf von Silas unterbrochen wurde.

„Ich habe mit Liam gesprochen", sagte er. „Er hat zugestimmt, sich von mir für eine Dokumentation interviewen zu lassen und für die Artikel für die Zeitung. Er will mir Shiftertown persönlich zeigen."

„Das ist großartig." Es war wirklich großartig. Typisch Liam, seine Führung Shiftertowns damit zu beginnen, dass er etwas tat, das Fergus gehasst hätte. Aber Liam wollte, dass die Welt aufhörte, die Shifter zu fürchten, dass sie sich der Freiheit nähern könnten. Der Welt zu zeigen, wie Shifter wirklich waren, war der erste Schritt dazu.

***

Ein paar Wochen später zahlten sich Kims harte Arbeit und ihre Verbissenheit endlich aus. Durch ihren Tipp mit dem eifersüchtigen Exfreund hatte der Privatdetektiv herausgefunden, dass Michelles Ex damit angegeben hatte, die Shifter in die Knie gezwungen zu haben, und dass er sich Michelle gegenüber vor ihrem Tod wie besessen verhalten hatte. Er hatte von ihr als „die verdammte Shifterhure, die bekommen hat, was sie verdient hat" geredet. Das war genug für die Polizei, um den Fall wieder aufzurollen und den Kerl für weitere Befragungen festzunehmen. Er hatte gezögert, überhaupt von Michelle zu reden, bis der Detektiv Beweise auf den Tisch brachte. Fotos von Michelle, die erwürgt auf dem Boden lag. Ein gehässiges Geständnis brach aus ihm hervor. Michelle hatte ihn betrogen – mit einem Shifter. Michelle musste sterben und der Shifter vernichtet werden. Wenn es auch nur einen Hauch Gerechtigkeit in der Welt gäbe, würde er eine Medaille dafür erhalten, die Welt von diesem Abschaum befreit zu haben.

Danach war es für Kim nicht allzu schwierig, die Staatsanwaltschaft dazu zu kriegen, die Anklage fallen zu lassen. Brian wurde überaus öffentlichkeitswirksam entlassen. Kim lief an dem Tag, als das geschah, unter dem sensationshungrigen Blick schwarzer Kameralinsen neben ihm bis zu der Stelle, an der Sandra in ihrem alten Auto wartete. Mutter und Sohn hatten eine tränenreiche Wiedervereinigung, aber Kim konnte Brians Kummer über Michelles Tod erkennen. Sandra hatte bestätigt, dass Brian vorgehabt hatte, Michelle zur Gefährtin zu nehmen. Ihr Verlust traf ihn schwer. Er hatte sie wirklich geliebt.

Nachdem sie Brian verabschiedet hatte, kehrte Kim in ihr Büro zurück und stattete ihrem Chef einen Besuch ab.

Der Vorstand der Firma war ein großer Mann mit ergrauendem Haar und Bildern seiner Frau und seiner vier Kinder auf dem Schreibtisch. „Gute Arbeit, Kim", sagte er, ein Mann, der selten Lob aussprach. „Aber ich bezweifle, dass uns mehr Shifterfälle zugewiesen werden. Die Leute wollten Shifterblut sehen, und wir haben nur das Büro des Staatsanwalts dumm aussehen lassen."

Kim zuckte mit den Schultern. Ihr war die verdammte Staatsanwaltschaft gerade völlig egal. „Es spielt keine Rolle. Ich bin gekommen, um meine Kündigung einzureichen."

„Was?" Seine dichten Brauen schossen in die Höhe. „Warum? Sie haben gerade den größten Fall des Jahres gewonnen."

„Ich überlege, ein eigenes Unternehmen zu gründen. Menschliche Anwältin und juristische Ansprechpartnerin für Shifter in der Gegend Austin/San Antonio. Wollen Sie mit einsteigen?"

Ihr Chef saß mit offenem Mund da, dann schob er sein Namensschild von einer Seite des Schreibtischs zur anderen, etwas, das er nur tat, wenn er nervös wurde. „Sind Sie verrückt geworden, Kim? Sie sind eine gute Anwältin. Eine meiner besten. Sie haben gerade den Grundstein für eine tolle Karriere gelegt. Wenn Sie sich mit Shiftern zusammentun, sind Sie am Ende."

„Die Gesetze, die Menschen und Shifter betreffen, müssen neu beurteilt und geändert werden", sagte Kim. „Es wird eine Herausforderung sein. Etwas, wofür es sich zu leben lohnt. Sie könnten ein Zeichen als Verfechter der Shifter-Rechte setzen. Sie lieben es, die Rechte der Leute zu verteidigen."

Er blickte auf die Fotos auf seinem Schreibtisch. „Aber die Shifter-Hasser können gefährlich sein, und ich würde nicht nur mich selbst in Gefahr bringen."

Kim nickte verständnisvoll. „Nun, für mich gibt es niemanden, den ich in Gefahr bringe, außer mir selbst. Ich bin es leid, ein leeres Leben zu führen, daher werde ich es mit etwas Verrücktem füllen, wie zum Beispiel damit, Shiftern zu helfen, durch den Sumpf der Gesetze zu waten. Jeanne hat zugestimmt, mit mir zu kommen. Sie besucht eine Fortbildung zur Anwaltsgehilfin und ist gespannt darauf, eine Chance zu bekommen, mehr Erfahrungen zu sammeln."

„Sie ist genauso verrückt wie Sie."

„Vielleicht", stimmte Kim zu. „Aber das ist es, was wir tun möchten. Danke, dass Sie mich angestellt haben, als ich eine unerfahrene Jura-Absolventin war."

„Kein Problem", sagte ihr Boss schwach. „Viel Glück."

Kim atmete tief ein, als sie das Büro ihres Chefs verließ, während die Worte *Viel Glück* in ihren Ohren hallten. Sie wusste, sie würde es brauchen.

***

Kim verbrachte die nächsten Wochen damit, ihr Büro leer zu räumen und Räume für ihre neue Kanzlei zu mieten, etwas Winziges mit gerade genug Platz für sie und Jeanne. Die anderen in der Firma waren mit dem Chef einer Meinung, dass sie verrückt war. Einige bewunderten sie, andere hielten mit ihrer Verachtung nicht hinter dem Berg, besonders Abel.

Kim ignorierte sie und kaufte Büromöbel. Jeanne war eine enthusiastische Partnerin und konnte Kim sogar ab und an mal für fünf Minuten von ihren Sorgen ablenken.

Am ersten Tag, den Kim in ihrem neuen Büro verbrachte, mailte ihr Silas einige Videodateien für die Shifterdokumentation, an der er arbeitete, mit der Bitte um Feedback.

Kim spielte die Dateien ab, und ihr Herz schmerzte. Es gab viele Aufnahmen von Liam, der warm in die Kamera lächelte und mit seinem tiefen irischen Akzent sprach. Silas erzählte das, wovon er wollte, dass die Welt es über Shifter erfahren sollte. Dylan sprach auch, gab die gleichen Details, aber auf andere Art, sodass es nicht wirkte, als hätten sie das vorher so geplant. Kim wusste, das hatten sie. Sie wusste auch genau, was sie sich entschieden hatten, außen vor zu lassen.

Es gab Aufnahmen davon, wie Shifter tagtäglich lebten. Michael, der im Vorgarten spielte. Der Junge war fotogen und wirkte auf dem Bildschirm sehr niedlich. Silas zeigte auch Connor und seine Freunde, wie sie einen Fußball über den Rasen hinter den Häusern kickten. Connor, wie er voller Begeisterung über Fußball sprach und darüber, ein wie großer Fan des irischen Nationalteams er war.

Silas zeigte allerdings nicht nur Glitzern und Lächeln. Er sprach mit Shiftern über die dunklere Seite in ihrem Leben, die hohe Sterblichkeitsrate der Shifterkinder, die erst in den letzten Jahren gesunken war, die geringe Fruchtbarkeit der Frauen. Er sprach davon, wie verschiedene Shifterspezies sich „in der Wildnis" nicht miteinander vertrugen, aber Zugeständnisse gemacht hatten, um harmonisch zusammenleben zu können. Ellison hatte zu diesem Thema besonders viel zu sagen. Er sah gut aus mit seinem großen Cowboyhut und seinem breiten Lächeln. Eine Shiftergruppe gab eine „Vorführung" der Halsbänder, die bewies, dass die Halsbänder gut funktionierten, und Silas zeigte Shiftereltern, die Kinder verloren hatten, bei einer gemeinsamen Meditation.

Kim sah sich die Dateien wieder und wieder an, sie verweilte bei Liams Lächeln, seinen blauen Augen, die die Zuschauer beruhigten, dass Shifter nur wenig anders waren als Menschen.

Sie sah sich die Aufnahme viel zu oft an. Und viel zu oft öffnete sie ihr Handy und sah auf Liams Nummer und fragte sich, ob sie ihm all die Sachen erzählen sollte, zu denen sie sich entschlossen hatte.

„Ruf mich jederzeit an, Süße", hatte er gesagt, als er seine Nummer vor Wochen einprogrammiert hatte.

Verdammte Shifter.

In der Kühle des späten Septembers kam Kim freitags von ihrem Büro nach Hause und verbrachte das Wochenende mit Packen.

Sonntagnachmittag lud sie alles ins Auto, was sie reinbekam. Für den Rest würde sie sich Hilfe besorgen. Sie schloss den Kofferraum, ließ den Motor an und fuhr zurück nach Shiftertown.

Kapitel Vierundzwanzig

Liam wusste, ohne aufzusehen, dass der Wagen Kims war. Er kniete in der Auffahrt neben seinem Motorrad, Schraubenschlüssel in der Hand, und beendete ein paar kleine Verbesserungen an seiner Maschine.

Er war auf ihr in den letzten zwei Monaten jede Nacht in die schicke Gegend nördlich des Flusses gefahren, hatte den Motor ausgeschaltet, bevor er den Hügel über Kims Haus erreichte. Dort hatte er lange Zeit gesessen, das Motorrad still zwischen seinen Beinen, und ihr beleuchtetes Schlafzimmerfenster beobachtet. Wenn das Licht ausging, warf er ihr einen Kuss von seinen Fingerspitzen zu, dann ließ er sich den Hügel hinabrollen und fuhr nach Hause.

Das Loch in seinem Herzen wollte sich voller Hoffnung schließen, als sie ihren Mustang parkte und ausstieg. Sie trug die hochhackigen Sandalen, die er mochte, die, in denen ihre Beine so höllisch sexy aussahen.

Er beobachtete die Beine aus dem Augenwinkel, als sie die Auffahrt hinaufging, ihren Geruch über ihn fließen ließ, als sie an ihm vorbeiging.

Vorbeiging?
Liam blickte sich um und sah, wie Kim Connor, der aus dem Haus gesprungen war, einen Pappkarton hinhielt. „Trägst du mir das rein?", fragte sie ihn freundlich. „Stell es irgendwo ab. Ich habe noch ein paar in meinem Kofferraum."
Sie kehrte zum Wagen zurück, ging wieder an Liam vorbei, ohne mit ihm zu sprechen. Sie griff durch das offene Beifahrerfenster, gewährte ihm eine Aussicht auf ihren hübschen Hintern und zog eine Reisetasche heraus.
„Hallo, Sean." Kim lächelte, als Sean hinter Connor aus dem Haus kam. „Kannst du die Koffer auf meinem Rücksitz nehmen? Die sind schwer."
Sie marschierte die Auffahrt hoch, ein entschlossenes Lächeln auf dem Gesicht, die Tasche über die Schulter geworfen.
Liam wischte sich die Hände ab, stand auf und stellte sich ihr direkt in den Weg. „Und was machst du hier?"
„Ich ziehe ein. Keine Sorge, ich werde meinen Anteil an den Lebenshaltungskosten tragen."
Kim wollte um ihn herumgehen, aber Liam trat ihr erneut in den Weg. „Warum?"
„Hör auf, mit ihr zu streiten, Liam", sagte Connor und holte den zweiten Karton aus dem Kofferraum. Er rieb Kims Schulter, als er an ihr vorbeiging, wie es eine Katze bei einem Genossen aus dem gleichen Wurf tut. „Sie ist zurück dort, wo sie hingehört."
„Sie gehört zu ihren eigenen Leuten", sagte Liam streng.
„Nicht mehr", sagte Connor. „Wir brauchen sie, Liam. Du ganz besonders. Du warst wochenlang schlecht drauf. Versau das jetzt nicht."
Sean, Liams lieber, hilfreicher Bruder, gab keinen Kommentar ab. Er holte schweigend Kims Koffer vom Rücksitz und trug sie hinein.
Es schmerzte Liam zu atmen. Götter, Kim war wunderschön. Ihr dunkles Haar glänzte mehr als je, ihre

Augen waren von tieferem Blau, ihre vollen Brüste weckten in seinen Händen den Wunsch, sie zu umfassen. Wenn er das jetzt tun würde, würde er ölverschmierte Handabdrücke auf ihrem hübschen weißen Oberteil hinterlassen, und alle würden lachen.

„Warum?", fragte er. „Warum bist du zurückgekommen und reißt mir das Herz heraus?"

Sie lächelte. „Es hat nichts mit dir zu tun. Ich möchte nur, dass unser Kind seinen Vater kennt. Und wenn es sich das erste Mal in eine Raubkatze verwandelt, wird er oder sie jemanden bei sich brauchen, der weiß, was zu tun ist."

Liam hielt inne. „Kind?"

„Ein kleiner Halbshifterjunge oder ein kleines Halbshiftermädchen. Ich weiß nicht, was es wird, ich hatte noch keinen Ultraschall."

„Ultraschall ..."

Kim lachte mit echter Belustigung. „Du hast mich geschwängert, Liam Morrissey. Jetzt musst du mit den Konsequenzen leben."

Connor kam aus dem Haus gerannt, jubelte und stieß die Faust in die Luft. „Kim ist schwanger! Hurra!" Er raste auf sie zu, umklammerte sie in einer Umarmung und schwang sie von den Füßen. „Ich werde ein Cousin sein."

Connors Rufe lockten andere Leute nach draußen. Glory tauchte zuerst auf und schlenderte ihre Verandastufen herunter. In ihrer engen Leopardenprint-Hose war sie einfach überwältigend. Dylan kam hinter ihr. Er war an dem Tag, nachdem Kim gegangen war, bei Glory eingezogen, wodurch das Haus noch leerer gewirkt hatte.

„Habe ich das richtig gehört?", rief Glory. „Du isst bald für zwei?"

Kim atmete tief ein, als Connor sie endlich wieder absetzte. „Letzte Woche von meinem Frauenarzt bestätigt."

Liam wischte sich die Hände weiter an seinem Lappen ab. „Ich dachte, du nimmst Verhütungsmittel."

„Ich war am Ende meiner Dosis, und wir hatten eine Menge Sex, Liam, falls du dich erinnerst. Und vielleicht ist Shiftersperma unternehmungslustiger als menschliches."

„Scheiße", sagte Liam mit einem Kloß im Hals.

Mehr Nachbarn erschienen auf ihren Veranden, und Ellison kam ohne Hemd, die Jeans mit Schmutz und Grasflecken bedeckt, aus seinem Garten. Als er verstand, was los war, stemmte er die Hände in die Hüften, warf den Kopf zurück und heulte. Von links und rechts die Straße hinunter antwortete ihm weiteres Heulen.

Großartig. Wie lange, bis die Nachricht das andere Ende Shiftertowns erreichte? Fünf Minuten? Zwei?

„Ich bleibe, Liam", sagte Kim. „Ob du willst oder nicht."

„Götter." Liam warf den ölverschmierten Lappen auf den Boden und schloss Kim in die Arme, zum Teufel mit den Flecken. Er zog sie energisch gegen sich, seine Lippen fanden ihr Haar, ihr Gesicht, ihren Mund. „Ich liebe dich, Kim. Verlass mich niemals."

„Das war der Plan."

„Ich brauche dich."

Sie rieb seine Wange. „Ich weiß."

Liam hatte sie weggejagt, um sie zu beschützen, vor allem vor sich selbst. Aber sie wieder in seinen Armen zu haben, zu riechen, zu schmecken, ihre Stimme zu hören … Etwas zerbrach in ihm, die Bestie unterwarf sich. Der Paria in ihm zerfiel, so wie Fergus unter dem Schwert des Wächters zu Staub zerfallen war.

Liam hielt sie fester. „Du gehörst ganz mir."

„Das ist sicher."

Liam lehnte die Stirn gegen ihre. „Ich liebe dich so verdammt sehr."

Kim grinste ihn an. „Und ich bete dich an."

Liam gab ihr einen langen, von Herzen kommenden Kuss. Sie machte begeistert mit, legte die Arme um ihn, um seinen Hintern zu umfassen, und steckte die Hände in seine hinteren Taschen. Sie war eine liebevolle, warme, sexy Frau. Womit hatte er ein solches Glück verdient?

Liam löste sich aus dem Kuss, leckte die leichte Rötung, die er ihrer Lippe bereits zugefügt hatte. Er würde lernen, wie sanft er mit ihr sein musste, zärtlich. Und dann würde er wild sein. Das Funkeln in ihren Augen verriet ihm, dass sie beides wollte.

Sobald er den Kopf hob, stürzte sich die Familie auf sie. Zuerst Connor, noch immer rufend, der seine Arme um Liam und Kim warf. Dann Sean, lachend, der Liam in eine feste Umarmung schloss und Kims Schultern rieb und ihr die Wange küsste.

Dylan, die Augen voller Tränen, der Liam festhielt, dann Kim. Kim holte tief Luft, als Glory die Arme um sie warf und sie drückte.

„Das hast du gut gemacht, Mädchen", sagte sie.

Und dann Ellison, jubelnd und heulend wie der Lupid, der er war. Er riss Liam in einer rauen Umarmung von den Füßen. „Du zeugungskräftiger kleiner Scheißkerl, du. Nimmst dir natürlich die beste aller Frauen."

„Pass auf, was du sagst", warnte Glory.

Ellison legte die Arme um Connor und Sean. „Die Situation verlangt nach Bier." Er ging mit ihnen ins Haus, seine Art, Liam und Kim taktvoll allein zu lassen. Glory folgte nach einem Blick auf Dylan.

„Seamus", sagte Connor. „Vielleicht Patrick."

„Wovon redest du?", fragte Ellison.

„Namen für den Kleinen. Eoghan?"

„Götter, das arme Kind. Wer weiß schon, wie man das schreibt?"

Sie verschwanden im Haus. Dylan legte die Hände auf Kims und Liams Schultern. „Die Göttin segne euch beide." Er küsste Kim auf die Stirn. „Danke, Kim."

Er lächelte und ging. Liam sah ihm mit übervollem Herzen nach.

„Dankt er mir dafür, dass ich schwanger geworden bin?", fragte Kim. „Das war keine Kunst bei dem ganzen Sex, den wir dauernd hatten. Du hast genauso viel dazu beigetragen wie ich." Liam zog sie an sich, wo sie hingehörte. Sie fühlte sich dort so richtig an. „Er meint, dafür, dass du zurückgekommen bist und uns zu einer Familie machst." „Das war auch nicht schwierig." Sie schenkte ihm ein Lächeln. „Du hast nicht recht damit, wo ich hingehöre, Liam. Dies ist die Art Familie, die ich hatte, bevor mein Bruder starb, eine Familie voller Wärme und Lachen. Ich wusste, das Haus würde jeden Abend voll sein. Danach habe ich das letzte Jahrzehnt gesucht, selbst wenn ich es nicht wusste." Kim sah zu ihm auf, die blauen Augen voller Liebe. „Genau hier gehöre ich hin. Zu dir."

Sie würde ihm das Herz brechen. Oder vielleicht würde sie es endlich heilen. Liam zog sie an sich, und seine Lippen verschmolzen mit ihren.

Verdammt, auf die menschliche Art zu küssen war gut. Wieso hatte er das früher nie gemocht?

Weil er es zuvor nie mit Kim getan hatte.

Kim fing seine Unterlippe zwischen ihren Zähnen, und Liam fühlte, wie seine Jeans vorne unerträglich eng wurde. Er murmelte in ihr Ohr. „Glaubst du, wir schaffen es nach oben?"

„Ich bin dafür, es zu versuchen." Ihr Blick wurde verhangen. „Außerdem sind sie so laut, sie werden den ganzen Lärm, den ich zu machen vorhabe, übertönen."

Liam drückte sie. „Ich liebe dich, Frau."

„Gut zu wissen."

Sie schafften es an der Menge vorbei und die Treppe hoch. Dylan sah sie, aber er lächelte nur schweigend und wandte sich ab.

Die Tür ging zu, der Schlüssel wurde umgedreht. Die Kleider fielen, und Liam presste Kim nackt an sich. Sein

Herz war ganz, sein Geist klar, und sein Körper schmolz vor Verlangen. Kims Lächeln warf ihn um.

„Liebe dich, Liam", flüsterte sie.

„Immer", sagte Liam mit gebrochener Stimme. „Ich werde dich immer lieben."

Sie hatten heftigen, erderschütternden, feuchten und schwitzigen Sex, der sogar das Gelage im Erdgeschoss übertönte.

Liams Bruder, sein Neffe, seine Freunde und jedes Mitglied seines Clans zogen sie noch jahrelang damit auf.

Ende

Über die Autorin

Die New-York-Times-Bestsellerautorin Jennifer Ashley hat unter den Namen Jennifer Ashley, Allyson James und Ashley Gardner mehr als fünfundsiebzig Romane und Novellas veröffentlicht. Unter ihren Büchern finden sich Liebesromane, Urban Fantasy und Krimis. Ihre Veröffentlichungen sind mit zahlreichen Preisen ausgezeichnet worden – beispielsweise dem RITA Award der Romance Writers of America und dem Romantic Times BookReviews Reviewers Choice Award (unter anderem für den besten Urban Fantasy, den besten historischen Kriminalroman und einer Auszeichnung für ihre Verdienste im Genre des historischen Liebesromans). Jennifer Ashleys Bücher sind in ein Dutzend verschiedene Sprachen übersetzt worden und haben besonders hervorgehobene Kritiken der Booklist erhalten.

Mehr über die „Shifters Unbound"-Serie erfahren Sie auf www.jenniferashley.com oder direkt per Email an jenniferashley@cox.net.

Made in the USA
Charleston, SC
23 June 2015